中国专业作家
小说典藏文库

中国专业作家小说典藏文库

正午的阳光明亮

王鸿达 著

中国文史出版社

目　录

代课教师

一

　　山下地区经市里同意，招一批代课教师。刚刚参加完大专、中专、技校招生考试的应届、往届的毕业生们，又扒了一层皮，走上了考场。有两个考生终于忍耐不住，当场晕了过去。招考自愿，谁不想多一条出路，多一条希望呢？往年地区取上的大专、中专、技校的人数，只占应考人数的百分之零点九。这样，就有百分之九十九点一的人实际上是处在绝望的煎熬等待中。七月炎热，在小兴安岭最北部的边陲镇上也是一样，毒日头！也有人不以为然，说："大江大河都闯了，还怕小河沟里翻了船？"说这话的是王云。王云的老师就是出题里面的。区教育科的一辆旧帆布吉普车把他们拉到了五零，那儿是边防军驻地。"关押"了他们一周，山下考完试了，才放他们下山。语文试卷上，就有王云老师讲过范文的四十分题。一张榜，王云果然考中了，名字排在八十个人的前面。

　　区教育科给他们办班，由刘瘸子科长做"师范"。刘瘸子原来是省城师大毕业的，不知怎么来到了山沟里，腿也在"文革"中不知不觉弄跛了一条。他就一拐一跛地走上讲台，"哧啦——哧啦——"往黑板上凶狠地写字，粉笔末儿乱溅，像是跟谁赌气。断了三根粉笔，才将两行粗硬的字写好：教师是人类心灵工程师！在太阳底下，再也没有比教师这个职业更光荣的了！"一个是加里宁说的；一个是夸美纽斯说的。"他阴沉沉地说。对着下边八十个人类心灵工程师说。一时，下边鸦雀无声。王云瞅瞅左右，左右"工程师"们的脸上都写着：庄重、肃穆、神圣。表现得和昨天不一样。昨天还是一副嘻嘻哈哈、大难不死侥幸求

1

生的嘴脸。王云后来读到了《圣经的故事》，就断不住想象耶稣布道时的情景。刘瘸子走下讲台时，形象就被破坏了。如果不是他讲到的教师仪表美，谁也不会死盯着他美不美的。讲台是用水泥抹的，约有三十厘米高。刘瘸子的右腿比左腿短缺十厘米。刘瘸子讲到最后的一天课时，把要讲的都讲完了。讲得很激动，好像回到了年轻时，阴郁的脸上泛起一道红光。就忘了拿倚靠在桌腿上休息的那柄王八骨头木拐杖，掖起桌上的夹包就走。左腿刚迈出，身子就成九十度转体，"扑通"——做了个很滑稽的单臂回旋"侧身翻"。奇怪，竟然没有人笑，仿佛那是很成功的高难动作。倒是刘瘸子自嘲地说："地不平，地不平呀。"很快站立起来，拎过王八骨头木拐杖，抬起一只手，捋了捋跌乱了的长长白发，蛮潇洒地向后甩了一下，就一颠一跛地匆匆走了……接着，"工程师"们鱼贯而出，走到门口，就有人不自禁地回头甩了一下头发。出来，另有两个女"工程师"两腿笔直修长，却也一颠一跛地走起来……做匆匆潇洒状。

一周的"师范"毕业了。接下来就是分配去向。"工程师"们又从心灵深处紧张起来。已知系数是全部分往山上，未知系数却是在十个林场中择其一。都希望能分在离地区近的一场、二场……有的"工程师"就忘记了身份，做起不怎么神圣的事情来。知徒莫如师，刘瘸子看穿了弟子的心理。当场宣布一个，开出一个调令，断其后路。王云是第一个被宣布的，去向：克林。王云走过去，把那纸调令团巴团巴塞进了兜里，冷着脸走出了教育科。

"该死的刘瘸子。"出来，王云恨恨地说。

克林比十场还远。那里着过几次山火，把原始森林就差不多烧光了，一直没建成林场。落下几十号人马，在那儿安了家，和几户从山外逃荒来的农户一道开起了农场。山上无霜期短，也打不出什么正经粮食，上边也不给任务。他们就自给自足，过着与外界隔绝的生活。有时地区就把那地方忘了，这次招的代课教师原来并没有打算往那里分。不知怎么，刘瘸子想起了这个鬼地方，擅自做了主张，给了分配名额。

王云也擅自做了主张：不去。就在家里一天一天待着。待得无聊了，就去地区唯一的那家百货商店逛逛，再到唯一的那条汤旺河边遛遛。河边没别人了，就一个人对着河里滚来滚去、忽明忽暗的影子瞧。

一天，百货商店门前堆满了人，王云也凑过去。那张让雨水冲过的"录取代课教师"的红纸上，又新贴了一张红纸：录取备补代课教师，有二十人。在备补教师名单下又登着他和两三个没报到的名字，限期报到云云。他刚要走，被人扯住了："你还没有走噢。"王云摇摇头。扯他的人是李为国，他们是一届的，备补名单上有他的名字。"那正好，我们一起上去吧。"李为国拍了他一巴掌，两眼放出光彩。这小子，手劲还蛮大！

李为国是大班的，王云是小班的。小班是重点班，十个老师保十个学生。大班相对就剩下一个班主任负责了。这是校长的主意，这样做是鉴于前两年高考，地区中学剃了"光头"。在学校里，小班的学生是很少和大班的学生来往的。李为国对王云也只是名字上熟悉而已。

李为国去王云家找过两次。开始，王云还说他不想去。李为国就把从内部听到的消息告诉了王云：这批招的代课教师，代满一年课后就转成正式教师。王云听了不禁心动了。他虽说大江大河都闯了，可能不能"闯过去"，还很难说呢。如果"闯不过去"，岂不白白丢了这次机会？想想，还是做"两手准备"吧。

二

别的林场每天都有往返的运材车可搭。他们就得等或者一个月，或者二三个月才出窝的一辆老式解放车改装的"敞篷车"。开车时，大胡子司机一遍又一遍喊："还有没有要走的！还有没有要走的！"仿佛是要开到国境线那边再不回来似的。车上的人开始还说说笑笑，东张西望……后来就说累了，望累了。一座山，又一座山，被车慢慢地扔在了身后；又一座山，一座相同的山迎面挡来……车在盘山公路上开，就好像总是围着一座山转磨磨。连远处绵延起伏的青黛色山峦，近处陡峭峰壁下青苔嶙峋的山石，和匆匆闪过龟裂着深沟树皮的红松根部，都一模一样。抬头望天，天也是一样的。人就困了，头耷拉在肩上摇。三摇两摇，撞到了另一个人的头上。刚想张嘴说句："对不起。"张眼，见是车厢板上弯曲支着的桦木梁柱，就恼恨地说："这鬼车。"

鬼车开累了。鬼喊了一声："放水了。"走下路边草棵子里，对准

3

一株都柿秧，"哗哗"射去。车上又跳下几个男客，跟着效仿，"哗哗哗……"很粗野地响成一片。湿漉漉的空气中，飘来一股臊气味。有两个落后的男客，怕车跑了似的，没等系好裤子，就转过身来，那玩意儿晃了晃，把尿撒在裤腰上。车上的女客见了，就在鬼字前边加了两个字："缺德鬼！"徐雅平一直把脸转向路另一边。李为国、王云、刘世森挤坐在车厢角落里。等"缺德鬼"们都上来了，车又哼哼呀呀开动了。

天从早上起来，就这么一直阴着。一声不吭，既不打雷，也不下雨。灰蒙蒙的，泛着苍白。如同刘世森的脸儿。刘世森生就一副又矮又瘦的身材。早上来时，扛着一个鼓鼓囊囊的大行李卷，一卸到车上就卸出一口气来："唉，又上山了。"在他们四个人里面，刘世森年龄最大，二十三岁。他和徐雅平比李为国、王云高出三届。毕业那年还没实行高考，他分到了八场青年点。第二年开始高考，他就下山在家"泡病号"复习，一气就复习了三年。三年泡得脸白得吓人，像真害了一场大病。

大胡子又下去撒了泡尿，蹲了一次"点"，就不再下去了。疲惫不堪的车哼哼叽叽咽了气。也不见车上的男客往下奔命，而是长长地伸了个懒腰，抖落抖落瞌睡，哀叹了一声："可他妈的到啦。"王云他们这才知道到了克林。

空气中透着一股与山下不同的气味。睁大眼睛四处撒眸，模模糊糊有几幢木刻楞，埋伏在稀稀拉拉新生出的杂树林子里。一片过火原始林中，站立着一排"老干"。树冠都没有了，剩下光秃秃炭黑的躯干。躯干很粗，两三个人才能合抱过来。看得出，都是有着一百圈年轮以上的红松树种。此刻，默默无声地排列在那儿，成了废材。有些"老干"年头久了，就横七竖八地卧倒在山坡上，如一具具焦黑的尸体，开始腐烂风化，黑乎乎的，把本来绿色的山染黑了。风吹过山坡，就卷起一阵细碎的朽木末儿，往上甩扬……空气中夹杂着一股烟熏火燎的气味。四周空旷、苍凉、寂静。

"要这玩意儿干什么，没鸡巴用，你们能来这疙瘩，就是一家人啦。"撕巴撕巴，调令就成了几截卷烟纸。管理员问他们抽不抽烟，他们摇头，不抽烟。管理员就熟练地卷起一支，叼在嘴上，然后下炕给他们倒了几碗茶水，晾着。

4

他们几个颠簸了一天，颠是颠饱了，就是口渴得厉害。李为国等不及，要凉水喝，说他在家喝惯凉水了。管理员就拎来一把长满锈迹的大铁壶，倒了一碗。他接过张嘴就往下灌——

咕嘟——扑哧！"哎呀，你这是什么水呀？"一股浓烈的土腥味，冲得他差点儿没倒过气去。他借着蜡烛光，看了看碗里的水，又看了看桌上的水，都是黄色，奇怪地瞅了瞅管理员。

"嘿嘿，喝不惯吧。这疙瘩都是这水，我在这疙瘩喝了二十年了，慢慢就喝习惯啦。"管理员说，露出一口黑黄色牙根。

王云、刘世森、徐雅平面面相觑，谁也没敢去动桌上的"茶水"碗。

管理员领他们去食堂吃饭，对那里的人说："来了几个代课的，管饱，弄点儿下肚的。"

很快端上来一盆炒肉，味挺香。又端上来一盆黑面馒头，是农场自己打的麦子。四个人不再犹豫地吃了起来，把满满的一盆炒肉吃了个精光。吃完吧嗒吧嗒嘴，不饿了。

"好吃不？"管理员问。

"好吃。你们山上的猪肉还挺瘦哩。"李为国还说比他家养的猪，肉还好吃呢。

"你们吃的是犴肉哩。"

四个人这才觉出味道和猪肉不一样来，但比猪肉香。他们虽都生在林区，也只吃过山鸡、野兔什么的小野味。吃这么大的野牲口，还是第一次。因此，不觉肚里有了新鲜的满足。

管理员把他们领进一间黑洞洞的木刻楞屋里，说早先有几个上山下乡的地区知青在这儿住过。里面贮藏了一屋子空荡荡的松树油子味。管理员打发人来给火炕烧上，又给他们留下一根蜡烛，走了。徐雅平安排在食堂，和值班做饭的女工住在一起。

"连个场长也不接待。"王云说。

"管理员好像挺大的官。"李为国说。

刘世森没有吱声，占个炕头先躺下了。夜里，从挺远的森林里跑来的风，刮在窗上塑料薄膜上，呼扇、呼扇响。王云新奇了好一会儿才睡着。一会儿，又听见刘世森被炕热得翻来覆去折身子，右边李为国响起了挺尖的鼾声。

早上，刘世森还躺在被窝里，光线透进来时，他才看清，一截露出墙皮的光滑红松木，被人用刀刻了几个字：上厢（乡）下山万岁！"

三

学校埋没在一片小白桦树林中。两幢长房子，像两节脱了轨的车皮，被扔在了荒郊野外茅草丛中。草房顶长满了杆蒿和薇菜；落叶松板墙壁，外面糊着厚厚的黑泥巴，爬着青藤。房前、房后、房山，七斜八竖地支着粗粗的柞木圆柱。圆柱上，生出黑茸茸的木耳来。没人采，就烂了，黏糊糊的，顺着倾斜的圆木，流淌浓浓的黑水。太阳一晒，又凝成黑痂。

管理员把学校老师从家里找来。一个男老师，一个女老师。男老师姓赵，四十岁左右，身板瘦瘦的，肩膀往下塌，眼睛往里眍巴着。一直听他"喉喽"气喘，是个严重的气管炎。女老师叫杨喜芹，年纪不大，像个小学生似的，拘谨略带好奇地看着他们。

"王迷糊呢?"管理员问。

"校长去挂鱼去了。"赵老师眨巴眨巴眼睛，"喉喽"气喘地说。

离这里八十来里路，有一条通向中苏边界线的江汊子。当地人吃鱼，就骑马到那条河里去打。

"这个王迷糊，就好这两口，夏天下下挂子，冬天遛遛兔子套。"管理员不知是叹息，还是夸奖地说，"你们放心，他不会严管你们的。他要是揪一口酒，你就是掘他祖宗，他都乐意。"他总算交代完了，就哼着小曲走了。

第二天，校长回来了。卷起的裤脚、袄袖里，卷着一股鱼腥味。一张嘴，又带出一口酒气。就笑嘻嘻地眯缝着眼睛说：

"老赵，下个通知吧。"

赵老师就去找来一张发黄的白纸和毛笔，写了个开学通知，贴在了场部门前。

"头两年呢，有知青帮着代一代课，知青一走，场里就没有能识文断字的啦。"校长说。

6

他们这才知道学校已有三年没开学啦。

哩哩啦啦几天，学生才三个、两个地上来。开始还有些陌生，后来就疯打疯闹，渐渐地把长满没膝高的荒草场地踩平了。把在教室里做窝的黄山撅子鸟、白脸山雀，撵到了林子里。擦干净黑板、长条板凳、长条板桌上的鸟粪，就叽叽喳喳抢座位，像一群飞回自己窝的鸟。学校总算有了一点学校的气息。

校长叫王云教"初中"，代语文、地理、历史三门课。原来是赵老师教历史。赵老师就说："应该、应该，你是地区高中生，又年轻。"赵老师像卸去了一副重担，"喉喽"声也小了些。王云一想自己报考的是文科，就同意了。刘世森和李为国都报考的是理科。说到谁代理科课时，校长就说："小李子年轻，就小李子代吧。"好像只要年轻就行。刘世森脸上掠过一丝不快。他只好教四、五年级；徐雅平教二、三年级；杨喜芹教一年级。一个年级一个班，一个班二十几个学生。年龄都比较大；到了初中六、七年级，都十七八岁了。学生中就有人问李为国的："李老师你多大啦？"问的是个女生，叫于玲，是农场场长的女儿。李为国不好不答，就说："我一九六一年一月生人。"那个女生想了想，算了半天，才说："一九六一年生人是十九岁，我今年虚岁也十九啦。"李为国就不好意思地脸红了。想想，也是，他们也是才走出校门的高中生呢。

赵老师不教课，就在屋子里和人闲唠嗑。唠累了，就出去清清嗓子，咳嗽一声，吐出一口黑黄的黏痰，直起腰，呼上一口气来，憋半天，等脸憋得紫红，才放开嗓子："上课啦！"接着又是一阵大咳……学生就很害怕地跑回教室。以前是校长吆喝，现在校长把靠窗的唯一那把木靠背椅给了他，他就替校长坐在那里了。校长有事就到学校来一趟，没事就不知道往哪里转悠去了，一天也看不着他的身影。

赵老师一上午出去清理两次嗓子，上午就变成了两节课，中间隔的时间挺长。和他唠嗑时间长了，也没啥可唠，也不愿看他"喉喽喉喽"憋得青紫的脸色，刘世森就拿过一本初中数学书翻了起来。李为国说："要是支个篮球架子就好啦。"王云也抬眼向窗外看去。操场上，徐雅平和杨喜芹正领着一帮女生在玩老鹰叼小鸡。她俩跟着一队女生一起跳跃，一起扑闪，一起惊呼，就显得很活泼，很漂亮，很迷人。杨喜芹的

7

脸蛋看上去比徐雅平还耐看。谁会想到，这里黄浊浊的水土，还会生出这样俊秀的女子来呢。

"她后爸和她睡过。"窗前，赵老师头支在桌上，"喉喽喉喽"喘着，眼睛似睁非睁。他说着杨喜芹，"她十五岁那年，和她妈一起嫁给了她后爸。她妈看她后爸老想和她亲乎，就想把她嫁给傻舅表哥。但还是让她后爸把她'睡'了。这儿的人，不分辈分，不分男女，都挤在一条火炕上睡觉"。

"畜生。"晚上回来，推开宿舍门，李为国张嘴就骂。

"你骂谁?"刘世森正在洗脚。他先回来的。他以为李为国骂他把昨天他们接剩下的雨水都用光了。

"我骂杨喜芹她后爸呢。"李为国没好气地说。

王云感到要吐什么东西。

四

赵老师家起土豆，六、七年级两个班停了课。叫王云、李为国带着，领到了他家土豆地里，他老婆已四处借来了十几把二齿子、十几只土筐，放在了地里。男同学刨，女同学用筐捡土豆。旁边的地里就有人羡慕："还是当娃子头好哇。"也有的学生家长见了，喊一声："大柱子! 中午不等你吃饭喽。"人多力量大，不大工夫，一人片土豆地就起完了。赵老师就过来说："两人一伙，再遛遛，别落下。"男同学就又拿二齿子，女同学又拎筐，在地里遛了一遍。捡回几个土豆崽和刨半拉的土豆。这边，赵老师老婆扛起半麻袋土豆，肥硕的屁股扭搭扭搭就走了。李为国和王云，也一人扛起一个袋跟上。赵老师挂着一根棍子，在地里游来荡去，又指挥同学两人一筐往家送。

傍中午土豆都运回来了，在院子里堆成了个山。赵老师最后跟了回来，站在院子门口，对被汗冲得花花脸的学生说："快回家去吧，省得爸妈等啊。"学生就一个一个花花脸走了。

回头，又对王云、李为国说："进屋吧，进屋吧。"他俩就进屋。傻坐了一会儿，并不见赵老师进来。刚要出屋去，赵老师陪着校长走了进来："坐呀，坐呀，今儿个，我请客。"话落，赵老师老婆就端着一碗锅蒸的白肉进来，又端上一碗清炒白菜片、一碗炒土豆丝和一碗酸辣菜。赵老师老婆是朝鲜族人。赵老师往一个二大碗里倒了满满一碗老白干，捧给了校长。校长接过来，"咕嘟"搁了一口，似喝凉水。李为国、王云惊大了眼睛。校长落下浅了大半边的酒碗，用三根手指平端着酒碗，递给身边的李为国。李为国明白过来赶紧说："我不会喝。"校长就平端着。"喝吧，喝吧，这是山上的规矩，都得喝。"赵老师说。李为国见推不掉，就生出一股勇气来，抓着碗就往嘴上送，"——扑哧"，进了一半，喷出一半，那一半正射进肥肉碗里。王云在家时就不爱用一个碗吃饭吃菜，更何况几个人轮着一个碗喝酒。他寻了半天，在碗边寻到了一个掉了碴儿的缺口，别人的嘴都不触那个小三角口。他就小心翼翼把嘴贴了上去，抿了一口，嘴就火辣辣起来，忘记了干净。又转了两圈，李为国就有些醉了，红公鸡似的脖子歪伸着。王云肚里也火烧火燎地难受，这是他第一次喝酒。倒是精瘦精瘦的赵老师，喝进半碗酒后，咳也不咳了，喘也不喘了。夹起厚厚的肥肉就往嘴里咽，一连叼了三四筷，就露出油汪汪的碗底来。"吃吧，吃吧。"并没有人往那里伸筷。

下午，李为国和王云就躺在宿舍里没起来。晚上刘世森进来说："校长叫你们。"王云问："干什么？""他请客。"李为国迷迷糊糊望了望地上他肚里的东西，摇了摇头："不去了。"

后来校长又来找，他们还是去了。桌上已摆好四样菜：一小盒清炖鱼、一盘花生米、一盘煎鸡蛋，还有一个午餐肉罐头。校长没再叫他俩喝酒。他俩就向盒里伸筷捞鱼吃。校长和刘世森喝酒，一口对一口。刘世森有点儿酒量，喝了挺长时间才红了脸，就说："校长，你家什么时候起土豆，告诉兄弟一声。"校长就说他懒得种土豆，又没养猪。刘世森想了想觉得过意不去，又"代表"他们说："校长……我们哥们儿跟你铁定啦……"校长打了个酒嗝，说："唉，你们也不易啊。家有五斗粮，谁当孩子王呢。"他们几个听了，心里酸酸的，住了筷。刘世森像想甩掉什么甩甩脑袋，端起桌上的酒碗："来，我们一起干啦。"四个人就转圈搁了一口。到了刘世森那儿，他一仰脖，就全干了下去。王云第一次觉得，酒能让人激动。

五

山上、山下是两个漠不相关的世界。山上没有电话，没有林区常见的有线广播喇叭。场部有一台旧收音机，一打开，只能收到"叽哇呜啦"谁也听不懂的语言。订的报纸，看到时就成了"合订本月报"。再快的电报，也只能等慢悠悠的"敞篷车"捎来。因此，与山下唯一有联系的就是"敞篷车"了。

"敞篷车"一来，大人、小孩相跟着围了上去。大胡子就挥着两手说："起来！起来！"又想起了什么，就停下了手，问了一声："谁叫王云？"人群就你望望我，我望望你。半天，才有个学生模样的小孩说："我去找。"就跑到宿舍去喊："王老师，有人找你！"……王云出来了。

"有你的一封信。"大胡子郑重地从驾驶室铁箱里拿出一封信来。

王云被一种预感攫住了，那是一封挂号信。

他慌慌地接过来，急急地撕开，一抖，就抖出一颗晃眼的太阳来……

王云疯似的跑回宿舍，抖开那页白纸。刘世森、李为国先是惊奇地接过来扫了一眼，后又递给他。默默地不作声了，目光里有些异样的闪动。得知消息赶来的徐雅平，说了一句："祝贺你。"目光里透着羡慕，看他像个敬畏的神，也不像是坐一趟车来的了。

这夜，显得好长。王云躺在炕上，兴奋使他失去了睡眠。耳边传来刘世森不断压抑的翻身声和李为国一声微微的叹息。王云就觉得好像是他夺去了他们录取的机会。刘世森已连续复习了三年，这次又名落孙山……李为国呢？李为国的理科很有基础，如果他也在小班……窗外，从很远的夜里，传来阵阵林涛声。他的思绪又跑到了省城，他从没去过。他想象着阳光下，林立的高楼、宽敞的马路、热闹的公园、繁华的商店……上次下山，教育科组织体检和填志愿表。刘瘸子拿着一张登载全国各地高等院校的报纸，一跛一拐地踱到他身边，用红笔画了几个重点师范院校，把报纸递给他，任他挑选。他装作很认真的样子看了一会儿。等刘瘸子再踱到他身边时，他戏剧性地把早就想好的一所省城出名的工业大学和一所末流的医专填了上去。他看见刘瘸子僵硬的脸上，有一块肌肉剧烈地抖了抖……

刘世森还在装睡。李为国昨晚也睡得很晚，还没起来。没有他们送，多少有点儿被冷落的感觉。"你应该请客才对呀。"大胡子司机看见他说。他感到自己像个叛徒，他想起刘世森说过的"铁定了"的话。不管怎么说，是他先离开他们的。把他们甩在了这荒凉、孤寂的山上。他一个人走了，下山去——不，到省城去。他是一个幸运儿！其实，他也确实没有想到会这么快离开他们、离开这里的。

又是阴天，和来时一样，没有太阳。远处，光秃秃的山坡上，睡卧着横七竖八的朽木。车下，拥挤着一堆往上张望的人群，叽叽喳喳，咧着嘴，露出那一排排被黄浊浊的污水腐蚀了的牙齿。看着生怵，他心里低低地说了一句："穷山恶水……"

六

王云走后的第二年，刘世森代了初中的课。把四、五年级两个班，交给了徐雅平。学生欺生。徐雅平领读完课本，在黑板上写下一个生字：抹 mā，拿起柳条做的教鞭，指着念："抹 mā，抹 mā——"下面就跟着奶声奶气地念："妈 mā，妈 mā——"徐雅平就换了一种教法："抹，抹布的抹——"下面就换了一种学法："妈，妈不的妈——"乱哄哄的一片。还有的无师自通地怪声怪气叫："妈，不——！"徐雅平就喊："停！"闹哄哄的嗓子静了下来。徐雅平叫无师自通的男生："刘土保，站起来。"刘土保就站了起来。徐雅平用教鞭一指黑板："念！"刘土保满不在乎挤眉弄眼地叫："妈——不！"下边就嘻嘻笑。徐雅平脸通红，走过去，用手中的教鞭点了一下刘土保的头："再让你捣乱！"刘土保瞪起眼，摸摸头扬起脸对着老师，大喊了一句："操你妈！""啪——"捆来一记耳光。刘土保"妈呀——"哭着跑掉了。其余的学生也离座一哄而散。徐雅平不知所措地举着细嫩的手掌，气得胸脯一鼓一鼓的，趴在课桌上呜呜地哭了。

哭归哭，下午她让一个学生领着去刘土保家家访。刘土保家大人都去地里锄草去了。刘土保也不在家，去林子里捉鸟去了。

徐雅平顶着毒辣辣的日头走回宿舍。觉得挺累挺乏，就去打来一盆水；解掉衬衫，披散开头发，想洗一洗。门就撞开了，走进来一个满脸土的黑汉。徐雅平"啊"的一声，本能地用双手护住了胸前。"你是徐代课吧？"徐雅平茫然惊觉地点点头。"你为哪个打俺娃？"徐雅平这才知道他是刘土保的家长，稍稍镇定了些，规规矩矩低头答："他骂了我。""他咋个骂的你？""这……"一时，她成了小学生，黑汉成了老师。"你说呀，他咋个骂的你？"徐雅平说不出口，脸就红了。"你说不出来是不是？说不出来就是你理亏是不是？"……徐雅平脸憋得更红了。"你打也打啦，俺也得捞回来是不是。"汉子移动了一下，敞着怀的黑胸脯喷着浓烈的汗臊味。"你?!"徐雅平不知道他要干什么，惊恐地后退。不觉，脸就重重挨了一下，鼻孔淌出鲜艳的血来。"这么不经打，还不如俺娃他娘经打呢。"汉子住了手，临走，好奇地看了看徐雅平胸前戴的乳罩，丢下一句："还挂马粪袋哩，你×金贵，爷还不稀罕呢。"徐雅平就受辱地大哭起来……

刘世森听了，拍案而起："告他，告他去。"李为国也主张告。就跟校长说了，校长说："告吧。"他们去找场里告，场里的人就说："他是黑户（盲流人口）呀，我们也管不着他。"又帮他们拿主意："要不，你们往上告。"一句话提醒了他们，他们就联名给地区教育科写了信。信写好了，不能马上送下去，要等"敞篷车"来。过了半个月，"敞篷车"才慢悠悠地上来。为了稳妥起见，他们要徐雅平亲自下去找教育科。徐雅平就拿信下去了。约莫过了一个月左右，徐雅平回来了，脸上凄楚楚的。"怎么样？"刘世森、李为国问。徐雅平说："教育科叫找当地政府解决。"说着，拿出一封盖着教育科红印转交处理信。他们又去找场里。场里又说："他是黑户，我们也没办法呀。"没办法，他们就闷闷地回来了。"既然都不管，我们罢教，一起下去找教育科；再不给解决，我们就不干了。"刘世森愤懑地说。徐雅平凄楚地看了李为国一眼。李为国也豪爽地点头同意了。他们就罢了课，收拾好东西，等"敞篷车"来。一天、两天过去了……转眼半个月过去了，"敞篷车"还没有上来。他们就等得心烦意乱了。

不知场里怕事情闹大，还是真为他们着想。又帮他们拿主意："你们这样下去了，不把你们自己耽误了吗。眼瞅着要转正了，值吗？"刘世森不语。李为国惶惶地瞅瞅徐雅平。徐雅平这会儿也不想为自己的

12

事，耽误了三个人的前程。就说："算了吧。下去也白搭。"

　　这样，他们就没有下去"白搭"。就又待在了山上，开了课。到了九月份，他们三人都转成了国家正式教师。刘世森又来鼓动徐雅平："要不，再下去试一试。"徐雅平苦笑地摇了摇头，不想去试了。刘世森就常来找徐雅平，想安慰安慰她，又想说点儿别的。但徐雅平却很少言语，眼睛老是望着空旷的窗外……所以，到底刘世森也不知道徐雅平心里想的是什么。

　　十一放了几天假。正好又有送货车上来，他们就下山回家过节了。再回来时，没见徐雅平上来。天好冷了，被霜打的白桦树叶子、柞树叶子，在通向林中校园的小路上，铺了挺厚的一层。又铺了一层薄薄的白雪，又一层……路就成了光秃秃、白森森的路了。

　　"咯吱、咯吱"……终于，徐雅平踩着落叶，踩着积雪走来。她身穿一件人造毛黄色女式大氅。远远望去，像一只雪地里觅食的黄羊。

　　走近了，看见迎出来的他们，脸上才放出兴奋的光来。红红的脸蛋不知是冻的，还是走得急。等他们憋不住问了，她才搓搓手，低着眼睫毛告诉他们："我要调下去啦。"

　　刘世森心里"咯噔"了一下。呆呆地看她和李为国又说又笑。他想起刘瘸子说过的话：谁想调下来，除非再打跛我一条腿。就问：

　　"刘瘸子同意啦？"

　　"刘瘸子早病退啦。"

　　"谁给你办的？"

　　"……叶副区长同意了。"

　　刘世森知道，叶副区长是地区主抓文教卫生的三把手。

　　徐雅平走的那天，他去送她。他们毕竟是一届的。他给她扛着行李，一路谁也没说话。把行李扔上了车，他忍不住问了一句话：

　　"叶副区长有个儿子是小儿麻痹吧。"

　　徐雅平没想到他会说这个，一愣神儿，很快又抹去了窘态："不是，就是有点儿跛脚。"

　　刘世森再没说什么，看着她上了车，开走了。那天阴冷，他使劲地咬着牙。

13

七

刘世森在家复习时，很吃苦。老爸抬了一辈子大木头，老妈也斗大字不识一个，帮不上他的忙。他就默默自学。夜里，为了不影响两个老人的休息，也为了省几个电费。就自己做了个小煤油灯（他有个开油锯的哥们儿给他弄油），在靠北窗的地上支起炕桌，坐在小凳上复习。下半夜，老爸起夜，"哗哗"响过之后，见他手拿书本伏在桌上没动静，就过去把灯吹了。灯一灭，他醒了："哦，谁？别动。"双手乱摸。老爸怕他摸打了油灯，只好又点上。再起夜，见他这样，也不管了。油熬干了，灯也跟着睡着了。三年，他没脱衣睡过觉，腿也在地下冰成了关节炎。有一回，挺险。他趴在桌上睡着了，油灯却久久不肯入睡。像个欲火十足的情侣，依偎在他的头边，"吱吱……"说着悄悄话。说着说着，就飘悠悠吻了他一下，头发吻着了。烧秃了半边，他才惊醒："啊？不好啦，哪里着火了，救火啊！"迷迷瞪瞪就往外闯。从被窝里赤条条炸起的老爸，跳下炕来，端起地上的大半盆黄尿，兜头向他倒去，"哗——"腥臊的碱尿，淋得他泪流嘴吐，清醒过来……早上，饭桌上就有烧煳的一片。老爸不干了："没有那个弯弯肚子，就别去吞那个镰刀头啦。咋活不是一辈子。"他垂着阴阳头不声不语。一天闷在屋子里，不看书，呆呆地想。到了晚上关了灯，他才像幽灵似的，动了一下，划亮了鬼火。"你要毁了这个家，毁了你自己啊——"老爸喊。"我就是死也要死在考学这件事上！"他也喊。吓了老妈一跳，飘飘忽忽的灯火处，他鬼似的狰狞着阴沉的脸，十分骇人。老妈赶紧把老爸拉进被窝："中魔了，中魔了……"老妈从被窝里爬起来，下地打了一碗荷包蛋给他敬去。就开始一夜一夜坐在炕上守神。老妈在茅楼（厕所）里看见了一口浓血，老妈就跪在了他面前："儿，求求你，让妈先死在你头里吧。"他傻傻地抚摸着老妈干瘦的手、花白的头发，把桌上的鸡蛋碗推到地下，打碎了……

人真是命中注定的吗？他痴痴地望着"敞篷车"上下来的人。大胡子把围上来看热闹的人撵走，就又冲蹲在墙角的他歉意地挥挥手，好像觉得有点儿对不起他。他默默地站起身，走了……

屋里，李为国还没有回来。他又去于场长家了。近来，他常去于场长家，听说还吃了几次饭。刘世森没有点灯，一个人静静地躺在黑暗的炕上……外面的山风，一阵紧似一阵地冲击着塑料薄膜——嘭，呼嘭，像要冲破什么。

白天，太阳出山老高了，他才很晚从被窝里龟缩起来，懒懒地去学校上课。这几个月来，他一直在等，在想……这是他最后一次了，明年就再也没有资格走进那个叫他熟悉又叫他肉跳的地方了。他摸摸瘦腮上很久没刮的胡子，觉得自己真像个"老刘头"了。估摸半个月、一个月左右，他就站在场部门前瞭望。直到拖着一身疲惫、一身烟尘的汽车露出头来，他寂寞的心才活跳过来，眼里射出一线亮光。后来有几次，大胡子看见他，想张张嘴说句什么，又闭上了。在百货商店的门前墙上，他看过了。那张红喜报上，没有他告诉他的名字。其实，刘世森也看出来了，这么长时间过去了，不会有什么希望了。他并不指望大胡子能告诉他什么。他只是出于一种习惯，每隔这么长时间以后，他就到这里来迎大胡子的车。就像那些喜欢看热闹的人群一样。然后看着人们上下车。下车的人总是一身尘土，一脸憔悴，跌跌撞撞地回家了。上车的人总是穿得一身整齐，一脸兴奋，还冲着包括他在内的人们有意无意地扬扬手，炫耀什么似的，觉得比没上车的人们（包括他）幸运。这就是山上与山下的不同？上山的总是很疲倦，下山的总是很愉快，即使他（她）是一个病号，脸上也充满着希望……

很长一段时间以来，刘世森做事常常丢三落四。比如洗完手，随手把毛巾放在凳上，再洗脸时就去挂毛巾的铁丝上找毛巾。晚上刷牙倒了一缸热水，拿外面窗台晾着，早起再四处找刷牙缸。每到这时，李为国就笑他一声："你快成'范进'啦。"然后，一一指点给他。这次，也不例外，他问李为国：

"你看见我的手表了吗？"

"我哪儿看见你的手表啦。"李为国刚从于场长家回来，脸红扑扑地说。

"真没看见？"

"还能唬你这个'范进'不成？"李为国边脱衣服边上炕了。他就坐在炕头发呆，李为国见他不睡，就重新穿鞋下地帮他寻，一寻，就在箱子后面的旮旯里寻到了。递给他："给你，这个宝贝，别为它睡不着觉了。"

刘世森接过，瞅上一眼自语道："又不走字了，真该砸了。"李为国以为他难为情才这样说的，就开了一句玩笑："别砸，你要是砸了，我都该跳房啦。"

"你是说我不敢吗？"

"别吹牛皮了，你有多大脓水，我还不知道吗。"李为国懒得和他辩论了，就一口气儿吹了蜡烛。

屋里一下就黑暗起来。很快便响起了李为国的鼾声。无声的表壳泛着冷冷的光……瞅着瞅着，就瞅出老爸驼背的身影来；老爸一辈子没戴过表。他考大学的第一年，老爸托人从外地买来一只夜光表，说夜里学习看着点儿钟点。就哆嗦着手，给他戴在了胳膊上……老爸混浊的眼里闪着泪光……

次日早，李为国懒散地醒来。突然发觉刘世森的铺被空着，箱子盖上，一张纸包着那块表……不好！他发疯地跑了出去……

刘世森就站在房顶上，低着头，在想什么。晨风吹起他乱蓬蓬的长发，甩来甩去。太阳在黑漆漆的过火林子里，慢慢地爬着。白白的，喘着气，红红的，滴着血……

"刘兄——下来！"李为国急急地喊。

刘世森就下来了。轻轻地一跃，就像小时候在家跳鸡窝棚似的。不觉怎么费劲。

"啊?! ——"李为国惊呼了一声，扑过去，背起他就往场部跑……

场部立时围上来许多人。赤脚医生不知怎么办，慌慌张张撺人。好像人是来看她。刘世森冷冷地咬着牙齿，不号不叫，豆大的汗珠串串往下淌。他不让人动他右腿，一动就背过气去。李为国看不过，冲赤脚医生嚷："快打止痛针呀。"赤脚医生这才醒过来，解开一层一层缠着的黑污布袋，摸出一管针来……刘世森好受了点儿，松松嘴，吐出一颗带血的碎牙齿。

……等到"敞篷车"将刘世森送到地区医院，拍了片，听医生责

16

问："怎么才来看呀？"才知道还得转院。就又转到了省城医院。省城医院的大夫给他做了手术，截下去右小腿。住了大半年医院。临出院，大夫才很惋惜地对他说："你要是早来，就不用截肢了。"刘世森听了，一脸漠然。活动活动假肢，好像挺满意。

刘世森带着假肢回来，就办了病残证明，从山上调了下来。教育科安排他在地区一所小学收发室上班。每日坐在屋里按按电铃，看着小学生像听到命令的士兵向教室跑去，自己像个将军。日子一天一天过去，觉得挺满足。

一日，李为国下地区来办事，在街上碰见了刘世森。李为国就很愧疚，很痛心地提起了那件事。一脸对不起他的样子……

"福之祸兮，祸之福兮。我妈说我没死，就是神仙保佑的结果。现在又办回地区工作，是双喜临门。我应该感谢你才是。"刘世森说得真诚，脸上看不出一丝痛苦的样子。临走，还很怜惜地对他说：如果以后再有机会下来，就到他家去玩一玩，山上很寂寞呀……就"吱呀、吱呀"一瘸一拐地走了。阳光晃着他的影子，慢慢拉长……

八

山上就剩下李为国了。李为国没调下来，他和于场长的女儿于玲结了婚。搬出了那间原来他们三个人一起住过的木刻楞。木刻楞就只有和"上厢（乡）下山万岁"几个字为伴了。于场长给他们在朝阳山坡上盖起了三间宽敞的大屋。阳光从宽大的玻璃窗上射进来，晃得屋里明亮明亮的，跟在太阳底下一样。结婚时买了一台收录机，就从里面唱出："在那遥远的小山村，小呀小山村，我那亲爱的妈妈已白发鬓鬓，过去的时光难忘怀，难忘怀……"引得一群大人、小孩趴在窗台前瞧新鲜……

有天晚上，于玲躺在炕上忽然跟李为国说：

"爸爸说，不让你教书了。"

"不让我教书……为什么？"

"爸爸说，和你一起来代课的都走啦。也不能亏了你，叫你当管理员。"说完，又叹了一口气说，"也是，念书有什么用呢，到头来还不

17

是在这山沟沟儿里摆弄土坷垃。"

李为国望望初中毕业名字还写得歪歪扭扭的学生，一时无言。当初，他考上代课教师，是想做一辈子老师的。是为了当学生时受到的不公正的待遇？还是为自己没考上大学？他说不清楚……窗外，黑黢黢的大山压来……只觉得那是一个遥远的梦了……

李为国当上了管理员。山上的人不再喊他"李代课"，而是恭恭敬敬称他一声："李管理!"透着一脸的羡慕和尊敬。李为国还学会了喝酒，很像模像样地用三根指头平端着碗，和人一口一口地揣了。常常喝得红光满面，身体也一天一天发胖起来。只是偶尔对着刚出世的儿子的啼哭愣一会儿神，但很快又忙别的去了。新生婴儿的啼哭，在一层一层大山的襁褓里，显得是那样孱弱、无力。

学校勉勉强强终于再没办法开下去，就休了学。学生就作鸟兽散了。空荡荡的教室、校园死静了几天，在山林子里转悠了四年的野鸟，又陆陆续续飞回到老根据地来。叼来树枝、草棍、兽毛，重新安家落户，栖息生存，繁衍后代。操场上的草，没人去踩，就疯长疯长起来，很快就长成了荒芜的一片。偶尔，有几缕不甘寂寞的阳光，从林间走出来，穿过没遮没拦的教室门窗，在长条板凳上、长条板课桌上落了一会儿……看这情形，不知山下什么时候才会再派代课教师来。

农 家 肥

　　学校每年春天都要交粪肥的，学生三十公斤，教员四十公斤。开学第一天，校长手里拿着一个黑壳夹本、一支笔，站在学校门口，来一个记一个。站得久了，不时地用嘴吹吹冻得不好使的手和不好使的钢笔。粪是用食堂那杆秤称量的。量粪的就是食堂做饭的师傅，量得和给教员、学生打饭一样仔细。食堂师傅红胖的脸，圆酒糟鼻子。时常从他的两只鼻孔里不自觉流出鼻涕来，打饭时人见了恶心，背地里讲他粪鼻子。食堂师傅有很严重的鼻炎。学校规定收的粪包括人粪、猪粪、狗粪、鸡粪、鹅粪等许多种，尽管这样，学生、教员也不能按时交足所定的粪量，常常要拖下好多日子。再不完成者，学生则被勒令停止上课，教员则被克扣工资，按当时镇子上一些公家生产队收购粪肥的价格来克扣，那时镇子上还有专门收粪肥的，六分钱一斤，相当于二三斤土豆的价钱。镇子上有人骂仗，常听有人骂"臭狗屎"，其实臭狗屎也挺值钱的哩。

　　校长把完成交粪任务的人名单写在一张大红纸上，像张榜成绩一样贴在学校门口。课间操时，校长还像怕人忘了似的，把红纸的名单又表扬了一通。说得没上名单的人都低下头去。常常最先上红榜名单的，有这样两个人：一个是解教员，一个是学生刘玉勤。

　　刘玉勤家里人口多，还养着猪、鸭、鹅、狗，粪自然多。不像别的学生家里，一开春，攒下的粪还不够自己家地里用的。家长自然不会让肥水流到外人田里。再者，刘玉勤的爹是生产队赶马车的车老板，常把马后兜背回家。用镇上人话讲是"攒驴腚的"。这样刘玉勤是第一个交上粪的就不奇怪了。

偏偏这解教员是一介书生，怎么看也和"攒驴腔的"联系不起来。解教员方形白脸，架一副细边眼镜。当然，解教员除了教语文课外，还教着农基课。解教员讲农田课时，从不把人屎狗粪叫粪，而叫农家肥。每每有学生习惯叫猪屎狗粪时，解教员总是很严厉地纠正："叫农家肥。"久了，学生们也私下里叫解教员为"农家肥"了。

解教员家在镇外，平日里一个人单身住在学校里。一日三餐在学校食堂打饭。长住学校的还有一个教员，姓方，教美术和音乐的。两人常在食堂里碰面，不外乎："吃啦？""吃啦。"打招呼。民以食为天嘛。

偶尔也有小的插曲。一日早，解教员从宿舍里出来，在外面迎面遇到方教员，恍惚地招呼道："吃啦？"方教员脸一红，低下头不答。等方教员走过去，解教员才瞅清方教员走出来的是学校厕所，也不觉暗自红了脸。待解教员从校园外散步回来，在食堂重新遇到方教员时，方教员正一个人埋头坐在那里吃饭哩，就又先上前打招呼："吃啦？"方教员抬起头，看了看他，说："你的眼睛真的这么近视吗？"解教员听了怔怔地立在那儿，等方教员咻咻笑起来，他才嘿嘿不好意思地走上窗口前去打饭。

通常的时候，方教员是起在解教员后边的。解教员习惯早睡早起。早晨起来，解教员就走到学校外面的农田里去。有农人在田里干活，解教员走过去同农人搭话，有时还会伸一下手。到早铃快要打响时，解教员才溜达回来，身子骨觉得舒舒服服的。早晨田里的空气也好。长了，解教员同附近的农人都混熟了。农人见了解教员很热情地打招呼，并掏出旱烟递给解教员来吸，解教员就接了，吸了。这样的一天早晨，解教员就走进了方教员的画框里，方教员是偶然早起出来写生的。

"你画什么呢？"解教员踏着露水走过来打招呼，没有再说吃啦。

"你过来看看。"方教员歪着头专注打量着画框——："像吗？"

"不太像。"解教员看后老老实实凭感觉说。

"我也觉得缺少点儿什么……"方教员轻轻摇头叹息了一下。样子有些无奈。

"你为什么不走过去同他们接触接触？"解教员说。

"我怕自己也成了农民。"方教员收起了画夹。

解教员听了，怔了怔，半晌无言。

往学校回来走的路上，解教员说："我想掌握点儿田间实践知识哩。"

方教员理解地点点头，想：解教员是教农基课的。

早晨蓝蓝的天空上，飘着两朵白云。白云下，走着的两个人影，在各自默默地想着心事。

方教员上师范前，家也在乡下住。方教员上了师范后，就不想回到乡下了。可师范分配哪里来哪里回，这样方教员就又分配到乡下了。不过这是一所镇上中学。

方教员一个女子，吃饭是很轻省的。常常买两个馒头总要剩一个。不想退给粪鼻子（那会儿提倡节约粮食，学校食堂允许退馒头的），就喊："解老师，帮帮忙。"那边的解教员慌忙摆手："我也饱了，我也饱哩。"方教员便硬塞过去，等她走过窗外，见解老师也将那个馒头吃了，就心想：明明能吃下三个馒头，为啥只买两个。看来解教员家不宽裕。

方教员在一天吃中饭时，当着许多人的面问："解老师，你有家室吧。"解教员一愣，看了方教员一眼，方教员的眼睛直盯盯地望着他。解教员就慌慌地躲开了方教员那双漂亮的秀目，低下头去，回避着说："嗯，嗯，有的，有的……"方教员就移去了目光："怪不得吃得这么省。"解教员的脸就又红了。其实解教员那会儿是没有家室的，解教员这样讲只不过是想，和方教员还不了解，两人宿舍又住着隔壁，说没有叫人家和方教员会怎么想。

果然自这日后，方教员和解教员接触大方自然了起来。有时方教员晚上也到解教员屋里坐坐，挺晚才离去。学校里也再没有人张罗给解教员提亲了。解教员吃方教员剩下来的馒头也顺理成章不再躲闪谦让了。

学校那间用木板钉成的厕所，实际上用得最多的是解教员和方教员。到了晚上，方教员在隔墙喊一声："解教员，帮忙方便方便。"正在背课文的解教员嘴里应着"好的，好的，就来"，身子却并不动椅子。一直听到鞋底很响的趿拉声拖远了，才起身。外面是黑得伸手不见五指的，解教员站在空荡无人的操场上吊嗓子："临行喝妈一碗酒……"声音传得远远的。过了一会儿，一条黑影移近，捂嘴咪咪笑。

"你笑什么哩？"

黑影笑而不答。解教员想明白了，脸就在夜幕里暗自红了去。

21

再晚上出去，解教员不再唱李玉和了。解教员改唱"穿林海，跨雪原"了。

学校放寒假，方教员邀解教员一起坐车回家。方教员家也是外镇的。解教员说他还要走几个学生家家访，方教员就一个人先走了。

学校人走光了，包括在食堂做饭的师傅，解教员就去学生家家访。到了吃晌饭时间，学生家自然是要留饭的。解教员就盘腿和一家人亲亲热热吃起了饭。吃完饭，解教员向学生家长借一把尖镐出来，走回学校去。

解教员在宿舍换了一身脏衣服后，去学校厕所下边的坑里刨粪。天将粪冻得生硬。刨了半天下来，解教员也只能刨一土筐出来。第二日解教员又去另外一学生家家访，午饭自然又在这家学生家吃了，吃完又一个人回来干活……如是几日，厕所里的粪差不多就刨干净。解教员将粪运到操场上，堆成一堆，用水浇上冻结实，又用毛笔在一张纸上写上自己的名字，然后把写好名字的纸也冻在粪堆上。这才安心地离开了学校。此时解教员已晚离学校差不多有五六天了。

开学时，自然是解教员第一个先交上粪的。方教员看到写着解教员名字的粪堆很是诧异。解教员不好意思地说，都是学生家长帮我刨的。方教员点点头，想文质彬彬的解教员也不会刨出这么多粪。往往称解教员的粪时，总要超额一些出来。校长会问解教员余给谁。解教员说给方老师吧。量秤的食堂师傅粪鼻子阴阳怪气地说："反正学校茅坑里的屎多是你俩屙的。"解教员和方教员听了，脸都很红。

没有完成交肥任务的学生被勒令停学了。家长找到学校来，围着校长问："毛主席说好好孝（学）习，天天向上。不天天来上孝（学），怎么能向上？你说——"

校长被问住了，脸憋得像一摊干牛屎饼。

解教员路过这里，拨开众人走过来，说："毛主席还说深挖洞，广积肥，不称霸。"

农民们听了，眨眨眼，扯着自己的孩子回去了。边走边说："回去屙吧，等屙够了屎再来天天向上。"

众教员听了就笑。

吃饭时，方教员问解教员："毛主席什么时候说过深挖洞，广积肥？我记得是广积粮。"

解教员抬起头来，在镜片后面眯眯眼，一笑，说："没有肥怎么会有粮。关键是要让农民相信你。"

解教员白脸上显出一片狡黠。

农民们的确很相信解教员。田间、地头见了面老远打招呼，"吃啦？""吃啦。""家去坐坐？""家去坐坐。"有时农民还专门到学校来找解教员，把他请到自己家田里。那多半是自家田里的农作物遇到虫害。解教员就很耐心地蹲在田里，察看病情。然后告诉农民去买什么什么农药。药上后果然就见效了，农民苦巴着的粗眼和解教员眼镜片后边的细眼一起眯眯笑了。几日下来，解教员的脸被日头熏得挺黑。那个时候，解教员看上去不像个教书先生，倒更像个在田里作业的农艺技术员。

放暑假了，农民们给解教员送来自家产的时令农物，有西瓜、冬瓜、香瓜、青苞米等。放在一辆学生家长的马车上。马车送解教员和方教员到镇外长途汽车站坐汽车。赶车的便是刘玉勤的父亲。一路上，解教员像忘记了方教员也坐在车上，同刘玉勤的父亲拉着拉不完的话，什么粪肥呀、农药呀、早麦收成呀……方教员坐在慢悠悠的马车上就觉得很寂寞。

到了长途汽车站，送走刘玉勤的父亲。解教员问方教员："你要不要，你也拿一些回去吧。"方教员摇摇头，说她不要，拿不动。方教员说不要，解教员就不好勉强。他也不好帮方教员拿回家去，就一个人背着、拎着，满满登登挤上车了。方教员看到了，很吃惊解教员的力气。

暑假完回到学校，养了一个月的解教员，面孔又养得白白的。一日与校长在一起时，校长很无意地说起："帮老乡做事是好事……注意点儿影响。"解教员听了知道影响是什么……只不过想是谁向校长反映的呢？想来想去只有方教员了。学生家长是不会和校长说这些的。便在心里想着下回回去再不让方教员看到了。

早晨、晚上散步，解教员还去校园外的田地里……时间久了，白白的面孔又渐渐黑了。方教员也渐渐养成了早起的习惯。方教员是出来写

23

生，叫解教员陪着。往往一到了郊外，解教员就将方教员丢开了。回来见方教员一个人站在那里孤零零作画，就有些歉意。

"画好了没？"

方教员怠倦地摇摇飘散的头发。方教员好像总有些找不到感觉。

"慢慢来。"解教员走过来安慰道。

走在回学校去的田埂小路上，方教员问解教员："你有没有想过离开这里？"

解教员顿了顿，没想到方教员会这样问，茫然地摇了摇头……

学校里只有解教员和方教员是专科师范毕业的，其他教员都是镇上招的代课教员。方教员这么想也就不奇怪了。

那边，牛哞、羊叫，农人在田里扶犁耕作，构成了一幅上好的田园风景。

转眼又到了放寒假的日子。学校在镇子上附近住的教员，纷纷回家歇息去了。方教员又来找解教员同路一起回家。解教员带着歉意地说他还要走几个学生家家访。方教员只好有些失望地一个人先离校了。望着方教员一个人背着画夹走出学校门口的身影，解教员心里也有些怅怅然然的……

上午解教员先去了学生刘玉勤家家访。晌午饭后出来时，手里又多了一件尖镐。解教员直接走到学校茅厕坑里，也没到宿舍去换衣服。解教员想反正衣服放假回家也总是要洗的。也就省了去换。

解教员在刘玉勤家吃得挺饱，身子徒增了不少力气。吭哧，吭哧，闷头刨将起来。刨着刨着，解教员感觉头上落下水来。解教员停下手里的镐，抬头疑惑地向上面望去。解教员就看到了一个不该看到的画面，水影在镜片上漫化开来，随着"妈呀"一声，解教员也猴子一样地跳将出茅坑来。站在坑上的解教员，看见方教员的身影一闪，隐进了宿舍门里。解教员瞪着模糊镜片后面的眼睛，傻了……

解教员一直等到天黑下来，才迟迟疑疑走进方教员的屋里。解教员在黑影里红了半天脸，才说：

"……你没走。"

方教员也低下头去，哑着声说："镇上的那趟长途汽车今天没发，坏了。"

"噢……"

解教员搓着手。站在那里停了半天不知道再说什么好。

方教员也没说话。解教员待一会儿，就告辞走出去了。

晚上，解教员躺在屋里很久也没睡着觉，身子翻过来覆过去烙烧饼。一夜，听着板壁隔着的方教员屋里也在烙烧饼。

第二日早起来，解教员和方教员一同去镇外坐汽车了。两人是默默走着去的。走了很久也无话。天很冷，方教员围着一条白毛兔围脖，有哈气从围得很严实的围脖里一进一出的。

又走了一阵，解教员从冻得有些发抖的嘴唇里抖出一句不太完整的话："方教员，我……"

方教员听清楚了，并且知道了他下边要说的话。方教员望着很远的天际含糊地说了一句："解教员，我好像听你以前说过你有家室的，是吗？"

解教员就脸红了，咽下了肚里憋了一宿的话。

到了汽车站，往方教员家方向去的汽车先发了。车上的方教员回过头来说："再见。"站在车下的解教员也怔怔地举了一下手："再见。"那趟车就先开走了。

回头，解教员问准备进屋的那个女检票员一句："那趟车昨天坏了没有？"

女检票员答："没有。"

解教员坐上了自己返家的汽车。车上人挺多，座位都坐满了。解教员站在过道上，翻过来覆过去想了一路的心事，就不觉得挤得慌了。

春天开学时，解教员第一回没有完成交农家肥任务。名字也就没有上红榜纸。校长把解教员找去问："你怎么搞的？"就像一个人习惯做某件事，突然不做了，叫人一时接受不了。校长正是这样难以接受的。"你扣我工资吧。"解教员全然没有照顾校长脸色，回了一句便走出来。

方教员在食堂吃饭，不再多买一个馒头了。小口小口吃完，一个人先走了。当然，解教员也买足了自己每顿要吃的三个馒头。解教员的饭量并没有减退。

这年夏天方教员调到县城里教书去了。方教员是最后一个把要调走的消息告诉解教员的。解教员那时已从别人口里知道方教员要调走的消息好几天了。

大家一起到汽车站上送方教员。方教员一一同众教员握手，道一声：再见。

汽车卷起一股烟尘开动了。烟尘渐渐散开后，方教员慢慢回过头来，望一眼那灰秃秃立在尘土中的人影，半晌，才能辨出一副眼镜来，想，那个便是解教员了。

一种酸酸涩涩的感觉颠簸着远去了。

方教员走后的第二年，解教员与毕业一年在家务农的刘玉勤成了亲。又一年，有了儿子阿宝。

从面相上看，解教员变老了。白白净净的面皮彻底变黑了。从前那副细边眼镜在田里做活时不小心打碎了，又换了一副粗框眼镜。做活时就用一根白球鞋带系在脑后。远远看上去，像头上包扎了一道伤口。只有刘玉勤见了会说："这是我家老解在做田呢。"这也是田里农人和解教员的唯一区别。

解教员除了每日在学校里教书，还要赶回来到田里做事，日脚显得挺紧巴。常常挽着的裤脚还没等放下，又要匆匆赶回去教那两三节课程……这样的日子，改掉了解教员先前不少在学校养成的作息习惯。比如一早一晚到农田里去散步、做事，比如同某位老农拉一拉农家话。现在解教员自己家田地里就有做不完的活，做不完的事。忙得连上厕所的时间都挤不出来……哪有闲工夫去散步，去管别人家田里的事哩。

解教员现在每天早上起来做的第一件事情就是上厕所。净了屎肚好腾出时间来做一天的正事。这刘家茅厕在自家菜园子里，不分男女，只一眼粪坑。每天早上起来，厕所门往往是紧关闭的（挡猪狗）。农民大都养成了肥水不流外人田的习惯。第一个进去的是刘玉勤的娘，第二个进去的是刘玉勤的爹，或是刘玉勤自己。最后一个才轮到解教员。因为解教员在刘家是起得最晚的一个。解教员起来，就两眼死死在窗户上盯着那扇苞米秸挡着的厕所门。里面的人却不管外面解教员的死活，久久不见动弹。解教员不像刘玉勤的爹，刘玉勤的爹屎是憋不得的。有屎了就走进菜园子去，喊："屙完了吗?"里面答："还没有。"他并不走，站在那里等："快点儿。"里面的刘玉勤就提着裤子走出来。解教员走进茅厕里还有个发现，就是刘家人从不用手纸的，地上散乱地放着一些苞米秸秆和向日葵叶子。茅厕里学生用过的方格本，是解教员放进去的。

"他的屁股就这么金贵？"刘玉勤的爹见了不满意地道。

"解教员是知识分子嘛！"刘玉勤为自己的男人开脱。

"屁，吃屎分子呢。"刘玉勤的爹啪啪往地下吐着痰，丢下一句。

解教员在菜园子里听到了，心里觉得很委屈。解教员就想起方教员来，方教员用的手纸都是两角钱从商店里买的薄薄的卫生纸。那个时候解教员见了也觉得是一种浪费……这么一想竟也想通了。委屈归委屈，解教员还是从厕所里把那本旧田字方格本悄悄拿了回来，用时偷偷往兜里揣上一张。

让解教员想不通的是，从前刘玉勤做学生时，自己和她爹有拉不完的家常嗑。现在成了一家人，话反倒少了。早起见面问上一句，"吃啦？""吃啦。"再就一天无话了。解教员主动搭话："吃啦，爹。""嗯。"爹点一下头。再后来做爹的，头也不点了，早起该做什么做什么，像没看见这么个人，将解教员闪在一边，解教员就觉得浑身空落落的……

街上农人先前见了解教员，还主动打招呼，解教员长解教员短的。解教员就说："叫我老解吧。"农人就有些尴尬……躲闪着嘴说："俺叫不出嘴……"再后来打招呼的人就一日比一日少了。

在家里，解教员问刘玉勤："我和村里人有什么不同哩？"

刘玉勤说："你看村子里有谁戴眼镜的，还不就你自己。"刘玉勤说得似乎有些骄傲。

解教员就摇摇头，摘下眼镜擦了擦，叹息了一声又戴上了。老解是离不开眼镜的，老解还要教书。

渐渐地，解教员留在学校的时间多了起来。阿宝长大了后，田里的活尽量由刘玉勤去做。每天早晨，解教员夹起书本，对刘玉勤说一句"我去学校里备课"，就走了。其实解教员并不是真正去学校里备课，解教员是去学校里散步。学校又新分来两个年轻教员，住在解教员和方教员从前住过的宿舍里。每天早晨，两个年轻人就在校园里打篮球。见着解教员夹着课本走过来，就喊："解老师一起玩会儿。"解教员就上去玩了。玩得开心，两个年轻人就会说："解老师到底是师范毕业的，不像镇上那几个代课教员，整天守着自己那一亩三分地。"

解教员听了，就一阵脸红。

有农人来家里找解教员，去自己家田里看虫病。长了，解教员也失了耐性。解教员跟刘玉勤发牢骚：

"为啥总来找我？"

"你懂哩。"刘玉勤说。

第二日下课时，解教员拿着农基课本去找校长，校长问："啥事？"

解教员说："我代了这么久的农基课了，该找别人代一代了。"

校长就收了解教员的农基教科书，安排别人代了。再有农人来家里找，不等解教员出面，刘玉勤就将来人挡了："我家老解不教农业了，只教语文了。"

辞了农基课，解教员对果呀、苗呀、肥呀兴趣渐渐淡了。走过田间时，也不站下来望一望、问一问了。匆匆昂着头走过。田里的人见了，都说解教员变得骄傲了。

每日闲下来，解教员就教儿子阿宝背唐诗："鹅鹅鹅，曲项向天歌。白毛浮绿水，红掌拨清波……"

一只只白鹅，伸着弯脖好奇地向水塘边的解教员和阿宝望着。阿宝背着背着，像只鹅似的摇晃着身子向田里跑去。田里，刘玉勤一个人在弯腰锄地。解教员蹲在泥塘边，望着静静浮在水里的白鹅，在想着心事。

在课堂上，对着课文，解教员总能勾勒出一幅很美好的画面，可当这幅画面推到眼前时，解教员又觉得不那么美好了。

解教员不知道这是不是方教员先前作画时所困惑的那种感觉。解教员就很怀念起和方教员在一起的先前那些日子来。

学校的粪肥每年还是照常收的。学生三十公斤，教员四十公斤。交粪时，解教员是不去交的。粪是刘玉勤推车送去交的。校长是知道刘玉勤的。校长表扬了刘玉勤，说刘玉勤爱校如家，离校这么多年了还没忘了学校。学校后来的人就也都知道了刘玉勤的名字，并且知道了刘玉勤是解教员的老婆。

早上过学校来玩篮球，两个年轻的教员见了他咻咻笑，解教员知道他们笑什么，装作没看见，硬着头皮走过去，和他们一起玩了。到吃饭时，解教员又离开了校园。他们两个不笑了。瞅着解教员的身影隐在灰灰的庄稼地里，望了很久……

解教员浑身怠倦地走在回村里的田埂小路上。早晨的日头懒在头上也显得没精神。

快到村口时，解教员遇见了自己的儿子阿宝。阿宝在拾鹅粪。刚从水塘里走出来的白鹅，晃着身子，晃出一摊稀屎来。阿宝手里的粪铲就铲过去。不想，被赶到近前的解教员上前去一把凶凶地打掉了。"你还我的农家肥，你还我的农家肥。"阿宝啊啊呀呀地哭了。解教员声色俱厉地纠正阿宝："是臭鹅屎，不许拾臭鹅屎。""是农家肥，是农家肥……"

解教员和他的儿子阿宝站在村口上，像两只斗架的公鸡，惹得早起在田里做活的农人都停下手来，抬起头，隔着绿油油的麦田望过来，茫然地端量着这边的解家父子。农人们看到了发了怒的解教员脸红得像鸡冠子，手在头上挥了挥，又无力地放了下来。田里就有瞧戏样的农人脸上掠过一丝嘲弄的神色，又低下头去接着做自己的活路去了。

解教员怔了怔，瞅了瞅阿宝，又瞅了瞅田里的农人，慢慢回转过头来，觉得懒在头上的日头晃了晃，昏晕晕地滚落了下来……空荡荡的解教员站在那里，就想哭出点儿什么了。

最后，农人看到解教员灰溜溜地离开了村口，走回村子里去了。

六　　指

　　杨先生反剪着手微驼着背摇头晃脑背诵了一遍课文，就将学子牛牛叫起来，叫他复背一遍。牛牛挺直溜的腰一下子矮了下来。十五岁的牛牛还是一个三年级学生。牛牛坐在一群流鼻涕的孩娃中间，委实显得有点儿牛高马大。牛牛半天没吭出声……杨先生复又叫他照着课本读一遍。牛牛将课本翻得哗哗响，半天才找到要他背诵的那页课文。牛牛就照着课本读起来："陶者……陶、陶尽门前土，屋上无片瓦。十指不沾泥，鱼鱼居大厦。"牛牛读完，学生哄堂笑起来。杨先生轻轻咳嗽了一声，学堂静悄下来。杨先生纠正道："牛牛，那不是鱼鱼，是鳞鳞，鳞鳞居大厦，鱼鱼怎么会住大厦呢？"学生又要笑，看杨先生严肃，就止住了。牛牛的头耷拉下来。杨先生重新提问道："牛牛，你说《陶者》这首古诗前两句说的是什么人，后两句说的是什么人？"牛牛的头依旧沉默地耷拉着……许久，杨先生方叹息了一声，说："牛牛，你这个样子怎么行呢，后天就要中考了，你留级还没留够吗？"学生听了，脸色惶惶然的，像是在说自己，不再东张西望了，赶紧把头埋进书本里。只有牛牛一个人的身影还在那儿默默地呆立着，牛牛的身影挡住了后排窗口上射进来的一线阳光。牛牛的身影看上去有些模糊。

　　牛牛没有再听杨先生说什么。牛牛的眼光不知什么时候已经游移向了窗外。这样牛牛就看见一个人走进学校来。那个人是六指。六指的背后是一大片望不到尽头的苞米地，遭了霜打的苞米叶子蔫巴巴的。六指就是从那蔫巴巴的苞米地里钻出来，径直走到学校里来的。六指家在村里开着杂货铺，六指是店主。六指平日除了出外进货，再就是像条狗一样终日守在货铺里。六指这个时候出现在学校里，叫牛牛觉得好生奇怪。牛牛忘了鱼鱼、鳞鳞什么的。牛牛的心跳随着那个人的脚步,一点一点提到了嗓子眼里。学生娃差不多都认识六指,学生娃差不多都吃过六指卖的糖球球儿。牛牛的脸不知不觉憋红了。

那人的脚步好像在校园里停顿了一下,而后向校长室屋里走去。这时候放学的钟声轰然响了,牛牛惊醒过来,兔子一样第一个离开了学堂,离开了学校……杨先生对那个消失成黑点的人影,默叹着摇摇头。

六指走进校长室里,校长费洪林正一个人在屋里做着中考计划方案。破着玻璃的窗上糊着牛皮黄纸,屋里的光线有些黄糊糊的暗淡。六指瞅清楚是校长,就对那团黑影说:"你停一下,跟你说个事。"费校长就停下来瞅他。六指说清楚了事由……费洪林听后,显得很犹豫,想了想说道:"等中考以后,行不?"六指说:"中考以后还会落几场霜的,你想让我收冻苞米。"费洪林就不吱声了。见他还在犹豫,六指就等不及地说:"要不每亩再增加两块,一亩八块钱行吧。"费洪林听了,抬起头来望他:"是现钱吗?"六指没再说什么,从衣兜里掏出几张十元的票子来,展给他看。费洪林看到了就说:"好吧。"下了决心。又问他:"你家几亩地?"六指拨起指头来数:"前屯子三亩,后屯子两亩,东屯子两……七亩。"费洪林口算了一下,说:"七八五十六,共五十六块。"六指从手里捻出六张票子来,放到桌上:"这是六十块钱,你点点。"费洪林一张一张拾起桌上的钱,复又用手指点了一遍,说:"得找给你四块钱。"费洪林说着,就动手去翻自己身上的衣兜,摸了半天摸遍了身上大小衣兜,也没摸出四块钱来。费洪林一时脸红着有些歉意地对他说:"你等着,我再出去给你找钱来。"六指这工夫已等得有些不耐烦,六指说:"算啦。"费洪林听了脸急白起来:"这怎么行呢,讲好的,你等着。"费洪林丢下六指一个人在屋里,匆匆忙忙走了出去。六指就心焦地在屋里等起来。六指心里惦记着家里的货铺。尽管家里有女人给他照看货铺,可他对女人总有些不放心。费洪林出去了好大一会儿才走回来,手里攥着一大把毛票,递给他:"刚好是四块钱,你数数。"六指瞅了一眼揉搓得脏兮兮的毛票,没有去数,接过来就揣进了衣兜里。

走出来时,六指心里在想,这些脏兮兮的毛票也不知在老师们的口

31

袋里放多久了。六指这样想着扫了一眼灰秃秃的校园，觉得头上晌午的秋阳正挺温暖地照着自己哩。

在村路口，六指碰见村长。村长说："六指，做啥去啦？"

六指说："去学校啦。"

"去学校作甚？"村长脸上显出一些迷惑。

"叫学生娃来地里收苞米。"

村长脸上挂了层霜："六指，请学校的人家都排成队啦……"

六指从村长面前走过去，没有再搭理村长。六指知道那些排成队的人家都是些拿不出现钱的主，费洪林就叫等，其中包括村长，村长家的苞米至今还等在地里。往年第一个收干净的总是村长家。什么屌毛村长。六指慢悠悠地向村子里晃去，一斜一摆的步子里就晃出一种得意来。

早晨，牛牛像只肥鹅一样，一摆一摆从屋子里抠着眼屎走出来。牛牛手里拿着书本，睁着困顿的眼睛摇头晃脑照着书本背："……陶尽门前土，屋上无片瓦。十指不沾泥，鱼鱼居大厦。"牛牛又将"鳞鳞"念成了"鱼鱼"，这回没有人为他纠正，他身边只有几只掏土觅食的鸡。牛牛就脸不红不白地一遍一遍背下去。六指的女人秀秀出门来倒水，秀秀说："牛牛念经呢。"牛牛瞅着秀秀的身影走过去，牛牛对这个只比他大五岁的女人小声说一句："你知道个蛋。"秀秀提着泔水桶，扭着肥肥的屁股一遍一遍从牛牛面前走过来走过去，牛牛就没有了背书的心情。牛牛对秀秀不知该恨她还是该亲她，秀秀取代了牛牛妈的位置，这是牛牛永远也忘不掉的事实。牛牛的心情在这个宁静的早晨里不知不觉地烦躁了起来。

太阳爬到了屋顶明亮的红瓦片子上，六指才懒懒地从被筒里爬起来。六指坐起身来并没有马上要穿衣服的意思。六指身子卷着花被，睡眼眯眯地撒眸了一下外屋……"喂。"秀秀闻声从外屋厨房走进来。秀秀看到他的眼色知道他要干什么。秀秀害羞地垂下眼去。秀秀垂下去的目光无意中掉到他右手的第六根手指头上，秀秀的身子微微颤了一颤。那根比常人多出来的手指总是叫秀秀觉得有些害怕，不敢正视它。平常夜里做事情秀秀总是回避着它。可是这会儿它却明明白白、无所顾忌地展示过来，一下子就揽住了秀秀丰腴的腰。"别……他看见。"他的目光浏览了一下窗外。牛牛在门口上背书，他的手从秀秀的腰上松了下来。

"牛牛。"他在窗里喊了一声。

牛牛听见后走了进来。

"牛牛去耍去吧。"

牛牛说："今天要中考呢。"

"学校今天不中考了，你不用去学校啦，你去耍去吧。"六指又耐着性子告诉牛牛说。

牛牛看了他一眼。牛牛尽管有点儿不太相信，可牛牛知道此刻不得不照着他的话去做了。

牛牛转过身鹅一样一摆一摆地走开了。

"呆头。"六指等不及的手又重新揽过了女人的腰。秀秀没有再挣脱。秀秀知道怎么地也得由着他去做了。秀秀的小嘴哼哼叽叽含糊不清发出一串似乎不太情愿的声音来。

牛牛和几个比他小得许多的村娃在泥塘边捉蜗牛。牛牛抬起头来时，看见一队学生从小学校那边向村子这边走过来。牛牛一眼就看见了他们班，还一眼看见了他爷爷牛满仓，牛满仓和杨先生走在一起。长长的学生队伍到了村口分开了。牛牛的班级向南屯子走去，牛牛的班队伍后头少了牛牛，突兀地少了条尾巴，像条秃尾巴的蛇。这条秃尾巴的蛇一会儿就在牛牛的眼里游移得看不见了。向后屯子这边走来的是高中生赵教员带的那个班。牛牛很想走过去问问赵教员，学校今天要去做什么。但牛牛最终也没有走过去问。牛牛想起早上六指说过的话，学校今天真的是不中考了。牛牛的心里一阵轻松下来，一心一意捉起蜗牛来。

高中生赵教员带着学生队伍走过村子时，看见几座矮矮斜斜的黄泥巴土房围着的墙根下，蹲着几个已穿起棉袄的老汉，这几个老汉抄着袖蹲在那里，默默的脸上显得有些麻木。赵教员到小学校代课当教员来，每次从这里走过，都会看到这几个老汉相对无言地终日厮守在那里。久了，在高中生的眼里，这也成了小村的一处风景。

"赵教员，带学生娃子学农劳动哇。"

走过这里，闭目养神的老人当中忽然有人问了一句。以前学校到田里干活，赵教员就说成学农劳动。不想被老人记住了。

赵教员脸微微发红，有些慌乱地支吾应道："嗯，嗯……"

不觉脚下加快了脚步，匆匆走过了这里。

傍晚时分，牛满仓把杨先生和赵教员引进家门。四间宽敞明亮的瓦房中间一间是饭堂，门脸一间是杂货铺。他们走进来时，六指刚好在杂货铺里落下门板，走过来。

"校长呢？"

"请啦。"

"咋没来？"

"谁知道……许是拿架子呢。"

几个人听了，惶惶地不自然默默对视了一眼。牛满仓赶紧说道："杨先生，赵教员，请。"几个人走进屋内，秀秀已将鸡块、鱼块摆到了桌上，又起开了一瓶鹌鹑蛋罐头。秀秀给几个人倒酒，杨先生说："牛满仓，你好福气哩。"

牛满仓道："杨先生，看您说的，看您说的，还不是托您的福。"

"老杨，喝，喝。"六指说。

杨先生脸就殷红起来。

吃散了席，走出来，院门外立着一个黑影。黑影踟蹰地移近："杨老师……明天中考吗……"

"哦，哦……明天……劳动，你不用来了。"夜色里，杨先生的脸还在红着，不知是酒喝多了，还是怎的。

走远了。一直在后面默默低着头走路的赵教员慢慢地跟了上来。

"老满仓是你的学生？"

"是哩。"

"六指呢。"

"嗯……也是哩。"

停了一会儿，又听赵教员疑疑惑惑地说道："听人讲，六指读书时连手指都数不齐，珠算课学得很糟，咋会做起买卖？"

杨先生听了没吱声，杨先生想起六指读小学时总也弄不懂加减法。有一次在课堂上，杨先生叫六指口算，十个鸡蛋减去五个鸡蛋，还剩几个鸡蛋？六指拨起指头来算。六指拨来拨去，说还剩六个鸡蛋。学生就笑起来。学生倒也看清楚六指右手上多出来的那个怪物。六指一减减出六个指来。以后大人学生娃都喊他六指，长了倒也把他的学名牛学礼给忘了。杨先生不能把这些一一讲给赵教员听，杨先生只是说："六指发啦。"

赵教员听了，没再说什么，脚步有些发沉地闷闷向小学校走去。

夜色浓浓地遮了村子。牛满仓关好鸡圈门，走进屋。

"爹，地里弄得还干净?"六指在西屋问。

"学生娃做事还会不干净。"

"那你还跟着下地干啥……"六指困倦地伸了个懒腰，打了个呵欠说。

"……"牛满仓停下瞅了瞅六指，想开口说什么，嘴动了动又闭上了，转身走进东屋里，睡下了。

第二日晚，摆好了饭席，赵教员没来。只有杨先生一个人由牛满仓引着走进屋来。

"赵教员呢?"

"被镇上家里来人找走啦。"

"为哪个这样急?"六指随意地问了一句。

"赵教员家定的亲，女方家催着要回礼。"

六指招呼坐下来，没了赵教员，桌上有点儿空，六指就叫牛牛过来填位。牛牛忸忸怩怩走出来，走到灯影里坐下了，脸背对着杨先生。秀秀又过来给几个人倒酒……六指看了秀秀一眼，有一搭无一搭地说：

"那女的俊吗?"

"那女方俊倒不是太俊，是个高中生，只是家里要回礼太多。"杨先生慢悠悠地说道。

"多少?"

"三千。"

六指听了松下一口气，就说："牛牛好好念书，将来给你说上一个又俊又是高中生的媳妇。"

牛牛听了，脸就在灯影里烧红了。

地里的苞米在第三日傍黑就全部收回来了。

吃晚饭时，牛满仓去请杨先生，杨先生推说有点儿头疼，就不过来

35

吃了。牛满仓一个人走回来。

"不吃，省下啦，我们自个儿吃。"六指说。

爷仨就将这最后一桌酒饭默默地吃喝了下去。饭毕，秀秀收拾下饭桌。牛满仓瞅了灯影里剔着牙缝的六指一眼，慢吞吞地说：

"学礼……"

六指抬起被酒熏红的眼睛，望着老爹。

"杨先生说你记差了……"

"啥?"

"咱们是八亩地，而你对费洪林讲的是七亩?"

六指听说，胃里的酒液忽地涌上了头部，头一下子涨大了许多。六指怔怔地瞅着牛满仓，在努力回想那天的经过。六指下意识地拨起手指头来，六指的眼光就痴痴地盯在了那根软软的小拇指上。六指那天忘了把它也算上了……

"这老杨……还挺心细的……"半天，六指打嗓子眼里咕哝出一句。

这一夜，六指没有再同女人办事，却在炕上翻过来覆过去挺精神地折腾身子，弄得女人一夜也没睡好。

六指走进杨先生的家院，这是一间低矮的茅草房。若不是天黑，六指会看到几年没苫草的土屋顶长满了蓬蓬勃勃的蒿草。蒿草到秋天自动衰败在房顶上，春天又会自动生长出来，生生不息。六指推开虚掩的屋门，看见杨先生躬曲着水蛇腰坐在一盏煤油灯影里。杨先生显然没有想到六指的到来，显得有些慌乱且窘迫。起身让开自己坐着的那把断了一只腿呈三足鼎立的老式木椅，"学礼，来啦，坐。"

六指绕了一圈也没敢在那把椅子上坐下来，六指在露着炕土的炕席上坐下来。六指又把两瓶汾酒放到炕上。

"老……杨，你知道，我有几年没下地了，家田的亩数也记不清啦。唉。"六指的脸上有些歉意地说。

杨先生默默注意听着六指说的话。就像一个先生在听说一个学生做了件失误的事用心想着该如何更正。

"……这件事，传出去会影响到我的生意的。村里的人就不会再有

36

人上我的货铺来买货啦，谁会上一个算不清账目的货铺来买货呢……"

杨先生在灯影里听了，"嗯嗯哦哦……"若有所思地点点头。

"我是你的学生，说出去也会给你丢脸的……说来真是惭愧，唉。"六指的脸上一片真诚。

杨先生的脸不知不觉地在暗处红了起来。杨先生又想起许多年前的往事来……

六指站起身来走，杨先生手指着炕上说："这个，你拿上。"

六指说："这是学生的一点心意。"

杨先生不好再说什么，往外送六指时嗫嚅地说了句："我喝不惯这个。"

六指走出杨先生的家时，在路上想起他小时候听爹讲起，杨先生从前是有过一个女人的。女人在怀孕时，天天跟杨先生说想吃一串糖葫芦，杨先生今天说等明天，明天说等后天给买。结果总也没给买上。后来女人就不跟杨先生说要了。一天，乡间来了一个卖糖葫芦的，杨先生下课回到家里，女人就跟着卖糖葫芦的走了。杨先生以后再没娶上女人，杨先生对外人便讲，他还在等那女人回来，那女人还怀着他的恩啊。他相信她会回来的。可是几十年过去了，那女人还是一点儿音信也没有。六指小时候听说这件事，挺恨那个女人的。现在六指不恨了。恨什么呀？难道还要让那个女人回来跟杨先生住这间一辈子一成不变的破草房吗？六指回头又望了一眼那个模糊不清的矮草屋，夜色中，那座低矮的黑影在冷萧的秋风中瑟瑟发抖……

赵教员从镇上回到学校，像遭霜打了的茄子，整个人变得蔫巴巴的，几日不说话。

杨先生一天在没人时堵着赵教员，杨先生犹犹豫豫地试探地说："要不，跟六指说说，冲他借点儿。"

"借甚？"赵教员瞪着红眼，"借个鸡巴毛，早吹了。"

赵教员说了一句粗话，丢下杨先生，走了。

杨先生疑疑怔怔地望着赵教员走去的背影，心里在发愣：咋会这样呢，咋会这样呢，跟个粗人似的。杨先生摇摇头叹息了一声走掉了。以后有段日子里没有再理会赵教员。

学期末，小学校长费洪林把学校自己筹到的现钱发给了几名拖欠了挺长时间工资的代课教员。

费洪林把四十八块钱递到杨先生的手上，杨先生又抽出八块钱还给校长。校长说："为什么？"杨先生就说："我年纪大啦，体力和精力都跟不上啦，这学期又带出了留级生，少拿点儿给别的老师贴补吧。"

杨先生说这话时瞅了立在旁边的赵教员一眼。赵教员冷着脸等在那里拿钱。

费洪林执意不肯，杨先生就急白着脸扯让了起来。身后有一个教员捅了费洪林腰眼一下，悄声说："先给他留着，等下学期再发给他。"费洪林这才收留了下来。心想，下学期但愿杨先生的班上别再出留级生了，否则他又该难做人啦。

下学期开学，学校里就有风言传出，说杨先生收了六指的礼，为六指家多收了一亩地的苞米，学校少得八块钱。校长就想起上回发工资杨先生要退回八块钱的事来。校长把赵教员找到校长室调查："到底给六指家收了多少亩地苞米？"赵教员想想说："那回我第二日有事回家了。"接着校长又把杨先生找到校长室，费洪林问："那回给六指家收了多少亩地苞米？"杨先生答："……七亩。"校长就叫杨先生回去了。

杨先生从校长室里走出来，远远看见赵教员和几个代课教员聚在那边操场上，缩着脖，冻得嘶嘶哈哈在说话。杨先生身影踽踽移过时几个人没察觉，赵教员的声音飘过来："……我问过牛牛啦，他爹说多出的那亩田的钱，给了杨先生了……"

杨先生听了猛地打了个寒噤，如雷贯耳，脚步僵了僵，踉踉跄跄走了。

"……还是先生呢，这样贪小利。"

头晕目眩的杨先生那一刻，觉得天地间都在眼前颠倒了个儿……

杨先生在校长调查问过那日之后，身体就日渐憔悴地瘦下来。费洪林不再调查了。费洪林每次见着杨先生面还很关切地主动打招呼："杨先生，你要注意身体呀。"杨先生"嗯、嗯"很感动地点点头。杨先生也曾是费洪林的先生。杨先生的身体并不因为费校长的关心而好起来。杨先生的身体还在一日一日地清瘦下去。

杨先生终于有一天没来学校上课。校长打发学生牛牛去找。牛牛走进杨先生家，看见杨先生的身子笔直地垂挂在茅草屋中间，像从房顶上挂下来的一条干扁带鱼，发着一股腥臭味。牛牛回到家里好几天也没吃下饭去。

校长费洪林主持了杨先生的葬礼。那两瓶汾酒原封没动地摆在了杨先生的灵位前。费洪林说，杨先生一辈子没喝过这么好的酒，真该喝喝。众教员听了脸色恓恓惶惶的相视无言。赵教员走过去，"啪，啪"将两瓶酒狠狠地摔碎在灵位前。喷香的酒味儿淹没了刚才杨先生身体发出的腐臭。众教员紧吸着鼻孔用力嗅嗅就嗅出一股辛酸来，泪沾了面，哽哽咽咽成一片。

又过了两年，牛牛怎么努力也没有上出小学去。牛牛就休了学。六指叫牛牛在家里帮着照顾杂货铺。牛牛的算术学得并不比六指强到哪里去。牛牛卖货时也拨着手指头数，别人等不及，常常说："你的手指头够不够用呀，是不是比你爹少了一根指头？"这样，别人就开始喊他小六指。长了，牛牛听习惯了，也不急不恼，任别人去叫了。牛牛觉得卖货比上课有滋味，嘴里常常含着一块糖球。

六指把货铺交给牛牛看管似乎很放心。白日里无事就走回到西屋里去睡觉。有时是一个人，有时是和秀秀。秀秀在杂货铺里待一会儿，六指总要把她支开。秀秀睡觉出来，脸总是睡得很红。

"他们咋那样叫你？"秀秀说。

"随他们去好啦。"牛牛耷拉着头坐在柜台后面，很大人地说。

"可是你不是六指呀。"秀秀很为他着急的样子说。

"……"

"他们这样叫你，你会找不到媳妇的……"

牛牛依然无动于衷地坐在那里。牛牛觉得秀秀这样说好没道理。秀秀自己不是也嫁给了六指了吗？……秀秀生得很俊，全村屯的女人还没有一个俊过秀秀的。牛牛不得不在心里承认，连牛牛妈也不能，否则的话六指就不会休了牛牛的妈而娶秀秀了。牛牛想到这里就又痒痒地恨起秀秀来。对秀秀说的什么话也都爱搭不稀理的了。秀秀一个人说得无聊，在货铺子里待一会儿就走了。

晌午吃过午饭，人就困乏了，总爱打盹。牛牛不敢打盹，怕小馋孩溜进来摸去一两个糖球。小馋孩摸到嘴里还总当着六指的面卖乖，朝六指"呸、呸"吐黏糊糊的口水。六指知道了就揍牛牛。六指的揍法很特别，一个糖球扇一个嘴巴子，别人扇也就落下了五根指印，六指扇自然也就落下了六根指印。牛牛也不知道那根软软的东西扇起人来会那么厉害。六指扇完了，还常常翘着那根小拇指，问："敢吗?""不敢啦。"牛牛捂着腮说。六指就勾了两下软软的手指，走了。牛牛松开嘴吐出一块血丝来。六根指印要过好几日才能从脸上消去。来店里人见了，惊呼："这六指，鬼日怪得很哩。"只有一个人不这样讲，说："该扇。"这个人便是赵教员了。赵教员时常拎着一只空瓶子来打酒，打完了并不走，倚着柜台先自喝下去半瓶，人就醉了。说："杨先生叫我来打酒，账先赊上……"牛牛就害怕了，忘了脸上的麻木，胡乱在账本上涂画了几笔。待醉人离开，想起杨先生死时的样子，又一阵恶心得要吐……

响午大人们一般都不出来买货。牛牛就反挂上货铺门板，想去东屋里睡一觉。六指每天这工夫都在睡午觉。牛牛走过西窗下，看见六指四仰八叉像死猪一样睡在炕上。牛牛就不觉停下步来看六指的睡相。牛牛就看见六指蜷曲在炕沿边上展开的右手指头。牛牛脸上麻木起来。那根多出来的小拇指，在正午充足的阳光照射下，红红的透明，像截软软的虫子爬在六指的右手掌上。害人虫! ……牛牛站在那里这样恍惚地想着，就觉得身上也钻出一条虫子来，痒痒地拱他。胃里又是一阵恶心……牛牛站立在那儿全没了睡意。牛牛觉得这个午觉他是无论如何也没有办法睡成了。他很羡慕甚至嫉妒起此刻像死猪一样睡在那里的六指。

牛牛走进厨房里来。秀秀正在洗刷碗筷，秀秀背着身伏在锅台上。厨房很热，秀秀只穿了件无袖红碎花衬衫，胸前两只肥硕的奶子像两只不安分的白兔，在里面窜来窜去。秀秀脸上丝润润的，渗着一层细细的香汗。

"牛牛，你不待在铺子里，你站在这里干什么?"

秀秀头没抬，依旧背着身子在那里哗啦哗啦地洗碗。

牛牛没吱声，影子似的停在那里。

"你爹看到了，会揍你的……"

牛牛从秀秀宽厚的屁股后面不声不响地走了出去。秀秀没有看到走出去的牛牛手里多了件什么。秀秀依旧把碗洗得哗啦哗啦响，一种很有节奏的响……

西屋里突然传出来一声杀猪似的号叫，——厨房里洗碗声戛然而止……

转天，身穿簇然一新的牛家父子出现在村街口。村长见了问："六指，出去办货？"

"不，相亲。"六指脸上透着一股喜色。牛牛脸上漠然地沉默着。

"牛牛的亲家是哪疙瘩的？"

"镇上的。"

"俊吗？"

"俊。"六指想想又补充说，"那女娃还是一个高中生呢。"六指将"高中生"咬得挺重。走拢过来的村人听到了就啧啧嘴。

六指说得高兴得意，就从裤兜里掏出手来。村长的目光蝎子般地盯在了六指手上：

"六指，你的手怎么啦？"

六指想缩回去已来不及了。六指的右手上缠着白纱布。六指嘿嘿干笑了两声说：

"做手术啦，把小指做掉了……"

村长就很有意味地看了六指脸色一眼，村长又转向众人说："六指不再是六指啦。"

村人听了就笑，边笑边议论：

"六指以后算账咋办呢？该算五指该算六指呀？"

"六指少了一根指抓钱，怕是要漏财的……"

"……"

六指脸就很红地笑着。六指抱起残手冲众人拱了拱手，就领着牛牛走了。

村长和村民都觉得这件事情挺开心，就接着待在那里有滋有味地议论下去。

孤　鸟

　　宋福刚开始见到宋影时，感觉她并不是那么漂亮。当时就想，干那种事的女人咋会不漂亮呢？那会儿，宋福正和张云处朋友，情人眼里出西施……怎么看也觉得张云好看。宋福心里就时不时地想着张云，把一副挺垂怜挺复杂的目光，落在了这个女人的身上。屋里的光线有些暗淡。暗淡的屋子中间，是一把埋进水泥地里的铁腿圆椅。椅子又高又大，宋影坐在里面，身子小了一圈，像一个孱弱的婴儿，坐进一个铁质的洗澡盆里。"她有五天没洗脸啦。"这是进屋前，这里陪同的女同行告诉他的，女人观察女人最细心的莫过于仪表外貌了。说这话时，女同行脸上带着说不清的是鄙夷还是嘲弄。果然她的脸灰兮兮的，头发披散着，掩着半边脸；眼睛黯淡淡的，失去了光泽。若不是从鼻角游移出一丝若隐若现的白雾气儿，谁都会以为那是一团凝固的影子。三个人的屋里，一开始就成了无声无息的世界。屋里有点儿冷，宋福就把手抄进袄袖去。冰凉的水泥地面，挂霜的墙角返着潮气，还有一点儿发了霉的怪味。这中间，女同行出去了一次。回来，拎了一暖瓶滚烫的开水，给宋福倒了一杯，自己也倒了一杯。借水驱寒，身上稍稍有了暖意。宋福示意给她也倒一杯。女同行没有动。宋福也知道，给她，她也不会要的。就这样，不知过了多久……蓦地，打小窗外跳进来一块阳光，成平行四边几何形状落到地面上。屋里一亮！渐渐又成正方形状移上圆椅。像一束聚光灯，将圆椅里的影子照得清清楚楚。

　　后来，宋影就开口说话了，说："我要出去走走。"

　　宋福拿眼睛瞅瞅女同行。女同行似有迟疑，但还是带她来到了大院里……

一下子完全暴露在阳光下，就觉得外边比屋里暖和。已是初春时节了，宋福想。高高的大墙背阴处，星星点点有未化净的雪堆，上面浮了一层脏污污的黑迹；下面是白花花的玉般冰雪。化开的地方，就见有捂了一冬的蓬蓬草露出，在春风的吹拂下，摇动着枯黄的叶子。

　　院子里电线杆上，有几只晒太阳的麻雀，蹦来跳去，挖搲着羽毛，悠闲地"啁啁啾啾"嬉戏着。见有人走到电线杆下，便"扑"地纷纷飞到附近的平砖房上。

　　两只从大墙外面飞回来的麻雀，嘴上好像叼着什么东西，悠悠地落在了房檐上。又蹦跳了两下，钻进一块瓦里不见了……

　　宋影的两眼一直向天上望着。乍暖还寒，她虚弱的身子好像抖动了一下。宋福想不出，一个人绝食五天会是什么滋味。

　　"我想见见孩子……"宋影喃喃地自言自语，又像是对宋福提出要求。

　　按规定，被审对象未判刑之前，一般情况下是不准亲属探视的。想到她儿子还是一个不懂事的孩子，宋福就答应了。他看见她从天空中放下的目光亮了一下，苍白的脸上被阳光照得也有了一点血色。

　　下午，宋福去孤儿院领宋影的孩子。保育员喊了一声："宋小军!"无人应声。看来他还没有学会怎样回答保育员的点名，或者压根就把自己的名字忘了。保育员只得走过去，在一群东张西望的孩子堆里，扯着衣领，带出一个五六岁的男孩来。男孩细细的脖颈支棱着一颗大脑袋，吃惊的眼睛怯生生地望着宋福，宋福见他脸上、脖子上挺黑挺脏，就把他领进屋去，打来一盆温水给他洗了。又叫保育员给他找一套干净一点的衣服换上。保育员嘟囔了一句什么找去了。宋福当时只想着带孩子去见宋影，也没有去注意保育员嘟囔了一句什么。衣服换好了，宋福就带他走了。

　　他们一走进看守所大院，那个女看守就跑过来，告诉宋福，宋影中午开始吃东西了。说着，她眼里禁不住流露出惊喜的神色。宋福理解她此刻的心情，一种同行对同行的理解。宋福没有说什么，径自朝号子里走去。

　　半倚半靠在床上的宋影，突然睁大了眼睛，发疯似的赤脚冲过来，

43

一把夺去了宋福手中的孩子。宋小军有些害怕，欲往外挣脱。宋福走上前去说："她是你妈妈，别怕，她是你妈妈呀。"宋小军就不动了，听任宋影搂在怀里低声大哭……过了一会儿，宋小军也跟着哭了起来。宋影便止住了哭泣，一边用衣袖为他擦去泪水，一边颤抖着嗓音说："别哭，孩子，别哭，孩子……"说着，抽搐着身子走到床边，从床被底下摸出两块巧克力糖来（真不知她怎么得来的这东西）。酱紫色的糖纸，揉搓得皱皱巴巴的，糖纸和糖块粘在了一起。她一点一点，小心翼翼地把糖纸抠去，塞进了孩子嘴里："吃吧，孩子，别哭了啊。"小军停住了哭声，嘴腮一鼓一鼓地吮吸着糖块。宋影静静地流着泪，看着小军贪婪地吮吸……宋福觉得心头有点儿闷热，就走到了门外等着。

分别时，小军又哭了。他紧紧拉着宋影的手不松开。女看守只好进去抱小军……"咣当"，铁门关上了。宋福的背后，能感觉到有一张扭曲的脸，在小窗栏杆上拼命挣扎……

第二天，宋福又去了那间阴冷潮湿的审讯室。女同行眼里的目光由惊奇变为敬佩了，想不到这个又黑又瘦的小个子刑警还真有两下子。"我是为了孩子，才做出那种事的……"每个人说到犯罪动机，都好像是出于迫不得已。因此，宋福也并没有往心里去，可渐渐地，他觉得她目光里有些异样。她交代完了，就是用那种异样的目光期待什么似的望着他。"你还有什么要说的吗？""我有个请求……"她犹犹豫豫地说了一句。"说吧。""希望政府能帮我照顾一下孩子……"她嗫嚅了半天这样说道。"你放心吧，我们会照顾好你的孩子的。"这是每个办案人员到这时都会说的一句话。宋福当时也这样说了。那双异样的目光闪了闪，就一直目送着他走出了小屋，目送着他走出了大墙门外。

墙外，阳光正好。宋福顿时轻松起来。

在案卷送达检察院的前一天下午，宋福又来到了孤儿院。不知为什么，他忽然觉得应该到这里来看看。于是就进了一家商店，买了二斤巧克力糖果和一盒奶油饼干。女营业员认识这个常在这里转悠的"老便"，就开他的玩笑："给女朋友买？"宋福不好意思地笑笑，不做解释。宋福的女朋友张云，就在对面一家蔬菜商店上班。

马路两旁栽植的人工杨树林已返青了，生出新绿的树叶。和煦的风儿吹来，哗啦啦，一路唱着歌儿。

暮春的午后，给人们的感觉，太阳总是暖洋洋的。沙滩上，一群戏耍的孩子，正在奔跑着打沙仗，沙土弥漫。宋福走过去时，看见两个男孩按倒了一个男孩。其余的孩子便往倒在沙坑里的男孩子身上纷纷扬沙子。"打，打他!""他是杂种。"……宋福拎小鸡状拎去两个男孩，别的孩子也停止了攻击，站在一边傻傻地看。宋福扶起被沙埋住的男孩，他是宋小军。

宋福领着小军去找保育员。"他们欺负他，你怎么不管呢?"宋福认认真真地问。

那个年轻的女保育员正忙着织毛衣，头也不抬地答:"管得过来吗?"宋福茫然地扫视了一下四周:"怎么会是这样呢?""要么会是咋样呢?"保育员仍旧头也不抬地织毛衣。他就站在旁边呆呆地看。保育员织错了两针，显得不耐烦，瞥了他一眼，认出他是上次公安局来的那人;上次本以为他们领走不会送来。不免有了难看的脸色:"谁能管，咋不管咧。"

宋福听了，愣怔了半晌，说:

"那么，我领走了。"

来这里领养孩子的多是些结婚多年无子女夫妇，看他也不像成家的样儿，她是想激他走开。一见他当了真，保育员有些发慌，领走孩子要经过院里，怕他……赶紧织出一副笑脸:"何必当真呢，我们哪能要你管哟。"

"是我自愿要求领走的。"

他说得真诚。保育员不得不领他去办手续，见他没当人说三道四，也就放心了，一直陪送到门口。"怪事。"望着一大一小远去的背影，保育员心里嘀咕了一句。

宋福把小军领到单身宿舍。宿舍的人见了，就问:"谁家的孩子?"

"宋影的孩子。"

同宿舍的人知道他最近在办宋影的案子，便没再多问什么。宋福不知打哪儿弄来一张折叠行军床，支在了他自己的床边。

宋福领小军到区机关食堂吃饭。机关食堂在分局后院，吃饭的人多，要排挺长的队，等半天。每回公、检、法来的人多，看见前头有穿制服的，就叫他（她）给大伙带出来。常常一人带十几个人的饭来，要后边的人等挺长时间，就有人翻白眼。宋福带了小军后，就不再叫别人打饭了。自己站在队里慢慢地排，然后陪他慢慢地吃。吃完也就是最后一个了。

"这是谁的孩子？"区机关里，有和宋福见面打招呼的人问。

"宋影的孩子。"

别人以为宋影是他的什么亲戚，开始没人去注意。带的时间长了，总还是叫人觉得有些奇怪，就向宋福的同事打听。宋福的同事就说了，吃饭时，排队的人群里，就有人直瞅宋福。还有的女干部指指点点小军……宋福被人瞅得不自然，就等人吃完了再去食堂。这样常常是十有八九没热炒菜了，只好啃咸萝卜条。看着小军吃得挺香，宋福觉得长了也不是办法。

有一天，局长把他叫进办公室，说："宋影的案子结案了，法院已经判刑啦……"

宋福明白局长的意思。宋影因卖淫罪被判处五年徒刑。他总不能领着小军在分局楼里住上五年。他也觉得很不方便。

宋福就去找区房产科要房子。区房产科在离区政府大院挺远的一座二层楼里。区里房子特别紧张，宋福早就听说了。他还是抱着试一试的心理去了。那个姓张的房管员倒挺实在，收下他的两条"大重九"后，就挺哥们儿挺神秘地对他说："现在等房子结婚的排成一个加强团啦。等你登记结婚时，哥们儿就是头拱地，怎么也想法给你解决一间房子啊。"宋福当然说明白了他还没有登记，他是想现在要一间房子。听他这样说，心中有点儿生疑，会不会是虚晃一枪？"放心，到时你就来找我好啦。"他把宋福送到外门口，手握得有点儿生痛。宋福还是有点儿感动，放心地去了。

宋福和张云处朋友，见面的机会并不多。因为宋福的工作没有规律，常常是没黑没白地连轴转。有时张云去宿舍找他，他不在。张云就叫宋福去找她。宋福就去了，都是赶在张云在班上时间去的。其实，宋福也在班上，单帮跑"便衣"，就溜进了张云的蔬菜商店。

柜台里的张云，穿着一件青蓝大褂，头上扎着方方正正的白巾帽。

宋福觉得挺好看，就呆呆地躲在人群中看上半天。直到买菜的人少了，他才走上前去，"你挺忙啊。"张云抬头见是他，眼睛一热，脸颊也不觉微微红了一下。"每天都这么多人买菜吗？""嗯，每天都是这么多人来买菜。"正说着，又过来买菜的人。张云就过去给人家称菜。称完菜又转身过来，镇定了许多。"你今天休息吗？""没，我也在班上。"宋福含含蓄蓄地说，眼睛躲闪进了菜床上的大玻璃镜子里，瞥见有两个蓝大褂在窃窃笑语……"你们也挺忙呢。""啊，挺忙的……"又有人过来买菜，宋福就说："你忙吧，我走了。"匆匆告辞。张云站在柜台里，端着秤盘欲言又止。宋福走后，同一个柜台里的姑娘就问："那人是谁？"张云笑而不语，姑娘们就明白了。那人再来，她们就主动承担了张云的柜台，叫张云到后边柜台的出口处，同那人说话。张云就放下秤盘子去了，和宋福站在了一起。"你们挺忙啊。"宋福没话找话。"嗯。"张云看了他一眼，不再脸红了。"每天都是这么多人来买菜吗？""嗯，每天都是这么多人来买菜。"空空两只细巧的手不知往哪里放好，就忸怩地绞手指头。"你还在班上吗？""在……"宋福就把目光往柜台里寻。三个人的柜台突然少了一个人，柜台前就拥满了等着称菜的人。还有人向这边指指点点，小声议论。宋福便觉不自在，就说："你忙去吧，我走啦。"匆匆逃也似的离开了。她想再说一句什么，话到嘴边又咽了回去，走过去称菜了，脸上无可奈何地歉意地笑笑。

宋福带了小军后，局里不再安排他打夜班了。张云下了班，就去他宿舍。去时也不空着手，有时拿刚上市的红苹果，有时拿从家新煮出锅的饺子。说是给孩子的，宋福就跟着"借光"。看着他们两人吃得狼吞虎咽，张云就跟着抿嘴乐。小军的衣服穿得久了，宋福也想不起洗。他的衣服从来都是家住附近的同事拿回去代劳的。张云见了，就说："该洗洗了。"动手去解小军身上的衣服，脱完又对宋福说："你的也顺便洗洗吧。"宋福就把积存的脏衣服拿出来。同宿舍的其他人打夜班去了，窗外的夜幕拉上了，室内安然、静谧。白炽炽的日光灯下，张云熟练地揉搓着衣服；小军趴在床上看给他买的儿童画册。宋福心头暖融融地涌起一股从来没有过的感觉……一种奇妙、温馨的家庭感觉。只是这感觉有点儿太突然了……

当张云接到电话，着实有点儿激动，连声调都变得有点儿语无伦次："下班以后，什么地方？公园……"那边电话已经撂了，她还紧紧握着话筒不放。这是她第一次接到约会的电话。下班以后，她着意打扮了一下。

宋福也是头一次约女朋友到公园来。他拣了个幽暗僻静的林荫处站下了。夕阳沉落进了人工湖里，湖面上有几对呢喃的情影，悠闲地荡来荡去……当一个身穿白色连衣裙的纤纤身影翩翩向他飘来时，他竟一时没有认出来。张云站住了，侧着脸，瀑布般的黑发随意飘散开来："怎么，不认识啦？"宋福脸一红道："你换裙子啦。"张云"扑哧"一乐。宋福也觉得说了一句废话。"好看吗？"张云红着脸问。"……"宋福一时也说不清楚。在他印象里张云总是穿着蓝大褂，去他宿舍也是穿一件宽松的蓝格罩衣。现在一换上薄薄透明的连衣裙，显得腰身很纤细。他就和张云坐到一条石凳上。石凳晒了一天，刚一坐上去就觉得热乎乎的。张云拿出一块手绢，要给他垫上。他慌忙摇手叫她自己垫上，他说他穿得厚。张云就自己垫上了。张云坐下以后，眼睛就向湖里撒去，脸上现出和湖中人一样的舒适、惬意神色来。宋福一直想着那事，也就说了：

"张云，我想跟你商量个事。"

张云就收回目光，眯缝着眼看着他。

"张云，我们……结婚吧。"

张云睁大了眼睛，有点儿惊奇。

张云不说话……他就自管自顾地说起了自己的想法。说到他负责的那起案子，说了他向那个女人说过的话。本来他可以不说，可是还是情不自禁地说了。直到这时他才忽然有点儿明白，他之所以照顾小军，原来是在履行自己保证过的"诺言"。当时随意说出的一句话，不知不觉中沉进了他的潜意识中去。随着时间推移，越来越清晰地浮了上来……说到房子，他说得很肯定很有把握。张云听到最后，低下了头，想了想说："你看着办吧。"

……燃烧的晚霞退去，墨水一样的夜幕遮住了一切。石凳上的两个大龄男女的身影，热烈地相拥在了一起……

那天，他们在公园里待到很晚。走时，张云还有点儿恋恋不舍，频频回头热望。一对对情侣留在黑影里，旁若无人地相依相吻。张云就满脸羡慕和遗憾。他们这样的恋爱时光太短暂了，短暂得就像夜空中刚刚划去的流星，转瞬即逝。谁说的，恋爱是鲜花，结婚是坟墓。未免有些悲壮……走出公园大门口，宋福觉得有点儿对不起张云，后悔不多带她来这里几趟……

　　宋福把结婚登记证放在姓张的房管员办公桌上，张房管员吃了一惊。他没想到这个小警察办事这么利索。他以为结婚这种事情哪能说办就办呢？他一边叼着"喜烟"，一边连声道："恭喜！恭喜！"便也没再含糊，从抽屉里拿出一把带锈迹的钥匙。分房子的高峰在秋天，如果等到那时，这把钥匙不知要属于谁的了。走出房产科大门，宋福想。

　　房子在西下洼子。是一间只有十五平方米的单屋。一进门，用板壁隔开了个小厨房；再进去就是稍大一点的里间。从墙上斑驳的墙皮能够看出房子有些年头了。由于急着住，搬进来也没修理一下，墙壁也没刷，屋里有些暗。他和张云睡的床是从宿舍临时搬来的两张单人铁床，拼在一起的。搬小军的帆布折叠床时，宿舍里的人不让搬，说是头一宿，让他俩好好亲热亲热，让小军先在宿舍里住两天，再搬过去。但宋福还是执意一同搬过来了。

　　早晨，宋福先醒了。穿鞋下地，看看那边地上行军床里的小军还在睡，就又回到床前穿衬衣去了。昨天夜里，他没敢太索性用劲，铁床腿"吱呀吱呀"地叫唤，他怕惊醒了小军。尽管这样，张云还是感到兴奋。醒来，两眼奕奕地望着他。他用眼神示意该起床了。张云兴悠悠地说："你给我找条衬裤吧。"宋福就去找了。回身看见张云的一条白皙的腿伸出被外，就一阵热热地往上涌。他放下花衬裤，侧卧上床，手伸进张云光滑的身子上。张云用眼看了看地下。宋福顷刻间控制住自己，下床走出门去。晨风一吹，他觉得凉爽多了。

　　宋福打量着屋前。屋前是一块不大的菜园子，周围还用板条圈上了。园子里没种什么，黑土硬硬的，只长着一棵沙果树。上面不见有果子，大概被搬走的那家摘去了。绿绿的叶子还挺密，晨风一吹，就欢欢地摇，像是在欢迎这家新换的主人。宋福懒懒地伸了个腰，觉得舒服极了。心想，毕竟有个自己的家了。

第二年，屋前的沙果树开花时，宋福领着小军去学校报名。宋小军已经八岁了，该让他上学了。宋福这样想，经过一年多的营养，小军长胖了，皮肤变得白白净净，眼睛黑黑的，挺招人喜欢的。

在教导处，每个领孩子来报名的家长都聚集在这里，等着填报名登记表。轮到他时，负责填写登记的人就问："宋小军的家长叫什么名字？"他迟愣了一下，所有的人便都瞅他。"您是宋小军的父亲吗？"那人这样问了一句。"嗯……是。""请问您姓名？""宋福。""工作单位？""区公安分局。"就见有人投来羡慕的目光。"他母亲姓名？""张云。""工作单位？""……"卸去了包围的目光，宋福就松了一口气。

回到家里，他对张云说："以后叫小军管你叫妈妈吧，管我叫爸爸吧。"以前小军一直管他叫"叔叔"，管张云叫"大妈"。从这天起，小军就管他叫"爸爸"。叫得真真切切，他听了也觉得比以前亲切些。叫"妈妈"时，张云听了，愣了一会儿神，半天不大自然地答应了。宋福看见了，就说："还是叫大妈吧。"小军就叫"大妈"，张云很快就答应了。

宋小军每天放学，宋福都去学校接他。没到下课时间，就在门口等一会儿，有熟人碰上了问："你的孩子也上学啦？""嗯，上学啦。"他答。问的人就一脸猜疑。

回来，张云已做好饭了。一家人就团坐在一起吃饭。饭桌上，宋福边吃边问："今天老师教了几个什么字？""做、人、爸、妈、年……"小军就边吃边答。张云也把从别人那里学来的智力开发"测试题"，拿来问小军："一棵树上有十只鸟，一枪打下来一只，还剩下几只鸟？"小军歪头想了想答："没有啦。"张云就高兴了："真聪明！"宋福想起小时候，也有人这样问他，他当时算了半天才回答："还剩下九只鸟。"别人就笑他傻。他问人家为什么？别人就说："还不都飞啦。"他还憨乎乎地问："要是不飞走呢？"别人愈加笑他痴："哪有不飞走等着送死的鸟啊。"……是啊，想想，就觉得好笑，自己那时真的没有小军这样聪明。他不由得傻傻地笑了……

知道底细的人，悄悄地问张云："你们不打算自己生一个？"张云听了，觉得不好回答，就笑笑没作声。回到家里，小军不在跟前，张云就跟宋福说了："别人总问，我们也生一个吧。"宋福听了，想了想说：

"等等吧，要再生一个小孩，事情就多啦，怕你照顾不过来。"宋福望着她单薄的身子骨说。张云也知道他"等等"的意思……就没有再说什么。

好像真的说中了，说不要就不要，就真的没有出现过"意外"。其实他们并没有认真地采取什么重要防范措施，只不过是心理犯禁罢了。有时宋福连上几个夜班，回来难免会进犯"禁区"的……倒也相安无事。听人讲，体格弱的女人，做一次"人流"会死去活来，恐怕再也难怀上孕的。因此，也不觉着有什么压力。

树上的沙果熟透了，红红的，染红了树叶，把枝头都压弯了，小军就去摘。他蹦了几蹦，没够着，就回屋取出一只方凳来，踩了上去。这回够着了，他用力拉过一个树枝，一只手握住枝头，一只手往下摘沙果。手里的沙果拿不住了，刚要往兜里放，握着的枝头猛地挣脱了他的手，他一闪从凳子上摔了下来。

中午下班回家的宋福看见了，赶紧抱起他上医院。医生给他看了X光片，说："左胳膊骨折啦，得住院治疗。"刚从商店下班的张云，也满头大汗地跑来了。她推开房门，就听宋福自悔地说道："……怨我，早摘下来好啦。""爸爸别难过，是我自己不小心的。我是想摘给大妈吃的。"张云听了，这才猛地想起早上说过的一句话。早上，她一出门看见满树的红沙果，有的都裂了缝，就咂咂嘴说了句："真馋人哪……"看看表，上班时间到了，就急急忙忙上班去了。想不到她随意说出的一句话被小军听到了，放了学就……她眼圈一红，扑上前去，把小军的头搂在怀里。

张云向单位请了假，在医院里护理小军。宋福白天抽时间跑到学校去，问老师当天讲了哪些内容。然后晚上再到医院里照着书本给小军补上。小孩的骨头长得快，一个月后就好了。这样课也没耽误。

小军上到三年级时，宋影被提前一年释放了。局长把宋福找到办公室，告诉了他。宋福听后竟呆头呆脑地说了一句："怎么会是这么快呢。"当时，局长很古怪地看了他一眼。

不管怎么说，小军要离开他和张云这是事实。

在司法局刑满释放人员安置办公室，他把小军领了去，与那女人见了面。从家来时，小军还不知道将要发生的是什么。宋福和张云都不太忍心向他详细说明这一切。四年多过去了，小军不认识那个女人了。那女人也有点儿变样。听说她在监狱被服厂服刑，工作干得挺不错的。司法局的人宣布完后，那女人就向他和小军走过来。小军听到了自己名字时，似乎明白了眼前将要发生的是什么。他紧紧拉住宋福的手。那女人先是感激地看了他一眼，恭恭敬敬地向他行了个鞠躬礼。然后就急不可待地去拉小军的胳膊，并轻轻地急切呼唤小军的名字："小军，我的孩子……"

他本能地蹲下身去，抱紧了小军。那女人有点儿惊讶地看着他，张着两手不知所措……

"……小军，去吧，她是你妈妈……"

"不，我不去，我不要！我要跟爸爸回家。"

小军"哇——"地大哭了起来。引得所有的人都向这边看来。那女人含着泪水，向他投来哀怨嫉妒的目光。

他的眼圈也红了，一时说不出话来，深深埋下了头。

那女人又过来拉小军。宋福感觉到胳膊上，小军的指甲嵌进了他的肉里。他麻木了，听凭那女人将小军抱起。趁小军没转身的工夫，他噌地站起身跑了出去。

远远地，还能听到背后传来的小军的哭声。两行无声的泪水，从他脸上哗哗流了下来。

一连几天，他回到家中，觉得空落落的。干什么都没劲，眼睛老往那张空空的行军床上落，一看就是半天。张云叫他吃饭啦。他嘴里答应着，身子却不动，还在等。张云拿着两只碗、两双筷子上桌，他就好奇地看上张云一眼。看得张云心里也怵怵的。张云忙不过来，叫他拿碗拿筷，他就拿三只碗、三双筷上来，还习惯地按三个不同的位置摆上。引得张云想发笑，又笑不出来。她心里，也有点儿想……

过了些日子，张云就把行军床撤了，折叠起来放在了床底下。宋福的眼睛还总爱往那块空地瞅。家里少了些话语，闷闷的。张云就想，该有个孩子啦，有了孩子也许就会好的。

想着，也就对宋福说了。张云本想他听了能够开心的。"该有个孩子了?"他听了，半晌才茫然地说了一句。像是自言自语，又像是询问张云。以后几天，也并不见他怎么开心……行动也迟迟的。张云也不管不顾，一心一意地做着自己想做的事情。把原来每月周期中的"禁区"，变成了"选区"。月月盼着"选区"的到来，这样日子也就不知不觉过得很快。

有一天，他去宋影家看小军。小军还没有放学，他就站了一会儿。在这之前，他曾去过两次，见是见到啦，只是小军一见面，就跑过来喊他"爸爸!"他就惶惶然的，看那女人。她也一脸惶惶然。"这孩子……"他不知说什么好，就匆匆告辞走了。

"小军这段时间还好吗?"

"还好。"女人低着头回答。

他又一时不知说什么好。女人叫他进屋里坐，他就进屋去坐了。炕上有他熟悉的被褥，刚拆过，干干净净的，散发着浆洗的气味。

"他还常起夜吗?"

"大啦，不常起夜了。就是……"

"就是什么?"

"就是……夜里常做梦哭醒喊'爸爸'……"

宋福听了，心里怪热得慌，忙移去了眼光。

"这孩子……"

"叫习惯啦。"

"嗯，叫习惯啦。"

宋福感到轻松了点儿，就细细打量着屋里。这是一间平顶土屋，屋中间盘着土炕，是街道上给盖的。他转了话题："街道上有活干吗?"

"没，还没有。"女人脸上隐隐浮着愁云。

"要不，摆个台球案子吧。"宋福想起在区上文化部门有个熟人，这类执照归他们管。

"这……"

她在监狱被服厂干活时，攒下了一点钱。回来到现在一直没活干，就花得差不多了，正犯愁呢……一时，她不知怎样说才好。

宋福想的也就是容易，以为熟人就好办事。他去找了老王。老王

53

说："现在办台球执照的人挺多。"老王原来也在分局工作，好舞弄点儿墨水，就调到文化馆来了。老王在分局时，就听说了宋福收养了一个女犯私生子的事，还动手写了个几百字的小通讯，发在了市报上。老王觉得这事挺仗义，就带宋福去了文化科。其实是科馆合一，只不过办照专设一间办公室。他们进去时，人还真挺多。他们就站在一边等。傍中午时，人差不多走光了。老王向负责办照的小孙介绍了宋福，小孙坐着点点头。小孙是个小白脸儿，头发烫得挺潇洒。接着，老王又哈腰老实地向小孙介绍了具体情况。目的是引起小孙的同情，恻隐之心人皆有之。小孙听完了，回过头来说："是因为卖淫……有那一手绝活，还愁没饭吃？"当时正值"黄潮"泛滥期，因此小孙说得很下流、很放肆，还冲老王眨眨眼，脸上表现得流邪的样子。老王尴尬地立在那儿，用手扶了扶眼镜框，不知左右。宋福没叫老王太为难，没说什么，就告辞走了。

第二天上午，宋福在天桥附近转悠了一圈……就转身拐进了天桥派出所。他进去就喊："天桥下边有一个台球案子搞赌博，你们管不管呀。"按照台球经营业规定，打一球杆的收费标准是五角钱。有的小青年就玩出了花样，擅自把一球杆涨到两元、五元……甚至十元、二十元。由输者掏钱，赢者和经营者对半分。本来这类事挺多，派出所可管可不管。但今天一听见有人喊，负责那片管辖区的民警就出来了。他见是宋福，知道他是分局的人，想必其中有缘由，便着装出去了。不一会儿，包片民警便把台球业主的球杆和营业执照收了回来……

下午，台球业主领人找到派出所来，来人正是小孙。他一眼认出宋福，便一拱手，向屋里的人敬烟："误会、误会，都是自己人，好说好说。"……宋福傲慢地把宋影的介绍信丢给他，他屁颠屁颠拿回去办了。屁大工夫，又颠了回来，涎着脸递给了宋福。宋福叫包片民警将那人教育几句就放了。原来昨天在文化科，他看见那人把小孙叫了出去，趁人没注意，塞给小孙三百元钱。他今天上午转悠了一圈，果然发现那人挂着新办的执照，在天桥底下揽生意。他在旁看了一会儿，看出了名堂……

当天下了班，他去宋影那儿。一进门，看见小军蹲在灶坑前烧火，火光映得他脸蛋通红通红的……她在里边淘米，热气腾腾的蒸汽将她的身影遮住了。小军一抬头，发现了他，喊着："爸爸。"就跑了上来。当时给他一种错觉，以为走进了自己的家。那以前，他每次下班回家，小军就是这样扑上前来抱着他的腿，连拽带扯地把他拉进屋的。他稍愣了一会儿神……她擦干了淘米的手，走过来。他才回过神来，慌慌忙忙地把执照递给了她。

宋影又惊又喜，慌张地接了过去，眼里流露出感激的光。

"以后家里有什么事就吱声。"不知不觉，他随口说出的"家"字音有点儿重。

"嗯。"她低低地应了声。

走在回去的路上，他还在想刚才出现的那种感觉。真奇怪，咋会有那种感觉……是因为小军的缘故吗……脑子像过电影似的，他想起刚开始带小军时的情景，以及后来为照顾小军而结的婚、成的家……渐渐地，他心里似乎意识到什么，如果说开始他带小军，还是为了实现他无意当中说过的话；那么后来，他慢慢地喜欢上小军了。他把小军和自己的生活紧紧连在一起了，小军的影子留在他心目中。一想到这，他有些焦渴般地难受。看来是得抓紧要个孩子啦，否则他无法摆脱掉小军的影子。

回到家，张云已把饭菜做好。桌上，有她下午刚从菜市场买来的新鲜鲤鱼。他瞅瞅日历，知道今天是"选区"，是为加强营养而买的。

"她娘俩挺不容易的。"躺在床上，张云这样说。

宋福正在若有所思，想着别的。听见张云这样说，又勾起了他的思绪。一想到孩子，他就搂过了张云身子……

树上的沙果落光了。发黄的树叶，在秋天的风里瑟瑟发抖，终于忍耐不住，一双、一片……被风扯去了，盖了满满一地。剩下光秃秃的树枝，有气无力地孤零零地摇动，很难让人相信第二年还会生出果子来……

张云去了几趟医院，回来脸上酸楚楚的，抱回来一大摞牛皮纸袋装的中药。她还叫他也去检查检查，他觉得有点儿悲哀。

有一次，他上厕所，一个刚结婚没几天就抱儿子的小刑警也在里面解手。看着他就问："还没种上地？"他觉察出有一种侮辱的意味，还是屈辱地点点头。

他想起刚结婚时，张云想要孩子，他那时还不想要。如果当时他同意要，也许就真的要上啦。女人在年轻时是容易怀上孩子的。张云身体越来越消瘦了，人也显得老了许多。有天，他在枕头上看见了两三根长长的白发。每天下班回到屋里，都能闻到一股浓浓的草药味。本来饥肠辘辘的肚子，也就不想吃饭了。看着她早晚把满满两碗汤药喝下去，宋福觉得日子有了一股说不清的苦涩味道。

这天下班后，宋福把给宋影买的粮送去，屋里飘出炒肉的香味。宋影迎了出来，平时忧郁的脸上多了欢愉的神色。"一块、一块儿吃饭吧……"她有点儿乞求地说。"不啦。"他放下面袋，要走。"爸爸，别走啦。"小军拽住他往屋里拉。"今天小军考试得了一百分。"他就站住了。"小军说，每回他考试得了一百分，爸爸、大妈都要给他庆贺的。"他在炕桌前坐下了。小军给他倒酒："爸爸，喝酒。"他看出，那是他平时最爱喝的"洋河大曲"酒。

深秋的天气，有了几许寒意。几杯酒下肚，暖起来。宋影又默默地给他倒上了一杯。她变了，身上穿着自己织的杏黄色紧身毛线衣，胸部就鼓胀胀挺起来，臀部也鼓满满的，腰身显得丰腴；浓密的黑发羞答答着落在泛红的脸庞上，低顺的眼睛，不时地看上他一眼。想想……她比张云还小两岁，三十三岁。

宋福本想吃完饭就回去。小军扯着他，非要讲故事。他只好留下来讲了。

她出去。到外屋洗碗去了……

天在外面不知不觉地黑了下来。屋里灯泡明晃晃的。小军听着听着就睡着了，脸上凝着兴奋的光晕。小巧的鼻翼，微微上翘的嘴唇，送出均匀的鼾声。看着，看着，他又坠入了一种熟悉的幻觉中。

模糊的视线里，出现了高挺挺的胸部……她不知道什么时候走了进来，正愣怔怔地立在那儿，看着他。目光有些异样……莫名其妙的感觉碰在一起，他浑身燥热，引起一股强烈的冲动，顿时头晕目眩了起来……

"我、我该走了。"他跌跌撞撞地说。

从她身边走过，一股粗重的酒气热烈地扑来。摇晃了两下，她扶住了将要跌倒的他。

"醒醒酒，再走，好吗?"她柔柔地关切说。刚才，她忘了给他倒茶水了。

燥热得难受，他怕控制不住自己，没有应声，挣脱了直直地往外闯。冷风一吹，好了点儿。

她跟在他后面，送了好远。夜幕裹去了他的身影。她还在路边远远地望着，内心涌起一股说不出的热潮，眼窝也热涟涟地湿润了，她在那里站了很久、很久，那晚。

回到家，张云还在等他。桌上的饭菜热了几次，摆久了，就懒懒地没有蒸汽。

"……小军今天，得了一百分。"

"我以为你今晚有任务……"

"那孩子又长高了。"

"我出去给你们单位打过电话啦。"

"你吃饭吧。"他有些过意不去。

"不太想吃了……"张云说着，就恹恹地吃了两口，放下筷子，草草地收拾了。

然后铺好床被，早早地躺下了。宋福的酒劲还没有退去，身子还热热的。他就把手向张云身上摸去。

"她挺漂亮的吧。"

"谁……"

"宋影。"

他放在张云身上的手停住不动了。

"她比我好看，是吧。"张云拿去他的手。

"别说啦……"

"你不让我说，心里就是那样想的，她比我漂亮……"

"我求求你，别说啦……"他不知道怎么办才好。

"你就是那样想的……"张云嘤嘤地哭了，瘦削的肩和被子一起抽动。

他的脑袋发涨、发痛，针扎的似的，就扯过自己的棉被，蒙头盖上了……

57

早上起来，他和张云都觉得有点儿不自然。慌慌的，面面相觑了一眼。想说点儿什么，又谁都没开口先说。如果说话，就好啦……遗憾，各自匆匆忙忙着上班去了。

上午，宋福一直没离开过办公室。他坐在办公桌前的靠背椅子上，眼睛向外望去……显得有些发呆。同办公室谁和他开了一句什么玩笑，他也没注意去听。下班的时候到了，人都走了。谁走在最后还问了他一句："中午不回去了？"他听见了……他当时并没有打算中午不回去，只是想一个人静静地待一会儿，再回去。这样就看着太阳从正中的窗格子里射进来，照在黑色的桌面上。他就想再等一会儿。

小刘喊他时，他刚看过表不大一会儿。看表时正好是中午十二点。

值班的小刘在空荡荡的走廊里跑，急急的。看见敞着一个门，也没停下，冲他侧影喊了一声："老宋，快！前天省厅通缉的持枪杀人抢劫犯，有人在铁东看见了……"他门也没关，就跟着跑去了……

在铁东一处未施工完的楼房建筑工地上，就看见那人了。那人顺着楼外面没安装扶手的梯磴往上跑。窗户也没安窗框，那人跑进一个最上面的窗洞里，就拿枪往下瞄。宋福也拿枪往上瞄。"啪！"枪就响了。在枪响的同时，宋福顺着枪口准星，清楚地看见，有两团黑影箭一般从窗洞射出。一前一后，前边的黑影就撞在了宋福射出的弹头上。炸出一团伞状的羽毛来，飘飘悠悠落下。霎时，后边的那团黑影像钉在了半空中，冲着落下的黑影"啾啾"哀哀地叫。正午的太阳很亮，亮得有些刺目。就在宋福觉得奇怪空中那团黑影为什么不飞走的四分之一秒时间里，胸口被烫了似的一热。太阳晃了几晃，没有掉下来。掉下来的却是一个张牙舞爪的黑影，喷着黑红的血，重重地压在那只弱小可怜的黑影上。他的思维就定格了。"老宋，老宋，你怎么啦？老宋！……"小刘拼命地喊，他也没听见。留在他最后记忆里的是：落在地上的麻雀，是他无意打掉的。落在地上的男人，是小刘有意打掉的。鸟为什么不飞走？看来鸟并不是都怕死的……

火葬场里，穿戴着白衣白帽孝服的宋小军，抱着一只精制的骨灰盒，从火化间走了出来。他嗓子哭哑了，哀哀地张着嘴号噎着。

"他是个好男人。"宋影凄凄惨惨抽泣着。

"……都怪我……他要是不生气……中午就会早回来的……一定会早回来的……"张云两眼失神地望着高高的熏黑了的烟囱，怅惘地念叨着，"他走了，他走了……"那上面，刚刚冒出过一股黑烟，化作一块黑云，停了一下，就悄无声息地轻轻飘逝去了……

　　地上，对着骨灰盒，小军垂着头，在烧他一张、一张积攒下来的，打着红红一百分的试卷。片片纸灰，轻盈旋舞着飞向天空。两个女人跪在地上，抱头恸哭在一起。

　　局长叫政工科长把宋福的材料整理一下，按烈士往上报。政工科长整理完了，就拿给局长过目审批。局长的目光久久地停留在一份履历表上：宋福，男，四十岁。"父母"一栏空白着，出身：孤儿院……

雪　祸

"这疙瘩的雪真白。"

站在雪地里，矮个子刑警四下望了望，对大个子刑警说了一句。

老式的蒸汽机票车喘了几喘，吐出几口白汽，就顺着山坡弯道爬去了，一会儿就爬没了身影……

除了他俩，再就是那个没精打采的车站值班员了。他提着灯，打着哈欠，正要缩回站房去。矮个子走上前去问：

"去熊瞎子沟乡怎么走？"

值班员眼皮并没有睁一下看他，只是把手里的信号灯意义含糊地往北头一比画。

矮个子不死心，追问了一句：

"下行的票车几时有？"

这回，值班员临进屋丢过来一句："年前还有最后一趟车啦。"

其实来时他已查过列车时刻表了，路过这个五等小站的票车三天一趟，他们必须赶在腊月二十七这天回去，否则就赶不回去过年啦。一想到这，矮个子心里忽悠一下有些空落落的，回头望了一眼大个子，大个子正站在那里发呆。

山里的日头像个十足的懒汉，已经过晌午了，才从西边最高的山尖上露出脸来，把雾驱散了，就把大个子的身影很清晰地印到了雪地上。坐了一夜又半天的硬板，大个子的背就显得有些发驼，大个子就瞅着地上那个虾米状的影子发呆。

"走吧。"矮个子意义含糊地说了一句。

他们向北头那道山梁走去。厚厚的雪地里，空空地响起"扑哧，扑唏……"的踏雪声，听起来有些单调，大个子不时地停下来回过头向后望去，不知是望那两行歪歪斜斜的雪窝子脚印，还是在等"呼哧、呼哧"气喘的矮个子。

走上山梁时，就把那不肯多停留一会儿的日头走没了。天色暗了下来。从山顶望下去，山脚下，散落着一些模模糊糊的房舍，隐隐约约传来零星的鞭炮声和几声狗吠声……

"今天是小年。"歇过一下脚后，矮个子不气喘了，瘦削的脸膛平展开一点儿红润。见大个子没反应，又自顾自地说下去，"今天是腊月二十三，二十三吃灶边，二十四写大字（春联），二十五做豆腐，二十六去割肉，二十七杀个鸡，二十八把面发，二十九全都有，三十下晚满街走……"

大个子觉得下山的路不再单调了。

乡政府里，有一个打更的老头守着一个火盆在打盹。他们叫醒了老头。同时在庆幸地想，如果没有这个老头，这么晚了真不知该找谁去。老头出去了半天，才把乡长找来。乡长看过他们的介绍信，得知他们是公安局的，眼里闪过一道不自然的神色，听了他们说的来由，方才镇定下来，说："我去叫我们乡里负责这事的同志来……"他们坐下等了一会儿，乡长领着一个憨厚的小伙子进来，说："你们的事跟他说吧，让他安排。"说着就往外退。小伙子追过去："我庄上的货得给我留着。"走出去的乡长说："放心，一个子也少不了你的。"小伙子回过身很诚实地冲他们笑笑："这里是乡下，不比你们城里……"矮个子刑警理解地笑笑："都一样，都一样。"接着说自己叫森，指着大个子说叫春。小伙子就介绍自己："我姓刘，是乡里民政助理，兼管治安。"春说："没有公安特派员吗？"刘乡助说："还特派员呢，有个治安员就不错了。这疙瘩再早就是一个自然屯，太偏远，哪个乡也够不上，上边就叫成立了乡，村长变成了乡长，我这个村治保员就成了乡助理。"森觉察到春脸红了一下，就从兜里掏出通缉令来，指着上面的照片对刘乡助说："这个人你见没见过？"刘乡助拿到火盆前，很认真地瞅了瞅，陌生地摇摇头。"他有个亲戚住在你们屯……乡里，叫什么来着啦？"森问春。"李淑英。"春冷淡地回答一句，刘乡助又是很诚实地摇摇头，一时就沉默下来。

森和春都对这个穷乡僻壤有旅店感到奇怪。刘乡助说山里一入秋，进来弄山货的人不断，冬天还有进山来打猎的，就有人家把多余的房子倒腾出来，做起了这个买卖。冯家就是这个样子的。前后院三间房，前边两间一间住人，一间开着杂货铺。后边的一间就做成了旅店。他们走进来时，一个四十多岁的女人正站在院子里张望。"冯嫂，冯大哥回来了吗?"刘乡助问。"没呢，这个死鬼到这时还没回来。""到年啦，可不能说不吉利的话。"那女人一慌，改口道："看我，一着急嘴上就没把门的……"这才看见后面跟着的两个人："有客?"刘乡助说："县里来了两个人摸一下咱乡的扶贫情况，要住几天。"刘乡助照着森路上叮嘱的话说了。冯嫂就麻溜地打开了后屋的门，片刻，又端来了一盆热水叫他俩洗洗，吩咐大丫头抱来干柴把火炕点着了。屋里顿时热乎起来。

他俩洗毕，冯嫂从前屋过来叫他们吃饭，倚着门框说："你们是公家人，看看伙食费是不是打在宿费里，我们有正规收据。"森瞅了春一眼，说："你看着办吧。""好的。"冯嫂扭过身子先去张罗了。森每次出差都愿住这样的个体小店，至少伙食费省得自己掏腰包了。

刘乡助、森和春走进前屋，一张圆桌上摆着一盆热气腾腾的饺子。冯嫂说："今天是小年，吃灶边的饺子，你们公家人过年也不在家，也真够辛苦的……"森听了就有些感动，招招手说："过来一齐吃，一齐吃，完了打在我们的账上。"刘乡助和冯嫂还有冯嫂的公爹，一个干巴老头，就一齐围拢到桌前，"噗噜、噗噜"吃起来。大丫头在西屋照看铺子，没有过来吃。吃得兴起，森抹着脑门的热汗，哈着嘴说："二十三吃灶边，二十四写大字，二十五做豆腐，二十六去割肉，二十七杀个鸡，二十八把面发……"冯嫂就打断他说："你那是老皇历了，现在谁家都不缺面，新嗑是：'二十八把财发'……"森听了就愣愣地瞅冯嫂。冯嫂停了下说："俺家老冯小年不回来，就得二十八回来了，二十八是财神爷关门的日子。"几个人听了，就向冯嫂说些"恭喜发财"的吉利话。话题转到乡里，森很随意地问："咱乡有个叫李淑英的人吧……""啊，你说的那个老寡妇啊，早就不在了……"森想，怪不得刘乡助不知道，就问："那她家现在还有啥人?""就剩英子啦，也成了小寡妇，说来英子命更苦，年纪轻轻的，一个女人带着两个孩子难呀。"

冯嫂叹息了一声。"不说，早年李淑英有个外甥在她家寄养吗？……"森感觉到春也停止了吃饺子，偏过头来听着。"说来，话就长啦。她那个外甥叫小山子吧？那可是个好孩子，爹娘死得早，就打小跟着姨妈过，小山子可仁义了，还救过俺家大丫的命呢。大丫四岁那年开春，我到土豆地里种土豆，就把大丫放在地边上玩，大丫邪性，玩着玩着就跑到坡下的一个水泡子边上玩水，脚一滑掉了进去，正巧小山子采猪菜路过，跳下去把大丫捞了上来，我赶到时小山子正冻得脸都发紫地在那里拧衣服呢，我就叫正吓得哇哇大哭的大丫给小山子跪下了……小山子在她姨家住可能干活啦，每年冬天都用爬犁拉回来一垛像山一样的柴火。那会儿李淑英的男人还没死，他总嫌小山子能吃，小山子十四五岁正是长身体的时候，又那么能干活咋不能吃呢？那个酒鬼一喝醉，就拿小山子出气，常常打得小山子身上青一道、紫一道的。后来小山子就跑了，跑到山外去了。那个酒鬼第二年死后，李淑英曾托人到山外打听小山子的下落，要找回来，可是再也没打听到小山子的音讯，一晃有十多年了。大丫今年都十八岁啦，唉……"几个人静静地听冯嫂说完，这顿饭就吃完了。老头先自起身去铺里替换大丫了。冯嫂往下捡几个人的碗筷。

森说："今晚先去英子家看看。"欲起身离去的刘乡助听明白了，眼里掠过一道惊慌的神色："就现在？""是的。"森没有瞅他，森从兜里掏出一根万达烟来吸，烟雾氤氲了森的脸。

刘乡助犹豫了一会儿，还是坐下了，眼里躲闪着烟雾说："要不……叫上冯嫂一起去吧。"森就拿眼去瞅冯嫂。冯嫂过来笑着说："你不叫我，我还想去呢。"

冯嫂把剩下的饺子倒进一个二大碗里，再用一个二大碗扣上，装进一个棉布兜里，提着，几个人就出了门。

在屯西头，冯嫂指着一间点着煤油灯的草房说："这就是英子家。"几个人屏住气息往窗里瞅了瞅。除了冯嫂，森觉着他们几个都有些紧张了。森跟在冯嫂身后，挨着的是刘乡助，春走在后面，两手紧紧插在兜里。

"来啦，冯嫂。"屋里，一个三十来岁的女人蹲在地上砸松树塔。炕上，两个女娃捧着碗在喝面叶汤。盆里的汤清楚地照着女娃的脸。

"过小年啦，也不歇着，英子。"

"闲着也是闲着。"英子并没有停下手里的木棒槌。看到地上一堆新打出的松子和英子平静的脸上渗出的细汗，几个人方才松下心来。

刘乡助走上前说："县里来了两个同志到扶贫户看看。"英子淡然地望了他们一眼，黑眼仁儿亮亮的。

冯嫂把饺子碗从兜里拿出来，摆到炕上，说："妞妞过来吃。"

两个女娃懂事地你瞅瞅我，我瞅瞅你，并不过来吃。

英子说："吃吧，吃吧。"

她俩才过来吃，吃得很香。

趁这工夫，森和春已将里屋外屋端量了个遍，说："这房子够老的啦。"

英子听了没说什么。

临走，刘乡助从兜里拿出二十元钱，递给英子说："这是乡里过年的扶贫款，这几天一直没工夫过来。"英子默默地接了。

离开英子家，走在外面刘乡助说："没啥事我就先回去了。"森和他走到黑影里，小声说："回去和乡长言一声，这事先不要声张。"刘乡助说："放心，乡长从腊月到正月，心思全在牌桌上，顾不了别的。"想想说得不妥，又补充说："有啥事就找我，原则上的事咱懂。"说完就急匆匆走了。森知道他急着干什么去。

森和春同冯嫂一道往回走，路上，冯嫂说："你们知道刘乡助开始为啥不愿意来？"森听了很警觉，细瞅了冯嫂一眼。

"都说寡妇门前是非多，英子门前灾凶多。这女人邪性，娶她的两个男人都被她克死了，连个打种儿的都没留下，你们看到了都是两个丫头蛋子。屯子里的男人再没人敢娶她，就连两个打野食的后生，也一个被树挂砸断了胳膊，一个上山采药掉到崖下摔断了腿，至今还瘫在炕上。所以屯子里男人平常都不敢和她接近……"

怪不得她瞅他们的眼神有点儿冷，春想，那张秀气的脸蛋细细想来就有一种阴森的味道了……

走了一天的路，回到冯嫂后屋旅舍，森和春就把身子疲惫地往火炕上放去。这是一面能睡六个人的火炕通铺，烧得很热。

刚要宽衣睡时，忽听敲门声，春拉开门，冯嫂端着一烟笸箩炒熟的松子儿进来："知道你们不能睡觉这么早，山里头没啥好打发时间的，磨磨牙吧。"说完，就退了出去。

森和春就坐起身来，"噼噼啪啪"嗑起来。这东西城里也有卖的，公价三块钱一斤，小贩炒到四五块钱一斤。

嗑了一阵，森说："炒得还真香是不？"

"真香。"春也说。

"等走时带些回去。"森又说。

"……"春没吱声。春知道森又想家了。森有一个十二岁的儿子，还有一个当店员的妻子。这些都是森在来时的火车上告诉春的。春没成家。春是秋天时才分到刑警队的，和森并不是很熟，应当说这趟出差春才真正认识了森。

松子儿皮撒了一地。

"睡吧。"春拉熄了灯，就困困地睡了去。

"睡吧。"森在黑暗中依然睁了阵眼，想什么。

住了两日，早起喝完稀粥，森对冯嫂说："晚上做豆腐。"春就想起"二十五做豆腐"的话来。这两日刘乡助没来找他们。白天春在屯子里转，也没见着刘乡助的人影，晚上是森，两个人在一起太扎眼，是森这样安排的。森私下里对他发牢骚，春知道森除了埋怨乡里不够配合外，还惦记着刘乡助没有给他送钱来。那晚去英子家，刘乡助说他身上没带"货"，货都搁在牌桌上啦。森就从自己兜里掏出二十块钱给了刘乡助垫上。当然除了英子外，其他几户扶贫款也都被刘乡助做了赌资。这也是有点儿不像话。春想。

春的目光带着欣赏的味道看着四周白雪皑皑围着的山，就看得挺投入。春在想，和城里比起来，这真是另外一个世界。春还从来没见过这么厚的雪和这么真实的山。南山坡上有一条弯曲绵长的爬犁道。许是到年根了，没人进山拉木头了，硬硬的爬犁道上，就被一层白雪很虚地覆盖着。傍晌午时，从山道上慢慢移下一个人来，戴着顶狗皮帽子，肩上扛着半麻袋松树塔。走近了，瞅清是英子。

"这是个很能干的女人。"刘乡助不知什么时候走过来走到他身边说。

英子从刘乡助和春的面前走过去，突出的臀部一扭一扭地晃动。晃了一会儿，刘乡助的眼睛怕疼地收回来，问他：

"有什么情况吗？"

春默然地摇摇头。

"那就好。这两天手顺，货进了不少。"说着，他从兜里掏出两张十元的票子递春："这是还给森同志的。"

春接了，瞅着刘乡助一颠一颠地走开了。

晚上，吃过豆腐。春一个人倒在后屋的炕上看书。森回来时，春还在看着。森嘴角上挂着冻豆腐渣，口里念叨："……二十五做豆腐，二十六去割肉，二十七杀个鸡，二十八把财发……"森就突然停下来问春："春你说，我们当警察的能发财吗？"春放下书，愣了愣眼，随后摇摇头。

"我说也是呢，可是刚才吃饭工夫，冯嫂的公爹给我看手相，说我后半辈子能发……"

"他怎么这样说的……"春有一搭无一搭地问。

"扯淡呗。他要是知道我是当警察的不定怎么说呢。"森自嘲地笑笑。

春想起什么，指着炕头上两张十元钱说："刘乡助还你的。"

森过去收起来，瞅瞅春问：

"你看的是什么书？"

"张爱玲的散文集。"

"有看头？"

"有。"春接着把书翻过来看下去。

春原来是想报考大学里中文系的，连考两年都差两分，春就入了警校。这也是春在火车上跟森唠起的。春有点儿不走运。森没有再搭话，解了衣，先自顾睡了去。

早上醒来，森说他夜里做了个古怪的梦，身上堆满了白花花的雪，压得人都有点儿喘不过气来……

春说："那不是雪，是银子。"春说："你发了。"

森说："要是能发就好了。"森很害羞地笑笑。

在屯子里转悠到中午，春又看见英子背着麻袋从山上走下来。看见

66

春一个人站在那里，英子走过来，停下了，有些犹豫地问：

"春同志，城里的松子儿多少钱一斤？"

"三到五块吧。"春答。

英子走过去时，森来了。森问：

"她同你说了些什么？"

"她问松子儿在城里能卖到多少钱一斤。"

森望望英子走去的背影，又望望那条通向山背后去的爬犁道，日头下，明亮的爬犁道像一把闪着寒光的刀，上面有一行清晰的棉鞋印。

"明天我们要回去了，是不是也进山捡点儿松塔？"后来森用商量的口气跟春说。春说："要不上冯嫂那儿买点儿吧。"冯嫂家收松树子，往山外倒腾卖，这森和春都清楚。森又说了一句："买的和捡的意义不同。"森的样子有点儿无可奈何。春心里不服：有什么不同吧，不就是不想花那个钱！……过后，春很为这个想法后悔，要是没有这个想法，陪森进一趟山，事情又会是怎么个样子呢？

下午，英子来冯嫂家卖松子儿。英子对冯嫂说："冯嫂，过年没人进山捡松塔了，你看看是不是把价钱提一提。两块钱一斤行不？"

冯嫂说："大妹子，不能再提了，城里收才两块钱一斤，你不能让嫂子做赔本生意吧，是不是。"

当时，森在后屋听到了，很想走出来揭穿冯嫂在撒谎。但想起英子上午问过春的话，英子会不会把春告诉的话说出来？……可是等了半天，英子还是按一块钱的价格把松子儿卖给了冯嫂。

森就没有张口和冯嫂提买点儿松子儿的事。

夜里，森从外面回来得挺晚，带着一身寒气。森对仍在看书的春说："二十七杀个鸡，等明天回去到我家去，叫我老婆把那只芦花鸡杀了，咱俩好好喝一盅。"春就想，森又想家了。有老婆的人和没老婆的人就是不一样。春也不知道森回去后会不会兑现他说过的话，春也没有多少在意，依然在看他的书。

森很快脱去了裤子，钻进了炕头的被窝里躺下了。森在被窝里吸足了一根劣等烟后，眨巴眨巴眼，似乎自言自语地说："……你说，两个人打小在山里一块儿玩到大……真的就不会再走到一块儿来……"

春从眼上拿开书，瞅了瞅森。春知道他指的是英子和那个人。春不

67

知道怎么回答他好，春有些答非所问迟疑地说道："明天不走，是不是年前再也没有车啦？……"

"是的，是的，三天一趟票车，真是兔子不拉屎的地方，车这么别扭……"森就倦了。

春没有再接着看书，春捧着书在思想什么，想了一阵，春神秘兮兮地说："山里的春天是个什么样子呢？一定很好看的是吧……"

"差不多是吧。"合上眼皮的森嘟囔了句。

春望了望窗外，窗外被厚厚的雪染得像个白夜。

炕上睡着了的森在说："……杀鸡……杀……"

春的思路被打断了，春放下书，躺下睡了。

春醒来时，森的被窝空着。春过前屋洗脸，没见着森，问冯嫂："森呢？""没看见呀。"春心里有点儿奇怪，抬腿往外走。冯嫂拦住他："你们今天就走吗？"春点点头。"告诉森同志走前把麻袋还回来，要不就在宿费里扣了。""麻袋？什么时候借的？""昨晚……"春就明白了。

春直接上了南山坡爬犁道，果然就在雪道上看见了一行脚印，是森的。森的鞋印差不多比春的鞋印小上四码。春慢悠悠地走着，硬雪在脚下嘎吱嘎吱呻吟……走一会儿就出汗了。

又翻过了两道山岗，来到了一片厚厚的茂密红松老林子前，春怔住了。雪地上的脚印变成了两行，显然不光是森踩出来的。春心里有点儿发毛。

春顺着这两行脚印一直走下去，春就看到了一个他不愿意看到的场面。……春看到了森，森倒卧在雪窝子里，身旁扔着条麻袋，里面瘪瘪鼓鼓装有十几个松塔。森的腿上拖着一个大铁夹子，血都冻住了，把白白的雪地染成通红的一片。春踉跄地过去扳森的身子，森的身子僵硬硬的，像一根冰棍，不知是由于失血过多，还是因为不能动冻僵的。手里的枪也冻住了，顺着枪口的方向，春看到几十步开外的一棵半截子老松树下，蹲着一个人，那人脑门上开着一朵小红花，身后的树身上有个洞口，那人像个死熊样一动不动守在洞口旁……

春不知怎么办才好，春头一次单独遇到这种情况。春把刘乡助找到山上来。费了半天劲，拆卸去了森腿上的铁夹子后，刘乡助说："先都埋在这里吧，雪到年后四五月份才能化呢。"春想想也只好这样了，就

68

动手给森做了一个大大的圆圆的雪坟，刘乡助也用雪给那人埋了起来。春把森捡的那几个松塔也一个一个插在雪坟顶上。做完这一切下山，春回头望了一眼雪坟，白白的坟头顶上那插着的松塔，像森的几个森森的眼睛，眨了眨，望着春说："春，你把我扔在山上了。"春就好一阵心跳难受。

春是大年初一走的。三十那天春又上了山。春提着一条红塔山烟、一瓶郎酒。春为小店里有这么好的烟酒感到奇怪。冯嫂说："如果是假的，叫森来抓我……"春就信了。倾其所有，还剩下一百二十元钱，刚够烟钱，酒钱只好先赊着，春说过些日子他还要来的。到了山上，春把酒摆在坟头前，把整条烟拆开后，一盒一盒烧着。春说："森，我和你一起在山上过个年，等开春再把你接回家，你看行不？"话说完，地上的酒瓶无声地裂了，洇进雪里，浓香浓香……

走出黑森森的红松林子，春碰到了披头散发的英子，英子目光直直地盯着他说：

"……你说，碰我的男人是不是都得死……哈哈！……"英子的笑声在黑林子梢儿上回荡，阴森、可怖。春并不觉得害怕，春觉得自己一下子成熟了许多。

春一个人站在小站上等车，久了，不停地看表，跺脚。

"这疙瘩的雪真白。"

森？春惊异地回头四处寻望，视线里除了雪还是雪。春烦躁的心跳慢慢平静下来。

"你的那个伙计不走了？"那个困盹的值班道班员走出来。

春点点头。

"也是的，大过年的，不守在家里，还走什么道呀。"

春背过身去，有两行清泪虫子样爬到脸上。

火车进站了。

春上了车，整节车厢里就春一个人，春选了一个靠窗的座位坐下了。车开动时，春默默地在想，春天到来时，山会是个什么样子？

69

不被他人伤害

一

早起，伍顺天拎着便盆出院外倒尿，有人隔着雾同他打招呼："吃啦?"伍顺天就将便盆伸过去。那人便尴尬地笑笑，改口道："伍大哥起得这么早。"那人道出他的姓氏，伍顺天却想不起来那人是谁，细瞅瞅，觉得那人面孔好生，就将便盆收回来。生人在往一架脚踏三轮车上搬运着什么，从麻包网眼里露出挂着雾珠的大头菜、茄子、西红柿来。西红柿像熬了一夜的人眼睛，圆鼓溜溜红红地眨着。隔会儿，从方家院子里走出一个女子来。他开始以为是方家大女儿方泳姑娘，从侧面走过时看出来不是。方泳比她小巧玲珑得多，这女子却生得很粗糙。她低着眼皮看了他一眼，走到架子车前，放下两个油渍麻花的旧黄书兜，搭上手，两人一个在前面蹬车，一个在后面推车，消失在雾里了。

从伍顺天家到单位，骑车二十分钟，慢蹬也不会超过二十五分钟。今天到时，伍顺天瞅了一下表，七点二十。伍顺天放好车子走进屋去，走过值班室，伍顺天看见敞开门的值班室里坐着分局刑警队队长王小偷。王小偷以前每回来所里，大家见了面总很热情地打招呼。伍顺天这会儿想着要不要进去同王队长打声招呼，看见王小偷坐在那里低头看着报纸，又一想自己平常也没有见着领导就打招呼的习惯，就默着步子走过去了。

除了值班的和住在所里的小单身，其他人还都没有到，包括所长老冯。过了约莫十多分钟，大家才陆陆续续地来了。大李走进外勤组的屋，见他一个人坐在屋里对着户籍手册在背诵。大李说："别念经了，所长通知开会呢。"

70

走进会议室里，大家都围坐齐了。老冯扫过来一眼，他下意识地抬了抬手里捏着的户籍手册。这段日子，大伙都知道他上班来做的第一件事，就是找个背静的地方背户籍手册，以应付过段时间业务职称补考。他上回考得不及格。老冯和王小偷在低声说着什么。大家看到了，心下犯嘀咕，又谁的管区惹祸了？大家把管区内发生大案要案叫惹祸。年初分局定的允许他们所发生大案要案的指标已经没了。再弄出条人命来，他们所每个人的全年奖金就泡汤了。从老冯的脸上倒看不出高兴和不高兴来。老冯清了两下嗓子，站起来说："今天的会，是两个会并作一个会开，一个是呢欢迎会，再一个是呢动员会。"大家稍一愣，听老冯往下说，"由于工作需要，分局刑警队长王保斌同志到我们派出所任所长，希望我们大家在今后的工作当中给予配合……"大家都觉得意外了一点，由这意外也想到了老冯原来是副所长的，只是派出所长期就老冯这么个副所长，大家一直把老冯这么所长所长叫着，就把副字给免掉了。是老冯今天自己把自己更正了过来。老冯说："王所长，你把昨天在区里开的会给大家说说。"王小偷还在低头瞧着手里的报纸，好像那张破公安报上有看不完的内容，他头没抬，轻淡地说一句："你说吧。"老冯就接着讲："好，那我就把昨天区里召开的社会治安综合治理安全月活动动员大会精神向大家传达传达，大家记一下，散了会后各片儿的民警还要下到管区向居委会传达。这次安全月活动，有两个口号，一个、一个叫'看好自己的门，管好自己的人'；一个叫'不伤害自己，不伤害他人，不被他人伤害'，具体地说就是力争在安全月内，不发生一起伤人亡人案件，不发生一起偷盗案件。局长已向区长签了责任状，王所长也向局长签了责任状。你们也要跟居民委主任签责任状。谁出了问题谁负责。"大李停下笔，瞅瞅有些无精打采的伍顺天，说："你昨晚被人伤害了。"伍顺天一愣："没有呀。""那你是伤害别人了。""谁?""你老婆啊。"大伙憋不住咪咪笑了起来，包括内勤白淑丽。伍顺天知道上大李的当了，脸红到了耳根。

老冯望望大家，又瞅瞅王小偷，征询地问："你不讲几句？"王小偷抬起头来，暗淡的屋子里有道细长的目光掠过，大家都觉得这目光看到自己心里去了，就都停住了说笑，听他慢慢说道："大家和我以前都认识，客气话我就不说了，说几句不客气的话。常言道，打铁先要自身硬。我先强调一下纪律，今天早上我来所里上班，七点二十五分前到所里的只有外勤组长伍顺天一人，七点二十五分到的有两人，七点半过一分来的有老冯和小白，七点四十分来的有七人……刚才我和老冯商量了一下，今后凡迟到一次扣每人当月奖金两元钱。是不是老冯？"老冯说："是的，是的，应该，先从我做起。小白，这月发工资想着扣我两块钱。"小白老大不高兴地把脸扭向一边去。王小偷没有看别人，说："既然王所长这样以身作则，那么今天迟到的每人扣两元钱。散会。"

这王小偷，伍顺天是一次到区里开什么会知道的，那天散了会，他和大李走过区政府大院的宣传橱窗，看见橱窗里有十位市劳模标兵的放大照片，标兵们披着红带，戴着大红花。伍顺天指着唯一一个穿警服的人问大李："这个人是咱们分局的谁？我怎么没见过。"大李瞅了一眼，说："那是王小偷。他一人抓了两千多盗窃犯，所以都叫他王小偷。"伍顺天听了，吓了一跳，一个人？两千多？……参加公安工作不到十年，一年平均抓多少？……他平常总是穿着便衣，分局有什么会议活动也很少参加，所以伍顺天陌生。伍顺天当时就觉得照片上那双鼓鼓的眼睛挺毒。伍顺天绝对没有想到日后自己会跟这双眼睛联系上。就像今天早上他没有想到王小偷没抬头就准确看见自己是几分几秒走进所里来的。想到自己今天没有被扣奖金，伍顺天有点儿沾沾自喜。群众的眼睛是亮的不行，要领导的眼睛是亮的才行。

二

伍顺天从居民委布置完出来，已近晌午了，就直接去了农贸菜市场。这片农贸菜市场也属他的管区，大多数小贩都认识他。这也是妻子天天都让他买菜的原因。"伍哥，要骨头吗？"卖肉的尖猴从铁皮柜台里迎着他探出头来。"不要。"他走过去。魏萍生小宝时，他天天来买骨头给她熬汤催奶，尖猴记住了，以为他好这口，每回他来买肉都给他留一堆剔好的骨头。那会儿骨头才五角钱一斤，现在涨到了一块五，尖猴还按五角钱收他，他就不敢要了。转到了一个新来的卖菜小贩跟前，他问："尖椒多少钱一斤？""一块六。"他想也没想说："给我称一斤。"对方给他找了个塑料袋，称完倒进去。他提上走了两步，发觉有点儿不对劲，就走到尖猴跟前，说："你给我称一下。"尖猴盯着他的眼睛说："伍哥你害我。""你不称是不是？""称、称，我豁出去了。"尖猴下了很大决心似的往四下撒眸了一眼，把塑料袋里的菜放进了秤盘里。尖猴知道他不认识秤，却故意指给他看："二斤低点儿，一斤九两半吧。""多少？"他猛丁一问，把尖猴也吓了一跳，结巴着说："一斤……九两，一斤九两只多不少。"他啥也没说，从秤盘里拎起塑料袋，丢下目瞪口呆的尖猴，就回头去找那个小青年去了。

"兄弟，你称差了。"他走到菜摊前。

"不会差。"那小青年正在给一个顾客称菜，看也不看地说。

他刚要再说什么，从柜台后边又站出一个人。那人说："伍大哥，差多少，你随便拿点儿就是了。"

"……"伍顺天认出他是早上从方家院子推车拉菜的那个汉子。

"他是我内弟。"汉子指着小青年介绍说，又随手拿起四五根黄瓜递过来，"顶花带刺的黄瓜，新鲜，拿点儿回去吧。"

伍顺天见有人围上来，赶紧走了。

伍顺天走过菜市场头上，见一家国营摊床挂着的黑板今日菜价是："小尖椒，二元一斤。"

远远地，看见自家门口前大丫蹲在地上在哭。他以为是妻子揍的，紧走了几步。到跟前拉起大丫一问，才知道院门锁着，大丫进不去家了。放学后，大丫是自己走回家的，妻子没有去接她。他掏出钥匙打开了门，和大丫进了屋，发现小宝没像往日被锁在屋里，心里就有了气，你不蔫声不蔫语领小宝出去打牌，也不该忘了接大丫放学呀。他打水给大丫洗手洗脸，下手重了些，大丫咧咧嘴委屈得又要哭，他就说："哭，哭，就知道哭，你还没有哭够啊。"这一说，大丫就哭出声来。他知道不该把气撒在大丫身上，大丫能一放学自己走回来已经很不错了，就叹息了一声，换了一种口气说："大丫不哭，大丫是大丫头了，能自己放学走回家了。"这样一说，果然有效。大丫就不哭了。洗完脸，又自己把洗脸盆里的水端出去倒了，然后走进小屋去写作业去了。他就坐在大屋里，一个人等起魏萍来……

当初他和魏萍的结合带有很大的互补性。他们两个人老家都是外县乡下的。那会儿他在部队上，家里给张罗介绍对象。一个远房亲戚介绍到了魏萍头上。魏萍长得漂亮，自然在村里引人注目，有许多小伙子在追求她。魏萍对伍家来人介绍当时没说同意，也没说不同意，只是让那个远房亲戚传过话来，说等他转业后再谈吧。农村人不笨，知道转业和复员的区别。复员是参军前是啥样，回来后还是啥样。转业就不同了，转业就是在部队提上了干，回来就端上了公家的饭碗，最次也能干个乡民政助理。应该说魏萍说得很含蓄，不像别的姑娘说得那么直奔主题：不提干就不谈或者分手。这有种最后通牒和强人所难的意味，容易使小伙子破罐子破摔或走火入魔。更耐人寻味的是，魏萍还让家里人随信给他寄去了一张她的照片。伍顺天看完了家里来的信后，很理智地说了一句："还跟我玩这个'猫儿腻'……"伍顺天在连里当通讯员，看到和听到战友这样的事例不少，很懂得一点迂回心理战术。但当伍顺天打开红纸包着的照片后，就借题发挥不下去了。他弄不明白家里边为什么用红纸包着。但显然这是一张成色很足的照片，至少在他们全连，他还没有见到一张这么见成色的照片。就像同样一根项链，由于含金量的不同而显得成色也不同，这显然是一条24K的项链。伍顺天小心翼翼包好，以后他再也没拿出来像别的战友收到这样的照片那样急不可待向人展示过。至少在以后的一年里，他自己也没有再光顾24K一眼。

秋天，复员期到。他跟连长说："我想再干一年。"连长说："你不说我也要留你一年呢。"连长深有内容地说。第二年他在连长的介绍下，先是入党，下半年又提了干。连长在向上级组织部门推荐他提干时说："这个人的动机很单纯，人很老实……"后来他听人说，连里有两个人竞争这个提干名额。一个是他，一个是文书。连长先找文书谈了话，连长问文书："你提干为了啥？是不是为了找老婆？"文书觉得跟连长这么久了，就实打实说："是。""那就别提了……"连长忽悠黑了脸。

他在团政治处当了一年干事，要转业时，他跟一个家在城市的战友说，能不能帮他往这个城市联系联系。这个战友说："等我回去慢慢联系联系看吧。"

转业回到家里，家里就给他办了婚事。新婚第一夜，把憋了两年想看一眼24K照片的欲望，都发泄在这个实实在在的瓷人身上。魏萍幸福得要死……到了白日，魏萍还幸福地说："你这么大的干劲，还不是因为我做的动力。"他听了这话，身子就蔫了，好像昨夜把劲用过了头。

日子慢悠悠地过了两个来月，城里那个战友来了信，叫他赶紧把他的简历寄去。伍顺天就照着做了。又过了段时间，战友来信告诉他，说工作单位给他找妥了，叫他赶快去城里一趟。到了城里，战友一见到他就说："你的机会来了，城里赶上'严打'，公检法部门缺人，这才同意调你。"他捏着调令去区公安分局报到，才知道被安排到下边一个叫团结路派出所的单位当外勤民警。而他的那个战友一分配回来就在市局治安科做了特行股的股长。想当年他俩在部队团政治处一起做干事，就有点儿愧色。那战友看出他的心思，说："先在下边慢慢干吧，不愁提不起来。"

　　他在下边干了起来，一干就是两年。默默无闻干了两年后，他才想到该把老婆调到城里来。不办不知道，一办才知道这事也挺难办的。老婆是农村户口，大丫也随老婆是农村户口。他虽在派出所工作，可一个小户籍警能起啥作用，落户口要从市局户政科要指标。他也知道这个城市这两年人口已是满负荷工作法。挤进一个来要多难有多难。没有办法，他又去找他那个战友。战友和他跑了两趟户政科长的家，就有些不耐烦了，说："你着急结婚干吗，调到城里来找什么样的找不着。"过后，他想想也是，城里人找对象讲究论各方面的条件，不但人长得要好，还要有个好工作、好家庭。就像他这位战友找的是一位处长的千金。而魏萍不但没工作，连户口也是农村的。这样一想就松劲下来，往户政科长家跑得也不是那么勤了。魏萍也不急着催他，却不声不响地又怀了孕。小孩一落地，写信告诉他，你有儿子了。他一惊喜，拿上两个月的工资，买了两瓶茅台酒，连夜和战友又去跑关系。这回总算有了眉目，只是那份落户报告上光写了老婆、女儿的名字。他问能不能把新生的儿子也加上。人家为难地摇摇头，说只能带一个孩子户口，他就作罢了。反正儿子还小，以后再说吧。

　　老婆进了城。以后的日子里，遇事同老婆拌嘴，他就把战友的话毫无保留地抖搂出来，老婆毫不为之所动，说："是呀，好看的可以找，工作的可以找，儿子呢，儿子你能找吗？城市里计划生育严格，只准生一个孩子。"他看到许多家庭里都光有女孩。老婆若不是农村户口，他也别想有儿子了。老婆这样一说，他又觉得矮了半头。进城以后逐渐产生的优越感，不知不觉又叫魏萍扯平了。这一点，他不得不佩服自己的女人……

桌上的闹钟不知不觉走过了十二点。伍顺天想再不动手做饭，大丫上学就来不及了。就下到厨房里将尖椒洗了，炒了。又将剩馒头热了，和大丫先吃了。吃完饭还没见魏萍回来，就骑车送大丫去上学了。从小学校回来，他看了一下表，一点过五分，他们下午两点上班。他不想去得那么早，好像怕扣两元钱，就拐回家来。走到大门口看见魏萍也走回来了，魏萍困恹恹地抱着怀里已睡着了的小宝。看这个样子不像是出去打牌，就没有问。开门走进去，魏萍果然说："你们什么会还急着非这么催命似的传达，连饭也不让人吃。"他接过小宝说："饭在锅里。"魏萍说："我困了，想睡一会儿。"他抱小宝进小屋放好。出来走进大屋问："怎么给你们传达的?"魏萍一边往床上放枕头，一边说："……什么不伤害自己，不伤害他人，不被他人伤害……什么哪，像绕口令似的。"魏萍扑哧地笑了一下，这一笑就把他笑得心旌摇曳起来，就偎上了床，动手动脚起来。魏萍也精神了，由他做去了。伍顺天一边做事，一边把上午开会时大李笑话他伤害自己老婆的话学给魏萍听，魏萍娇嗔地通红了脸，轻轻拧了他一把："死鬼!"……完事，他下了床，一边穿衣服一边说："你再不吃就凉了。"

魏萍说："我吃饱咧。"

三

晚上下班回家，看见老方头举着一只碗蹲在门口吃饭。他走过去说："告诉你家新来的那户人家，明天要他到派出所报个临时户口。"老方头从嘴边挪开碗，努着嘴点点头："嗯，嗯，好办不?""不好办咋整，能撵走?"老方头就笑了。

走进自家门院，女人在做晚饭。女人说："别人的事倒挺上心，也不想想自己老婆孩子的事。"

"啥事?"他装糊涂。

女人说："上午去街道开会，陈主任说孩子以后不能再一个人锁在屋里了，她说电视上说专门有人掫摸男孩的，偷一个男孩比偷一台彩电值钱，而且丢了就没处找去。她说谁家了，还是某个领导的亲戚，领导

76

都发话了，找了两年多还没找着，你说邪乎不邪乎……"

他听了就笑了："什么领导的亲戚，那不过是东方时空播出的焦点访谈新闻，领导得知了受害人的家里情况打电话慰问。"

女人说："反正陈主任讲了，再发现谁家把小孩反锁在家，就罚款五十元。看是交托儿费好，还是交罚款好？"

他们不是不想把小宝送托儿所，可是小宝没户口，托儿所不收。又没有亲戚可带，只好在两人上班时把他锁在大屋里。好在他俩上班时间都能抽空回来看看。

"等明天我跟老陈太太说一声。"他说完进了大屋。

吃饭时，小宝风似的从院子里被女人吆喝到饭桌上来。刚坐下吃了两口，又听女人喝道："小宝，以后，不许你再动火柴。"他听了有些警觉，停下筷子问妻子："他什么时候动火柴了？""昨天，要不是我扫完厕所回来一趟，咱们家这两间破房就别住了。"女儿又接着告状："小宝把我的算术本烧了。"他心里一沉，饭慢慢在口里难咽了。要是光烧了自己家的两间房还好说，要是烧了一幢房子……他不敢想下去，谁敢保证小宝以后再不玩火？看来锁在屋子里不是个办法，小宝不是一只猫、一只狗……

吃过饭，他还没想出一个办法来。妻子看他脸色难看，就把要说的话压了下去，到厨房洗碗去了。其实，女人不说他也知道她要说的是什么事。女人进城来待了两年，就跟他提出要找工作干的事。女人说她闲待着闷得慌，不如找个事干干。他一个人的工资要养活四口人觉得挺吃力，也想找个临时工作给妻子做。他是外勤户籍警，接触面窄，只和街道上打打交道。一次到街道交代完工作，就把这层意思犹犹豫豫跟陈主任说了。老陈太太一拍手："嘿，这还不是咱们说了算的事吗，你叫她明天到卫生队来上班吧。"第二天妻子高高兴兴地到街道卫生队上班去了。晚上回来，他问妻子："咋样？"妻子疲倦地点点头："还行吧，反正在乡下家里我也掏过厕所。"他听了，觉得又欠下妻子点儿什么。

妻子每回掏完厕所回来，总要严严实实关上门窗，把自己浑身上下洗两遍。妻子说城里人屙的屎脏，病菌多。不像乡下，乡下人一年到头也不生病，吃的粮也新鲜。过后，他脸红着问陈主任，能不能把妻子的工作换换，换去扫街道。老陈太太说："是你妻子自己要求掏厕所的。"

掏厕所可以轮换两天休息，而扫大街得天天起早贪黑地扫。妻子起早倒可以，贪黑却不习惯了。常常新闻联播没看完就熄灯睡了。

听外屋厨房有人在跟妻子说话，进门来的是方泳。方泳手里拿着一张表格，说："伍哥，我妈申请提前退休，有个表你给填一下。"伍顺天问："你咋不填呢？""我的字像老蟑爬的。"方泳大大方方一屁股坐在床边上，腿上的牛仔裤圆鼓鼓的绷得笔直。伍顺天接过表就填起来。"咋就提前退休了呢？""提前退休有个文件允许接班。"方家有一儿一女，方泳的弟弟去年当兵走了，走了三年后门，把方家攒的一万多块钱家底都搭了进去。要不咋拼命往外租房子挣钱呢。这方家小姐也不是省油的灯，二十四五岁了还没个工作，整天跟一帮待业男女胡混，出入饭馆、舞厅。"这个班给你啦？干啥？""当面厨……再说吧。"他知道老方太太在一家单位的食堂工作。方泳好像在说别人的事情。他将填好的表递给方泳："你拿给你妈妈看看，不行明天再找我。"就起身送方泳出门。回屋听妻子说："还是高中生呢，一个破表也不会填。"口气中透着某种嫉妒。

白天，他从管区回到所里，刚坐下，白内勤推门进来，说："刚才有个老头带着两个人来办临时居住证，说你是那两个人的表舅，我就给办了，本来这个月流动人口是冻结的。"

他心里哭笑不得，一夜之间长了一辈，对白内勤哦哦笑了笑，没再说什么。

外勤户籍警都回来后，外勤组简单开了个碰头会，他问大家都给居民委开过会了没？七八个民警异口同声说开过。他就说这一个月大家勤往下跑着点儿，别出啥问题。想想又说，冯所长不是说了吗，谁的管区出现问题谁负责。就有人龇牙咧嘴轻笑。

快下班时，老冯走进门来。见屋里人走光了，瞅了瞅他似很无意地说："伍组长，本来这次我是想按副所长把你往上报的，谁想到上边又派他来了……"他立刻显得拘谨起来，惶惑地说："冯所长，我还不够水平，分局这样安排自有分局安排的道理，他也挺不容易的……"冯所长盯他瞅了一会儿，叹息说："唉，你这个人太老实了。"过了一会儿，冯所长小声问他，"你知道他是怎么下来的吗？"伍顺天摇摇头。"听说他不知为什么事动手打了那个副队长，还有一回他喝醉了酒，摸了一个

78

小马子一下，被小马子反咬了一口……"他听得云遮雾罩的，冯所长收住了话头。上午，王小偷一早就到分局开会去了。

下班回家，老冯和他一起推车走出派出所。在路上，又听老冯说："我们团结路派出所就剩下你我和大李几个老人了，原先的老人不是提到分局当科长就是到别的派出所当所长，大李不是党员不用说了，人又吊儿郎当的，可你户籍警一干就是这么多年……人不能太老实了，马善被人骑呢。"他听了，站在正午的阳光下，低头想了半天也没想明白冯所长话里边的意思，如坠五云中。

中午下班和老冯说话晚了，没有去市场买菜。下午下班伍顺天就骑车拐去农贸菜市场买菜。刚进市场大门，就听见有人小声招呼他："伍舅……"他装作没听见，绕到别的小贩摊床去买。买好了黄瓜，刚一转身，看见了白内勤。白内勤手里拎着鼓鼓的一塑料袋尖椒……"买菜啊。"他很少看见白内勤到这个市场里来买菜，打了声招呼。"啊……"白内勤也显得不太自然，说了声赶着接孩子就匆匆忙忙走了。

走出市场大门，伍顺天在路上又遇见了王小偷。王小偷刚从分局开会回来，拐去派出所推自己的自行车。"什么会？"他见王小偷有意同自己搭话，就主动问。"扯淡的会，说是想办点儿经济实体……我们是专政机关，又不是企业公司。"王小偷很有抵触情绪。唠了几句，王小偷突然问他，"我来当所长，所里人有什么反应？""没，没有啊。"他转过脸去，避开王小偷的目光，真怕王小偷看出上午老冯和他的谈话来。默走了一会儿，听王小偷低沉地说："你是个老实人，我才跟你说，其实我并不愿意来和老冯争这个位置。分局找我谈话时，我说要把我调出刑警队，我就到看守所去，我和犯人打交道惯了，不习惯和好人打交道……唉，和好人打交道比他妈跟坏人打交道难哪。"王小偷深深地叹了一口气，好没来由的。

伍顺天听了，有种毛悚悚的感觉。

四

星期六下午是支部政治学习日。支部学习会好长时间没开了。王小偷没来之前，三人的支部始终缺少一个人。老冯是书记，伍顺天是委员。伍顺天曾建议从所里的党员中选一个委员来，老冯不同意，说先等等吧。老冯的意思伍顺天明白，老冯怕选一个人进支部来会多一个和他争所长位置的对手。老冯一等就等来了王小偷，王小偷来了后，老冯挺有自知之明地说把自己的支书位置让出来。王小偷说："还是你来吧，在刑警队也是我那个副队长兼的支部书记。"这话让老冯听了一阵莫名其妙地脸红。但老冯还是应承了下来。王小偷和伍顺天做支部委员，支部党员的会，老冯负责召集。别的派出所都由指导员做支部书记，团结路派出所还缺指导员的位置。

老冯念了一通报纸，接着又念了一个内部文件，叫大家讨论讨论。党员里有几个是下夜班的，趴在桌上呼呼睡觉，有几个嘻嘻哈哈扯些别的。老冯就把内部文件精神变通成自己的话说出来："上边这回发话了，谁不改革，谁不抓经济，谁就滚蛋。"

下边的人听了，就议论起来："公安局怎么改革？都去抓经济，谁来抓人？"

由钱又说到自己，有人说每天一块钱的夜班费怎么够啊，还不够吃碗面的。几个治安警也说，现在犯罪分子都用上了雅马哈、奥迪、蓝鸟，还让我们用这"11号"跟在后边撵啊……

老冯用指节击了两下桌子，说："分局已责成一名副局长专门来抓兴办第三产业经济实体，以后夜班补助费和添置设备都用经济实体创收的钱来解决。"

"那得等到猴年马月呀，还不知道能不能活到明天呢……"下边又是乱哄哄呛呛了一阵。

王小偷问老冯："学习是不是就到这儿吧？"

老冯说："散吧，散会……"老冯又想起来什么，高声叫道，"今天是周末啊，要看好自己的门，管好自己的人，别出漏子啊。"

伍顺天拎着一刀腰条肉走进家门。魏萍见了就说："你到现在才回来，老方家来过好几趟了，说他家被盗啦。"伍顺天一听，脑袋就大了，扔下腰条肉就去了西院。

老方太太正坐在自己家门槛上抹眼泪呢。他问在屋里团团转的老方头："丢啥啦？"

初听说丢了一辆自行车，他心稍稍落了落。老方头气急败坏地说："都是那个小冤家，班没上，自行车先叫给买上，还非叫买这么贵的五百二十元一台的坤车，五百二十块钱哪，就这么打水漂也不见一下就没了。"

他问了一下怎么丢的。老方头又指着老方太太说："还不怨她，头些日子买回来家里没人，就锁在西屋里，这些日子她退休在家西屋门就不锁了，谁想一个大活人在家还把车子丢了。"老方头一说，老方太太眼泪吧嗒吧嗒又流了下来。

方家院子有自家盖的两间偏厦子，除了租给那家卖菜的人家，还租给了两个做生意的南方小伙。南方小伙每天回来都是下半夜了，卖菜的那户也一天不着家。伍顺天觉得这案子挺难办。

他安慰了老头老太太几句，说派出所每年都能破获几起自行车被盗案，到时告诉他们找找看。老方头不客气，说找回来成废铁了。他一时语塞，抬着脚步往外走。走到门口，从门外挤进来方泳，"哟嗬，这么闲着，串门哪？"他告诉她："你的车子丢了。"方泳一甩头："我以为什么大不了的事呢，丢就丢了呗，谁骑不是骑呢？"后边的老方头一听这话就气炸了："你——"举手要揍她。伍顺天赶紧拉开了。

走出院子，在外面老方头说："明天我到分局报个案。"伍顺天听了这话站住了，回头去看老方头。老方头眼睛并不瞅他。分局超过五百块钱就够立受理的案了，他真怕他到分局去。眼睛落到方家院子里偏厦子上，口里说："你要到分局报案，这两家是租不成了。谁都能想到是人多手杂才出这案子的。"他察觉老方头眼睛掠过一道暗淡的神色，回身走进了自家的院子。

闷闷地吃了红烧肉。女人见他也没喝酒，就说："有什么大不了的，不就是一台车子吗？"

他说："这事说大就大，说小就小。这个月里别说一台车子，就是丢一只鸡也抵杀人了。"

女人听了也有些担心，问他："他会不会去报案？"

伍顺天说："我把利害和他说清楚了，他要去报案呢，就等于又丢了不止一辆自行车子的钱。那个精明的老头不会犯糊涂的。"

躺下后，他又忧虑地想，这一个月内争取查一下线索，当然过了这一个月就不怕老方头报案了，伍顺天还由这件案子想到了自己的前途……翻来覆去很晚才睡着。

……人常说祸不单行。方家丢了自行车没几天，方家的女儿方泳又被派出所抓了去。这事也搞得伍顺天有点儿措手不及，当然这事开始与他没关系，方泳不是在他管区内惹事的，是和一帮哥们儿姐们儿在街市上的饭店里吃饭打起来的。理论上讲不属于他的发案率。那天他要是早走一会儿就没他的什么事了，偏偏背户籍人口就忘了点。人都走光了，治安警刘明才推门进来跟他说："有个小丫头说认识你。"伍顺天就跟刘明走到治安组办公室，一看，是方泳。他就冲刘明点点头。刘明犹犹豫豫，手里捏搓着一张罚款单说："伍组长，你看她早不说，晚不说，撕了票子没钱了她才说。要不先放她回去……等有钱了再送来？""那几个人呢？"他问。"交完款就走人了。"幸好伍顺天这月发的工资还揣在兜里，就掏出五十给了刘明。

回家的路上，她说那帮哥们儿真他妈不够意思。他问她："你妈已经把班退给你了，你咋不上班呢？"她说："还不如面厨呢，让我去哄屎孩子，当孩子头，我才不干呢。"他听了她说的工作单位，不禁叫道："托儿所好啊，比食堂强多了。"她停下来盯着他瞅了一会儿，问："你说的是真的？"他说："托儿所不管咋说也是让人走后门的单位。"方泳停了会儿，想想说："那我就去干了。"临分手，方泳说："伍哥，那五十块钱，我下午就还给你。"他忙摆手："别、别，你先别跟你爸妈讲这件事，你爸妈这两天够闹心的了。那钱等你以后开了工资再还我也不迟。"走了几步，他又想起来什么，随口问："你爸这两天没到分局去说丢自行车的事吧？"方泳摇摇头。走进家门了，他还看见她站在那里有些感动地望着他。伍顺天赶紧转回头来，怕她看出自己的私心来。

五

伍顺天一走进家门，就对魏萍说："小宝入托儿所的事有着落了。"女人一惊喜："你找着谁啦？"伍顺天一指隔壁："远在天边，近在眼前。"伍顺天向女人说起方泳接班被安排在托儿所的事。女人听了撇撇嘴不相信："她会有这好心？"伍顺天也不多解释。

过了几日，一天晚上，方泳走进他家门来说："伍哥，领小宝明天到托儿所去报到去吧。"伍顺天拿眼去瞅魏萍。魏萍欢喜得不行，直说："大妹子，叫你费心了……"女人就是这样，嫉妒会嫉妒得要死，欢喜又会欢喜得要死。这晚她破例留方泳坐到九点多钟，还一会儿叫小宝给他方姨拿瓜子，一会儿又端水杯，显示小宝是多懂事多讨人喜欢。方泳平日的鸡爆头梳成了平直短发，箍得屁股鼓鼓的牛仔裤也换成了黄格裙，倒也像个小阿姨样，瞅着受看多了。她俩说话间，伍顺天插上一句对方泳说："你回头告诉你爸，车子我正在查，叫他别太着急。"方泳说："你也不用太费神了，车子也不是那么好找的，我的一个朋友丢了五台车子，到现在一台的影子还没见呢。"

　　方泳走后，伍顺天躺在床上，魏萍问他："车子有点儿线索没？"他说："有屁线索，我哪敢跟所里治安警说，说了还不得立案。我不过宽慰一下那老头而已。……"过了一会儿，听女人在黑暗里说道："那你就背着人给留心查一下，人家给咱办事，咱也不能不尽点儿心。"伍顺天翻过身去打起了呼噜……

　　早上，他领小宝去托儿所，方泳领他去见所长。方泳同那个中年女所长说话很随便，想不到她跟她这么快就混熟了，看得出来方泳还是挺会处事的。将小宝安顿好，方泳送他出来时说："伍哥，下班你要没空儿接，我领小宝回去就行了。"他听了站下了，回过头去看了她一眼说："方泳，谢谢你。"方泳一甩头："谢什么呀。"

　　所里连续搞了十多天夜查，一块钱的夜餐费第一天发到了大伙手里，大伙就集中到一家关系单位食堂吃了一顿大锅饭。第二天冯所长就叫大家晚上从家里各自带点儿夜班饭。到了早上，回去吃饭时一个个困得迷迷瞪瞪的，不吃还不行，肚子咕咕叫。大李一边抠着眼屎，一边对两个所长说："所头，能不能用罚款提成给大家买点儿早点？也花不了几个钱。"大伙都倚在门框上朝他俩望。王小偷望望冯所长，冯所长也望望王小偷。冯所长抬腿往外走，王小偷也跟着往外走，围着的人也都各自打道回府了。

　　走过中心街岔路口，看见王小偷一个人蹲在熟食摊上喝豆腐脑吃烧饼。王小偷看见他俩招呼道："来，一块儿吃点儿。"他俩就走过去。王小偷又叫摆摊的给他俩每人盛了一碗豆腐脑，两个烧饼。吃完，伍顺天要付账。王小偷一把挡住，说："两个烧饼值几个钱。"就把钱一齐给付了。

王小偷一个人在前边先溜达走了。

伍顺天和大李慢悠悠往回走。大李说："老冯这么廉洁是想当指导员呀。"伍顺天听了心里一沉。前两天他去战友家，那个战友半开玩笑半认真地跟他说："你们所不是还缺指导员吗……"

大李走走又说："听刘明他们讲，王小偷领他们单独搞夜查，每回都是去饭店吃的。"伍顺天说："喝凉水，花赃钱，早晚是病。"他以前也听老冯讲过，王小偷在刑警队时也常拿罚款提成领大伙到饭店吃饭的。大李说："有的当官的用公款吃喝一桌饭就是几千块钱，我们把脑袋拴在腰带上丢下老婆孩子出来搞夜查，难道连填饱肚子都不应该吗？是个狗还给点儿吃食呢，我们警察的命真他妈的就这么贱！……"大李火气很大地说。伍顺天忽然有些后悔刚才说出口的那句话，他也觉得他们很可怜，心里一阵酸溜溜地发堵。

早晨的雾气还没有散净，街头上只有几个珍惜生命的老人在旁若无人地绕着弯跑步，挥舞太极剑。这个时候，城市的大多数人还没有起床，还在很香地睡着早觉。一阵睡意袭来，伍顺天困倦地打了一个哈欠，传染了似的，在前边走着的大李也打了一个哈欠，虾米一样的腰滑稽地弯了一下。

傍中午，他去托儿所给小宝送感冒药。早上魏萍告诉他小宝头有点儿发热，叫他想着去医院开点儿药送去。他过去时，小宝已经睡了。方泳告诉他，她已经找到两片药给小宝吃过了。他摸了摸小宝的头，果然不很热了。他就把开的一包药交给了方泳。方泳送他到大门口，想起什么似的从兜里掏出一张五十元钱的票子，说："我发工资了，还你上回的钱。"他一愣："你还记得？""别人的也就忘了，你的还等着买米下锅呢。"他不好意思地与她推让了起来，推了几把，他说："不如我们拿去吃饭吧。"方泳说："好啊。"叫他在门口等一下，她进去换一下衣服。话一出口，他就有些后悔了。不过想想方泳没少照顾小宝，也该请她一次。过了一会儿，方泳换衣服出来，他说："五十块也别上太大的饭店了，就在附近找一家小饭馆吃吧。"方泳就领他走进一家干净一点儿的小饭馆。点了几样菜，要了两瓶啤酒。他对方泳能喝啤酒不觉得奇怪，只是没想到这么能喝。他一瓶啤酒还没下去一半，眨眼工夫没见方泳动儿筷菜就一瓶啤酒见底了。他只好又为她要了一瓶。方泳要给他倒点儿，他涨红着脸说："别，别，我一瓶都怕醉呢。"方泳见他红上了脸就作罢。方泳说："伍哥，你们在所里，不常下饭店吗？"伍顺天说："拿什么下呀。"方泳说："看电影里警察办案山吃海喝的挺潇洒的呀。"他心里骂："操他妈的狗导演。"嘴上说："警察也有窝囊的。"方泳说："伍哥，看你这么老实，好像不适合当警察。"他说："是，是……"小饭馆里人渐渐多了起来，伍顺天觉得有点儿眼晕。

吃完出来，方泳说："我吃过不少饭店，顶数今天在这里吃得舒服。"街上阳光灿烂。从身边走过的人一个一个红光满面。伍顺天也不觉轻松惬意下来，感觉在馆子里吃饭和在家吃饭的确不一样。

六

为期一个月的整治社会治安安全月活动结束了。在这一个月里，团结路派出所只处理了几个一般违反社会治安行为的人，够立案的盗窃、抢劫、伤人刑事、治安案件没发生一起，成为全分局在安全月中唯一一个无案件发生的派出所。分局局长通过无线电寻呼电台在最后一天下午向各派出所通报表扬了团结路派出所，并点着王小偷和老冯的名字说要给他俩请功，让他俩组织大伙开个会先好好总结总结。正巧市局主抓刑侦工作的周副局长也在分局参加安全月验收检查，周副局长原来同王小偷很熟，接过话筒也向王小偷喊话说："王小偷呀王小偷，我说市面上盗窃犯罪怎么多了起来，原来你这个小偷克星躲到团结路派出所享清闲去了……"这话无疑是表扬王小偷，大伙听得清清楚楚。收听完电台，老冯就根据局长的意思组织开了一个总结会。老冯很谦虚地反复说：这一个月没出啥案件，主要是大伙的功劳，是大家努力的结果。只字不提所领导的工作。王小偷也不提，眯着细长的眼睛只管听大伙呛呛。有人说："既然大家这么辛苦，是不是该犒劳犒劳大家。"老冯就有点儿措手不及："哦、哦，是应该……应该的。"马上就有人响应："既然这样，不如我们大家一起去吃顿饭。这一个月夜查老从家里带饭，都把老婆带怕了，吃点儿油水，也好在老婆面前长点儿阳气。"大伙哄地笑起来。老冯跟着笑，转脸看王小偷："老王你看呢?"王小偷说："去吃吧。"大伙一窝蜂地争先恐后往外走。老冯走到门边，小声对王小偷说："你先带大伙去吧，我随后就到。"王小偷就和大家先走了。到了饭店门口，还没见老冯跟上来。伍顺天磨磨蹭蹭推车走在最后，等大伙都进去了，他一抬腿上了车子，向墙拐角根骑没了影。

回到家里，老婆问："吃了吗?"伍顺天摇摇头说："没吃。"魏萍说："没吃还不买菜回来!"他这才想起中午也没买菜回来。一家四口人只好啃咸菜疙瘩。伍顺天嘴里咽着咸菜，心里后悔没有跟着去吃。

第二天，大李见了他，说大家昨晚开了荤，吃了十二个菜。看大李咂巴嘴，他肚里又一阵翻苦咸菜水。

晚上下班骑车回家，在路上被人拦了下来，拦住他的人说："你是伍顺天吗?"伍顺天点点头。"有人在那边的饭店里叫你。"他有点儿惶惑地望望来人，又望望马路对面的那家饭店，就跟在来人身后横穿过马路去了。

一进门，便看见王小偷向他招手，他走过去。一张圆桌子围坐了七八个人。有两个他见过，是他们派出所这片的耳目，其余的都不认识。王小偷说："来，来，我给你们介绍一下，这是伍组长。"坐着的人都站了起来冲他点头。领他进来的那个人又搬出一个凳子，冲服务员要来筷子、碗。王小偷就拉他在身边坐下了。王小偷给他倒了一小杯白酒，他看见其他人端的都是白酒碗。王小偷端起酒碗说："各位，我谢谢大家给我的面子，这碗酒喝了。"王小偷咕嘟咕嘟喝下去。"王大哥，没说的。"其他几人也都一仰脖干了。酒又满上，话就随便起来。"王大哥，要不是看你的面子，我早砸庙啦。""王大哥，这一个月来可把我们哥几个手憋痒啦。""王大哥，还别说，那天小白鸡领一伙人来找碴儿，打得我们鼻口穿血，我们愣是咬着牙一拳没还，倒把他们和看热闹的人吓跑了，说我们练的是气功，待会儿发起功来谁也跑不了。你们说逗不逗。"……王小偷沉默着脸不再说什么，只是低头在听，吃，喝。吃饱了，喝足了，就有人歪歪斜斜过来同王小偷招呼一声："王大哥，兄弟我先走啦……谢谢啦。"王小偷就摆摆手，走的人歪歪斜斜出去。伍顺天看他们都是单个走的。最后走的是领伍顺天进来的那个人，王小偷叫他疤三。疤三一直陪到最后。王小偷叫伙计过来算账，疤三从兜里

86

掏出一沓票子，说："王大哥，你的心意哥们儿懂……钱咋能让你掏呢……"王小偷眼一白愣："我说过我请客，收回去。"疤三趔趄着身子不收，硬举着给伙计。王小偷喝唬伙计："你要是收别人的钱，别想下回再让我来吃饭。"伙计赶紧挡住了疤三的钱，过来对王小偷讨好地说："账给您算过了，二百四十元，老规矩打七折，收您一百六十元。"王小偷掏出一百六十元钱给了伙计。"这回开票吗？"伙计问。王小偷转脸朝伍顺天说："找我老婆报销去吗？"伙计就笑着走了。"王大哥，你看这事整的，你看这事整的。"疤三又坐了下来，等王小偷把碗里最后一口酒喝完。王小偷不看他，慢悠悠地喝着，问："疤三，你这一个月没干活，哪来的钱？"疤三眨巴着眼笑着说："王大哥，不瞒你说，这月小弟也没闲着，帮人拼拼缝，倒了点儿二水货，挣了点儿人家牙缝里剩下的小钱。我可以向你保证货可都是人家的，与我不沾边的呀……"王小偷说："我说嘛，你疤三是不会闲着的嘛，是不是。"疤三就"嘿嘿"忸怩着脸笑。伍顺天警觉地问："都是些什么货？""还不都是些不太值钱的两个轱辘。"伍顺天看了王小偷一眼，不再问了。王小偷喝净了碗里的酒，疤三就告辞了。王小偷瞅着他走出去的背影，对伍顺天说："其实这个月里全是他们的功劳。"

伍顺天心里就明白什么了……

七

伍顺天有一天在街上看见了疤三，就把疤三拉到一个墙角没人处。"伍哥，有事吗？"疤三问。"有个事想让你帮一下忙。"疤三说："说吧，伍哥的事就是王大哥的事，我没说的。"伍顺天见他这样说，就说："我家小孩托儿所的阿姨，上月把一台刚买的宇宙牌坤车丢了，你看能不能查一下。"疤三说："没问题，上月我光拼缝车子就有七八十辆，熟悉这方面的行情，两天后听我回话。"疤三说完匆匆忙忙要走，伍顺天又拉住他："这事你不要到所里去说。"疤三看了他一眼，说："我明白。""王小偷也不要告诉。"疤三就不明白了，说："王大哥没拿你当外人呀。"他说："你就照我的话去做吧。"疤三点点头看他一眼走了。

过了两天，疤三回话给他，说车子找到了。疤三是在百货大楼前的公共电话亭给他打的电话。接电话时屋里有人，他捂着话筒问："在哪里？"疤三说："你跟我来吧。"他放下电话，跟屋里的人说一句"我下管区去了"，就出去了。他来到百货大楼前找到疤三，疤三把他领到广场右侧的存车处。他一眼就看到一排车中间有一辆火红的宇宙牌坤车。疤三跟存车的老太太说了几句什么，就把车子推了过来。"这么新？"他一喜。"还没出手，能不新吗？"疤三说："偷车子的是两个新手，一直放着不敢出手。昨天一个哥们儿领我找到他们，他们还跟我胡侃价，我说派出所的哥们儿只想要回车子不想要人。那两个南方佬一听就哆嗦了，跪在地上直谢我大恩大德。好像我到派出所给他们求的情。"伍顺天听了问："你是说两个南方人？干什么的？"疤三说："好像是做小买卖的，你不是说不让惊动所里吗，我向我那个哥们儿下过保证。"伍顺天就说："啊，啊，我只是顺便问问，代我谢谢你的那个哥们儿。"疤三说："没说的，以后有事找我。"疤三摆摆手就走了。

　　他把车子直接推回来。方家人一团欢喜。老方太太左擦一遍右擦一遍，比端量自己的女儿还仔细。他走出方家院子时，端量了一下锁着门的那两个南方年轻人住的偏厦子。不知他们见了车子会怎么想，他想要不了多久，他俩就会搬家的，这对方家来说，也不是件好事。

　　晚上方泳过来送小宝，眼里透着惊奇，问他是怎么找到的。他说小事一桩，不值得一提。他怕说出来，方家会连夜找那两个小江苏算账。一夜就别想消停了。更怕再闹到派出所去。

　　隔了几天，中午他去托儿所看小宝。出来时，方泳说："我们一起去吃饭。"他说："为什么呀？"方泳说："我回请你，上次你做东。"他说："我没有叫你回请啊。"方泳说："那我就算请福尔摩斯吧。"他只好跟着去了，又到了那个小饭馆……出来时天还早，方泳要他一起跟她去托儿所，一同慢慢往回走。他说有一份材料得赶着写出来，就匆匆回派出所了。他怕领着一个姑娘在街上待得久了碰上熟人……

　　下午开会时，老冯说工作时间不许喝酒。伍顺天本来不太红的脸涨得通红。散了会，他找到老冯，说家里来了个亲戚，陪喝了点儿。老冯一愣，说："我没说你呀，我知道你不会喝酒。我是指他呢，局里有反映，说他天天泡在酒馆里。"伍顺天见没说他就转身往自己的屋里走，老冯又叫住了他，说："你家来了亲戚，就先回去吧。"老冯当了真，他也只好走出派出所大门，推车回家去了。

回到家，才知道家里真出了事。老婆正趴在床上呜呜地哭呢。他一惊，问怎么回事。老婆支支吾吾，把事情说了个大概。原来下午魏萍去扫街道上的公用厕所，在男厕的一头喊了几声：有人没？里面都没见有人答应，就走了进去。在里边扫了半天，扫第三个洞眼时，一个人却突然站了起来，手里拎着直挺挺的那个物件冲魏萍摆弄……魏萍一捂脸跑了出来。他一听挺愤怒，中午喝的啤酒就上了头，由魏萍领着去了那个厕所。他先进去了，里边没有人影，他又叫魏萍进去看，问在哪个洞眼上。魏萍指了指那个洞眼，看见地上有一摊黏滑物。但也只是对着那黏滑物傻瞅了一阵，就回来了。

回到家，魏萍还有些委委屈屈，说叫他这两天下管区来跟她注意两天，一定能抓到那个人，她好像看见过那个人就在附近住。伍顺天安慰魏萍说："算啦，他又没伤害着你。"他在心里想，这事好说不好听呀，怕说出去叫人笑话。哪想魏萍一见他这样，就又委屈地放大声抽泣起来，说："都怨你给找的这个破工作，咋不受人欺侮！"他自知理亏，不敢还嘴。等魏萍哭够了，他提上一只篮子走出去，到市场转了一圈回来，买了一条魏萍喜欢吃的鲤鱼，又买了一瓶红葡萄酒，一下子就花去了二十块钱。

第二天早晨起来，魏萍跟他说她想带孩子们回乡下住几天。他没看魏萍的眼睛，想，休息几天也好。就说："回去就回去吧，只是别待太久了，大丫还要赶回来上学。"女人答应了。他骑车送她娘仨去长途汽车站。一直等到剪完票，看她们娘仨上了车，两个孩子跟他喊完"爸爸再见"，他才返回身骑车离开。

一连几天，他下管区有意穿便装到那个厕所周围转了转，希望能神不知鬼不觉地查出那个要流氓的家伙。他在那个洞眼的茅厕板壁上发现被人用小刀刻了一幅图画，旁边还有一行粗俗的小字……他就想一定是那个人干的，这一定是一个成瘾的家伙。可是他蹲了几次，并没有发现那个人的踪迹。有两次在里边，听见外边有人喊："有人吗……"他就赶紧走出来了。和妻子一起负责扫厕所的女清洁工认识他："小伍子，你休息……"他赶紧点点头，走过去后他又回头望了那个女清洁工一

89

眼，他很想问问她有没有遇见过这事，可他不知怎么开口。这事怎么能主动问呢？要有，她就会去派出所报案了，想必是没有。为什么人家没碰上呢？他又注意察看了一下这个女临时工，发现这个女临时工尽管年龄和妻子差不多，可看上去足足比妻子老上去十岁，像个十足的老娘们儿了。他就想起这个女临时工以前曾跟他说过的一句话："小伍子，我要是你，就不会让这么嫩的媳妇干这个清扫人腚沟子的事。"他当时还以为她怕妻子跟她抢这个饭碗才这么说的呢，现在想想不是了。想必干那事的家伙也是有选择的，不是无的放矢。这样一想，他就有了一种被人给戴上绿帽子的感觉。再等下去也不会有什么结果了。妻子不上班，那个家伙就是憋死也不会再到这个厕所来了，当务之急是妻子回来把她调到卫生队扫大街去。想到扫大街也躲不开那家伙的贼眼，他就在心里打算着看看能不能以后给妻子到别的单位找个活计干干。如果实在没啥好活干就在家里待着好了。

八

伍顺天走进街面一家小饭馆，想买两个烧饼拿回去。肩膀一搭，被人拍了一下。他一扭头，见是王小偷。"怎么样，一起喝点儿？""我，我还得回去……""我知道你老婆没在家……我要是小妞，你就陪我了。"王小偷细长的眼睛眨了眨挺有内容地说。他脸红了，跟着王小偷走到一张靠里角的桌子旁坐了下来。

王小偷点完几个菜。伍顺天说："那是我邻居家的孩子，找我办点儿事。"他虚虚实实试探地说。

"我知道，不就是吃过两顿饭嘛！"

这个家伙。统共跟方泳在饭店里吃过两次饭，他全看到了，真长了双贼眼。不用说，托疤三找回的自行车肯定也瞒不过他，可这么长时间咋没见他提？

"你怎么不回家吃？"伍顺天问。

"回家有什么意思，在外边吃惯了，不像你有一双儿女，我就和我老婆两个人，吃得不香。"

伍顺天早就隐隐约约听分局的人说，王小偷那东西不行。结婚十年了还没有孩子，瞅着像个汉子样。也有人说，王小偷抓的人太多了，作下了孽，上天让他断子绝孙。

"你儿子的户口还没落吧？"

伍顺天点点头："没有。"

"我跟老冯说过了，叫他跟户政科要个指标。都是内部人，别跟自己过不去。"

伍顺天听得有点儿莫名其妙，前天老冯还跟他说，想给他儿子报个指标，但又犹豫地说有人不同意。虽然他管户籍，王小偷管治安，可王小偷是正所长，他不点头谁也没有办法。

伍顺天不知该听谁的。看着王小偷一杯酒接一杯酒把自己喝红了脸，他的一杯酒还在眼前摆着没动。

"……你说，谁不干净？管治安的有什么好处，还净得罪人，前天我老婆还挨了两砖头。……当然，我要是还在刑警队，他们也不敢。我现在是落了汤的凤凰不如鸡，谁都踩我一脚。谁不知道现在城镇户口的行情，是，是这个数……"王小偷伸出一张摇晃不定的巴掌比画说。

伍顺天知道，现在城市户口也开始开放搞活了，花一万块钱就能办下一个城市户口，不过也有指标限制。这样下边报户口指标的也常常能落到几百到上千元不等的好处费。不过他可从来没听到老冯收下什么人的好处费……

"王所长，你喝多了。"他只好这样说。

"我没喝多，谁他妈心里不清楚谁，老子在公安干了这么多年，还不清楚自己人整自己人的事？嘁，哼，蒙孙子呢……你要是不踩巴别人……所长也好，指导员也好，就是局长也好，你随便上。你要是踩巴着别人往上爬，我也让你硌硌脚……知道我也是块石头，不是一摊稀泥。"

伍顺天出去叫了一辆三轮车，和车夫一道把王小偷扯巴上车，送回家了。

次日早上班，王小偷一见着他就说："昨晚辛苦你了，让你送我回家。"他故意大声说："谁让我吃你的啦，净听你胡说八道了。"王小偷笑笑说："喝酒没好话。"他斜眼看见老冯的身影在值班室里一闪。

上午，伍顺天要下管区，老冯叫住了他，说："刚才接到分局政工

91

科的电话，说今天李副局长带队来考核班子，要找人谈话，先党员后群众，你就不要下去了。"

过了一会儿，李副局长果然带人来了。这李副局长就是原来分局刑警队的副队长，新提上来的。见了面，他还很随便地称王小偷为王队长。问王小偷中午安没安排饭？王小偷谁也不看地说："没钱。"李副局长就一边往里走，一边笑笑说："咋会没钱呢？别的派出所都开起了旅店，你们也开一个旅店嘛。"王小偷就又冷淡地说了一句："那就等开了旅店再吃吧。"李副局长就自嘲地说了一句什么，带人走进屋去了。

过了十一点也没人来叫伍顺天，听李副局长在走廊上跟老冯说："剩下没谈完的人下午再接着谈吧。"伍顺天听了就往外走，走到外边窗下推车子的工夫，老冯磨着屁股跟了过来，小声问他："昨天你和他出去吃饭，他说了什么没有？"伍顺天说："没有啊……"想想又说，"只不过我说起我孩子户口的事，他说等和你碰头商量商量，都是自己人的事……谁知道他这是不是酒话呢。"老冯听了脸上闪过一道什么，掩饰着说："有他这句话就行，你下午先来我这儿取一张表填上。"伍顺天听了，心里一阵窃喜。

长途汽车没晚点，他去时下车的人早没影了。他急急忙忙往家赶。一进家门，打窗外瞅见三个人已坐在床上歇着了。老婆见了他，脸上并没有怨气。他松了一口气，说："我赶去时车好像刚到，你们走得这么快呀。"老婆说："我们飞呀？多亏了王所长开摩托车顺路把我们带回来了。"王小偷家不在那个方向，一定是特意去的。他心里有些好笑，下午谈话谁也不能多说，谁也不能少说了。

下午谈话时，最后一个叫到的他。他不明白李副局长为何这样安排，是李副局长自己把话点出来的："你是支部唯一不担任所领导职务的成员，能不能从支部角度把两位所长的工作全面谈一下？"他谈了起来……看得出来李副局长并不太注意听，眼睛时而望向窗外。谈到最后，李副局长似乎无意地问了一句："如果要从你们所提一位指导员，你看谁合适？"他怔了一下，随后大声地说："当然是老冯。"他知道老冯这会儿就在隔壁贴着耳朵。李副局长问："还有没有谁了？"他不明白地看着李副局长，李副局长也看着他，半天，李副局长送他出来时轻声说了一句，"你真是个老实人……"说罢意犹未尽的样子。他不明白李副局长说这句话是什么意思。

李副局长他们走后，老冯从抽屉里拿出一张申请落户登记表让他填上，他就填了。

晚上他去他战友那儿，告诉了这件事。本来他是想再托战友通过上边找找户政科，别报上来再卡住。战友说："你是想要户口，还是想要指导员？"他一愣，说这是什么意思？他不太明白。战友说："过几天你就会明白的。"战友现在是市公安局政治处一名管干部的副科长，有些话也不好深说。他也不好深问，就带着满肚子的狐疑回家去了。

王小偷从分局开会回来，把他拉进小酒馆里去，惊喜着脸说："你猜上回民意测验大伙提指导员人选都提了谁？"他问："谁？"王小偷一指他的鼻子："你。"他就想开了战友说的话，那张户口登记表八成是白填了。王小偷借着醉意说："来，为咱俩将来的合作干一杯。"他不肯干，说："没影的事呢。"王小偷说："跑不了。"

回到家里躺在床上，他还在思想着要指导员，还是要儿子户口。他没有跟老婆说，怕老婆目光短浅只要户口。临睡前，他最后的想法是要能把两个都要到手就好了。

九

不知是那天李副局长说的一句话起了作用，还是王小偷自己做的主张，团结路派出所真的在团结路口开了一家小旅店。这家旅店原来是一伙待业青年租的人家一幢平房开的。开着开着就胡搞起来，查出两伙外地来卖淫嫖娼的，派出所就查封了。查封了一个月，房主不干了，撵走了那伙待业青年，问派出所想租不想租，房租由原来的一年五万块减到三万块。年后付租金就行。王小偷领人去里外查看了一下，见行李都是现成的，接下来就可以开业，就答应了下来。找了些派出所内部人员的家属，有王小偷的老婆、伍顺天的老婆、大李的妹妹等人做服务员，旅店就开业了。开业第一个月就见了利，伍顺天的老婆开回的工资，比在卫生队多，既不脏人累人又不丢人，白天还可以倒休。伍顺天也就不再挂记着老婆的事了。

老冯见了伍顺天还很亲热，并说那个事他还想着。伍顺天心里话：

屁，恐怕早成了老冯的揩腚纸了。一个月过去了，分局也没啥动静，他知道大李消息灵通，侧面讨过大李口气："分局不是要给我们所提个指导员吗？"大李一撇嘴："提个啥，分局听说还要精简机关，干部下基层所，一帮科级干部还不知咋安排呢。"大李好像忘了上回民意测验时提过他做指导员的话。他就想大伙合伙把他坑了。与其这样，不如大伙不提他，他也好把小宝的户口办了。现在想想真有点儿后悔，特别是每次到托儿所接小宝，别的孩子指着小宝齐声嚷："他是黑户孩子，他是黑户孩子……"他更是心里委屈难受得想哭。倒是方泳常常这样宽慰他："一张破纸算什么呀，废纸一张，将来要是我做了国家主席，非下令把户口取消了，也把你们这些户籍警解散了不可……"他听了很难为情地苦笑笑。就好像方泳的话是这么变通说的："你这个户籍警也太窝囊了，连自己儿子的户口都解决不了。"这样的玩笑话，他每听到一次，自尊心就受到伤害一次。有几次方泳又邀他出去吃饭，他冷冷地拒绝了。他知道除了怕被熟人看见外，还怕自尊心无意中不知不觉受到伤害。

自从魏萍去了旅店上班，晚饭通常都是他来做，去市场买完菜再去接小宝。去晚了，小宝就会被方泳领回来在家等着。他自然免不了说声谢谢。方泳说："光谢谢就完了，我肚子还饿着呢。"就留下来蹭饭。有时方泳晚上会端两碗饺子过来，说她妈妈让带给他和孩子的。他就和孩子吃起来。吃光了，方泳说："瞅你两个咋都像没娘的孩子。"他不好意思地脸红了，心里也觉得怪，吃人家的饺子咋就比吃自己家的饺子香呢。

日子平平淡淡地过着。所里呢，王小偷一门心思扑在了旅店上，听说晚上也不回家。所里这头的事就给了老冯。老冯也说："旅店办好是应该的，现在上头不是强调抓经济吗？"老冯嘴上这样讲，行动上却看不出来。老冯也有一个待业的丫头，在家养着，也没让她到旅店来上班。伍顺天和大伙都说，老冯咋不见钱眼开呢。只有王小偷一个人听了撇撇嘴。

第四个月上，伍顺天老婆拿回来四百块钱，伍顺天一下子惊呆了眼："这么多？"魏萍翘翘嘴巴，很是得意的样子。吃饭时，魏萍才说："王小偷这人挺能干的。"

伍顺天说："他阳痿。"

女人听了，怔了怔，半晌说："瞅着像个铁打的汉子。"

这天晚上女人休息。吃过晚饭伍顺天就将女人抱上了床。女人说："我累了。"伍顺天没听。完事后，女人说："你心里还有事。"

伍顺天心里也说不清楚是为老婆挣的钱多，还是为上回厕所发生的那件事生气。

"瞧你这点儿能水。"女人讥讽地说。伍顺天一下子委顿了下来。

……

王小偷把心思用在了旅店上。治安这路子工作就都落在了治安组长刘明身上。这天下午，人手不够，刘明就把伍顺天叫去了："伍组长，你帮我们审一下。"伍顺天就去审了。要审的是两个卖淫嫖娼嫌疑犯。先审的是那个男的。男的是一个外地老客，四十多岁年纪。伍顺天根据刘明关照的几个细节，开始审他。

问：你们是怎么接触的？

答：她在火车站上接客，我要找旅店，就这么认识的……

问：说了什么没有？

答：……我问她加褥子吗，她说加。我就跟她去了她的旅店。

问：她收你钱啦？

答：收了。

问：多少钱？

答：五十。

……

接着他又由白内勤陪着去审那个女人。女的是一家旅店服务员。一见他们就哭哭啼啼起来，说是旅店老板逼着干的，是第一次做这丑事。她很有点儿委屈地抽噎着说。白内勤喝住了她。

问：你们是怎么做准备的，吃药了吗？

答：没有……我好害怕。

……

走出来白内勤对伍顺天说："看来她是第一次。"白内勤看他脸色很难看，以为他是难为情才这样绷起脸的。

下了班，伍顺天一个人走出派出所，就去了小酒馆。喝得酩酊大醉出来，摇摇晃晃走回家……从窗户上看见屋里坐着一个女人影，在等他。他以为是魏萍，就酒气熏天地闯了进去……

方泳送小宝回来，见他很晚还没回来就做了饭，给两个孩子吃完又哄睡了，就把饭热在锅里，一边打毛活，一边等他。方泳见他这个样子就说："我看你越来越喜欢喝酒了，不会喝就不要喝。"

他一语不发地倒在床上。方泳过去给他脱鞋子，他猛地蹿起抱住了方泳，将方泳摁在床上抱得死死的、凶凶的……

方泳第二天过来领小宝上托儿所，见着他说："我以为你老实人不会偷嘴吃呢。"

他一听，就傻了、呆了，张了张嘴，半晌才白着脸结巴道："我、我……方泳你打我吧，我不该对你这样，我真该死，都是我昨晚喝昏了头……"

方泳不经意地说："说什么呀？我又没怪你。"说着莞尔一笑，过小屋领小宝上托儿所去了。他木桩似的站在屋子里呆了半天……一直到挺晚了才去上班。

王小偷的老婆他只见过一次，那还是旅店开张的时候，大伙一起吃的开张饭。今天上午当那个女人擦身从老冯屋里走出来时，眼圈红红的像刚哭过，他一愣神，恍惚想着要不要上前打声招呼，可是那个女人只是责怨地看了他一眼，就掉头走了。他好半天还愣在那里，老冯也老半天地陪他站在身后，直等到他问："王小偷的女人来干啥？"老冯才说："我还要赶写个材料，你去问一下大李就知道啦。"他好像有一种预感，脚步跌跌地去找大李。户籍外勤的办公室的门关闭着，推开后发现外勤组的人都在屋子里。他进屋前他们还在说着什么，进屋后就鸦雀无声了，继而一个一个低着眉像老鼠似的往外溜。他拉住了大李。大李一向嘻嘻哈哈的脸庄重得让人觉得不像大李了。"发生了什么事？老冯说你知道。"他的声音空空的涩涩的。大李晃了晃身子，挣脱开他的手，嘴张了张，后来说："你回家就知道了。"他听明白，转身往外走，听大李的声音在身后不真切地飘过来："自己的老婆都看不住……"

他觉得外面的太阳在头上晃了几晃，稳了稳脚步才没有跌倒……

伍顺天到了家就改了主意。伍顺天异常地平静下来，他稳稳地盯着女人的脸，说：

"你说，他是阳痿。"

魏萍没有说。魏萍说："他是个真正的男人。"

"不要脸。"伍顺天不动声色，狠狠抽了女人一个耳光。女人的半边脸立时就肿起了五个手指印，嘴角流出血来。

女人把另半边脸伸给他，说："你打吧，有种的你就打呀。"

伍顺天就不打了。伍顺天阴冷地想不能就这么便宜了这件事。

十

老冯写好了一个材料，叫伍顺天签字。伍顺天看了，却没有签字。老冯有些不明白："你咋不签字？"伍顺天说他不相信王小偷会做出这等事来，他不是阳痿吗。老冯说，他老婆告诉他的，王小偷不是阳痿，生不出孩子是他老婆的事。伍顺天就说，那就是那个女人自己生不出孩子乱咬人了。……老冯一时哭笑不得，摇摇头，他不知道该怎样才能叫他相信这件事，人老实到这种程度真是叫人没办法的事。老冯第一次用了哀其不幸、怒其不争的眼光看着他。

伍顺天躲开了老冯的目光，心下想：他现在仅凭这一点还斗不过王小偷，况且还让别人从中得利。老冯就巴不得他这么做呢。

所里沸沸扬扬传开了这件事情，说伍顺天太老实了，老婆叫人家给欺侮了，还不敢告人家。大李甚至当着所里人的面说，他要是伍顺天，早去和人家对命去了，手里又不是没有家伙，怎能咽下这口窝囊气。老冯听了，赶紧出来制止，说："不可乱来，有组织呢。"说这话时，眼睛瞟着他。伍顺天知道这话是说给自己听呢，便不经意地挪开了脸。每天还按点来上班，按点下班，该干什么干什么。时间长了，听有人说："这年头不欺侮老实人有罪……"

家里的日子还和往常一样，魏萍还去旅店上班，大丫上学，小宝上托儿所……晚饭由他自己做。小宝常常是方泳给送回来……方泳似乎听说了这件事。方泳对他说："伍哥，你够个男人样。"他不觉一愣，看着方泳，方泳就不在意地说："现在哪家没有几档子这码事呀，要不呢打得头破血流的，要不呢寻死觅活非要闹离婚不可的，闹什么劲呀，人

97

活在世上能有几个一辈子，何必整天斗得像个青眼鸡似的，看开了没有什么大不了的，谁要快活就快活去……可话又说回来，又有几个男人不是小肚鸡肠的，好像女人天生就是他们身上的一个物件，伤着了就剜着了他们身上的肉，自己却怎么快活都行……"

结果他们又快活了一回……

伍顺天一天下班后，在路上碰见了王小偷，就把王小偷拉进了酒馆里。自从开了旅店后，他俩有半年多没在小酒馆里喝酒了，因此两个人都显得有些拘谨。

"说吧，你要什么条件，我都答应，哪怕要我的命。"王小偷很像一条汉子似的说。

"说什么呀？"他不看王小偷的脸说，"喝酒，喝酒。"

王小偷却并不动桌上的酒碗，仍盯着他说："那天是我喝昏了头……"

他一摆手："酒后无德的事，谁都做得出来，喝酒，喝酒……"

王小偷见他这样说，竟有些感动，端起酒碗和他碰了，喝了下去。

伍顺天放下酒碗，装作很无意地说起："你该跟你老婆说说，别叫她再到处告了，这样做对谁影响都不好。"他知道老冯已领那女人到区妇联去了一趟，想必王小偷也知道了。

王小偷脸上有块肌肉动了动。……后来王小偷低沉地说："那女人一直对我挺好，她不能生育，怕我和她离婚，就说我有阳痿。这些年来，我也向外人承认了。我不想伤害她……"

"可你也得管住她呀，免得她被别人利用。"他将别人两字咬得挺重。

王小偷听了，想着什么，点点头。

从小酒馆出来，走在路上，王小偷拍拍他的肩头，眨巴眨巴长眼说："你真的相信自己的老婆没变心？"

他嘻嘻哈哈一副不在意的样子说："自己的老婆，这么多年了，还有什么不相信的。"

王小偷站下了，盯了他一阵，说了一句："那你那回就不该放过那个'涮浆'的家伙。"

伍顺天独自走在路上摇了摇头，想了想，知道王小偷说的是老婆告诉他有人在厕所里向她耍流氓的事，就挺恼怒地想，这女人倒真能记事，事情已过去这么久了，还记得那件事。老实地讲，比起王小偷来，那个家伙并没有对她构成实质性的伤害呀。而老婆偏偏不恨王小偷……

回到家里，他将老婆扳倒在床上。老婆不从。他说："你是我的老婆。"老婆说："那我们离婚。"

他阴阴地笑："想得倒美。离婚成全了你们的好事，你可真有意思，你就等着吧。"

老婆说："你不是人。"

伍顺天就一头倒在床上，呼呼睡过去……

伍顺天起初听说王小偷和老婆离婚不觉得奇怪，后又听说他老婆上吊的事，就有些奇怪了。看不出那是个烈性子女人。他想起王小偷说过的不伤害那个女人的话，咋就伤害出一条人命来呢？……那天冯所长来找他商量如何把这个情况写成材料上报分局党委。商量完了，老冯突然说出一句："那女人也该死，像个疯狗似的到处乱咬人……"他不明白是老冯怕牵连进去才这样说的，还是对王小偷开始产生了恻隐之心。他没看老冯，说了一句："通常咬人的狗是不叫的……"老冯走到门口的身子抖了一下，回头莫名其妙地看了他一眼。

区妇联得知了这件事后，出于保护妇女合法权益，派人下来进行调查。然后把调查的结果单独写了一份材料，给区委一位副书记看了。这位副书记还主抓区公检法这路子工作。据说这位副书记看完材料后，叹息了一句："钱，钱，这都是钱烧得人不像人，家不像家的……"并责成区公安分局借这件事整顿一下队伍纪律作风和索贿受贿行业不正之风的问题。

这一下搞得人心惶惶的。不少派出所把开办的旅店、钟刻店悄悄转给了别人，在调查组到来之前，脱钩出来。

十一

分局和市局政治处组成的联合调查组，是秋天的时候进驻团结路派出所的。旅店被查封了，王小偷除了有不正当的男女关系外，还调查出了一小部分经济问题。先是将王小偷停职调查，后又开除了公职。

派出所里也查出了老冯收受贿赂的问题，有两个办户口的人告发老冯收受了他们两次送去的一千元钱物。鉴于老冯接近退休年龄，就劝其提前退休了。

这样一来，团结路派出所实际上就成了无长之所。调查组走后半个月，分局才下达一道任职令：任命伍顺天为团结路派出所副所长。据说在分局讨论伍顺天任职时也有争议。有人提出既然团结路派出所没有正所长和指导员，不如直接就任命他为所长，伍顺天默默无闻在基层干了这么多年，也该提为所长。据说这还是一位市局政治处同志的意见。有人提出异议，说伍顺天人太老实了，怕缺乏领导魄力，先干一段副职再说，不行再配个正职。任命就这样定了下来。

和任命书下达的同时，伍顺天又向法院交了一份离婚起诉书。本来离婚用不着起诉的（魏萍早就提出离婚了），伍顺天为了获得两个孩子的抚养权，只好写了一份起诉书。法院看完户口等证件后说，你们只有一个孩子户口在册，要抚养只能抚养一个孩子。伍顺天问一个熟悉的法院工作人员，那就没办法了？那人暗示他，那个没户口的孩子想跟谁就可以跟谁，不存在法律保护。伍顺天一听脑袋就大了，急急忙忙往回跑，他先去了托儿所，小宝早没了人影。他又去找方泳，方泳见了他，冷冷地看了他一眼后，说："你老婆领着回乡下去了。"他问："什么时候走的？""今天上午。"他一听就呆了，木木地站在那里。方泳低视着眼睛盯着他："看不出你老实人还挺古董心的啊。"

伍顺天当了所长以后，战友来看他，他懒得在家里做饭，就领着战友到街上去吃。又走进常去的那家饭馆，点了几样菜后，吃起来。吃着吃着，门口一阵嘈杂声，一群要饭的小脏孩簇拥着一个衣衫褴褛、胡子蓬面的酒鬼走进来。那酒鬼拎着一个白酒瓶子，一进来就摇晃着走到靠里间墙旮旯角席地坐下来，冲里面喊："伙计，拿菜来。"那个伙计走出来，一见了就踢他："滚开，滚开，快滚开。"惹得店里的人围过来看。"别踢他。"围的人里有个刀疤脸阻止了伙计。伍顺天闻声望过去，认出那人是疤三。疤三要了一盘花生米摆在酒鬼面前的地上，酒鬼就一粒一粒往嘴里捡，旁若无人。等围着的人散了，战友说："那不是王小偷吗？"伍顺天细看过去，果然是王小偷。战友默默地吃了一阵，叹口气："唉，王小偷什么事都坏在酒上了，要不局长都当上了……人啊。"伍顺天没有说话，这会儿伍顺天的脑子里忽然想起在区政府大院光荣榜上见过的王小偷披红戴花的照片，辉煌一时的人竟沦落为乞丐……"你说，这公安局里咋和我们以前待的部队里不一样，咋净他妈的人整人呢？"战友闷闷地说了一句。伍顺天听了，心一跳，呷了一口酒，随后说："可能是接触阴暗面接触多了……"当初他要不是通过战友调到城里来，现在又会怎么样呢？肯定当不上副所长的，从这一点上他该感谢战友的。

吃完饭，送战友回去。伍顺天顺大街一人走回来，看见大街两旁，不少单位在布置宣传板。他往宣传板上的标语看了一眼：不伤害自己，不伤害他人，不被他人伤害！——看好自己的门，管好自己的人……就想起上午的电话通知，又一个社会治安综合治理安全月就要开始了。

早晨起来，伍顺天推开院门出来撒尿。有人隔着雾同他打招呼："吃啦。"伍顺天抖着东西转过身来，那人一脸尴尬，等他把裤扣系上，又重新改口道："伍所长，起得这么早。"那人道出了伍顺天姓氏和官职，伍顺天却想不起来那人是谁，想了半天，看见那人往一架三轮板车上装菜包，就想那人一定是租西院方家偏厦的。自从那两个南方人搬走后，方家的那间偏厦子一直就这么空着。那人装完菜包，就蹬车从雾地里走了。

老方头像从地里冒出来似的，在他背后颇为警惕地盯着他，好像他会从他们家里偷出什么东西来。他有些不舒服，就冲着那团雾影说："告诉你家新来的，去派出所报个临时户口。"

老方头没等他转过身去就说："我就不告诉他去办，看你能怎么样？"……伍顺天望一眼他那精明的眼神就明白了，他欠着他的。他赶紧转回身走进自己的院子，并将院门紧紧地关死了。

生命的故事

　　小镇从前没有医院。后来有了医院，后来也就有了医院的故事。

　　山里人不晓得医院为何物，不晓得医院与钟赤脚当年红布缝的十字块鹿皮箱有何区别。钟赤脚现在已是小镇上的医院院长。官哩。而小镇人走在街上，还习惯叫他钟赤脚。钟赤脚的头和脚一般粗，矮矮的一截儿，木墩儿。孩子们背后嬉笑他，就像嬉笑王一刀那尖尖的接了三截的皮鞋。那皮鞋长在脚上还会变色，一会儿变黑，一会儿变黄，一会儿变白，奇了。在山娃眼里，只有四周陪伴的大山才会变色。一会儿变白，一会儿变黄，一会儿变绿……瘦瘦个子的王一刀从街上走过，轧得脚下生硬的石子路"咯嗒，咯嗒"直叫唤。

　　王一刀不是土生土长的山里人，是省城毕业分配下来的大学生。来时，一脸的不高兴，使劲吸那种黄黄的、细细的金乌烟。有人问："咋不回城呢？"他答："没门。"就再不作声了，从嘴里滚出一口墨黑的烟雾，那嘴唇也染得乌紫。王一刀是独子，家仅有一老母。山里人自然晓得，没门当然是回不去城的。只不过想，那么大的省城，咋会找不到回家的门路呢？山里人在老林子里麻达了几个月，都会想办法找到出山的路子，平平安安回到家来。活人能叫尿憋死？喊！还是个大学生呢……

　　渐渐地，镇上的人们由鄙弃同情变为憎恨不满起他来。那是在得知他是一个动刀的以后。山里人只向野兽、猪羊们动刀，向人动刀，折阳寿哩。于是，人们开始离他远远的，怕沾了晦气。娃哭，娃大一声吼："王一刀！"便都不作声了。长了，都晓得了。娃们便不在街上追踪着那双尖尖的变色皮鞋游戏了。远远地听到"咯嗒，咯嗒"的足音响来，犹如见了怪物，纷纷作鸟兽散了。

只有魔鬼杀人才不眨眼睛，才不疼不叫。有人听说，王一刀给人开腔，眼睛睁得好大，眨都不眨一下。肚子疼（得了阑尾炎）得嗷嗷叫的人，叫人抬上杀人台（手术台），便不疼不叫了。睡去了一样。魔法，魔法！听说的人大摇其头，便下断论，伤人元气作孽哪，怕是早晚会遭报应的。果然护士大囡，至今还没有找上婆家。山里人兴早婚，大囡今年二十六岁，老姑娘哩。大囡原是见了杀鸡都掉泪疙瘩的山里妹子，自打招进了医院，进了那魔屋，眼窝子深了。那年她娘开刀，泪疙瘩都不见掉一个。这样的妹子沾了魔法，谁敢要怕是来世也要得鬼胎的。大囡不愁，整天疯疯癫癫，学城里人样，穿上了高跟鞋，白的，用火钳烫了发，披散着。跟王一刀去轧马路。四只白皮鞋，如四只马蹄"咯咯——嗒嗒……"一路从街上响过。镇上的人见了，背地里恨恨道："这只发了情的母马。"

王一刀开心时，还会邀大囡一同去爬山，一同去游河。王一刀爬山不如大囡，笨得像狗熊。爬到半山腰处，王一刀远远地落在了后边，抬头恰好看见大囡十分突出后倾的臀部，像一座小山丘挡在了他的眼前。王一刀就不由得怔怔地站下了。大囡回头等他，他方脸红脖子粗呼哧带喘地吃力爬了上去……游河，大囡手脚打得河水一片缤纷，噼噼啪啪的胡乱响。王一刀就手把手教大囡舒开手臂，贴着水面平平地游。一来二去，大囡游熟了不再狗刨水了，一个人稳稳地向下游游去。游远了——，绿悠悠的大山，清悠悠的河水，沉思下来，静谧得心发颤。王一刀也跟着沉思下来，白细条身子仰躺在温热的岩石上。头上，一只山鹰一动不动贴在湛蓝的天空中，影子剪在平静的水面上。这样过了不知多久，突兀一声大呼："真美啊！——"几株亭亭秀秀的白桦树一抖，从细细碎碎枝叶中炸了三两个黄黄羽毛的山雀儿来。树根下，几尾柳叶似浮出水面的小鱼游舞而去。远远的河中，大囡回过身来，吃力地问了一声："比你们省城咋样？"

王一刀听了，愣怔了一下，而后坐起身来，默默地穿上衣服走了。

落在水中的大囡有些后悔地想，她不该这样比。她也不希望这里比省城美。要不咋有那么多的人待在省城里，而有很少的人待在这山旮旯里呢。长这么大，大囡只去过一次县城，那是去县城卫校进修。给大囡

103

的感觉，县城是一个很大很大的地方。回来后，大囡曾问过王一刀："省城怎大？""比十个县城还大。"大囡傻眼啦，十个县城大？是大囡无论如何也想象不出来的。

夕阳红着脸沉进了河水里，给河水镀成了一层层粼粼的金色。这条汤旺河听王一刀讲下游通松花江，而松花江就流到省城去。怪不得他的水性那么棒。大囡望了缓缓流动的水面一眼，大囡很想再顺流往下游游一会儿，可她觉得累了，就淋着湿湿的身子无奈地走上岸来。

几日不见，王一刀的白皮鞋穿成了黑皮鞋，布满浮土，也不见擦一下。又布了几层土，就更黑了。长脸、蓬胡、奢眼，终日不睬人。

钟院长做了亏心事一般，将预约的几例手术打发到县医院去做了。四百多里山路，病人叫苦不迭。且有一例病人死在了路途中。家人围抄了钟院长的家……钟赤脚的脸逐渐憋成了猪肝色。

后来有人打听出，地区卫生局拨给小镇医院一个主治医师的指标，钟赤脚自己得了。这年月，职称金贵。山区自有明文规定，得了主治医师职称的，可给子女安排就业指标。钟赤脚尚有一个高出他半截身子的儿子在待业。那厮闲得腻歪，唯恐天下不乱，在小镇街头集了一帮混混儿，自命司令，整天价敲东震西。害得老子惶惶不可终日，巴不得寻一铁饭碗，安顿下来少惹是非。

却说王一刀，这几年活动"门子"活动活泛了。其舅托人已给他在省城联系到了一家医院，该医院倒是很同情他的情况，同意接收。只不过说现今城里兴职称风，如获得一主治医师职称会好办些。王一刀闻之，大喜！凭自己在小镇医院一把刀的大名，堂堂省医大优等生，晋升主治医师还不易如反掌。当下，他找出文凭和一捆在各医学刊物上发表的论文，去见钟赤脚。"没呢，没信呢。"钟赤脚坐在高出他头的黑靠背椅子上，鼓动着一双金鱼眼睛，满心安慰他。山区闭塞，什么风都只扫了个尾。等大囡风闻到信，告诉王一刀，他又去找钟赤脚。"没呢，没啦，就一个呢。"钟赤脚鼓鼓的眼球动也不肯动一下，乜望着他，那情状，像告诉小学生二减一等于几一样。王一刀扭头走了出去。回到宿舍，大囡还待在屋里等他的消息。王一刀便把大红的毕业证书几把扯了，跳着脚摔到大囡脚下，吼："恶、恶，穷山恶水出刁民！"大囡看他，不答，不哭，不笑，似在看一头困兽，之后，把地上的纸片一页一页捡拾了，对齐，粘好。收拾毕，天已晚。大囡无言地在宿舍里留了下来。这一夜，大囡感觉王一刀软弱得像个孩子，失了平日在手术台前的风度。大囡成了主刀……

小镇的山，黄了绿，绿了黄，镇脚下的汤旺河水也就凉了。

秋天的日子里，大囡坐在王一刀宿舍里打毛线衣。大囡坐在单人床上，腰身隐约有些粗态。王一刀那会儿在想，会不会长出一座新的山丘来？……很快，王一刀的目光就被大囡手上熟练的毛活缠住了。王一刀长这么大，还没有穿过谁给织的毛衣。此刻，大囡手上那团穿梭跳跃迷乱的紫红绒毛线绳，生生叫他生出一种朦朦胧胧的温馨……

一日，小镇医院忽儿号进了一伙人。门板上直挺挺躺着一外镇的汉子，头脸模糊，血洗的一般，煞是骇人。大囡用白纱布缠了一圈儿又一圈儿，用尽了，包了个大白球，只留两个小鼻孔，也不见有气出来。钟赤脚跑来了，赤着一只脚，鞋子不知跑丢在哪里，恨不能生出三条腿来。"咋、咋样？……"大囡答："用柞木棒子打的，脑袋里瘀血了，昏了。"钟赤脚也昏了，鼓鼓的金鱼眼白了，直直地立在那儿打磨磨转儿："咋办？咋办？"大囡赶紧叫醒他："开颅呀，再不开颅就没命啦。"医院里只有王一刀在省城医院实习时做过这种开颅手术。钟赤脚这才像无头的苍蝇似的又转过头来直颠颠去找王一刀。

王一刀一个人坐在办公室的转凳上，听着钟赤脚战战兢兢、结结巴巴说完。没动，眼皮亦不抬一下，静目养神。大囡赶了进来，见状恨得直咬牙。钟赤脚哭着音哀求："求你啦，还不行吗。"说着要往地上跪去……王一刀突然一声吼："血呢，没血呀！"两人一怔，无语。这不是割阑尾，医院里的血一向只够供小手术用，做这样大的手术现去县医院取血已来不及了。

钟赤脚哆哆嗦嗦撸起胳膊，对大囡说："抽我的吧，当是给我儿子抽的。"大囡去拿来抽血针管，给钟赤脚化验了血型，是 O 型血，与汉子的血型相符。大囡刚要抽时，王一刀冷冷地发话了："你的，不行，你有肝病史。"王一刀冷着脸卷起了袖子，对愣着的大囡蹙眉："抽吧，我是 O 型的。"钟赤脚慌慌张张又去镇上找来了几个人，化验了血型后，抽够了手术用的血。

做了开颅手术后，汉子活转了过来。钟赤脚找到王一刀，说："你

105

救了我的儿。"钟赤脚鼓鼓的眼囊里包着两泡稀水。

原来，这外镇的汉子是钟赤脚那混儿领人打群架打的。现在那厮已被公安局捉了去。钟赤脚托人去公安局探风声，回话给钟赤脚，说那人死了，钟赤脚的儿子得陪着去抵命，死不了，还有活路。"孽种啊，不争气的孽种啊。"逢到镇上的人问起，钟赤脚就这样悲叹地说，显然钟赤脚对自己的儿子彻底绝望了。虽然那汉子活了，那厮也得蹲几年牢，安排工作是无甚指望了。

这日，见王一刀屋里没人，钟赤脚把在自己那儿压下来多日的申报主治医师的表格，拿给了王一刀。王一刀看也不看他一眼，冷冷地推开表格拒绝了："我不要了。"钟赤脚脸一白，讪讪地退了出来。

钟赤脚想王一刀还在记恨自己，才不肯接受，钟赤脚就把表格交给了大囡，试图让她来说服王一刀。

大囡就把表格拿到了王一刀的宿舍。

"为什么不要呢?"

"用不着啦。"王一刀看着她挺坚决地说。

大囡眼波水盈盈地闪了闪，没说什么，扭身走了出去。

王一刀目送着大囡远远地走去……视线里的大囡腰身已有些明显了。不过还好，这件事情还只有他们两人知道。王一刀觉得现在该考虑的是另外一个问题，而不是调回城里去的问题了。

几日没见到大囡的面。王一刀去问了钟赤脚："大囡呢?"

"去县上啦。"

王一刀听了，心里突地一沉。

"干什么去啦?"

"她有个亲戚病啦……她去看看。"

钟赤脚的两只眼睛，如两只充电不足的灯泡，闪闪烁烁。

没听大囡讲起过县里有什么亲戚。大囡去县上应该告诉自己一声啊。听到这个消息后，王一刀心里一直很沉闷。

又过了两天后，大囡从县上回来了，走进王一刀宿舍时，手里还拿着那份职称登记表。大囡人很憔悴，明显地消瘦了许多。苍白的一张虚脸，像手中的那张白纸，瑟瑟地在王一刀眼前抖动。

"我做掉了。"

"?!"王一刀一阵头晕目眩。

"他（她）还只是一个肉团……"

大囡说这话，试图想宽松一下脸部的表情，肌肉动了动，又僵住了。口里的牙咬住了舌头。此后，大囡再没说什么，顺从地被王一刀扶到床上，半倚半靠地躺下了。

"为什么呢，为什么呢……"整个下午里，王一刀都在宿舍里的木板地上转来转去，反反复复说着这样一句话。

到了晚上，大囡恢复过来了一些体力，气色好了些。临走，大囡说："钟赤脚说得对，你老母亲离不开人照顾……"

王一刀听了，心一抖……

王一刀的工作调转办得还算有些顺利。春节前一切手续就办完了。王一刀最后和医院里的人做了道别，就踏着冬天里街上很厚的积雪向小火车站上走去。"嘎吱——嘎吱——"四只黑色皮鞋一前一后，响在白莹莹冰凉的街上，迟缓、凝重。走了挺长时间才走到车站上。火车已喘着粗气等了那里。

"忘了我吧。"大囡冷板板地送过来一句。

"不，我会给你写信的。"

"别，不，不要给我写信。"大囡僵硬的脸突然要被什么冲开，猛地扭过头去。

王一刀不忍心再把目光追踪过去，软软地无奈地点了点头，走上车去。车轮果断地启动了。王一刀把脸贴在挂满霜花的窗上，不一会儿，窗玻璃上化开一张苍白的面孔。面孔努力透过寒窗向外望去，就望见汤旺河一直在默默地跟着列车走，或者说列车一直在默默地跟着汤旺河走。冬天，汤旺河如一条冻僵的蛇，蜷缩着身蜿蜒在山涧与铁轨之间，似乎有些冷漠……王一刀回过头来。不知多久汤旺河消失了，也不知多久列车跨过松花江大桥，开到了省城里。那会儿，王一刀已昏昏沉沉地睡了过去。

冻僵的汤旺河开化了，又封结了。青山绿了，又黄了。小镇不知不觉中又过了几个春夏秋冬。

大囡当初拒绝王一刀的通信，是想把从前的一切忘掉。可后来人囡发现自己错了，做到这一点是件很困难、也很痛苦的事情。在不久以后的日子里，大囡脑子里时常出现那团粉红色的肉团。那团粉红色的肉团是那样清晰地在大囡的脑海里浮动着。为这，大囡又专门去了一趟县城，找到了为她动刀的那个大夫。

"那个胎胚呢?"大囡尽量说得专业些，以期引起他的注意。记得上回来做手术，那个大夫曾极力劝说她留下，告诉她这样做是十分危险的。但在大囡平静地告诉他自己就是一名手术室护士后，他傻啦，张大了嘴半天没回过神来。之后，便默默地按照她说的去做了……

"你发痴呢，早扔了呀。"那个大夫认认真真打量了她一眼后，果然认出了她。

大囡就后悔起来当初没有用福尔马林药水瓶把他（她）保存下来。大囡在县上卫校学习过差不多有两年，其实当时去卫校找从前教过她的老师要一个福尔马林药水瓶也是很容易做到的事情。自己为什么就没有想到呢? 大囡顿时沮丧自责起来。从前消失的一切又重新浮现了出来……这样的情感在以后的日子里，开始渐渐像山一样沉重地压迫着大囡……

大囡从县上回来后，人变得恍恍惚惚起来。这其间发生了两次医疗事故，钟赤脚就把大囡调出了手术室，把她调换到了药房去。事隔不久，她又给病人两次发错了药。钟赤脚不得不在没人时找她做了一次认真的谈话。

"你觉得哪里不舒服吗?"钟赤脚关切地询问。

"没，没呢……"大囡眼神直直望着他说。

钟赤脚开始怀疑她精神方面受到了刺激。是什么让她受到了刺激呢? 钟赤脚在心里不断地想。王一刀那时已离开医院四年多了。在这之前，钟赤脚一直认为大囡是个意志很坚强的女性，因为大囡一直在手术室干得很出色……钟赤脚叫她在家休息一段，过一段时间再来上班。钟赤脚目送着大囡走出医院大门的身影，还在侥幸地想，但愿过一段时间她会好起来，因为手术室新换的护士远远不如大囡干得好。

当一个月后，大囡趿拉着一只白皮鞋、光着一只脚披头散发从街上走过时，钟赤脚就失望地想，大囡疯了，大囡再也回不到手术室里来

108

了。小镇人则说，大囡中魔了，大囡成了个魔女。这个结论和小镇上从前有人预断的一样，从前预断过的人脸上便露出幸灾乐祸近乎于残忍的得意笑容。小镇没有不透风的墙。有人从县上探得了大囡到县上医院刮过一个怪胎（不是怪胎，怎么会是偷偷摸摸去干掉的）。这无疑又给小镇人的论断增添了一个新的证据。

大囡每天从家里出来，趿拉着一只破旧的白皮鞋，咯——，咯——，从街上走过。那声音听起来很单调。大囡走到河边，痴痴地对着翻滚的水面发呆。一忽儿嘻嘻笑上一阵，一忽儿又默默絮絮叨咕："没了，没了——"涌动的河水把她痴立的身影一天一天翻流过去……

开始有人担心她会掉到河里去，就有人在背后远远地监视着她。后来并不见她往水里走，走到河边的老地方就站下了。一站就站上一天。跟着的人就不跟了。想到她从前还有些水性，还不至于掉下去淹死。镇上的人就对她逐渐习以为常变得麻木起来了。偶尔想到她，就会在一起相互叹息一句："唉，造孽呀，都是那个魔王王一刀害的。"说这话的人也有从前害过阑尾王一刀给割好的人。好了伤疤便也忘了疼。

这件事唯一在小镇上造成影响的是，医院里那个新换到手术室的护士，说什么也不在手术室干了。手术室那个男大夫，也调到了县医院里去工作。这样小镇医院的手术室就关闭了。钟赤脚每每想起这些，心里就一阵阵难受，手捂着肝区部，那里面隐隐作痛。

山黄了。河凉了。穿着单鞋下地做活还感觉凉脚的人，想到了赤足的大囡，便不由得抬起头来，把目光随意地往大囡常站的河边处投去。那里空空的没了大囡的身影。瞭望的人这才着了慌，放下地里的活，跑去找了钟赤脚……

钟赤脚把全院的人都发动起来了，分头去山上和沿着河两岸去找。两天过去了，还没有见到大囡的影子。钟赤脚这才相信大囡是走到河里去了。钟赤脚找到镇上几个水性极好的小伙子，顺着大囡常站的河岸水面处往下游打捞。打捞了三天三夜，往下游游去了三十多里，也没有打捞着尸首。河水冰得几个小伙子鼻青嘴紫，身子直打哆嗦。钟赤脚这才叫他们上岸来。过了几日，河就封冻了，钟赤脚也就死心了。人们看见钟赤脚手捂着肚子离开河岸时，脸色蜡黄蜡黄的。

第二年春天，钟赤脚肝病彻底发作。钟赤脚去了省城省医院检查医治。做完 B 超，主治医生在填写病历单时，写了个符号 Ca，钟赤脚诡谲地一笑："肝癌。"填单的医生笔一哆嗦，怔怔地看了他一眼。钟赤脚这才真报了工作单位："同行。"

医生收起脸色，简单说句："准备手术吧。"

"能活吗?"

"希望很小。"医生也实打实相告。

钟赤脚从医院里走出来。钟赤脚不打算在这家医院做手术。离开这家医院时那个主治医生以为他不打算做了，就说："你想得很开。"钟赤脚也回他一笑。

钟赤脚在下午费了一番周折，找到了王一刀工作的那家比省医院小得许多的医院。王一刀已是这家医院的外科主任医生了。王一刀似乎对他不在省医院做手术而跑来找他做手术并不感到吃惊，只是说：

"希望很小。"

"我知道。"

"那你为什么?"

钟赤脚缄默笑着岔开了话题，唠起了苔青镇的情况。钟赤脚看得出王一刀一见面就想问这方面的话题，只是自己一时不知从哪里说起……说着说着，两个人脸色渐渐凝重下来了，一下午时间过得很快，似乎一晃过去了十几年。天色不知不觉中黑暗了下来，夜幕从窗外包裹了进来，裹住了两个呆呆僵坐的身影。两个人都没有去开灯，任黑暗在室内款款地流动着……

"……怎么会呢? 她怎么会呢? 她是一个意志那么坚强的女孩……"

许久，显得空荡荡的病室里，响起了一个喃喃失语的声音。

钟赤脚略觉惊讶的是，怎么王一刀竟和自己当时想的是一样的呢?

……

一周后，钟赤脚做肝部切除手术。王一刀已找好一个外科手术医生代替自己做。"不，我就要你做。"钟赤脚看着王一刀消沉晦暗的脸色说。

这天临进手术室前，钟赤脚把王一刀单独叫到床前。这时钟赤脚已很虚弱了，脸上往下滚动着黄豆粒大的黄汗珠。钟赤脚拉着王一刀的手，试图想笑一笑，就挤跑几颗黄汗珠，说："我立个遗嘱吧。"

王一刀去找来纸和笔。

"你写。我死后把遗体捐献给你们医院……"

"你?!"王一刀手中的笔停住了，吃惊地看着他。

"为什么……"

"别忘了……我们是同行。"钟赤脚颇有些吃力地说。

王一刀心一哆嗦，眼里泪如泉涌。

手术完后，钟赤脚肝部的癌细胞已完全扩散了。在医院里住了两日就死了。王一刀按照钟赤脚的遗嘱，把钟赤脚的遗体交给了医院进行病理解剖。这之后，王一刀就向医院申请了长假，要求休息一段时间。医院领导同意了。

王一刀闷闷在家待了几日，就待不下去了。老母已在去年去世，留下一个独门独院的房子让王一刀一个人住。王一刀就时常觉得空落落的。王一刀在家待不下去，白天就出外走走，街上到处是车流、人流……似乎也不是散心的地方。王一刀就在某日一人独自踱到江边上去。王一刀忽觉眼前开阔了许多，有湿湿的风吹到脸上来，王一刀就缓缓地透出一口蔫气来，心便也怡静了许多。自从回城来以后，王一刀很少到江边来游水。一是工作很忙，手术一天做下来，连吃饭的时间都没有。他不清楚城市为什么每天都有那么多的人在等待着做手术。二是江边一到夏季游水的人很多，挤挤挨挨，男女老幼一齐搅得江水浑浑的，黄汤一样，看着就失了兴致。这时他就要怀念起苔青来，那山、那水，那么清、那么秀……

王一刀这样孤零零地、呆呆地在江堤上站着，想着，望着，与热热闹闹、花花绿绿戏水的人们形成了反比。到了晚上，戏水的人们走尽了，他还痴痴地站在那里。江风吹乱了他的头发，东一绺、西一绺扯拽着他的头……

一个四十多岁戴着红袖标的老女人走过来。"喂，同志。"喊了几声后，直到过来扯了下他的衣角，他才知道是叫他的。

"你的工作证呢?"

王一刀不知所措茫然地掏出工作证给她。

老女人认真看了一眼工作证，又看了看他。

"怎么不回家呢？"

"站站。"王一刀喃喃地说。

"我看你在这里站了好几天啦。"老女人不客气地打断，目光怪怪地盯他。

王一刀有些发窘，下意识地望了一眼江堤下，暗色的水边悠然地坐着两三个垂钓的老头。王一刀默默地收回目光，默默地走了……

第二日，王一刀拿着一副新买的钓鱼竿，出现在那两三个垂钓的老头中间。老头们只是用眼角扫了扫这个新来者，就自己忙活自己的去了。江堤上还时而出现戴红袖标的老女人的身影，但却没见她走下来。

"你的钩，上啦。"

王一刀拿着钓竿，眼睛却没有盯在水线上。旁边一个老头侧眼提醒了他一句。

王一刀轻轻拉回鱼线，一条活蹦乱跳的白漂儿鱼就抖在他的眼前。王一刀将钩从鱼嘴里取下，取得很小心，也很熟练。王一刀取下后，又将鱼放进了水里，鱼摆摆尾就游走了。

"咦？"旁边的老头诧异了。

如是几回，老头便看出了门道，有一回看其他老头没在跟前，悄悄对王一刀说：

"唉，扔了怪可惜的，当然有的人吃鱼过敏也不能强吃。我听说有的人吃鱼还有过敏中毒的……"

王一刀听了没有反应，再钓上鱼时依旧放回水里。老头泄了气，自己叨咕了一句："神经病。"再来钓鱼时，离王一刀远远的。

上游发了水，冲没了王一刀和老头们常垂钓的地方。有经验的老头像约好了似的，都没有来。江里翻滚着一些漂物：箱子、衣柜、房檩木、破船、鞋子、草帽什么的。就有一些人在岸边浅一些的地方打捞。

王一刀坐在岸边高一处的地方远远地望着。江水比平日有些急，匆匆忙忙托着一些漂物往下赶。会赶到哪里去呢？王一刀想。那些失了家财的人家一定很着急。可是着急有什么用呢，也流不回去了。除非往下游流去的水再往上游流回来。王一刀突然被自己的这个想法吓了一跳。后来一想，这是不可能的。就像太阳不可能从西边出来一样，水也总是要往东边流去的。小地方的水往大地方流，河里的水往江里流，江里的水往海里流。这是一条实实在在的规律。

突然，那边传来一阵熙熙攘攘的人声。一群人围在那里，像是捞到了一件很贵重的物件。许多人的脸上神秘兮兮的。王一刀就懒懒地站起身来，随同几个落后的人影走过去。

扒开人群，王一刀惊住了。地上躺着一具湿淋淋三十岁左右的女尸。那女尸嘴里、鼻孔淤满了泥沙，两耳孔里流出两线暗紫的血污。一只眼睛被什么水兽抠去了，另一只眼睛闪着一道孤独绝望的暗光。王一刀解剖过无数具男人的、女人的、活着的、死了的病体或尸体，从来没有过惊惧的感觉，这会儿却似一条水蛇悄悄地爬过他的肌肤，冷飕飕的，从心底往外泛出一股凉气。

女尸被防洪指挥部来人抬走了。王一刀还凉凉地、木木地、软软地站在那里。后来，王一刀踉踉跄跄、昏昏沉沉离开了那里。

从此，王一刀再也没有去过江边。

尼克医生

医生尼克从米子家走出来，晓雾沉重地打湿了他那副黑琇琅框眼镜。远处重重叠叠的山峦便也在尼医生的眼里朦朦胧胧起来。尼克对跟送出来的米子说："回吧。"米子不放心地盯着清癯的尼医生和那匹清瘦的灰马。尼医生便在米子面前熟练地坐到了马背上。灰马便熟悉地顺着原路低头走了。嘚，嘚……马脚不紧不慢地踏在潮湿的草地上。青青的草丛中，一些不知名的小黄花，挂着晶莹的露珠儿，一闪一闪地在米子眼里滚动。米子立在家门前一株亭亭的白桦树下，驻足了许久。

房里，传来一个老女人的呻吟。米子听到了，默默转身走回屋去。

这样多雾的早晨，小镇上多数人家还在沉沉的甜睡中。尼医生的头，便也在马背上一顿一顿瞌睡了起来。静谧的雾中，只有那条昼夜不停流动的汤旺河的水声，催眠曲似的从尼医生的耳边淌过。河岸边水草丰茂，一匹枣红色的母马披着几缕白雾晨纱，停立在绿地风景中。

"喂，尼医生，又去米子家啦……"

尼克睁开困顿的睡眼，透过朦胧雾罩的镜片，瞅喊他的人。

喊他的是刘真仁。和刘真仁站在一起的是二松。尼克略觉奇怪，二松这会儿怎么会待在这儿？二松两只眼睛像锅里熬透的红高粱米粒，烂红烂红的。瞅这光景怕又是赌了一夜，如果赢了他会烂醉在小酒馆里，如果输了就会赖坐在赌桌上连续几天几夜不肯下来的。尼克想不通二松这会儿怎么会和刘真仁在一起。

"尼克大叔，这么早出去医病呀，当心别累伤了自己的身子。"

显然刚才尼克的睡相也叫二松瞧在了眼里。全镇人只有二松这么叫他，二松这么称呼总叫他觉得有些意味。尼克"嗯、嗯"了两声，算是打了招呼，青灰马善解人意地抬动了脚步。

"别忙，尼医生，麻烦你给看看，它又不吃东西了。"

枣红马像个泥塑木雕站立在晨雾中，一动不动。尼克医生只好从马背上下来，跟着刘真仁走过去。青灰马很有教养地停在这边等着，对地上青嫩的茅草连嗅也不嗅一下。

尼克掰开母马的嘴，看了看它的舌苔，说："它太贪嘴了，我跟你说过多少次啦，不要这么早放它出来。它是吃多了露水草的缘故……"

"我是领它出来遛一遛……你难道看不出来，它快要产崽了。你不是说过生产前要多走动走动。"刘真仁似在为自己辩解，又似在提醒尼克。

尼克在想什么时候跟他说起过这么一句话的，就想起了一件事来，问刘真仁：

"你婆娘也快要生产了吧。"

"快啦，快啦，一匹不填乎人的母马。"

刘真仁一心想要个儿子，可他婆娘一连气给他生了三个丫头。产马崽刘真仁倒是希望产母马驹，母马驹的价格要比公马驹的价格略高些。尼克这才注意到母马的肚子，已沉重地耷拉在草棵子里，像个滚圆熟透了的大西瓜，等着人去摘。尼克望了二松一眼，明白了。

"回头，我给你配几副汤药。"尼克朝那边走去。不管怎么说，刘真仁也是侍弄马崽的好把式。每年都能卖上一两匹好马崽。由二松转手倒卖到山外去，从中挣笔回扣钱。为这事两人也常有急赤白脸的时候，那多半是刘真仁觉得吃亏了。

远远地，米子抱着一盆脏衣服、褥单走到河边来，三个人的目光不约而同地投了过去。米子背对着身蹲在河滩上，显出浑圆成熟的臀来。米子用槌棒一下一下捶打着衣物，就有不堪入目的脏物从清冽的河水中翻滚着淌出来。

"唉，唉，想当年米子妈一个多么干净漂亮出色的女人，现在……唉，女人哪。"刘真仁对着尼克摇摇头。尼克回脸看了他一眼，心里也有相同的感受。

尼克上了马背。二松的目光还在一眨不眨地朝那边望着。太阳终于突破了重重包围，从东边山头跳了出来。阳光驱散了浓雾。小镇露出明亮的轮廓。一切变得美好、明媚起来。

尼克在家中配制药剂了。地上放着药滚槽子，尼医生蹲在地上，两手握着滚轮把，一掼一掼推碾着山药草，滚槽里发出一阵"吱呀、吱呀……"的响声。屋子里飘荡着一股浓浓的苦药味。有斜阳从窗户上横射下来，照亮在尼医生的脑门上，就有透明的汗珠一颗一颗往出拱。尼医生就不时停下来，用毛巾轻轻擦去。

米子走进屋来，尼医生没有察觉到。尼克还蹲在那里吃力地干着。米子开口说："我帮你。"尼医生看了米子一眼，米子脸上有指甲抓挠过的痕迹。尼医生还能透过米子衣服，看到她身上青一块紫一块的掐痕。尼医生就有了一种难以抑制的感觉。"米子，你该嫁人啦。"

米子没言声，米子走进里屋去，找出一个泥瓷药盆来，将滚槽里的药末一点一点盛进盆里。米子做这一切跟没事人似的。尼克医生又说："米子，你不能这样一辈子。"

"我总不能丢下她不管呀。"米子说。

"米子，你真是个孝子。"尼医生又重复了一句以前不知说过多少遍的话。

米子瞅瞅尼医生，想说什么，又压下了舌头。帮着尼医生把药分配到几个纸包里，又把纸药包装进一个鹿皮制作的方形医箱里。

一切收拾停当，尼医生和米子走出来。在刘真仁家门口，尼医生看到刘真仁正焦急地站在马厩里张望，身边围着大驹、二驹、三驹，看见了他，刘真仁眼里露出惊喜，快步迎过来。

"药呢?"

"配好啦。"尼医生从鹿皮医箱里掏出四个大药包来，递给了刘真仁。

"进屋坐坐。"

"不啦。"尼克感觉院子里好像少了个人，便随口问了一句："你婆娘呢……"

"在屋里。"刘真仁急着给马灌药，心不在焉地答。看到尼医生身后立着米子，问道："去米子家?"

尼克医生点点头。

116

"那就不耽误你们啦。"说完，撇下他俩，转身走进了马厩里。

也许那会儿尼医生真该走进屋去坐坐，后来尼医生不断后悔地想。那婆娘正是从那会儿起开始发病的……而刘真仁的一切心思都被母马缠住了。

米子领着尼医生一前一后走进屋里。米女人迟木的眼光死死盯着米子："该杀的东西，你干什么去啦?"屋里没点灯，昏暗中冲击着一股龌龊的腥臭。米子低头走过去，摸到地上的污盆，背着身让尼医生端出去。尼医生摸索着替米子把柜盖上的油灯点亮了。"哦，尼医生来啦。"米女人看到了他，像换了个人，往里挪动挪动被筒，叫尼医生坐下了。灯苗晃动下，女人久病苍白的脸颊露出点儿红晕，眼里也有了点儿亮色。过了一会儿，米子猫一样悄无声息地走回来。女人眼里的亮色消失了，替代的是种习惯的恶劣眼色。这就是当年小镇上那个出色的女人吗? 尼克记得那会儿和小镇上所有的男人一样，都很嫉妒那个教书匠……沉思中碰见米子询问的眼神，尼克不觉脸红了一下，掩饰着从医药箱里拿出听诊器。在米子的帮助下，给女人听了听前胸，又听了听后背。听筒里传来女人纤细虚弱的肺音和心跳声。可尼克医生知道这不太健康的声音还会日复一日地持续下去的。十五年前，教书匠得了肺病，不久米女人也染上了肺病。男人死后，尼克就诊断这女人也活不了多久。可出乎尼克医生意料的是，这女人却奇迹般地存活了下来。从医生的角度，尼克也许应该觉得庆幸。可尼克有时会奇怪地想，这女人是不是活得太久了。米子从十岁起就开始守护在这女人的床头，端屎端尿……每每看到这个画面，尼克就像一个画家看到一幅漏洞百出的作品，总要生出稍稍的遗憾来。尼克放下听诊器，从鹿皮箱里取出几服汤药，又取出一小包安眠药。米子接过安眠药，转身倒了一杯热水，从安眠药包里倒出两粒药片，扶着女人坐起身来。"啪!"女人将米子手中的杯子打落在地："你想药死我。"尼克医生接过安眠药，示意米子再倒一杯水来。尼克医生将药送到女人嘴边："吃吧，吃吧。吃了会做个好梦的。"女人露出微笑，顺从地吃下了。

不久，米女人安静地睡了过去。

刘真仁是在第二日下午急慌慌把尼克找去的。刘真仁的女人和他的

117

母马同时临产了。刘家大院里围了许多人，当然人们都在看母马生产。二松也夹在人群里面，紧张地盯着卧在地上的母马。人们看见尼克赶来，自动地让开了一条道。尼克是想先进屋去看看产妇。刘真仁说屋里有张接生婆和大驹她们照顾。尼克这才稍稍稳下神来，跟着刘真仁进了马厩。

地上，母马微闭着眼睛，身子疼痛地一抽一抽地抖动。屋里不时地传来一阵一阵产妇间歇的呻吟声。尼克医生头一回觉得手脚有些笨拙和慌乱……

夜色慢慢从四周黑魆魆的山上沉进了院子里。苍白的月亮升上来了。月亮地里，一只血淋淋的小马驹终于冲破母体，出现在人们的眼前。刘真仁和二松各自松了一口气。尼克接过刘真仁递过来的毛巾，擦了擦额头上涨满的汗珠。张接生婆慌慌张张从屋里跑出来："尼医生，这婆娘身子烫得吓人，难产啊。"尼克一怔，站起身疾急步走进屋去。

刚刚要离去的人们，听了张接生婆的话，又站住了，侧耳细听房里的动静，议论起来：

"这屌操的婆娘比母马还难生……"

那边，刘真仁和二松还在不动声色地擦拭着小马驹身上的血毛。

过了许久，大驹哭着脸出来，唤刘真仁："爸爸，俺娘快不行啦。"

"哦?"刘真仁脸一沉，随着大驹走进了屋里。

人们噤若寒蝉，没了声息。院子里静得死去一般。

"哇。"房内传来一声婴儿的啼哭。人们提到嗓子眼的心缓缓往下落……顷刻，又被房内一片混杂的哭声惊住了。

尼克跌跌撞撞走出来，脸上呈现极度疲惫苍白之色。众人纷纷围上去："怎么样?"尼克分开众人，神色恍惚地向夜幕里走去。

清晨，山道两边青青的白桦树林，默默地目送着送葬的人们。二松和镇上几个年轻的后生抬着一口红松棺木，缓缓行走在队伍的前面，跟在后面的人们手里拿着一束白山野花，一路走着，一路撒着。人们的脸上，庄严、肃穆。

来到墓地，汉子徐徐将棺木下落到一个事先挖好的墓坑里。随后一老者指导着大驹、二驹、三驹跪在墓坑前做着祷告，祷告毕，人们纷纷将手上的白花扔撒进墓坑里，伴着大驹、二驹、三驹的哭声，汉子们开始填土。坟包垒好后，坟前竖起了一块木碑。小镇上的人就转回去吃酒去了。

送葬的人散去，墓地里宁静了下来。寂寞的阳光落到新翻起的坟土上，油汪汪的黑土散发着一股清新的树根、草芽儿味。一个人影踽踽走到坟前，垂下头，将手里的一束山花工工整整摆放在木碑前，嘴里喃喃自语，似在与坟墓里的人说着什么，表情沉痛、悔恨。

"你已尽了责任，尼医生，她不会怪你的。"

尼医生迟缓地移过头来，遇上了米子投过来的目光。她也没有同送葬的人们一起回去，站在背后的林子里默默地注视着他。

"不，是我的责任，你知道吗，她完全可以活下来的。"尼医生痛苦地喃喃说，"你知道吗，她当时拉着我的手说，她要活，她想活下去啊……"两行清泪从尼医生眼角淌了出来。

米子不好再说什么，眼睛红红地递上一块手帕。

风无言地从林间走出来，拂动着尼医生乱糟糟的头发，拨动着白桦木枝头细碎的绿叶，似在吟泣絮叨着一个哀怨惆怅的故事……

镇上刘真仁婆娘死了后，人们看待尼医生的目光似乎与往日有些变化。这期间镇上又有两个婆娘临产，两户人家都没来人请尼医生，而请了张接生婆，而且都顺利生产了下来。人们把装在肚子里的一些不愿说的闲语，就憋不住说了出来。传进尼医生的耳朵时，尼医生并不反驳，只是脸色一日比一沉重了，人也显得老态了许多。平日里很少出诊了，当然是找他诊病的人也一日比一日少了。

倒是刘真仁见了他的面还很客气，尼医生长、尼医生短地打招呼。刘真仁得的是儿子哩，这下他该满意了吧。尼医生盯着刘真仁的脸发狠地想。刘真仁的儿子和小马驹一天天长大，刘真仁常常把儿子抱到街上来，人们看到这孩儿，总要想到那个女人，拉拉孩儿的小手说："唉，这么点儿就没了娘。"刘真仁听到了，很不高兴，扯下来孩儿的小手，说："是她在跟我争儿子呢。"众人听了，很同情地看了刘真仁一眼，目光闪闪烁烁。只有尼克心里清楚，是这小儿要了那女人的命，如果不保他，那女人就……尼克耳里仿佛又听到了那女人呻吟着喊救命的声

119

音，慌慌地避开众人逃开了。

久而久之，尼克越来越觉得是他害了那个女人，至少是他和刘真仁合伙干的……尼克常常这样悔恨交加地想。刘真仁得到的是儿子，而他得到的是什么呢……小镇上的人越来越不相信尼克医生了。有了病宁可到镇外的医院去医治，也不来找他。只有米子每天还来找他，给她妈医病。尽管这样，镇上还有风言传出，说米女人根本就没什么病，有的是花痴病。那女人十五年前就和尼医生相好了……尼医生听到这些风言风语，米子家也很少登门了。每天配好了药，等着米子拿去。平日大门不出，把自己关在屋里看医书。

一日，米子走进尼克家。米子并没有急于拿药。米子停在昏暗的屋中，头发散乱着，且有几缕断发沾在衣襟上。

"尼医生，我要嫁给你。"

尼克并不感到吃惊。尼克头也没抬平静地说："米子，我可以做你的爸爸了。"

"我不管，我要嫁给你。"米子一字一顿地说。

尼克仍不看她，背对着她说："你妈她答应吗。米子你丢不下她，米子你是个孝子。"

米子听了，蔫了。落下两滴泪水，默默地提上两包药走了。窗里，一张憔悴的脸，久久地贴地冰凉的玻璃上……

尼克是在秋天时认识李干的。李干的到来打破了尼克平静的生活，也叫尼克生出某种新的希望。

山上的桦树叶开始变黄，枫树叶开始变红，椴树叶开始变白……五颜六色的树木都呈现出一种成熟的颜色。秋天是尼克喜欢的季节，往年这个时候尼克都要去山上采草药。尼克是在一处崖下发现李干的。李干像一丛野鸡冠花开放在一堆荒草滩上，浑身鲜血淋漓。尼克跌跌撞撞赶下来，眼镜腿折断了，腿也摔伤了皮。尼克顾不得这些，用手试了试李干的鼻息，尚有一丝游气。尼克大喜过望，用采到的几株止血药草给他做了简单的包扎，做完后又费劲巴力地将李干搀扶上了马背，一瘸一拐驮下山来。

青龙马驮着昏迷得人事不省的李干，黄昏时分从小镇上走过。引起

120

了小镇人的注意……

李干是在五天后醒过来的。尼克的小屋成了最原始最简陋的手术屋。米子做了这手术房的护士。五天来小镇人亲眼看见了一个死去的人竟轻生生活转过来。有人送来了一些鸡蛋、小米、大枣等女人坐月子时的吃物，这标志着小镇人对这例手术成功的祝贺。而这个杰作的主人尼克却不断向人宣讲："他真是条汉子，他真是条汉子……"在麻药没有注射够的情况下，汉子一连咬断了三颗牙齿。人们没有理会尼克说的话，心里不服地想，是不是条汉子，没有你的救治，他还能活得转儿？小镇人相信的是眼前既成的事实。

此后不久，人们又开始找尼克诊病、医病。尼克又开始忙碌了起来。白天出诊，晚上还在医护李干。好在白天有米子过来帮助照顾。尼克方才得以安下心来出去医诊了。

过了一冬天，汉子可以下地走动了。镇上的人见到了康复过来的汉子，这才想起问到以前忘记问了的问题：

"这汉子是哪疙瘩的？"

"山外来的。"

"干啥来的？"

"投奔亲戚。"

"亲戚呢？"

"没了。"

"唉，唉，苦命的人哪……"

"是啰，苦命的人哩。"

问的人就跟着尼克一齐叹息一阵。

春天门前的几棵白桦树又长出了蒙蒙的新绿。从山上吹下来的风暖融融的。李干在院里劈木桦，一会儿就干热了，脱去了小褂，露出了紧绷绷的疙瘩肉。米子打院外走过来，米子是来给两个男人做饭的。自从李干来了后，米子就时不时过来做顿饭。米子从屋里出来抱柴，递一条毛巾给李干："李哥，歇会儿，擦擦汗，当心着凉。"李干脸红着接过毛巾，停了，瞅米子抱起一抱细柴走进屋去，浑圆的臀部一晃一晃地扭动。李干就站在阳光下失神了好久。

饭做好了，尼克就差不多要回来了。米子不等尼克回来，同李干招呼了一声，就走了。尼克从没留过米子在家吃饭。李干想留米子一起吃饭，嘴唇动了动，又住了嘴。

两个人坐在小木桌前吃饭，默默地往嘴里运动着饭食。间或有一两句对话：

"这饭食还可口。"

"可口。"

"米子做的。"

"米子做的。"

尼克从碗边不易察觉地注视了李干一眼，李干感觉到了，慌慌埋下头去急吃一阵。吃完李干把自己的一碗一筷先拿去洗了，再回头等尼克吃完把他的一碗一筷也洗了。尼克走进屋里睡午觉。李干听着屋内传出来的均匀鼾音，眼睛望着院前细细碎碎的白桦树叶发呆。

米子去河边洗衣服，二松在草丛里牧马。二松拦住了米子。

"米子，你要嫁给他？"

"嫁不嫁给他与你有何干系。"

"米子你不能嫁给他。"

"我为什么不能嫁给他。"

"米子你太任性啦。他来历不明……"

米子端着衣盆要走，二松又拦住了她：

"米子，我知道你家需要钱，我有钱了……"

"你去赌吧。"米子说。

"米子，我不赌啦。我贩马了，刘真仁那个老吝啬鬼的良种马被我买下了，我贩马啦。"二松说着往草丛里一指，果然是刘真仁的那匹枣红母马。刚才米子还以为他在替刘真仁放呢。

"那个老吝啬鬼如今躺在医院里已没心思赚钱了……"

米子已听尼克说刘真仁得了尿毒症，到山外住院去了。听尼医生讲那种病除非换上一副好人的肾，否则就活不了命的。

米子想起了几年前死去的刘真仁的女人，心里恨恨道：真是报应。

米子踏着灿烂的阳光，向河边走去。身后又传来二松一句："米子，你会后悔的。"

夕阳将米子的背影照耀得灿烂无比。

尼克家房前屋后垛起了一长溜新柴垛，足足够烧几年的。李干自从伤好后，就天天去山上砍柴。尼克有几次想制止，"李干，你弄这么多柴火做什么呀，你身体还没完全恢复，闪了身再掉到崖下去可怎么办呢。"李干听了，脸变得一冷一白的，沉默着眼望向远山深处……久久无语。李干并没有停止下来，尼克一出诊，李干又背着绳索上山了。看那架势，像要不把山背回来不甘心似的。尼克也就不再去管他了。

他总得有个事情做呀。尼克有时会想，尼克就在心里为他打了个谱。

这一天，尼克出诊比往日提早回到了家。米子一个人在屋里做饭。米子没想到尼克回来得这么早，米子有些慌乱，"回来啦。"

"嗯。"尼克依然站在背后看着米子做饭。

"米子。"

"嗯……"

"嫁给他吧。"

米子停止了慌乱，平静下来，先不说话，后来米子说话了，"他这人……不实。"

尼克听了后就不再说什么了。他知道米子的心思。他希望她能扭过劲来，那是多么健壮的小伙子呀，米子怎么就会看不上呢……

李干走了。李干是在一天尼克出诊的时候离开尼克家的。尼克回来不见了李干，就去了山上李干常去砍柴的地方找，也不见李干的踪影。以后的几天里，尼克逢到镇上的人就问："看见过李干了吗？"被问的人都摇摇头说，不知道。问到米子时，米子说："他伤养好了后自然是要走的。"尼克追问他到什么地方去了，米子又摇摇头说，不知道。尼克有些不太信任地看着米子。米子眼神怪怪的。尼克就有些失望地想，米子一定知道李干去了哪里。可米子不告诉他，这叫他很有些生气。尼克就再也不睬米子一眼，离开了她。

这日晌午，尼克在家做中饭。镇上的片警陈警察走进了院子。尼克从柴棚里抱着李干事先劈好的细柴出来，看见陈警察站在院子中央。

"你在找李干?"

尼克懵懂地点点头,像看到了一线新的希望,死盯着陈警察。

"他是杀人犯。"

尼克遭雷击似的身子颤晃了一下,怀抱里的细柴散了一地。

"……是你抓走了他?"

"不,是他自己去城里自首的。"

"……"

太阳一层一层剥着尼克的衣服,剥出一层一层透明的汗珠来。这个晌午里,尼克再也没心情做午饭,就这样痴痴地站在院子里发呆。

他是杀人犯?! 他为什么是杀人犯呢……用自己的生命去破坏另一个生命,而今这个生命就要被毁灭了。尼克医生感到这是一件多么不可思议的事情啊……他的生命曾一度是尼克医生给予的(尽管陈警察说他是来山里跳崖寻求自杀的)。尼克医生曾把那次手术看成自己一生行医当中最美丽的杰作,是那件事使尼克医生在小镇出尽了风头,让小镇人刮目相看。现在这个活生生、健壮的生命就要被一粒花生米粒大小的弹丸打碎了……没有比自己的作品这么轻易遭到毁灭更叫人痛心的事情了。小镇人又会怎样去重新看待这件事情呢? 直到晚上,尼医生悸动、狂跳的心脏才渐渐恢复平静下来。平下心来后,尼克想起陈警察临走时说过的一句话:"他希望临刑前见上你一面。"

尼克在翌日一大早离开小镇去山外城里了。氤氲的雾气和通常的每个早晨一样,笼住了小镇。四周的山峦还在静静地睡着。尼克起得这样早上路是为了不让小镇上的人看见。可出了镇西道口还是叫人看见了,看见的人是米子。米子拦住了他,确切地说是拦住了青灰马。青灰马和米子很熟,见到米子立在雾中,就自动停下了脚步。米子说:"我跟你一起去。"米子并不问他干什么去。米子早有准备,胳膊上挎了个蓝布包裹,身上簇然一新。尼克由米子想到了小镇的人一定知道了这件事情,尼克心中蓦然觉得遭到了戏弄,涨红了脸。火气很大地拒绝了米子,又火气很大地狠抽了青灰马一鞭子,青灰马便很识趣地驮着主人,一溜尘雾地"嘚、嘚、嘚……"跑掉了。

米子眼里滚出两颗委屈的泪水,米子刡掉了泪水后,就去找二松借马,下午一个人往城里赶去了。

……当一个月后，尼克从城里返回来时，小镇上已到处传开了这件事。这期间二松从山外贩马回来说，尼克由于窝藏杀人犯受到了牵连，要去蹲笆篱子呢……二松这样讲，小镇人就信以为真。人们在这件事上不再称道尼医生的医术如何如何高明，而是说尼克救了一个祸害，自然是要遭到报应的。就在人们为尼医生痛惜之际，尼克回到了小镇上，令小镇人惊奇的是，和尼克一同回来的还有刘真仁和米子。小镇又掀起了一阵波澜，人们没有想到刘真仁会这样快康复出院了。一时忘记了那个死刑犯李干。是米子向大家揭开了这个谜底。原来李干临刑前，要求把自己的肾脏献出来，捐献给刘真仁住的那家医院，唯一的要求是要尼医生参加刘真仁的肾脏移植手术。医院同意了。手术完成后，医院里有人认出了尼克。尼克是留过俄的洋学生，"文革"中下放流落到了山里。医院打算用高薪聘用尼克留在医院里，尼克谢绝了。等刘真仁手术康复后便一同回到了小镇上。人们听到这些，如同听到了天方夜谭，张着嘴半天合不拢。

后来，镇上发生了两件事，改变了几个人的生活。

自那回米子离开家进城以后，无人照料的米女人忽然有一天从炕上爬起来了，披头散发，赤着足向镇外疯疯癫癫走去。在镇西头的河边处遇见了二松。二松在那里放马。米女人眼光直直地盯着二松问："尼医生呢？"

"去城里啦。"

"米子呢？"

"……去城里啦。"二松嘴角抽搐了一下说。

"我去找他们。"

二松慌张了，丢下马驹拦住她说："你怎么能去呢？你去了也找不到他们的。不如在这里等他们，他们该回来了。"

米女人听信了二松的话，就在河边的草坡上盘腿坐了下来。一会儿自言自语："该杀的骚货，该杀的……"一会儿又呆了眼向前望去。

二松厌恶地看着她，如果米子不是为了照顾她，也许能够出嫁，也许能够嫁给自己。

125

枣红马向远处踱去，二松顺从地随了它走。这马到了二松手里，越发地讨人喜欢了。

二松再一次想起米女人的时候，心里忽然升起一种不祥的预感，他抛下了马缰绳急急向河边跑去，河边已没有了米女人的身影。

米女人的尸体被发现是在第二天，二松沿河边追到下游时，米女人已被人捞起放在河边。

镇上的几位老者商量着如何发送米女人。依山里人的规矩，横死的人是不能隔日发葬的。米子还没有从城里回来，派人去找已是来不及了。谁来为米女人领孝呢？人们谈论这件事时，目光躲躲闪闪觑觎着二松。二松见了，冷着眼应承了，并应承了米女人的安葬费用全部由他负责。镇上的人听了都不由得松了一口气，并叹息说："米女人是前世修来的福，死了还招赘个这么孝顺的儿。"那会儿人们都毫不怀疑地认定米子一定会嫁给二松的。因此在以后几天里二松为安葬米女人的后事所做的一切都变得理所当然的了。

米子从城里回来后，当晚去了二松家，一进门"扑通"一声跪在地上，一字一句对二松说："二松，我谢谢你。"二松连忙拉米子起来，二松说："米子，我们结婚吧。"

"我和尼医生在城里睡过啦。"米子冷着脸，看也不看二松说。

米子这样讲，就叫二松彻底绝望了。二松把贩马剩下的钱拿到赌场上，一夜之间输了个精光。

镇上刘真仁病好回来后，又重操了饲马、贩马的营生。一年后，一向以吝啬著称的刘真仁出钱在小镇盖了一间像模像样的诊所，绿尖顶红砖房。诊所盖好后，刘真仁请人写了个漂亮的牌匾，上写：尼克诊所。

诊所开张，米子几次要求到诊所来做护士，不知为什么，尼克医生最终都没有答应。

无雪的日子

雪是独生女。雪出生时，外面飘来了浩浩荡荡的雪花，因此雪的父亲伟便给她起了名叫雪。作为母亲的敏说，叫雪的人很多。"那又怎么样呢？世界上没有两片相同的树叶。"伟重复了一句某位哲人说过的话。敏就不再说什么了。

此后很长一段时间里，伟和敏都沉浸在两人共同创作出生命实体的喜悦里。

雪的确长得与众不同。襁褓中的雪就很漂亮，雪集中了伟和敏的所有优点，还独自发挥了一部分，生得像个洋娃娃。伟下班回来后，先走到摇车前，冲睡过一觉醒来的雪怪模怪样地笑笑。雪也怪模怪样地冲他笑笑。伟就激动起来，伏下身去吻雪薄薄、嫩嫩的脸蛋。直到一股浓浓的奶香吮进肺腑里，伟方站起身来，一把拥住了立在旁边的敏……

雪在襁褓中一动不动地躺着，睁着黑黑亮亮的眼睛十分安静地望着伟和敏亲热。

雪的与众不同还表现在，别人的孩子还在幼儿园大班时，雪已上小学二年级了。雪当时是六岁。雪的学习成绩很好。

某天下午，雪放学后一个人回到了家里。在这之前雪一直是伟来接送的。这个下午本来还有两节算术课，但因老师的孩子病了，就叫提前放学了。家近的孩子雀跃着离去了，家远的孩子还在等家长来接。雪的家离学校不远不近，雪其实能够自己走回家去的，并且叫爸爸给自己配了一把钥匙。可伟习惯了接雪。每天放学后都是很准时地站在学校栅栏门口。雪想到等放学后还有两堂课的时间，就自己先走回家去了。

到了家，雪从书兜里掏出自己那把钥匙，打开了房门。雪看到的是：伟和敏都在家里，都在床上……伟和敏都没有想到雪会提前放学，会自己走回来，一时都惊住了。

"对不起。"雪说时，转身退出门外，并且把门轻轻带上，到别的同学家玩去了。

"她说什么？"伟久久没回过神儿来。

"她说对不起。"

"她还是一个刚刚六岁的孩子呀……"

"是啊，她真是个小人精。"敏也隐隐涌出一种说不出的恐慌，呢喃地说。

从那以后，雪和伟、敏分开了住，雪一个人睡到了西屋小房间里。在这之前，雪曾哭闹过一阵要一个人睡。伟和敏都舍不得要雪一个人睡在小屋里，敏做出很忧伤的样子说："雪，你要丢开爸爸、妈妈吗？"雪便不哭不闹了。别的人家独生子女八九岁了，还和父母睡在一起。现在想来，这真是一个错误，他们怎么能拿雪和别的人家孩子比呢？

雪仿佛一夜之间长大了。伟和敏在家里做什么事情都变得谨慎起来。比如白天在家两人很少再做亲热的举动，晚上在卧室里看电视也很少再挑言情片看。由看电视，他俩联想到雪的一些言谈举止是不是从电视中得来的呢？有一个时期，电视里曾一度播放过美国言情电视连续剧，伟和敏都一集不落地看了。谁会想到一个咿呀学语的孩子也能看懂呢。

伟和敏夜里做那事也是小心翼翼，不声不响地进行的。仿佛雪还睡在他们的房间里。尽管这样，第二天面对雪时，他俩还是不自然地慌慌悚悚躲开了目光，仿佛两个偷嘴的孩子，很怕大人窥破了内心的秘密……

在伟和敏的惶惑中，雪一天一天长大了。雪长到快要十六岁时，已是一名重点中学的高三学生了。紧接着面临着明年高考。前面说过，雪的学习成绩一向很好。这样参加高考不会有什么问题的。想到雪明年就会考进大学里去，成为一名大学生，伟和敏似乎都松了一口气。

寒假里，在雪十六岁生日到来之际，伟和敏都有了要为女儿庆祝一下的愿望。仿佛女儿明年不是去高考上大学，而是出去嫁人。那么这个生日就是女儿成年的标志了。女儿早熟。

伟和敏为了女儿的生日，很早就开始了准备。从家庭生日宴会，到每个人送给女儿的生日礼物，都做了精心的安排。与伟和敏相比，雪自己倒是显得无动于衷。既不发请帖请同学来玩，也不张罗生日穿的新衣服。那情形看上去倒像个对自己生日早已不在意的成年人了。

生日的前一天，伟终于忍不住了，试探地问雪："雪，你不邀请你的同学来家玩玩吗？"

伟想说"邀你要好的男同学和女同学来家吃生日宴"，不知为什么伟没有直接说出口。伟那会儿想，女儿应该有要好的男同学的。就像漂亮的女孩，应该有漂亮的衣裙一样。

"为什么呢，难道和爸爸、妈妈单独在一起过生日不是更好吗？"雪说。

"哦……"伟和敏听了，一下子噎住了，愣愣地望着雪。

"对，对，女儿说得对，我们自己在一起庆贺会更尽兴些……"伟和敏连声附和，觉得很累，仿佛几天来的劳累一下涌回到了身上。

生日的晚上。外面刮着尖溜溜的北风，很冷。室内的气氛热烘烘的，被炉火烘托得很暖。雪一口气吹灭了十六根摇曳的红蜡烛后，屋里一下子黑暗了下来。静了一会儿，敏摸黑走到墙边，拉开灯，发现雪无声地倒在伟的怀里，伟也一脸惊惶失措："雪你怎么啦？"

雪慢慢睁开眼皮，站直了腰身："我觉得有些头晕，可能有点儿缺觉，没关系。"

血色渐渐从雪苍白如纸的脸上泛出来……

"看过《血疑》吗？"白得耀眼的血液病房里，和伟年纪差不多的男医生问发愣的伟。

伟懵懂地点点头，说看过。

"你女儿和幸子一样。"男医生放下手里的病检报告，通俗形象地告诉伟。

伟一下子惊呆了。

"为什么会一样呢，怎么是一样的呢……"伟喃喃自语。

男医生莫名其妙地看了一眼伟，夹起病检报告，说句："准备住院吧。"就走了出去。将伟一个人留在了白色恐怖的屋中。

129

伟昏昏沉沉走回家，一路上都在想着怎么跟雪说。雪是一个聪明过人的女孩，明天一住到医院里就什么都会知道的……这样想来，伟就照直说了。

"雪，你得的是白血病。"伟没有说雪和幸子一样，伟说的是白血病。

"什么时候住院?"雪的反应如此平静，这使伟想起雪也看过《血疑》，不过雪可比幸子当时要镇定得多。这一点，沉重的伟稍稍得到了宽慰。

"明天。"伟眼眶发潮。

"哦，那得准备准备。"雪走进自己房间里去，像要出远门，去准备自己要带的衣物。

夜里，躺在床上，敏抽抽噎噎用被角堵住了自己的嘴巴，尽量不发出声音来。

"雪才只有十六岁呀……"敏忍不住说。

"是的，雪只有十六岁。"伟说。

临睡前，敏坚持要和雪睡在一床。雪说："为什么呀，我不是好好的吗?"敏和伟不好再坚持，一夜听着西屋的动静，睁眼到天亮。

伟和敏都向单位请了长假。伟原还担心领导不会给假，陪护一般以女方家长为主。领导听了后，说了句："呃，和幸子一样。"就很通融很同情地说，"好好陪护雪吧。"

雪住的病房住着四个病人。和雪邻床的是一个和雪一样年轻的女孩。住进去时，伟曾注意地看了看邻床的挂牌，十四岁，比雪还小两岁。陪护邻床的是一位农村妇女，像是女孩的母亲。医院规定每个病床只准留一位家属陪护，这样到了查房时间，伟就到走廊里站一站。晚上就到楼下门卫打更的老头那儿坐一会儿，或到护士站里坐一会儿。仅仅是打个盹而已。

"用得着这样吗?"值夜班的女护士看伟这样辛苦，很是不解。

伟也不知道该怎么来回答她。敏在病房饭灶订了早中晚三个人的饭菜。伟很不习惯这种掺和着来苏儿味的饭食，常常将吃了一半儿的饭菜推让给邻床的那个农村妇女。伟看见她从不到病区食堂订饭，到吃饭时就从床底下一个大黄布兜子里掏出一个馒头，泡着开水吃了。邻床女人对伟挺感激，倒脏物时，顺便也把雪的脏物给倒了。几个月下来，伟消瘦了许多。伟的胃口越来越小，每次吃饭还没有雪吃得多。

一次，背着雪，敏在走廊里对伟戚戚地说：

"伟，你要多吃点儿呀。"

伟惶惶惑惑地点点头。伟知道多吃不是为了胃，而是为了雪。

伟也偶尔回一次家，那多半是给雪和敏取换穿的衣物。房间的窗帘封闭着。沙发、床上落了一层浮尘。伟站在空荡荡、暗淡淡、静寂寂的屋中，时常产生一种幻觉，这是自己的家吗？

邻床的小女孩死了。血从小女孩的鼻孔、嘴角、眼角的毛细血管里缓缓流淌出来，鲜红鲜红的，把白色房间笼罩成一片血光。那女人整整擦了一个下午才擦干净。伟吃惊那个瘦弱得皮包骨的小女孩怎会有那么多的血。血流尽了后，露出了小女孩痛苦不堪的苍白面孔，如同一张薄薄的白纸贴在白床单上。

小女孩抬走了两天，邻床再没有住进新病人来。晚上，敏对伟说："你在那床睡一会儿吧。""不、不，"伟闻听后说，"夜里护士会来查房的。"敏就不再勉强他。其实这么多日子来，伟已和每一位值夜班的护士混熟了。伟常帮护士搬搬氧气瓶、药品箱。有时值夜班的护士看有的病房空着，就打开门让伟进去睡。伟都谢绝了。伟宁愿在护士站里长条冷板凳上将就一宿。

伟又在护士站里冷板凳上眯了一宿。早晨起来去水房打水，伟看见了那个农村妇女。

"你，还没走吗？"伟关切地问。伟以为她是留在这里办理住院费的，伟心里酸酸的忍不住为她难过。伟知道血液病房的医药费都是很高的。

"没，我在等给闺女圆坟。"女人平淡地说了一句。

"圆坟？"伟诧异不解地站在晨曦微明的水房子里，想，这里的病人死了后，尸体都要送到火化场火化的。

下午，血液病房又有一个病人病危。医生、护士来来去去穿梭般出入那个病房。伟站在走廊上，看见那个农村妇女也神色紧张地跟了进去。"她是病人的什么人？"伟问一位戴口罩出来的护士。护士冲他摇摇头，很急地走了。傍晚，病人死了。尸首推出来时，伟注意地看了

131

看，那是一个三十几岁的男人，穿着一身藏青色的西装。

伟拐过护士站，白班的护士像刚刚打完一场战斗，一边交接班，一边议论：

"……听说还是个小科长呢，生前就很风流，老婆同他离婚了。"

"这回好了，找了个十四岁的少女，到阴间快活去了。"

"嘻嘻，看来阴间比阳间自由，真他妈的，还不要结婚登记证。"

伟听明白了，一下子停在那里，脚底凉凉的，怎么也迈不开脚步……

雪进入化疗阶段。雪每天都要掉大量的头发。雪戴了一顶白色旅游帽，吃饭、睡觉时也不摘掉。雪的胃口也越来越不好。敏不再在病房饭灶上订饭，而是叫伟到外面的饭店里买一些雪愿吃的饭菜。伟开始还是从饭店里把饭菜买回来三个人一同吃。后来敏就告诉伟在饭店里吃完把饭菜带回来就可以了。伟照着做了。伟知道雪不愿意叫他看到她吃饭的样子，敏才叫他这么做的。雪是个十分洁净的女孩。就是现在雪也不在病房里解手，而是让敏搀扶着顽强地走到厕所里去。

伟一个人坐在饭店里吃饭，也没了胃口。伟常在想，雪最后会变成什么样子呢……

外面飘落了今冬的第一场雪。伟想起他们一家三口已整整在医院待了三百六十五个日日夜夜了。透过病房的窗户，伟看到外面的天空是铁青灰色的，很像雪现在的皮肤，而雪出生时，是多么白净细腻的啊。伟在感怀那个雪天……

伟要向单位续假。雪说，不用了，晚上下班过来就行了。雪说时，还笑了笑。伟不愿破坏这艰难的笑容，就点头答应了。

伟回到班上，单位领导和同事都很吃惊："雪好啦？"伟惨淡地摇摇头。"那你怎么……"领导看了看清瘦的伟，又说，"要不要单位出两个人替替你？"伟心里很感动，却摇摇头说不用。伟要上班。领导说不用，先叫伟在家休息几天。领导说这话时，眼神儿怪怪地瞅了伟一眼。伟走出领导办公室，看见门口院子里聚着几个班上的人。伟从他们身边垂头走过时，听见小声议论："……看看，和幸子得的一样病，你看人家做父亲的，还不是亲生父亲呢……唉唉，现在的人哪，连亲生女

132

儿都这样……真是人情寡淡啊。"伟听了，逃也似的快步离开了人群。

雪走了。雪是在伟上班三天后的一个下午死去的。雪死得很平静。雪身上、脸上的血管没有爆裂，因此雪死得很安详、端庄、洁净。像睡去了一样，静静地躺在床上。连久经沙场的护士也说，得这种病这样死法真是少见。伟从单位赶来时，看见敏一个人坐在床头，一动不动地守着雪。那情形就像一个母亲守着一个刚刚入睡的孩子，很怕别人来惊扰了她。

"雪走得跟别人不一样，雪是一个爱洁净的女孩。"敏说。

"是的，雪是一个洁净的女孩。"伟低喃。

"雪知道自己要走了，雪怕走时血管爆裂弄脏了身子，才叫你上班的。"

"我知道。"伟从深眼窝里涌出了泪。

伟抱着雪缓缓向太平间走去。铁青灰色的天空撒着清清瘦瘦的雪，清清瘦瘦的雪落到伟的头发上、脸上和怀里的雪上……伟又想起雪出生的那个雪天，那天他也是不顾护士的阻挠，第一个抱起雪的人。此刻，伟感觉不是在往太平间去，而是抱着雪在雪天里漫无目的地散步……身后留下的是一圈一圈重复的脚印。

雪火化后，伟对敏说："我们出去走走吧。"空虚的敏点点头同意了。这样伟和敏又分头向单位请了假，第二天坐火车去了冰城哈尔滨。敏有两个姐姐在哈尔滨。伟也有一个姐姐在哈尔滨。见到敏的姐姐和伟的姐姐，敏总要说上一遍："雪是一个多么懂事的好孩子……"姐姐们就陪敏落上一阵泪，很同情地劝慰他们说："是的，雪是个好孩子。你们还年轻，要保重身体，要想开些……"在敏的两个姐姐家和伟的姐姐家轮流住了些日子，伟的两个月假期就差不多了。伟要赶回来上班。敏的姐姐劝敏再住些日子，但敏还是坚持着和伟一起回来了。

伟回来就到单位上班了。伟对依然还很空虚的敏说："你待在家里好好休息一下吧。"敏的假期还没有到，敏就待在家里休息了。

伟想着要敏好好休息一下，就下班提早赶回家来打算做些要做的家务活。但房间已叫敏收拾过了，炉灶上煮着米饭，伟心里一阵轻松，又一阵愧疚。房间里不见敏的人影，伟以为敏去了洗手间。就把煮好的米饭锅拿了下来，又炒了菜。菜炒好后，仍不见敏出来，伟喊了两声也没人应。伟推开紧闭的西屋门，敏正默默地跪在地上流泪，手里捧着雪的一个圆镜照，不断用手小心擦拭着……

"敏。"伟走过去轻轻扶起地上的敏。伟要拿去敏手上的圆镜照，敏低低地说："就让她住在这儿吧。"伟伸出去的手抖了一下，停在了半空中。

从此，雪的一切物品皆按原来的样子，摆放在了西屋里。

敏每天都进西屋收拾一下，掸掸灰尘，擦擦镜照。敏往往一边掸灰尘，一边自言自语地说："雪是个洁净的女孩，雪什么都没有了……"

伟听了，心里酸楚楚的。

伟想敏上班以后会好的。工作可以分散敏的注意力。过了些日子后，敏就上班了。敏苍白凄楚的面孔开始渐渐有了点儿血色。

每天上班前，敏还要到雪的房间里收拾一下。有几次伟要代替她收拾一下。敏说："你怎么会做女孩子的事情呢。"伟听了，惶惶然不知所措地停在那里。

……

夜里，伟忍不住搂住敏瘦削的肩头，说："敏，我们还会有雪的。"

"不会的，不会再有的……"敏嘤嘤地像个孩子一样在被子里抽泣起来。瘦削的肩头在被子里一搐一搐抖动。伟刚刚鼓起的勇气和奔突的血液一下子泄了出去，身子凉凉地平躺在床上，黑洞洞中长叹了一声，这样的日子还要多久呢？……

敏怎么会说不会再有了呢？敏今年才三十六岁，伟三十八岁。他们完全可以再生一个孩子。伟想只有再生一个自己的孩子，敏的精神才会好起来……近些日子来，不断有伟的同事朋友好心暗示伟说，女人一过四十岁就难能生育了，劝伟抓紧时间。伟也觉得有必要和敏做一次认真的正面谈话。

"敏，我们谈一次好吗？"

"谈吧。"敏说。

"敏，我们要振作起来，再不能这样下去了，我们要重新开始我们自己的生活。"

敏静静专注的眸子略带惊讶地望着伟。

"敏，我们还会有孩子的，我们还会生一个和雪一模一样的孩子的。"伟乞求地望着敏说。

"不会的，不会一样的。"敏平静地打断伟的话，"怎么会一样呢，世界上没有两片相同的树叶……雪就是雪。"敏坚定而痴迷地说。

伟瞪大眼睛望着敏语塞了。伟吃惊地发现敏的记忆力这么好，敏还记得伟从前说过的话。伟悲哀地感到绝望了。

接下去的日子还和原来一样，敏每天上班前和下班后，总要去西房间里收拾一下，替雪掸扫扫灰尘……不同的是，伟下班后不再急着赶回家来，不再抢着做家务活了。伟知道现在做什么也没有用了。伟很怕回家，那个房间令伟感到窒息。伟常常一个人坐到小酒馆里，喝到很晚才离去。伟独坐在小酒馆里时，心里总是不住地会想，没有雪的日子，怎么会变成这个样子呢……

伟一天一天憔悴下去。伟在一天晚上从小酒馆里走回来，默默地跟敏说：

"敏，我们离婚吧。"

敏说："好吧。"敏同意了。

伟和敏去街道办了手续，平和地离婚了。敏还住在原来的房子里，伟搬出去住。搬出去那天，伟临了对敏说："敏，要保重身体。"敏也望了望伟说："伟，你也要保重身体。"伟苦涩地点点头，拖着疲惫憔悴的身子走了。

日子平淡地漂泊过去。离婚后的伟和敏，还能够有见面的时候，那多半是在雪的祭日里。两人一先一后来到了火葬场里，给雪做完祷告，互道问候："敏，还好吗？"

"还好。"

"伟，还好吗？"

"还好……"不再憔悴的伟望着敏欲言又止……

在雪的三周年祭日里，伟又来到了殡仪馆里。和伟一同来的还有一位三十几岁的年轻女人。年轻女人手里拿着一大把白兰花，那是雪生前最喜欢的花。年轻女人把花束轻轻摆放在雪的骨灰盒前，双手合十……

敏说："谢谢。"伟过来给敏介绍："我妻子。"敏很有礼貌地点点头："祝福你们。"

伟望望敏。伟看见敏的头发里隐约夹杂着些许白发根。

又过了一年，雪的祭日里。伟偕妻子又来到殡仪馆，敏已早早地等在那里了。敏已将雪的骨灰盒从极乐宫捧到了殡仪馆后院的雪甸子上。那里已有许多死者亲友在烧纸。飘飞的纸灰黑蝴蝶似的和天上飘下来的雪花摇摇洒洒融合在一起，组成了一个混混沌沌的世界。敏看上去比以前精神好了许多，瘦削的脸颊微微浮出些红晕。伟心里怦然一动。给雪烧完纸，敏把伟拉到一边，从衣兜里掏出一张照片给伟看。伟看到照片上是一个很年轻、很秀气的男青年……

"他是一个大学生，今年刚刚十九岁，比雪大三岁……"

伟脑袋一蒙，眼睛模糊了，久久立在那里没动。满天的雪花飞速地旋转起来……

敏捧着雪的骨灰盒，从雪幕里走去。宁静的雪地上留下几个很深、很深的雪窝……一点一点从伟的眼里化开去。伟分明记得，敏那会儿已经很老了。

城市生活

　　傍晚，西边的天空不知不觉爬上了一堆乌黑的雨云。空气中透着一种说不出来的闷热。令人烦躁。连苍蝇也懒得扇动翅膀，落在地上一动不动。蹲坐在门廊上的乡下姑娘明霞停下手来，托着腮帮在想心事。她面前的地上放着刚从市场上采购回来的新鲜的瓜果蔬菜。

　　小川站在门廊前的空地里，瞧着天空。小川是"蓝梦飞行"歌舞厅的经理人。

　　"又要下雨了。"小川脸色灰暗下来说，"又要下雨啦！天天下雨，天天下雨，老天爷好像故意和我过不去，这简直是叫我上吊！一天要赔一大笔钱！"

　　明霞就想起通向市中心的那条年久失修的道来。那是一条多么泥泞的路啊，简直和乡下的土路没有什么区别。"蓝梦飞行"歌舞厅坐落在城边西郊区，位置有些偏僻。那条翻了浆只撒了一层沥青的路一到雨天就泥泞不堪。明霞也常常为那条路替小川发愁，"什么时候才能修上水泥路呢？"……尽管在路口立着一块很醒目的广告牌，小川请人画了一座迷彩飞行器并写上一句颇有几分迷人味道的广告词："让我们到西部去……"可你也别指望有谁会踏着泥泞走到歌舞厅来。

　　小川挥了挥手，像驱赶一只和他作对的苍蝇。接着对明霞泄气地说：

　　"喏，明霞，我们过的这是什么日子呢，简直要叫人哭一场！你想好好干出一番事业来，竭尽全力，夜里睡不着，老想着怎样才能干好。可结果怎么样呢？来这里的人都是些没文化没层次的人，他们只会对着卡拉OK带装腔作势地胡闹，根本不懂得什么是真正的音乐。你为他们请一流的歌星来演唱简直就是瞎子点灯——白费蜡。再看看这鬼天气，从上个月（六月）二十号下开了头，连着整整下了一个半月。真要命！听歌的跳舞的一个也不来，可房租钱我不照旧得付？演奏员的工钱我不是也照旧得给？"

第二天傍晚，阴云又密布了。

"下吧下吧，下它七七四十九天不够就下它一年好啦，谁叫我这辈子倒了霉哩，放着轻省的日子不过，非要出来承包这歌舞厅，索性开除我公职好了，叫我去上吊好啦！该死的老天爷，那样我就省心了。哈哈哈！"

明霞听了，身子抖了一下。在乡下是不准诅咒老天爷、说老天爷的坏话的。就有泪慢慢地、默默地涌上了明霞的眼眶……"可怜的人，饶恕他吧。"

小川的抱怨是从春天开始的。春天时小川从北京请来了一位很走红的摇滚歌星。小川想做出惊人的举动，但摇滚歌星只演唱了两场就演不下去了，摇滚歌星走时对小川说了一句话："和北京比起来，你们这座城市的人只能算是些乡巴佬。"小川想提醒他，摇滚音乐的祖宗可是从美国乡村发展起来的。但小川什么也没说。小川包赔了两场演出费，并按照签约的合同，为歌星和他的乐队每人购得了一张返京的机票。这样，小川两年来承包"蓝梦飞行"赚得的一点钱就花得差不多了。

接下来老天爷又和小川作开了对。之后，小川的脸就像每天傍晚的天空一样，再也没有晴过。

明霞是一年前从乡下来到"蓝梦飞行"做小姐的。明霞在乡下也没有什么人了，只有一个老父亲。母亲早些年带着妹妹改嫁到外省的一个小镇上去了，不用说是嫌乡下的生活太苦了。和明霞一起来到"蓝梦飞行"做事情的还有她的两个同乡姐妹，这样明霞才稍稍觉得有了点儿依靠。明霞腼腆内向的性格在刚到这里来时就渐渐引起了小川的注意。

"喂，腼腆的姑娘，你怎么不接小费呀？"

那个客人显然已把手里的一张百元的票子举了半天了，现出挺为难挺尴尬的样子。

"瞧她，还不好意思。"同乡的那个脸上有雀斑的姐妹替她接了。

过后，雀斑姑娘把钱交给她。

"不，不……"她慌张地退缩着手，脸又涨得通红。

"是我们应该得的呀。你以为这是白捡的吗？"

明霞仍是死活不肯收下。

雀斑姑娘只好把钱交给了小川。小川替她收下了，说："给她留着吧。"小川就安排明霞到吧台来做事情。客人们很喜欢她倒酒时轻手轻脚的样子，但没有谁逼她喝过酒。小川是在偶然的一天听到明霞唱歌的。那会儿明霞脸上已脱去了农村女孩子的腼腆与黝黑，红扑扑的脸上流露着幸福的满足（显然这段日子她过得很好，城市生活啊！），就有歌声从她嘴里哼出。小川听到了，说："你的嗓音很好。"明霞在乡下读书时最喜欢的老师是那个教音乐课的男老师，至今还叫她时常想起他……后来小川就用那一百元钱买了个小型录音机送给她。明霞不肯要，小川说："是用你自己的钱买的，没事时听听音乐。"明霞这才勉强接受了。她很喜欢这个小玩意儿，夜里常常搂在被窝里听。

小川没承包舞厅前，在一家文化馆里搞声乐。小川很热爱音乐，小川常常向明霞谈起这种热爱。"明霞，你知道吗，我出来承包歌舞厅一半是为了把生活弄得好一些，一半是为了音乐。这年头没有钱你做什么都做不成。"明霞理解地感动地点点头。明霞从乡下来城里也是为要把生活弄得好一些。与小川待得久了，明霞也学会用小川的口吻评价大众音乐了："瞧瞧，什么乌七八糟的东西，真正的音乐绝对不会出自卡拉OK带，你想让你的孩子懂音乐吗，那么就不要去学日本人出的雅马哈，而应该教他学钢琴。"

小川后来就向明霞求婚，明霞很快就嫁给了小川。这有点儿出乎大家的意料。一般来说乡下女孩进城到歌舞厅来当小姐，都要干到三十岁后才嫁人的。那个时候钱挣足了，找个城里男人成家似乎也是不太费劲的事。可明霞才刚刚二十二岁啊……

"喂，怎么这么快就结婚了？你莫不是在拿自己的青春赌明天吧。"同来的高个子同乡姑娘吃惊地说。

"明霞，你要做老板娘了，到时候可别忘了我们。"另一个脸上有点儿雀斑的姑娘发酸地说。

明霞愉快地接受了她们的祝福。

婚后她和小川两人过得很好。两人夫唱妇随。她替他掌管票房，照料舞厅里的事情，记账、发工钱、采购东西。她那绯红的脸蛋儿，可爱而天真得像在发光的笑容，时而在票房的小窗子里，时而在餐饮部里，时而在吧台，闪来闪去。白天为了买到新鲜一点的瓜果、蔬菜，她一大早就起来了（要知道她夜里才睡上两三个小时的觉啊），挎着篮子走出家门到市场上去。中午采购回来，她交代餐饮部的厨师做拼盘。"你最好别太吝啬了，每只盘子里尽可能多放些。"她站在一旁瞅着说。

"天哪，这种白瓜子在我们乡下最多要一块钱一斤，而这里要卖到三十块钱一盘吗？"她擅自叫厨师把价格降到了每盘十五元。

"你要吓死我吗，这盘西瓜凉盘要四十元？我买一个西瓜才花了八元钱。十元钱一盘就够贵的了呀，你以为这里的人都是百万富翁吗？"她吃惊地又叫了起来。

厨师莫名其妙地看了看她，不知如何是好。

吧台里的小川眯着眼默默笑着瞅着这边发生的一切……

因了这便宜的价格，舞厅里的人爆满了起来，演奏员们也很喜欢她，管她叫"村子里的小芳"。她怜惜他们，借给他们少数的钱，要是谁忘了还或偶尔一次骗了她，她就偷偷流几滴眼泪，也不告到她丈夫那儿去。

"小川，你娶了一个多么善良能干的老板娘呢。"客人们向小川喊叫着说。

小川默默地听着，默默感动地笑着。

当夜舞厅散场，收拾完毕，回到家里，小川一把搂过她的身子来："霞，亲爱的，你知道你是多么让人嫉妒啊，你天生就是一个做老板娘的料。"

她摩挲着他的头发，十分诚恳地说："感谢老天爷叫我认识了你，你真是我的心上人！"

之后，两人便幸福地睡下去了。

人算不如天算，自从春天赔了那两场演出费后，"蓝梦飞行"的生意就冷淡下来。再加上这接二连三的恼人天气，真是叫人一点儿办法也没有。同乡的两个姐妹，在前些日子也离开了"蓝梦飞行"，到别的歌舞厅去做小姐了。走时拉着明霞的手说："可怜的人，也不知道你们以后的日子会不会好起来。"

140

明霞再次接受了她们的祝福。

文化馆里的人来过两次了，催上半年的房租钱。后一趟来，馆长来了。馆长说："如果不行，你还回来上班吧。"小川说："如果还回去，当初我莫不如不出来干了。"馆长听了没再说什么。

小川这些日子在出去借钱，常常回来得很晚。明霞也习惯了，做好了饭后就坐在桌前等小川回来，一同吃饭。

这天傍晚，雨点啪啪打在窗上，明霞不免等得心焦起来。听见急促的敲门声，明霞吓了一跳，从椅子上跳起来走过去开门。门开了，是文化馆馆长。

"快，跟我去医院，小川遇车祸了。"

明霞像被人牵着身子去了医院，走廊里那个大胡子司机在焦急万分地踱步，嘴里一遍一遍地念叨："……他怎么会听不见呢？怎么会听不见呢？我打了多少遍喇叭，他为什么一直垂着头呢？他在想什么呢？……都怨这该死的天气，要不我的车轮就不会打滑，就会刹住了。"

过了一会儿，手术室的门开了，医生说："准备后事吧。"明霞身子晃了晃，头就晕在了别人的怀里。

小川被人从手术室推出来了。小川脸白着，什么也没说，就这么走了。

……参加完葬礼回到家，刚刚走进房门，明霞就一下子扑倒在床上，揪住床单痛哭起来："小川啊，为什么丢开我走了呢，为什么当初你要跟我相遇呢？为什么我要认识你，爱上你啊？你要把我这可怜的人、不幸的人丢给谁哟？……"揪心的哭声响得让隔壁院子里的人和街上的人都听到了，跟着一阵心酸、难过。

过了两天，大胡子司机来了。大胡子司机拿出五千元钱递给明霞，说："不管怎样，这事我是要负责任的。"大胡子司机说时脸上现出同情难过的神色。明霞惊慌地望了望大胡子司机，退缩着一双缺少血色的手……"你为什么不收下呢，难道你嫌不多吗？""不，不……"明霞说，"这不关你的事，我收下会叫小川的灵魂不安的。"大胡子司机听了，停住了手。

后来大胡子司机又去了两趟，明霞仍是不肯收下。最后一趟去，大胡子司机从明霞家里走出门槛，在心里默默叹息着说了一句："好人哪！

老天爷会报答你的……"

小川过世后，文化馆就把"蓝梦飞行"转给别人承包了。文化馆里来人看望明霞，告诉她馆里已经免除了小川上半年的房租钱，并给明霞带来了一笔抚恤金。因为小川还是文化馆的在册职工。这样明霞就放弃了回到乡下去和老父亲一起生活的打算，重新在城里开始生活起来。可是明霞和关心她的人都不知道她该在城里做些什么事情好……

明霞的两个同乡姐妹过来看她，劝她再到别的歌舞厅去做小姐。"你还年轻嘛，可不能就这么毁了自己。"明霞有些生气地说道："你以为我现在还有心情去那种地方胡闹吗？……"两个同乡姐妹讪讪地听了，讪讪地走了。

现在明霞每天除了去市场买菜，就是把自己关在屋子里听小录音机。那几盘当初小川给她留下的歌带差不多叫她反复听过上百遍了，可是她还是百听不厌。那上面有小川的声音啊……日子就这样不知不觉地打发了过去。

有两次明霞上街买菜回来，从"蓝梦飞行"门前走过，听见有人议论：

"那个就是当初漂亮能干的老板娘吗？"

"不会是她吧……"说的人不太肯定。

小录音机听坏了。通向市中心的那条翻浆旧马路已修成了水泥路。明霞是在这年秋天认识老田的。那天明霞去市场买土豆。土豆刚大量上市，价格很便宜，越冬免不了要贮藏一些土豆在家里，等把土豆装在一条麻袋里，扎好袋嘴时，明霞犯愁了："怎么把它们弄回去呢？……"

"喂，老板娘，这几年你过得好吗？"老田头上戴着一顶粗呢黑礼帽，彬彬有礼地说。

明霞一时想不起这人是谁，站在那里有点儿发呆。

老田说："早几年我常去'蓝梦飞行'，喝一杯啤酒……"

明霞仍想不起这个人来……况且那会儿人人都认识她，可她并不可能认识每一个人，这也是很正常的事。

老田就不再说什么了，老田弯下腰，替她把土豆背了回来。老田屋里也没坐坐，放下土豆就走人了。

如果不是三天以后，街坊上一个不太熟识的老太太过来串门，无意

142

中提到了老田，明霞不知道会不会把老田这么个人给忘了。老太太说老田可是个可靠的好人，随便哪个到了结婚年龄的姑娘都乐于嫁给他做妻子的。老太太走了以后，夜里她睡不着觉了，想起了最初认识老田的情景。老田正是那个第一回在"蓝梦飞行"给她小费的客人。老田人很腼腆，既不会唱歌，也不会跳舞，每晚只是去"蓝梦飞行"坐一坐，喝一杯啤酒就走了。"难道啤酒不会在家里喝吗?"后来（也就是在这个让人兴奋又让人有点儿担心的夜晚）她才知道老田是为了看她，才天天去那种地方的。这样一想，就叫她的心甜蜜地缩紧了。第二天她去了街坊上那个不太熟悉的老太太家。婚事很快讲定了，在中秋节的时候她和老田就举行了婚礼。

婚后她搬到了老田在城中心的房子来住，把原来的房子卖了。老田把托人卖得的一笔可观的房钱交给她，说："这是你的私房钱。"老田是做木材生意的，城里人管这叫"拼缝"。

老田在城中心的房子很大，除了正房外，还有一间厢房。老田说，他以前是有过一个女人的，还为他生过一个儿子。可是后来这个女人领着儿子嫁给别人了。老田说时脸上很痛苦，很懊恼。他现在还在恨她。听到这些话，明霞就会叹气，摇头，替他难过。

老田提到儿子时脸上便会流露出慈父一样的神情。看得出来他很想念他，他的儿子。有一天晚上临睡下时，她温柔地跟他说："你原谅她吧，至少看在儿子的分儿上原谅她吧……那小家伙将来心里一定会明白的。""不，我决不原谅她，她是趁我不在家去外地倒木材时跟别人胡搞起来的。"老田痛苦地说。她就又跟着叹气，摇头，替他难过。

婚后他们生活得很好。通常，老田白天出去接洽生意，明霞就坐在家里替他应付别的找上门来的客人，算账、卖货……

"如今的木材一年年贵起来了，一年要涨两成的价格，"她对上门来的顾客和朋友说，"往常我们总是买本地的木材，现在呢，老田只好去大兴安岭、小兴安岭去办木材了。运费好大呀……"同时，现出害怕的神情捂住脸，"好大的运费啊!"

她觉得自己仿佛已经做了很久的木材买卖了。什么"红松"啦，什么"白松"啦，什么"椴木"啦，什么"元木"啦，什么"立柱"啦，什么"板方"啦，什么"寸板"啦，等等，在她听来，那些字眼都含有亲切动人的意味。院子里堆积如山的"元木""板方"被人家买走了，她总要走出屋子去，帮着人家把木料装上车。"老板娘，别碰着你的腿。"别人不喜欢她碍事。可是她依然不出声地干着，直到装满了车厢，车开走了，她还站在院子里，手遮着凉棚远远地望着，那样子像在送嫁出去的女儿一样。要是木料卖得慢了，瞅着院子里像生了根的堆积如山的木垛，她也会和丈夫一样唉声叹气地发愁："什么时候才能把这座山搬走呢？难道城里人就不盖房子了吗？……"

……没事可干的日子总是过得很慢，况且丈夫也不喜欢任何娱乐，没事的时候总是待在家里，她也照那样陪丈夫待在家里。

每天晚上吃晚饭的时候，她总是默默地给他倒上一杯啤酒，看着他端起粗大的啤酒杯慢慢地喝着，脸也慢慢地红了起来。

"霞，你知道我是多么的幸福，感谢老天爷让我认识了你。"

城里的木材生意忽然热了起来，原因是搞装潢的人家和公家单位越来越多。老田又开始忙了起来，先去了小兴安岭，又去了大兴安岭办木材。往往一去就是两个多月。她总是十分地想念他，通宵睡不着觉，哭。

两个月后，老田回来了，一进家门嘴里就兴奋地喊叫："霞，你见过真正的大山吗，你见到过真正的松树吗？"

明霞摇摇头，一脸吃惊的表情望着他。

"等发回了这车木材，秋天时我带你到山里去看看，看看五花山，看看落叶松……"

明霞就在心里盼望着。可这样的盼头就像梦一样不真实。不等这车木材发回来，客户又催着老田进山办下一车木材了。老田现在就像一只木尜儿，不等停脚，又被人用鞭子赶着搋着旋转起来……这样就到了冬天，新年的前一天晚上，明霞收到了一封从大兴安岭发给她的一封加急电报：

"田出事故，速来料理后事。"

明霞的眼珠瞪出了眼眶。"我的天哪，你要把我丢给谁呀？！"

明霞连夜坐火车去了大兴安岭……据当地的工人讲，老田是在楞场督促工人装车时，被滚楞的楞垛砸死的。老田对工人讲着急的理由只有一个，就是新年必须赶回去和妻子在一起过年。

144

明霞从大兴安岭回来时，穿着一身黑丧服，怀里捧着老田的骨灰盒。走进家门，关上院门后，明霞就在院子里挖了个坑，将老田下葬了。之后，就一屁股坐到了地上。"老天爷，为什么都让他们一个一个离开了我呢？他们可都是好人哪，为什么不让我替他们去呢，老天爷把我这个无依无靠的孤魂丢给谁呢……"

明霞现在可真是孤苦伶仃了。老父亲已在前年冬天在乡下去世了。乡下再没有任何人了……自从大兴安岭回来的那天晚上后，她再也没有吃过一口东西，再也没有动过炉子里的火炭。身子躺在冰凉的床上，一动也不动。"活着还有什么意思呢，叫老天爷把我也收去吧。"她脑子里已产生不出任何活下去的想法了，就像这空空的屋子、空空的院落，脑袋也空起来。

……不知过了多久，只有细微得不能再细微的咳嗽声，证明她还活着。她显然是冻感冒了。死神正在一步一步向她走近。寒冷、饥饿、感冒。"好人哪，让我也和你们在一起……"她幸福地、断断续续地想着。

"喵、喵……"这只猫显然已待在这里好久了。饥饿和寒冷使它的叫声发着颤音。明霞睁了睁眼睛，明霞的眼睛渐渐睁大了起来……

"你是谁家的猫呢？……你冷了吗？"明霞已颤颤巍巍从床上爬起来，勉强下地生起了炉火。屋里渐渐有了温暖，一点一点驱走了寒气。

"你在这里有多久了呢……"明霞又晃着身子动手做起了新年的第一顿晚饭。"多吃点儿，小乖乖。"她和猫一起吃了晚饭。活力又重新回到了她的身上。炉子里的柴火噼噼啪啪地燃着，燃旺了。

明霞以为这一定是街坊上不知谁家走丢的猫，她等着会有人来找，或者有一天它自己走回去。可是日子一天一天过去了，并没有谁上门来找，猫也没有自己走掉的意思。明霞这才相信自己有点儿舍不得离开它了。每天她和猫一起吃，一起睡。"我的乖乖，你一定是老天爷派来和我做伴的。"猫像听懂了她的话，温顺地依偎在她怀里，温顺地叫了一声。

整个冬天明霞都没怎么出屋。春天到来的时候，她带猫走出家门，到市场上去给猫买刚开江的鱼吃。刚开江的鲜鲫鱼很贵，可是她丝毫也没犹豫，一下子就花出去二十五元钱。回来她将小鱼洗净了，一条一条喂给它吃。她坐在那里，脸上露着只有母亲才有的微笑……

春天里的一个下午，外面响起了敲门声。"老天！……"她轻轻叫了一声，心收紧了，会不会是谁来找猫呢？门打开了，她放下心来，门外站着一个四十多岁的妇女和一个十多岁的男孩。她从男孩的脸上瞅出一张熟悉的面孔的影子来。"你是佳佳！"她说。男孩有些惊奇地瞧着她。"我们是来找老田的，老田他不住在这里了吗？"妇女说。"在，在……"她赶紧把她们母子俩让进门来。这个妇女长得又瘦又黄，烫着短头发，现出任性的神情。她进了院后说："老田是不是又进山里去倒木材去了？"明霞没有说话，眼泪就从她的脸颊上流下来。她拉过佳佳，指着院子里栽着的一棵落叶松树苗（这棵树苗还是前些日子她托老田从前的一个朋友从大兴安岭捎回来的）前的空地说："给你爸跪下磕头吧，他过世有四个月了。"男孩就跪下了，磕了三个头。起来，哭着说："妈妈，那我们怎么办呀？"不等女人说什么，明霞就用袖子擦了一下眼睛说："你们就住下吧，这里也是你们的家呀，看我都老糊涂了……"随后就动手给他们收拾起大屋来：扫灰、抹窗台、换新行李，把自己的那套行李搬到厢房里去，"你们就在这屋里吧，我搬到厢房里去就行了。天哪，我好高兴！"

她整整忙活了一个下午，到了晚上就忘记了喂猫。

第二天晚上，她走过大屋去，将一个小匣子的钥匙交给了那女人："老田做木材生意挣的钱存折都放在里面，留给佳佳吧，他以后还要上大学，还要娶媳妇，成家……"

瘦女人没有说话。

当晚从大屋里传出来瘦女人尖细的哭声……

"可怜的人。"她心里叹息了一句。从佳佳嘴里她已知道了他的继父抛弃了他们母子俩。她对佳佳说："佳佳，你要听你妈妈的话。"佳佳懂事地点点头。

佳佳也很喜欢那只猫。常常过厢房里来逗猫玩，只是那瘦女人看见了会阻止佳佳："佳佳，别去招惹它。"

"妈妈，你看它多招人疼爱啊！"

"佳佳，你必须做功课了。"

夏天的时候，佳佳已上到小学六年级了，这就是说再有半学期就升

146

入中学了。佳佳每天放学回来，都有大量的作业需要做。要是一天没在院子里看到佳佳的身影，那准是被瘦女人关在房子里写作业了。"可是他毕竟是个孩子呀……"她从心里抱怨起教师，抱怨起学校来。她很希望能帮助佳佳来完成每天老师交给的作业，尽管她从前在乡下只念过初中，可没准初中学过的知识佳佳会用得着呢？……可是正像瘦女人不要佳佳去管她的猫一样，瘦女人也不要她去管佳佳的功课。她常常为这件事情背地里很伤心，流了不少泪……

"佳佳，你要知道用功啊……"每天早晨她站立在厢房里的窗前，望着佳佳走出院门去上学的身影，嘴里喃喃念叨着说。

瘦女人患有很严重的神经衰弱症，常常半夜里醒来……失眠到天亮。早晨起来，两眼布满红丝地望着她的猫。目光里含有一丝敌意。

"它叫什么？"

"乖乖。"

"乖乖，瞧瞧，这么个名字！"

……

这天夜里，乖乖出屋去撒尿。回来时扒不开门了。她睡得正香，听见瘦女人在大屋里叫："佳佳，你出去看看是不是那只猫在叫……"不等佳佳出来，她就披衣走下了地，给它把门打开了……"这个笨东西，怎么会自己把自己关在了外面呢。"早晨起来，她颇有些歉意地对瘦女人说。

夜里，她给乖乖准备了一个尿罐。她天真地以为问题就这么解决了。可是过了两天，半夜里她又听到瘦女人在屋里惊叫起来："佳佳，快去看看，那个该死的东西又在窗台下面叫呢！……快，我的心脏都要跳出来了！"过了一会儿听见佳佳出来了，又听见佳佳回屋去的说话声："哪有什么猫啊，是你在做梦吧？""你胡说，你听它还在叫呢！你骗我，你们都在骗我，你们杀死我好了。"她呻吟地叫道。那个时候明霞搂着怀里的猫在厢房里听到了，暗暗地流泪了……

白天，她也把乖乖关在厢房里，连屋子也不让它出去了。可是它毕竟是只猫呀，关久了它就会忍不住委屈地"喵、喵"叫两声，听到那哀求的叫声，三个人都不由得身子一抖。

"在那儿……就在那儿……又来啦。"瘦女人呻吟道，她的眼珠儿又要朝上翻了。

147

她赶紧走进屋去，捂住了乖乖的叫声……

"我的乖乖，拿你可怎么办呢？……"这天夜里，她搂着乖乖久久没有入睡，想不出以后该怎么办好，又默默地流泪了。后来她对乖乖轻声说："要不我们回乡下去怎么样……"她想，在银行里取出的那笔从前卖房子的钱花得差不多了，她也想不出该在城里干些什么好，就是说她不想再在城里这么待下去了。在乡下总能找到事情做的，"还赖在城里干什么呢？"这么一想，她就开始动手收拾东西了。简单打了一个包裹，又把乖乖放进一个旧纸壳箱里，就轻轻推开门走了出去。院子里洒着清清明明的月光，她走到那棵小落叶松苗的空地前，默默地垂了一会儿头，嘴里含糊不清地呢喃道："秋天时我再来看你，我的亲人哪。"因为秋天时乖乖就生崽了，乖乖是一只母猫。佳佳已答应过他的一个女同学，要送给她一个猫崽的。明霞会进城来给佳佳送猫崽的，她是不会叫佳佳失望的。

……

明霞回到乡下，住到她老父亲留下的老屋子里。乖乖从纸壳箱里解放出来，就满屋子乱跑乱蹿起来，并捉到了两只老鼠。"咯吱、咯吱"愉快地吃起来。"哦，我的乖乖，小心别累着你，这以后就是你的家了，把它们赶跑就是了。"明霞愉快地笑着说。

第二天，村子里的街坊邻居过来看望她，向她打听一些城里的事情，明霞停住了手，放下扫灰的笤帚，想了想说："哦，城市生活……"仿佛那是一件很久的事情了，眼前想着的是如何尽快把这乡下老屋打扫干净，就又接着干下去了……

正午的阳光明亮

　　于夫从候车室里走出来，车站钟楼上的钟刚好响了十二下。他抹了一把脑门上的阳光和渗出的虚汗，轻轻地舒出了一口气……随后心情又莫名其妙地惆怅沮丧起来。

　　于夫是两个星期前来火车站上订票的。于夫打算去北戴河参加一个笔会，那时于夫收到一封笔会邀请信。炎热的夏季，去北戴河避暑的人很多，购票就成了一件令人头疼的困难事情。于夫是想提前来车站碰碰运气，看看能不能凭以前的老关系购一张去北戴河的车票。于夫曾经在这个火车站上干过，当过一段时间铁路警察。于夫很少向人提起当过警察这段事，别人（于夫后来结识的朋友）也很少从于夫身上看出有当过警察的痕迹。于夫之所以提前这么多天到火车站上看票，纯粹是为了更有把握。近来于夫做什么事情，都喜欢做得有把握。比如给一家熟识的编辑部寄稿子，明明平信寄去就可以收到，可他到了邮局就改了主意，等他收到了这家编辑部的回信（或退稿）又常常后悔多贴出的挂号邮票。要知道现在什么都涨价，唯有稿费不涨价。

　　于夫回到了十五年前工作过的车站上。和外面新建的那幢漂亮、高大的候车大楼一样，里面工作的职员也换得面目全非了。售票窗口露出的面孔他一个也不认识。于夫有些失望和不知所措。于夫走到问事处窗口跟前，想问一下114次车预售票什么时候卖。大格窗口里端坐着一个表情麻木、工作机械的三十五六岁的女服务员。听到于夫的问话，她从桌上抬起头来，眼角习惯性地冷漠地扫了于夫一眼，意外地答非所问地说："是你？你要去哪儿？……"于夫怔了怔，从这张脸上辨认出一些熟识的雀斑来，就微笑着说："去北戴河……"拥过来几个急三火四买

149

站台票的人，将于夫不客气地挤到一边。她叫于夫从侧门走进来坐。于夫就走进里面去坐了。坐在她对面高高的黑靠背椅子上，于夫还想不出她叫什么名字。那时大家好像都叫她麻雀姑娘，想必是因为她脸上生着褐色雀斑，再加上她嘴巴不饶人，常同旅客斗嘴的缘故。可以说于夫先前对她没印象，是因为没有太好的印象。

"你现在在哪里呢？"她一边低着眼皮做事，一边同他搭话。

"在文化局。"

"不做警察啦。"他看见她不算太大的眼睛里流露出一种遗憾，"你那时多威风呀。"

于夫听出来这是真心的赞扬，并不是违心的恭维讥讽，就耸了耸肩，讪讪一笑，算作回答。屋里有电风扇，吹乱了他湿热的头发，他伸手抿了抿。

"这么多年过去了，换了不少人吧，站里许多人我都不认识啦。"

"是呀，退休的退休，调走的调走，还有病的、死的，老人没剩多少了。"

"114 次车票好买吗？"

"这是今年夏季新增开的一趟列车，你也知道中国的铁路无论增开多少趟列车都会给你塞得满满的……对啦，你要哪天走？"

"月底三十号吧。"

"你开什么会？比……会？比什么，莫不是比美吧？这年头什么会都有，比美不就是比女人屁股和大腿吗。当然你不会是开这样的比会的，我是和你开个玩笑，看你不好意思脸红啦，你从前可不是这个样子的。哦，机动卧铺票归计划员管，小孟你还记得吧，他现在做了计划员。"

她说出了一个以前站上卖票员的名字。他想起来了，这人曾经收了一个票客的二百元钱，被人告发了。他不想找他，就对她说不记得了。

"没关系的，我去给你找他，他刚来站上卖票那阵，叫人给揍了，还是你把那几个小子教训了一顿，这个家伙总不该忘恩负义吧。实在不行，我还可以找售票员给你搞一张。"

他听了有些感动，连着说了好几声"麻烦你啦"，就走出了问事处。

150

走在外面，他摸了摸头上温热的阳光，心里头忆起一件往事来。那个中午，他在执勤室里打了个盹快睡了，门上响起一阵拳头胡乱砸门声。他气恼地打开门，门外站着脸色煞白的麻雀姑娘，她很少这样不客气地砸警察的门。他歪着脸盯着她。"……快，贼……把包偷走了……"一向尖舌利嘴的麻雀姑娘变得口吃结巴起来。"往哪里去啦?"他想到的不仅是麻雀姑娘的失职，也想到了自己的失职，因此变得紧张起来。窗外明亮的阳光下，正有个人躲躲闪闪往等车的人堆里钻去。他从候车室的窗里一跃跳了出去。贼很聪明，在人群里拐来拐去地跑，他跟得有些磕磕绊绊。他恨起这些挤挤挨挨当成热闹看的人们来。贼从第一站台跑到第二站台。第二站台上，正有一列货车通过，贼显然瞅准了这个脱身的机会，在最后一节车厢通过时，贼一闪身蹿出了人群，伸手搭住了梯蹬。他在人群里眼睁睁地看着贼爬上了梯蹬。他顾不了许多了，抬起了一直掖在手里的"五四"式手枪——啪、啪!……贼显然没想到他会放枪，贼吓得浑身一哆嗦，跌倒在月台上。他奔上去捉住了他。事后连经验丰富的所长都对他说："你真走运，那么多人，撂倒一个，就不是他坐牢而是你坐牢了。"并警告他说，以后不到万不得已不许当众开枪。他知道那么个小贼是不值得开枪的。分局下来的表彰通报和所长的态度截然相反，说他是"机智勇敢、行动果断的人民卫士"。他将那个值不了多少钱的黑提包归还给麻雀姑娘时，麻雀姑娘仰着脸盯着他说："你真行，你干得真不错。"他有意无意地将胸脯挺了挺，并注意到麻雀姑娘脸上的雀斑并不是那么丑陋……以后每每想起这件事来，他多少还有些后怕。那是他第一次放枪，也是最后一次。不久他脱离了警察的行当，调到了文化局工作。此刻，站在阳光下的于夫擦了擦脸上冒出的虚汗，舒了一口气。且在心里不无侥幸地想，对于一个十多年前的崇拜者来讲，办一件诸如购票这类小事情想必不会太困难的吧。

　　于夫并没有照麻雀服务员的话星期四去火车站找她。那天在单位，于夫拿了笔会通知信去找主任。主任说："你去吧。"主任正在自己办公室里拖地，并没有看他手里拿着的信。他说："您看是不是得跟局长说一声。"他知道出差的规定，凡是出省回来报销得局长签字。主任听了这话停下说："你参加的这个笔会很重要吗?"他一下窘在了那里……最后他小声地支吾说："您跟局长说说看，行我就去。"看主任

151

又在继续拖地，他就走了出来。

本来这封笔会邀请信收到后，他曾一度犹豫过。笔会邀请信是北京的一家写作中心寄来的。这家组织笔会的单位在信里说，参加笔会的每位作家需交纳会务费三百八十元。他知道会务费原则上是不能报销的。他很犹豫去不去参加这个需要自己掏腰包的笔会。三百八十元相当于两三篇短篇小说的稿费。况且他刚买了处两居室的楼房，将他和妻子几年的积蓄都花了个精光。后来他想会务费也不是不可以报销的，这要取决于主任的态度，如果主任大力支持自己去参加，回来他也会想办法给自己报销的。这总比那些下饭店吃喝公款报销名正言顺得多。因此，自从那日同主任谈了后，他心里边就在等主任的答复。主任见了他没再提起笔会的事。主任没提，就是没跟局长说呢。反正还有半个月时间，他自己安慰自己再等几天。一连几日没看见主任来上班，他心里又不免有些着急起来，想到主任家去问问。主任有时在家写东西。"主任出差啦。"主任的妻子告诉他说。他吃了一惊，忙问几时回来。主任的妻子说了个日期，他掐着指头算了算，主任回来离他动身日期仅有两天时间，到时现订卧铺票显然来不及了。主任不在家，单位上该由副主任负责。他想到副主任也有好几天没来上班了，又去找了副主任家。没想到副主任也出差了。于夫走在回去的路上有些不知跟谁生气的心绪油然而生，他想到车站上去先把票订下来。反正开始主任也答应了……想想又不妥，就没有去。

主任如期而归。早晨一上班，于夫走进主任室里，看见副主任也坐在那里。两人抬起头来一齐瞅他。主任说："你的事，我们研究过了，同意你去。"

于夫怔怔站在那里，说："局长同意了？"

主任说："不需要局长同意，现在差旅费实行包干儿，咱们自己单位独立核算，如果你非要我跟局长打招呼不可，我现在就可以跟局长说。"主任说着话，眼睛尖刻地落到桌上电话机上。

"不，不，不是这个意思。本来我是这样想的，这次笔会并不是非去不可的。如果你要同局长说了呢，我就去，没说呢，我就不去。"他费力地解释着。

"如果不是非去不可，就不要去了，以后还有出去的机会，如果这

152

次出去了，下次就没有机会了。"一直坐在那里没说话的副主任这时开口说话了。

他瞅瞅主任，又瞅瞅副主任，不知道这时候自己是不是该走了。

"你自己看着办吧。"主任缓和了一下口气对他说。他最后懵懂地离开了主任办公室。

自己看着办，是什么意思？是要自己拿主意，可是这件事是不该由自己拿主意的呀。他希望主任能再最后给他一个明确说法。哪怕说：不。他这一天都在忐忑不安的心情中度过，直到下了班主任也没再提起这件事。下午单位分了鸡蛋。临下班主任特意对他说："坐我的车顺路把你的鸡蛋捎回家去吧。"他说自己可以用自行车驮回去。主任说："那样会颠碎的。"主任这样周到地说，他就不好再坚持了，跟着主任上了车。在车里他希望主任能问起那件事。可主任没问，主任像压根儿不记得这件事了。他临下车，主任只说了一句："我不帮你拎上楼啦。"车载着主任轻快地走了。他呆呆地在原地站了半晌。

到了晚上，他决意要忘掉这件事，忘掉这封该死的莫名其妙的笔会邀请信。他开始诅咒起这家举办笔会的组织者，是个十足的大骗子！……可是等他上了床，脑子里又翻腾出几天来一直纠缠不休的这件事。像谁把他罩在了一张无法逃脱的网里，越挣扎，身子箍得越紧，脑袋箍得生疼。他全然没了睡意……眼睁睁地失眠到天亮。

早晨起来，他胡乱抹了把脸，顾不得刮去虚胖的脸上蓬蓬勃勃长起来的胡子，匆匆忙忙上车站去了。

夜里躺在床上，他忽然想到一个问题。那个对他热情的麻雀服务员会不会为他订下了一张卧铺车票？真该死，他早该到火车站上看看去。如果订下了，他就跟主任说：瞧，人家已为我订好了车票。如果没订下，他也好跟麻雀服务员大度地说：没关系的，以后还有出去的机会。他把这看成一个天意。

可事情并没有像他想象得那样简单。于夫到了车站，那麻雀服务员一见到他就喋喋不休地说："你怎么才来？还以为你走了呢，不是说好上个星期四你来找我吗，我都同小孟打过招呼了，他说还记得你，给你留了一张计划外的卧铺票，等你你不来，就转手给别人了。他说你以前也在车站上干过，找谁还搞不到一张卧铺票呢……"

他坐在黑靠背椅子上听了，脸红了，嗫嚅地说："怎么会呢，我一直在等主任回来，主任昨天刚出差回来……"

"你还去吗？"她的眼睛瞅着他的脸问。

"我来是想看看，如果订下票了就去，没订下就不去了。"

她对他说："你等一下，我到售票窗口去给你看看。"

他真切地慌忙摆手阻止："算啦，不必麻烦啦。"

她没听，丢下他走了出去。过了一会儿，打窗外看见她走回来，一脸的兴奋，"真巧，刚好她手里还留了一张。她说过一会儿结了账给你送过来。"

他一时不知说什么好，突然产生出一种紧张得要命的感觉。隔了一会儿，等喘过一口气，他小声地说：

"我不想去啦。"

"……为什么？你们主任不是答应过让你去了吗？"她吃惊地睁大眼睛看着他。

"答应是答应了，可不太坚决，我怕以后……"

她眼里有一种陌生的神色水一样地慢慢涌出来。

接下来她专心致志地卖票，解答窗外不断走过来人的提问。

"她来了，你跟她说去吧。"

那个她打过招呼的女售票员走到窗口前来，他鼓出勇气，半站着身探出去说："真对不起，我不想要那张卧铺票了，我不想走了。"

女售票员毫无怨色，点了一下头说："正好有人等着这张票呢。"就转身离开了窗前。

他重新坐下来，想对她说点儿什么。见她埋头一心一意在那里工作着，就住了嘴。……各式各样的提问吵得人心烦。这里是问事处，又不能阻止人开口。

从窗子里看见一些穿铁路服的女服务员三三两两拎着垃圾桶、拖布走过去。

"一会儿卫生检查团要来检查。"她瞅着外面说。停了一会儿，她依然瞅着外面说：

"你还有事吗，如果没有什么事你走吧。"

他惘惶地从椅子上站起来，像不认识似的看了她一眼，尽力讨好地说："欢迎你有时间去我那里玩，我们单位在市政街中七路九十三巷八十二号……"

她没有听他说完，接着卖站台票。

他知道自己该走了，就蔫蔫地躬曲着身退到了问事处门外。

于夫徘徊在街上，已是晌午的阳光热烈地接纳了他。于夫不知道这个时间该干什么去，单位差不多已过了下班时间，况且他们也不是严格要求坐班的。于夫随着一些人流向街市中心流去。于夫弄不清这股人流是何时形成的，他们去干什么去。或许这个时间，街上本来就该有一些人的。于夫完全是毫不自主地、毫无目的性地夹在这个流向一致的人流中向前跟着走的。在前边的一个十字街口，许多交通警察挡住了大大小小的车辆，禁止向一个街口通行。那会儿这个街口已拥满熙熙攘攘的人群，车辆是完全无法通行了。交通警察脸上流着汗，警服的后背叫汗洇透了，让暴热的太阳一烤，变成了一圈一圈惨白的碱迹，像一幅一幅地图在于夫眼前晃动。于夫不明白警察为什么不去制止毫无章法的行人，而来阻止车辆呢？是行人压上了机动车道，而不是机动车压上了人行道。于夫满腹狐疑地抬起头来向前看去，于夫这一看就吃了一惊。

阳光白白的天空中，自由自在地飘荡着几只硕大的红、黄、绿三种颜色的热气球。与上面飘悠着的热气球相比，下面攒动拥挤的人群，就像一群被踩了巢穴，四处乱窜而又不肯离去地拥挤成一团的蚂蚁，包括这时仰脖朝上看的于夫。于夫终于瞧清气球披挂下来的条幅上的字："庆大商业集团百万元空投现钞，有奖销售"，"天降财运，机不可失，祝君好运"……于夫想起来了，一个月前这家公司曾在本市电视台黄金时间播出过这次活动的广告。对于像于夫这样号称作家而又处于工薪低层的人来讲，是不会不注意这样充满诱惑力的广告的，当然更多的时候也仅仅是注意而已。商场有奖销售的彩票于夫没少买过，可从来没得过奖。尽管一张彩票只有几块钱的商品，可于夫还是犹豫下回是不是不该再买了，家里的洗衣粉堆积得足够妻子使用到明年冬天了……那天在电视里突然看到这家公司做出的广告，于夫本能地记下了这个日子：七月二十八日。并在心里说，这家公司真会选日子，二八两头发！……

那架让人望眼欲穿的蝌蚪状直升飞机，是在无数双干热的瞳孔中一

155

点一点变大的。心急的人们开始跟着飞机投下的身影跑。于夫没动，于夫凭经验知道飞机空投是还要做超低空盘旋的。再则于夫站的位置正是一只大红气球的中心位置。可是于夫错了，从飞机肚子里转眼间撒出一堆纸票，像无数只蝴蝶向低空中飘落。于夫后悔不迭，跟在人群后面朝那边跑去。纸票落下来，抢到手里的人这才看清，那不过是庆大公司的商品广告宣传单。于夫和抢到手里的人大呼上当，又掉头向气球底下跑去。这时飞机已在那里投纸币了。人们疯了似的抢过去。有人跌倒了，被后边的人踏上了无数只脚，倒下的人又无声地咬牙站起身来，忍着伤痛继续往前扑去。

于夫感觉自己手上已抓到三四张十元面值的纸币，于夫想继续扩大战果，就在人群里毫不示弱地左右冲刺起来。纸币像一张张魔鬼的脸，招摇得人疯狂起来，瞪红了滴血的眼……一张纸币摇摇晃晃从于夫头上的空中飘下，于夫伸出手举到空中去接，旁边又紧挨着伸出了一双手。本来于夫是有把握把纸币抓到手里的，可临到手边时于夫犹豫了，纸币被那人毫不犹豫地抢在了手里。于夫看着他，他也看着于夫，大口大口喘着粗气。抢纸币的人群像刮风一样从他俩身边刮过……

他俩的对峙，引来了一个维持秩序的警察，他走过来问："怎么回事？"

于夫清醒过来，赶紧说："没什么。"

警察不太相信，走过来瞧瞧他，又瞧瞧那人，怀疑地问："你们认识？"

"认识，我们是一个单位的。"这回那人说。

于夫一直站在那里。于夫不知道主任是何时离去的。四周完全平静了下来后，地上只有几只被挤掉的鞋子和几张红红绿绿的传单躺在那里。

于夫张开手，手里光光的。那三四张十元钞票不知是被挤掉了，还是被哪个家伙乘机抽了去。反正于夫一无所获地站在阳光下空荡荡的地上，仿佛做了一个梦。

调　动

　　陈生比周丽早到机关两年。周丽调到机关工作时，陈生已在宣传部做了两年宣传干事。周丽看陈生低头很专注地往一个蓝塑料皮本子上写着什么，就嘻嘻笑："你还天天记日记的呀。"陈生闻言，腾地一下红了脸，极木讷地说："哦，哪儿，是工作纪实。"抬手让周丽看清楚封面一行烫金的字：一九九〇年工作纪实手册。"还用天天记吗？""不记，要扣分的。"陈生认真地告诉周丽。"扣分？"周丽觉得挺逗，清澈的黑眸里涌上盈盈纯真的笑。周丽是学校来的。在学校里学生不完成课堂作业是要扣分的。他们这里也要交作业呀。后来马部长就发给了周丽一个"作业本"，封皮底下印着考核机关：××双文明考评委员会。一页一页翻开去，是一页一页印着×年×月×日的空白方块格格。一年三百六十五天，就三百六十五个空格。周丽觉得一下子从老师变成了学生，挺有意思。周丽来之前，也是刚从师范学院艺术系毕业分配到那所中学不久的。

　　陈生看过周丽第一眼后，觉得这个女孩蛮活泼的，挺好接近。就取消了自己设置的一道别人没能察觉的防线。这道无形中的防线是他听说了部里要来一名女大学生后，一天一天在心里构筑的。其实，周丽的性格更合适当音乐老师。陈生弄不懂周丽为何不当音乐老师，而来当机关干部。尽管机关里从前当过老师的人挺多。

　　周丽最先和陈生熟了，也是很自然的事。周丽住在区机关单身宿舍里，陈生也住在区机关单身宿舍里。抬头不见低头见。周丽见了，就"哎——"的一声，"陈生，打洗脸水去呀。"陈生听见了，不好意思地站下了，回应道："打水。周丽你也打水？"周丽"哎"了一声，瞅着还脸红的他，黑溜溜的大眼睛漾着透明的笑。

陈生的房间靠宿舍楼门口。周丽的高跟鞋"噔噔"从门口响过……"哎，陈生，吃早饭去吗？"听那口气，陈生如果走不开，她会给他打回来的。陈生赶紧探出抹着肥皂泡的湿漉漉的脑袋，说声："就去，就去。"用毛巾胡乱擦了几把，和等在外面的周丽一同走进早晨鲜亮的阳光里。窗格子里的机关干部见了，嘴上不说，心里怦然生出几多羡慕：到底是搞艺术形态的。本来是意识形态，不知马部长是分不清艺术和意识，还是有意这样说。马部长常在机关里人前人后地讲，他们是搞艺术形态的。因此，整个宿舍大楼很快都知道了宣传部有一个叫陈生的和一个叫周丽的。

当然，也有听不到那声耳热心跳的叫声的时候，这样的早晨里，周丽多半还在睡懒觉。陈生就一个人去了食堂，吃完回到办公室里。照从前的样子，先把地面拖了一遍，再把办会桌上的暖瓶开水打了。过了一会儿，科室里的人才陆陆续续上来。

"咦，周丽呢，周丽咋没来？"好久，坐在靠背椅子上的马部长放下手上的报纸，呷了一口茶水，含糊不清地问道。陈生又感到了一阵耳热心跳。"噢，今天食堂开饭晚了，我看见她排在了大后边。"装作去报架翻报纸，陈生离座时扫视了一下别人，只有老王默默地注视了他一眼。其实那一眼就很有些内容。

隔了几日，在一次没人的时候，老王忍不住半是关切，半是谐谑地说："近水楼台先得月啊。"已风闻有人开始谈论物色起周丽。陈生很是惶惑地脸红了一阵子。

周末下午，机关里举办舞会。由宣传部牵头张罗，从外边请了个小乐队。周丽走到站在场外抻脖傻望的陈生跟前说："哎，陈生，跳个舞吧。"陈生红了下脸说："我……我不会跳。""没关系的，来，我教你。"不由分说，把陈生扯下场子里。陈生会跳个慢三步，不常跳，脚就很生。舞曲悠扬起来的时候，陈生觉得搭在周丽肩上、腰上的手一阵阵烫得慌，脚下就乱了步数。"哎，踩着我脚了。"周丽微笑提醒他。他更乱了阵脚。"哎，哎哟——咯咯……"周丽索性忍疼咯咯大笑起来，清亮的眸子笑颤了泪。引得不少人回头来看他们。陈生窘得脸通红，停住了脚步。这时走过来一个人，陈生得救似的叫周丽松开手，对她介绍说："让孙副书记和你跳吧，孙副书记跳得好。"孙副书记是区里主抓宣工青妇的，舞果然跳得不错。周丽就不再揪住陈生不放了，很大方地和孙副书记跳了起来。重新回到场外的陈生，心脏仍不肯停歇地"嘭嚓嚓"舞跳个不停，脸如同喝晕了酒般，涨得红酥酥的。浑身涌动着汩汩不息的热流。

大凡住在单身宿舍的人，到了星期天，都做两件事。一是谈谈朋友，一是摆摆"方城"。可惜陈生两样都没有染指。有人给陈生介绍朋友，不知是不好意思，还是真是这样想，陈生说："还早呢。"就自个困住了自个。

"哎，陈生，跳舞去吧。"已听说小城刚开了家舞厅，他们宣传部会同文化部门下去检查过。周丽来邀请。陈生环顾了一下宿舍左右："我……""哎，待着干啥。"想想，这一天真没啥可干，陈生就和周丽星期天去了那家舞厅。

回来，觉得这一天过得挺实在，挺愉快，兴奋了好久才肯睡着。陈生找到了消遣兴趣，星期天就和周丽去舞厅。小城还不太开放，跳舞的人不多。那家舞厅的老板也希望他们每星期天都能来，领导本地跳舞新潮流。

周丽跳舞，不光请陈生一个人，有时候也请别人。有一天，周丽把一位男士介绍给陈生："这是我的同学。"陈生像模像样地同那同学握了握手，脸上自觉微微暗淡了一下，好在舞厅灯光也挺弱。跳舞的时候，周丽并不同她的同学跳，还和陈生跳。陈生那时的舞已跳得很好了。陈生就说："你和他跳吧。"周丽就哧哧笑。那男同学也不上前来邀周丽跳，一个人坐在旁边的椅子上看他们跳。陈生以为那男同学不会跳舞，光自己跳也不好意思，就早早收了场。

走在回去的路上，周丽对陈生说："哎，陈生，让他到你们寝室住吧。""他"即是那男同学。陈生这才知道那男同学是从外地来的，就痛快地说道："行呀。"

星期天寝室里有人回家去了。陈生就把自己的床铺让给了周丽的同学住，自己睡到没回来的那人床上。夜里很久没睡，睁眼和那同学唠了小半宿的嗑。他在天津上大学，毕业后又考上了研究生，读完就留在了大学里教书。渐渐地，陈生就觉出周丽这个同学很不一般来。

周丽没多久就去和她的天津同学结了婚。这既在陈生意料之外，又在陈生意料之中，不像别的人那样觉得特别吃惊。周丽回来后，还是原来的样子。长长的淡黄色的披肩发随意地散落着，纤纤的腰肢似乎更细了。周丽还住单身宿舍，还到食堂去打饭。走路还疯疯癫癫，高兴了就从嘴里哼出几段流行歌曲来。为这，马部长没少皱眉，本以为结婚后会稳重些，谁想还是这个样子。"唉，现在的年轻人哪……"马部长嘴里吮着周丽的大白兔喜糖，心里却有一种说不出来的味道。老王小心翼翼地剥着糖纸，眼睛却时不时地瞄一下陈生。陈生没客气，大虾酥糖两块两块地往嘴里放，嘎嘣嘎嘣嚼起来，腮帮鼓鼓的，老王暗暗愣张了嘴，半天也没把手上的糖块放进嘴里。

周末，区机关又组织舞会。跳舞在机关里不知是什么时候兴起来的。实际是挺麻烦的，又要请乐队，又要到食堂把饭桌挪掉、吊灯、拉花……这一切杂事都要宣传部来做。陈生忙得满头大汗。周丽走过来，说："哎，陈生，歇一会儿吧。咱俩跳一支曲子。"陈生回过头，笑笑说："我去看看音箱，声音有点儿哑。你和孙副书记跳吧。"孙副书记的确站在一边等半天了。机关里女同志少，年轻的女同志更少。别的科室的女同志都主动陪领导跳。刚才有一个女打字员过来邀孙副书记跳，孙副书记说："不忙，不忙，我先看看。"这会儿见了陈生一说，就走过来和周丽跳。机关干部一上岁数，身子就胖了。跳舞就不怎么美观，臃肿肿的一对对。孙副书记和周丽就显得有些鹤立鸡群，舞得娴熟自如，风姿翩翩。跳了几支曲子后，孙副书记和周丽下来休息。在场外，有人过来对孙副书记说："你俩跳得真好。"孙副书记没吱声。等人走开，孙副书记对周丽说："你那么年轻有气质，我的舞步也不差，自然跳得不错了。"一副很不以为然的样子。当然，孙副书记也很年轻，刚刚三十五岁就进到了副处级，是让人羡慕的。周丽的眼睛在捕捉陈生的身影。陈生还在那边不停地忙碌。要是陈生和她跳，会跳得更好的。可陈生为什么让她和孙副书记跳呢？她心里想。

到了星期天，周丽就过来找陈生："哎，陈生，走，跳舞去。"陈生手上夹着一支钢笔出现在房门口。"我有一篇稿子要赶着写。"稿纸本已摊开放在了桌上。周丽看了看，没有言声地走了。娉娉婷婷的身影，一晃一晃的。陈生站在窗格子里望了半天，忽生出一丝怜惜。一个活泼欢快的人冷丁静默下来，是件挺让人难受的事情。

日子这样不知不觉地过去了大半年。这半年当中，陈生意外地收到了一封外地来信。这封信他对谁也没提起，包括周丽。有一天，陈生突然问起周丽："你调转的事办得怎么样了？"周丽无忧无虑地说："现在办这事有多难呀，又要托人情又要送礼。你看我像给人家送礼的人吗？"陈生摇摇头，说不像。"唉，听天由命吧。"听她这一说，陈生着起急来，帮她出主意："你去找找孙副书记吧，他常和你在一起跳舞，兴许能说上话的。"

周丽听从了陈生的话，去找了孙副书记。孙副书记在办公室里刚和一个人谈完话，脸上保留着那种和蔼可亲成熟的微笑。他对她说："你还年轻嘛，着什么急呀。两地分居不是挺有意思更自由些嘛，难道你还希望被家庭拴住呀。"孙副书记从前做过团委书记，挺掌握年轻人的心理。周丽本来也没太认真，就转身走了出来。

回来她当玩笑说给陈生听了。陈生很认真地听完，什么也没说，沉思着坐在办公桌前呆呆地想了好久。到底想的啥，周丽也不知道。

周丽还是周丽，无忧无虑，不去想明天的事。陈生还是陈生，一天到晚忙着写稿（这段时候他给电台、报社的通讯报道稿采用了不少）。陈生没有新闻素材可写的时候，就闲下来和周丽唠嗑。当然不是安慰周丽，周丽是用不着安慰的，每天过得都挺满足。他们谈到的话题很广，谈王蒙、谈三毛，也谈《围城》、谈《情义无价》……总之，谈得很投机，也很愉快。直到有一天，马部长在会上强调：办公时间不准闲唠嗑。不用老王的眼睛扫瞄，他俩就知道说的他俩。他俩耳朵听着，心里不服。这日下班以后，部里人走光了。周丽跟陈生说："马部长怎么会这样说呢。"陈生却不在意，连连说："不值去想，不值去想。"这时候，红通通的夕阳打西窗格子外跳进来，把一屋的沉闷驱散，屋里顿时明亮起来。这是一天中最辉煌的时刻。两个年轻人沉浸在辉煌的时刻里，忘掉了不愉快，又说笑起来……单调的日子，在丰富多彩的话题中流淌得畅快。

机关里再举行舞会时，陈生鼓了鼓勇气，和周丽跳了起来。其实，他们早就是配合得很默契的一对了。一圈、两圈、三圈……一直跳下去，两人都不觉累，表演似的跳给人看。忘记了周围的存在。不少人都停下来望着他俩。他俩跳得的确优美和谐极了……华尔兹、探戈、伦巴。不少人还没见过的舞步，他俩也会跳。连在场外站着看了半天，有些看累了的孙副书记也不得不在心里承认：周丽跟陈生跳比跟他跳得还要好。舞曲终止了的时候，他俩走下场来。人们虽然心里赞叹他俩的舞姿，但流露的目光却闪闪烁烁，羡慕、惊讶、猜疑、嫉妒。陈生用平静的目光去寻孙副书记的身影，孙副书记不知什么时候悄悄离开了舞场。陈生漫不经心地笑了笑……

有段时间，陈生到下边街道办的一个工厂去搞调查研究。哩哩啦啦在下边跑了有一个来月。陈生回来时，部里的人看他的目光有些漠然。渐渐地，就有端倪显露出来。前一阵子，老王托人给陈生介绍了一个对象。陈生听了自然状况介绍后，也同意了。这阵子又突然变了卦，不见了。

一日，马部长把陈生找了去。明明有话要说，却慢悠悠坐在黑靠背椅子上，呷着茶，东扯西拉，问陈生多大啦，来机关几年啦，今年向组织上写了几份入党思想汇报呀。陈生就等得不耐烦，实打实地说："马部长，您有什么话，就请直说吧。"马部长呷了一口茶，神情庄重地晃晃头，不无爱抚地松了嘴："年轻人哪，不该这样呀……""不该怎样呢？"陈生直瞪瞪着眼睛傻问。马部长正温吞吞进一口茶水，一急，差点儿呛住，连连咳了几声，吐出三根熏黑的茶根，长喘了半晌，就不言语了。所以，到了也没说出个不该怎样来。陈生就走了。马部长望着陈生走去的背影恼火地想："咋的，还非要点破怎么的？嗐，真是的。"

陈生既然不知道马部长要点破的是什么，或者觉得自己做的没什么不应该，就依然故我。见了周丽，还像从前一样，一道去食堂用餐，下班后一道离开办公室。这一切，做得比先前还坦然。老王和其他人见了，都觉得这小子是不是脑子出了毛病？当然这样的日子没有长久下去，周丽的商调信很快又来了第二封。

马部长拿着周丽的商调信去请示孙副书记。孙副书记冲马部长摆摆手，形同挥一只苍蝇："让她走吧，让她走吧。"像是跟谁赌气地说。

实际上并不是赌气。这一点，马部长还是看出来的，只是不明白的是，孙副书记咋发这么大火，咋这么没耐性呢？过后想想，马部长摇摇头心里嘀咕道：孙副书记还年轻哪。

部里很快给周丽这封天津某学院团委的商调信做了回复。马部长在回函组织鉴定中，对周丽的评语甚好。这是后来老王告诉周丽的。

天津那边很快就发来了调令。周丽接到调令后，一天时间就在人事部门办完了所有的人事关系。

"太快了，咋会这么快呢。"周丽见到陈生说，似乎感到有些突然。

陈生没有吱声，好像早料到了。他只是在心里想，天津是个大城市，能调进去确实不容易，何况他们所在的是一座很不起眼很不开放的偏僻小城。两地分居，都有八九年还调不到一块儿的。这样想来，周丽还是挺幸运的。他的嘴角掠过一丝不易察觉的笑纹。

晚上，他在小城找了一家很有名气的馆子。请了周丽一顿，算是告别宴，只有他们两人。周丽也抢着付钱，陈生制止了她。陈生说："别争了，等哪回去了天津，你再请客。"周丽就沉默下来，脸冲着窗外，望外面的小城风景。夕阳把小城涂抹得红酥酥的，如一个不会喝酒的人头一次喝红了脸。隔着红酥酥的光，小城有一层看不透的感觉。

这个晚上，他们坐在小馆里待了很久。

周丽走的这天，很多人到车站去送她。有和她一起分到小城来教书的同学、同事，部里也来人送，老王也夹在人群里面。列车来了，周丽就上了车，打开车窗，一一笑着同人告别，并一一接受人们的握手祝福。轮到陈生时，周丽笑着喊了一句："哎，陈生，有机会别忘了去天津找我。"那会儿陈生也笑着说："忘不了，就是忘了你，也忘不了狗不理包子呀。"细心的老王注意到，陈生笑得十分坦然，绝不是装出来的。仿佛周丽的调走是极其自然的事，就如同当初她调来宣传部一样。老王希望看到的样子没有出现。老王脸很空落，孤单单地站到一边，就那么眼睁睁地看着火车正点开走了。

周丽调走后的半个月，陈生收到了从天津寄来的第二封信。那时候，陈生已调离了机关。信是由老王转交给他的。老王在交给他信时，眼里充满了悲哀的内容。

同　行

一

老邵在调到文化馆当副馆长之前，也曾来过文化馆几次。那时老邵是一名业余文艺爱好者，一副极恭敬的样子。来时，手上端有一只大信封，哆嗦着手从里面展出两张画有蝌蚪状音符的歌稿，递给音乐部的小赵看："赵老师，这是我谱的两首歌曲，麻烦你给看看。"

小赵瞅了他一眼，"咦。"

老邵不好意思起来，腼腆地说："我跟过一段函授作曲学习，不知谱得咋样，不知谱得咋样。"

"啊，你放在这儿吧。"

隔了两日，老邵又来，没等开口脸先红了："赵老师，我……我的那两个曲子……"

小赵的手在桌上胡乱地翻，嘴里嘟囔："放哪儿去了？放哪儿去了？"

老邵见状，脸松下来，赶忙说："没关系的，没关系的。我再回去抄一稿来。"

老邵就又重新抄了两稿送来。

搞卫生，文学部的老王从垃圾箱里捡回两页抄得工工整整的歌稿。文化馆办有一份文艺小报，馆长说过几次，要发点儿绘画歌曲作品，不要办成文学专刊。老王细琢磨了一下歌词，觉得其中一首歌词有些味道，就拿来找小赵。"这支歌，曲子谱得怎样？""这人有病。"小赵答非所问。

小赵正在跟某音乐学院函大学习，很烦人来扰他。老王听了，没说

164

什么，重新把两页脏兮兮的歌稿送回了垃圾箱里。

逢年过节，文化馆总要组织人搞文艺演出活动。老邵是文艺爱好者，自然也跟着来了。老邵会拉两下子二胡。这两年兴用手风琴、小号、电吉他什么的西洋乐器伴奏，老邵就挺尴尬地立在一边，呆看。小赵忙前忙后地指挥人站队形，调试乐器……每每演出快要开始时，小赵脑勺后像长了双眼睛，喊了一声："老邵!"老邵一激灵，答了声："哎——""你，拉大幕!"

老邵就拉大幕，颠颠儿跑到一边去攥幕绳。紫红绒大幕徐徐拉开，又徐徐闭上。准时，利落。一场戏下来，老邵也累得满头是汗。心却痛快地嘣嘣跳。

老邵在单位是个副科长。节日过后上班，有人见了问："邵科长，你帮人拉大绳，一天给你多少劳务费呀?"

老邵不屑地说："我干的是剧务，是艺术，你懂吗?"

旁人一愣，眨巴眨巴眼，真的不懂拉大绳和艺术有什么关系。

老邵见状认真地说："你知道莎士比亚吗?"旁人摇摇头又点点头："好像是个外国老头。"老邵说："人家可是个大戏剧家啊，早年怎么样? 不也还是个拉大幕的出身。"老邵戏剧性地一挺胸，趾高气扬地走了。

留下的人似懂非懂地张着嘴立在那里……

一次，文化馆搞露天演出。演出场地没有幕布，老邵成了地地道道的观众，抻着脖，夹在人群里傻傻地往场里望。

演着演着，晴格朗朗的天空，忽地刮过一片黑云。接着就掉起了雨点，雨中裹着白色的冰雹，很快就把广场上的人群砸散了。

关馆长跑进一间屋里躲雨，才想起乐器、道具还丢在广场上。不禁顺着走廊窗户抬头望去——噼噼啪啪热闹的雨中，孤零零地站着一个人影。那人把乐器一件一件拾在一堆，脱下自己的衣服盖上，光着膀缩着脖守在那里。关馆长眼睛一热，问小赵："那个人是谁?"

小赵看了一眼，没在意地答道："是老邵。"

雨住，他们走过去时，老邵已淋成了一个落汤鸡，脸颊冻得青紫青紫，嘴唇哆嗦。关馆长拉住老邵冰凉的手，说了好几声谢谢。

这事给关馆长留下了印象。关馆长有心想把老邵调到馆里来，馆里

165

正缺一个保管员。关馆长人前人后说:"老邵这个人可是个好人啊。"也时常见老邵的身影在关馆长办公室门口晃悠。小赵碰上了,老邵极难堪地:"嘿嘿,赵老师……"小赵也不问什么,沉默着脸点一下头走过去。

有一天,小赵走进馆长室,见关馆长一个人在屋,就问:"这人,办得怎么样啦?"

关馆长摇摇头说:"不好办哪,他是副科级,不能按一般人员调……"

小赵听明白了下边的意思,没说什么走了出来。

此后一段时间再没听到关馆长提调老邵的事。老邵的身影也逐渐从文化馆院里消失了。

二

老邵是由区里组织部长领来的。组织部长说:"区里最近调整了一下科级干部,根据工作需要,邵连友同志到文化馆任副馆长。"老邵就站起身来冲认识的和不认识的人点头。那头点得像鞠躬,腰弯得低低的。众人就怔怔地瞅老邵,又怔怔地瞅关馆长。关馆长说:"欢迎,欢迎。"带头鼓掌,众人也跟着鼓掌。

散了会,关馆长拉着老邵的手亲热地往馆长室走。馆长室里新添了一桌一凳,是给老邵的。

关馆长边走边说:"早就想要你来哟。"

"是哩,是哩,我也是一直想来呀。"老邵挺激动地说,脸上挂着红灿灿的笑。

众人见了心下想:两个都是副馆长,往后听哪个?

有以前没见过老邵面的,就问小赵:"这个人怎么样?"

小赵支吾了一下:"这人,二胡拉得挺好的。"

上班,老邵见了大家的面,极客气地打招呼:"×老师,您早啊。"

大家面面相觑,惶惑了一阵子,不知该怎样称呼他。

文化馆是搞艺术的单位,不习惯称官职,一律称老师。而老邵从前不过是个业余文艺爱好者,让老师称学生为老师,总有些难为情放不下

166

面子。于是就默然不作声。进而避开老邵上班来的时间。

避是避不掉的。老邵来了文化馆工作后，每天早上上班，就拿一把扫帚在门前院子里扫黄叶。文化馆院前有一排老杨树。树到秋天，就天天有黄叶往地上掉。老邵就天天提着扫帚出来扫。扫着扫着，就扫见了人，抬头：

"赵老师，来啦。"

小赵恍然站住，嘴唇动了动："啊，老……邵馆长……"

后面走过来的关馆长打断："老邵，你来得早啊。"

老邵听了，直起腰来，冲他俩笑着点点头。

以后，馆里的人便没老没少地叫开了"老邵"。日复一日，老邵也觉得挺自然，脸上挂着很随和的笑。

过年分猪肉，全馆按人头数从区里统一领回来几大半肉条。肉条领回来后，关馆长说："拉市场上去吧，完了给小贩子几块钱手工费。"老邵见了问："为甚?""分呗。"

"我们自己不能分?"

"你会砍?"

"会。"

关馆长就找人借来一把砍刀和一杆盘秤。

冻肉条卸在院子里，地上垫了一块木板，老邵脱掉棉袄，蹲下身去"吭嚓、吭嚓"砍将起来。院里人围了一圈又一圈，抄着袖看。

四大半肉条被老邵一下一下砍成了十几块，用废报纸包卷了。然后老邵又一块一块地称了。娴熟得如同一个常蹲肉市的小贩子。众人瞧了，咂咂嘴。

肉都称完了，写好斤数。老邵说："抓阄。"

众人不再犹豫，上前疯抢了老邵的帽兜子。老邵不抓，老邵蹲到一边歇去了，掏出一支烟叼在嘴上，有滋有味吸起来。汗蒸汽袅袅从头上湿漉漉的头发里飘散去。

事后，分到好肉的人说："这老邵，还有这一手。"

没分到好肉的人撇撇嘴："和农村大队会计差不多，小农意识。"

167

三

老邵坐在关馆长对面，写了曲子就拿给关馆长看。

"关老师，你看写得怎么样。"老邵脸红着，虔诚得像个小学生。

关馆长忙着开会，看了几眼说："还行，还行。"匆匆走了。

老邵又拿去找小赵："赵老师，麻烦你给看看。"

"啊……"小赵放下书，看了两遍说，"你哼哼，我听听。"其实音乐部屋里就放着一架钢琴，老邵不会弹，小赵也不会弹。老邵就哼哼了起来。哼完，小赵说："挺好听的。"就把曲子留了下来。

转天，小赵把歌稿交给了负责编报的老王："你看看，这是老邵写的。"

老王看了看歌词，觉得歌词不太理想，却说："发吧？"

"发吧。"小赵说。

于是老邵手抄的蝌蚪变成了铅版音符。

老邵激动得脸通红，从文学部屋里拿了好几张油墨未干的小报出来。小赵碰见了，说："老邵你得请客呀。"

"请，请。"老邵很干脆地答应了。

中午，老邵把关馆长、小赵、老王请到了饭店里。老邵平常抽三角钱一包的黑杆烟，这顿饭却花掉了老邵六十块钱。

老邵喝醉了。回来就躺在办公室的床上睡去。

傍下班，关馆长阴沉着脸走进了文学部屋里。后面跟着小赵，小赵耷拉着脑袋。老王一愣。

"谁叫你俩给他发的?"

老王听了，慌慌地瞅了小赵一眼。小赵避开了老王的目光。

后来关馆长叹息了一声说道："唉，老邵这个人也真是，太没水平了……"

老王这才听清了事情的经过，下午老邵一觉醒来，给孙副区长拨通了电话。孙副区长正在开会。老邵在电话里问："孙副区长，你看到《沃土》报（文化馆小报）了吗? 听说你以前说过我没啥水平的话，我作词作曲的歌曲作品都发表了呢……"孙副区长很生气地挂断了电话，过后把关馆长叫了去……

"孙区长把我训了，这事弄得影响挺坏。"

老王傻眼啦，没想到老邵会这样做。

"哼，一个馆办的小报也算发表……"临了，关馆长不屑地说了一句，走了出去。

过了些日子，老邵又拿出来一首新写的歌曲，给关馆长看。

关馆长看了一眼说声："还行。"就低下头去忙自己的去了。

老邵拿给小赵看。小赵接过看了看，说句："还可以。"又把歌曲稿还给了老邵。老邵愣愣地在音乐部站了半天，然后默默转身走进了文学部。"这首歌……王老师你看能不能用。"老邵讷讷地对老王说。

老王抬头，见是他，支支吾吾接过来看了看说："这首歌……歌词缺少点儿生活气息……"

老邵认真地听了，转身拿着歌稿走出去了。

这天一上班，老邵瞪着双夜里熬得红红的眼睛，手里拿着刚写出来的歌稿，兴冲冲来到文学部。

"王老师，你看看这回写得怎么样？"

老王心里动了下，接过稿子看了。看完脸上沉郁郁的有种说不出来的表情。歌词这回改得好是好，可就是……老王有些于心不忍，就说了："你往外投投试试吧。"

"你是说，我写的歌能在外地刊物发表？"老邵一把捉住了老王的手，眼里透着意外。

"也许……不一定……"老王眼里闪烁不定。

老邵听了老王的话，过了两天就真的把稿子给外地一家歌曲杂志社寄去了。老王去收发室取报刊信件，就碰见了老邵在里面。

"投啦？"

"投啦。"

老王心安慰下来。不管能发还是不能发，老王想是尽到了责任。

三天两头常见老邵往收发室跑，查看回信。开始还急切切的，透着欲望；后来神情便慢慢黯淡下来，夹在看信人群后面，可怜兮兮地抻着长脖子往里窥探。老王瞥见了，他惊慌地移去目光，转向窗外，装出一副漫不经心的样子。老王心里不知不觉又生出一分沉重。

169

一日，老王去收发室取信报，遇见了低头匆匆往回走的老邵。老王忍不住想宽慰他几句，就停下脚步叫住了老邵："还没有回信吗？"

老邵猛一抬头，眼里掉出泪："发啦！"

"啊？！"老王大吃一惊。

老邵从衣兜里扯出一本三十二开本的《北方音乐》给老王看，上面果然赫赫有着铅印的邵连友三个字的署名。老王顿时觉得眼前的太阳都亮了几分。

老邵又把关馆长、老王、小赵找到饭店里。这回没喝酒。关馆长说不喝酒，小赵也说不喝酒，老王想喝也只好说不喝了。四个人默默吃完饭，就散了。老王觉得这顿饭吃得肚子里直堵得慌。

饭后回家，老王心下想，老邵这下可以风光几天了。第二天上班，却见老邵蔫蔫的。见了他虽说还笑着同他打招呼，老王却觉出那笑比哭的还难受。老王纳闷。

老王上厕所，小赵悄悄跟过来问他："听说老邵那首歌词是你给改的？"老王听了暗自一惊，慌忙摆手："没、没，不是我给改的。"小赵诡谲地一笑，说："你知道那首曲子是模仿谁的吗……"小赵耳语地说出了一个知名作曲家的名字。老王懵懂地呆立在那里，心身冷却地看着小赵走进厕所里的背影，全无了尿感。

一连几日，老王感觉到了关馆长看自己的目光有些内容。老王再见到了老邵，也不在人前提起他歌曲发表的事。有时见了面招呼也不打，讪讪地走开了。

四

区里又调整了部分科级干部任职。老邵又被调整到别的单位当副科长。老邵走的那天，馆里开了欢送会，会后又到饭店里会了餐。关馆长带头给老邵敬酒，一只手握着老邵的手很动感情地说："以后欢迎你常来文化馆看看。"老邵感动得眼圈红红地说："一定，一定。"一口气儿喝下了大伙敬的酒。酒后，就醉了……

秋天渐渐起了凉意。院前的老杨树上，黄叶一片一片往下落。地上的黄叶越积越多，厚厚的一层。老王和小赵从上面吱吱呀呀走过。

"这人，走有一年了吧。"

"有了……"

转眼，到了年，区里又分肉，肉拉回来堆在院子里。天上下起雪来，一会儿就成了一个雪山包，白白的闪着寒意。众人堆缩在屋里，有谁说了句："要是老邵在就好啦。"

关馆长听到了，寻思了半晌，说："这老邵，好久没来啦。"随后就打发人把肉拉到市场上去，找小贩给砍了，分了。每个人每份肉里多收了八角钱，给小贩的手工费。馆里人吃了大亏似的说："真不划算。"

年后，突然的一天，老邵来到馆里。老邵手上端着一只大信封，敲开音乐部的门，恭恭敬敬地说："赵老师，你有时间吗？我写了个曲子，想请你给看看。"

"咦——啊?!"小赵惊喜地抬起头，从老邵手上接过信封，拉老邵坐下。

"放我这儿吧，我一定好好看看。"

"那就麻烦你啦。"

老邵坐了一会儿，就抬屁股往外走。小赵往出送。在走廊里，刚好关馆长开会回来，看见了：

"哎呀，老邵，好长时间没见到你啦，来来，到我屋坐一坐。"

关馆长上前亲热地来拉老邵的手。

"不啦，您忙吧，不打扰您了。"老邵忸怩得像个小学生，脸也红了起来。

"那……就以后常来玩吧，啊，老邵!"

老邵嘴里噯嚅地应着，点点头。

过了两天，小赵把歌稿拿给老王说："这是老邵写的歌，我看还行，给发了吧。"

老王就给发了。

……日子一天一天不知不觉过去。院前的老杨树又长出了新绿，阳光落上去，明晃晃、绿茵茵闪动。

老王去收发室取文化馆订的刊物，偶翻《歌曲》杂志，突然看到了老邵的名字，老王一惊一喜。回到馆里悄悄把这本音乐杂志留下了，对谁也没有讲起。

忽有一天，小赵上完音乐函授课回来，兴冲冲地推开老王的门，对老王说："老邵又有一首歌曲在国家级刊物上发表啦！"

老王一怔，莫名其妙看着兴冲冲的小赵。

"这老邵，还挺勤奋的。"临走，小赵又说了一句。

老王痴呆呆地坐在椅子上，久久没有回过神来。

年终，市文化局要推荐区文化馆为省先进文化馆。关馆长叫老王写一份经验介绍材料。老王熬了几个通宵把材料写好了，交给关馆长审阅修改。关馆长改后，又拿给老王，叫他重新整理一下打印。老王看材料上修改过的部分有关馆长新添一句这样的话："……文化馆培养的业余文艺作者邵连友同志，几年来勤奋创作，先后在国家级、省市级音乐刊物上发表歌曲作品三十余首……"老王看完陷入了沉思，心里升腾起一股说不清的滋味……

愤怒的陈大

　　陈大的愤怒从早上起就开始了。陈大的老婆起床时匆匆说了一声："我来不及了。"陈大说："我也来不及了。"陈大的老婆说："你逛大街有什么来不及的。"陈大就噤了声。陈大不想再同老婆辩论下去，那样还不如自己把女儿送幼儿园去了。陈大就起来开始给女儿穿衣服。陈大以前是不用送女儿的，陈大可以说一声"去上课去嘞"，就可以轻轻省省地走了。尽管老婆总是鄙夷着鼻子说："家有五斗粮，谁还去做孩子王哩。"可孩子总归要她去送的。陈大的老婆临出门时又客客气气说了一句："你最好把你昨天买回来的猪肉退了去。"陈大那会儿正忙着给女儿穿衣服，没有在意去听老婆的话。等陈大去了一趟厕所出来，才想起老婆的胃肠感觉是对的。可是肉已经烂在了肚里……陈大顿时像吞吃了一只苍蝇，有一种不太舒服的恶心感觉。肉是从陈大的学生炳生手里买的……陈大常去炳生手里买肉，每回去炳生见了陈大总是客客气气把秤杆抬高二两，二两腰条肉就是一元一角钱。陈大为一元一角钱而羞愧。那会儿陈大还是小学教员。陈大想着能有一天不再为一元一角钱而羞愧，陈大后来就做了警察。

　　陈大抱着孩子走出家门来，在楼洞口碰见了东屋邻居刘婆婆。"陈弟兄，送孩子去托儿所哦。"在这个楼道里只有刘婆婆这样称呼他。从她那躲躲闪闪恍惚的眼神，陈大想起来昨天是星期天，是她们集会的日子。刘婆婆并不能完全称得上是一个虔诚的基督徒。刘婆婆是在她老伴死了以后，开始召集一些和她年龄相仿的老太太在家里集会的。街道派出所在她们中间有两个妇女走失了后，就出来干涉了。可刘婆婆和她的教友总能有办法在每个礼拜天的晚上偷偷走到一起集会的。她们不怕政

173

府，她们怕死。隔着墙壁，常常能听到刘婆婆屋里传出来的一阵阵整齐的"——阿门！"祷告声和很优美的唱赞美诗的诵唱声。小学教员陈大常常屏神静气听上一会儿。陈大很奇怪一个大字不识的刘婆婆竟能看懂《圣经》，甚至能背诵大段的经文。刘婆婆说这都是全能的上帝教给她的。可上帝并没有教会她认识每一个汉字。开始的时候，刘婆婆常常捧着《圣经》来找他问不认识的字。后来刘婆婆又鼓动他在她们集会的时候过去听听。陈大经不住刘婆婆左右三番地劝说，就过去听了。那天是圣诞节的晚上，刘婆婆家聚集了比平日多出一倍的人来，厨房里，卫生间里都坐满了人。刘婆婆和几个主事的人向每一个人手里分发糖果、饼干和花生等圣餐。又让每一个人从她们手里抽出一张纸条来，说是上帝赐予的话。陈大就抽出一张纸条来，陈大现在还记得那句话：你所做的，要交托耶和华，你所谋的，就必成立。① 那天晚上回来时刘婆婆对他说了一句话："你要得福了。"

……后来陈大就如愿以偿地做了警察。陈大做了警察后，刘婆婆就不来找他问字了。每回碰了面都唯恐避之不及地匆匆躲过。每个礼拜天晚上从墙壁那边传来的祷告声明显地小去了。陈大心里觉得好笑。有两次陈大没在家时，刘婆婆曾偷偷送过来两碗鲤鱼肉……

"主的日子快临近了。"刘婆婆在他走过身边时悄悄耳语般地说。陈大抱着女儿走出去好远了，不经意间回过头来看，看见身后的刘婆婆正冲着他和女儿画着十字。楼道口里有一道明晃晃的阳光，神神秘秘照在刘婆婆的脸上。

清清瘦瘦的陈大着装整齐地出现在街口上时，街上已很有几分的热闹了。吴警司还没有来。街口上空的太阳，像煎得过火的荷包蛋，热吞吞地灼着人的脸。

"陈警官，上班啦。"

"哦，哦，叫我陈警员吧。"他脸红着，认认真真纠正。他现在肩章上还只有一道杠。

这条街上也有从前认识他的学生家长，见了面还很客气地打招呼：

---

① 《圣经》旧约《箴言》第十六章第三节。

"陈教员，改行做警官了。"

"哦、哦……"

他眼睛瞄住了一个十一二岁的小男孩来，面孔黑黑的，在往外搬出炸好的油炸糕。

"咋没有上学去？"

黑男孩认出自己的老师来，低下头去眼睛盯着自己的脚尖。

"啊，啊，家里忙活不开，人手不够。"立在油锅前的红脸汉子，一边炸着手里的活，一边说。

"还是要上学去呀。"他冷下脸来。

"是的，是的，等忙过了这一阵。"汉子硬着脸喝唬男孩进屋取盘子去了。

陈大走开了……

陈大听见背后传来红脸汉子小声不屑地说："狗拿耗子多管闲事。你咋就不做教员啦……"

陈大额上有汗渗出。陈大就觉得这个早上的太阳真的比平日热得有点儿过火了。

陈大被一个卖西瓜的农民找了去。黑脸的农民指着一堆西瓜前蹲着的两个面孔冷白的青年人说他昨天就在这里摆西瓜摊了，今天却被他俩占了去。那两个人并不向陈大望一眼。陈大想这事应该归工商的人来管。陈大正不知该如何向那个老实的农民讲时，吴天像是从地下冒出似的出现了。吴天说："别大清早的跟自己过不去了，你不会到街口那头摆去。"老实的农民听了，就牵着拉西瓜的马车慢腾腾地向街口那边去了。两个默默寡言的男青年转过头来，草帽下的瘦脸露出一丝笑纹："借吴大哥的吉言，今天开市一定会大吉大利的。"

"花子，你们是什么时候出来的？"吴天问。

"昨天。"

吴天指着陈大给花子和另一个叫大力的青年介绍："这是新来的陈警员。"

大力无言地抽出一把尖刀来，雪亮刺眼，"嚓，嚓"两下，就将一个花皮西瓜刺成几瓣棱形花瓣，掰开露出鲜红的内瓤来。

"天太热了。"大力递给吴天，吴天接去，又递给他，他摇摇头，

175

说有点儿闹肚子。大力就冷冷地将西瓜放下了。

他解手回来，看见三人将西瓜啃得一块不剩，西瓜皮扔得满地。西瓜汁从三人的嘴巴流下来，像流出的红红血水。

"你屙肚子？"

他点点头。

"吃什么吃的？"吴天抹了一下嘴巴，走开了。

他想起炳生来，看来炳生卖给他的是坏猪肉。炳生这么做是冒风险的，本市电视台这几天正播放打击私屠乱宰销售未经检疫的病猪肉专题新闻。市长还做了讲话。

在路上，他对吴警司说："巡警长叫你过他那里去一趟。"吴警司像没听到似的，眼睛巡着别处说："天太热了……"巡警长原来在刑警队时是吴警司的助手，现在他成了助手的手下。"他俩以前都是我抓进去的，现在总算做点儿正经事了。"吴警司说。吴警司说的是花子和大力。

他俩拐过一个街口，来到了十三巷子口上。沥青路面上，仍有一块雨水未冲干净的血迹。他俩停下了脚步。这里一周前发生了一起凶杀案，被杀的人是一名警察。"知道吗，当时围了一圈人看，没有一个人上去帮助他的。他被那人捅了十七刀。"吴警司说。

他和吴天坐进一家冷饮店里，吴警司的目光还在朝巷子口那边望着。窗外暴热起来的日头晒软了沥青路面，萦萦青烟缈缈的路面上，流泻着一种朦朦胧胧的黑色光环，炫人眼目。

老板娘笑吟吟端过来两盘冰糕来。吴警司说："吃吧，冰糕会治拉肚子的。"陈大听了恐慌着脸小口吃起来。吴警司又给老板娘介绍："这是我们新来的陈警员。"老板娘瞅了瞅陈大，说腼腆得像一介书生。吴警司就说："陈警员原来是做教员的。"老板娘听了，哦一声，"怪不得……"

老板娘走开后，吴警司转过头来说："我也觉得你不太适合当警察。"陈大听了，脸又红了。"干这一行，不能太认真了，太认真了你就会气出病来。从大街上走一圈都会惹你一身气。"随后吴警司就抱怨说出自己的肝病已经发作过三次了。"现在是想开了，何苦的呢……"吴警司的脸上酸酸地笑着，眼睛一直望着巷子口那边。

"他抓过那人三次，那人说过要送他去天堂。问题是谁都以为他不过是说了一句气话……十七刀，那家伙一定是疯了。"

这个中午，陈大也一直在心里想着那个死去的警察。

陈大是在去年夏天产生当警察的愿望的。在这之前陈大的小学教员一直做得很认真。那个中午放学后，陈大骑着他那辆破旧的白山牌自行车回家来，快骑到楼区路口时，陈大遇见了刘婆婆。刘婆婆那天刚从乡下传福音回来，刘婆婆一身尘土，脸上却露着喜悦的红光。刘婆婆站在那里望着陈大说："陈弟兄，你应该在主的面前释放。"陈大惶惑地望着刘婆婆。刘婆婆把在教会里的讲课叫作释放。刘婆婆接着喜悦地说："陈弟兄，你知道我这趟出去收获的果子有多大吗？"陈大又是惶惑不知地看了看刘婆婆。刘婆婆在胸前画了个十字，说感谢神，叫他星期天晚上过去听吧，她会在上帝面前做见证的。陈大重新蹬上车子后还在想着：刘婆婆是幸福的。陈大正想得入神的时候，猛听身后传来一声刺耳的"嘀——！"汽车喇叭声。陈大吓了一跳。陈大像只惊慌的鸟似的，摇晃着车把栽倒在马路上，跌了个嘴啃泥。"操你妈的！你找死呀。"陈大懵懂地回过头来，看清那辆车是逆向驶来的。陈大回头时还看见了仍站在那里的刘婆婆。陈大站起来，手指着驾驶座里那个横眉竖目的司机回了一句："操你妈！"汽车吱的一声在前面停下了，司机和另一个男人蔫声走下来。"你骂谁？"两人到了跟前盯着陈大。陈大软了口气理论："是你违章的，你怎么还骂人哩。"两人仍紧盯着陈大："我们就骂了，操你妈！你能怎么样……"旁边路过的小学生惊惊悚悚站下了，瞪大眼睛望着陈大。陈大的血往上涌，恼羞着说："走，找警察去。""找你妈拉个×！"两人不由分说就朝陈大左右开弓拳脚相加起来。陈大被打趴在了地上，头晕了过去。恍惚中听见刘婆婆赶过来哀求地说："别打他了，原谅他吧，上帝会饶恕你们的……"

陈大觉得头上的太阳都掉下来压在了身上……

陈大鼻青脸肿地从地上爬起来，那两个人已走散了。自己的那辆破自行车被踩扁了辐条，扔在了路沟里。不远处有几个小学生正恐惧陌生地望着陈大……陈大从嘴里蔫蔫吐出一口黑血来，就去了派出所。

"你看清楚车牌号码了吗？"派出所的人问他。

177

陈大眼眶乌青得老高地摇摇头。

"当时有证人吗？"

陈大就想起了刘婆婆。陈大就去找了刘婆婆。可刘婆婆说："请饶恕他们吧，他们是被撒旦支使的迷途羔羊。"陈大就没辙了。

陈大忘不了那天小学生们惊慌恐惧的目光……陈大觉得小学教员再没办法认真当下去了，陈大就在秋天公检法扩编招人时当了警察。

陈大当了警察后，有两次见到刘婆婆说："你应不应该去派出所做证呢？……"刘婆婆冷冷地说道："你当时应该祈祷，不能像他们一样用你的舌头去攻击人，你应该祈求上帝的帮助，不应该去祈求人。"陈大也冷冷地说："上帝不光是仁慈的，上帝也是公正的，上帝也会发怒。"刘婆婆听了，躲躲闪闪匆匆在胸前画了个十字走开了。

陈大中午回到家去吃饭，老婆说："你这警察当得还不如当教员了。"陈大说："为什么？"老婆说："当教员还没买回过一回臭肉。"陈大就觉得胃里又像吞了只苍蝇，饭也没吃几口，就撂了筷。

下午，陈大一上班，就汗津津地说了一句："这天热得简直叫人愤怒。"

吴警司听了转过头来问他："陈大你说什么？"

陈大又说了一遍。

吴警司就笑了，说："不愧是做过教员的，这话讲得这么文绉绉的。"

陈大就脸红了。

吴天不再去看他，吴天仰着脸望着天说了一句："你说得对，这天热得真他妈叫人愤怒。"说完就钻进一间屋子里不肯出来了。那是一间发廊，吴警司的表妹开的。吴警司曾拉着他去理过发吹过风，里面装着空调。

陈大当教员时每年都有暑期假，每当天热起来的时候，陈大就光穿着一条大裤衩子，关在屋子里不肯出来了。每天泡上一杯茶，看看报纸一天就打发了。陈大不用像现在这个样子，风纪扣扣得死死的，后背被汗溻得精湿地站在烈日当头的街上当电线杆子。陈大是自觉自愿当警察的，陈大怨不得别人。陈大只巴望能有一丝凉风打街上吹过……

"陈教员，你是不该出来做警察的。"说话的是陈大待过的小学校一位退休的老教员。

陈大说："现在更需要警察。"

老者叹息着摇了摇头，说："现在人人都想威风哩……"

陈大无言以对……陈大又走到这间报亭前来，这里每天下午都聚集着几个退休的老人，他们中有老报人、老艺人、老教书匠……在一起谈论谈论天气，谈论谈论时事。走时再各自拿上一份当天新上市的本市晚报。陈大从心里羡慕他们这种悠闲和空净。

"唉，这天是旱完了，我活了大半辈子，还没见过这么旱的天……"

"谁说不是呢，龙南居民楼区饮用水都干了，听说要从嫩江往这边引水呢。"

"喂，昨晚看电视了吗，以色列向黎巴嫩发动报复攻击了，以色列总理佩雷斯把这个攻击行动叫……愤怒的什么来着？……"

"愤怒的葡萄行动。"旁边有人补充了一句。

"对，对，愤怒的葡萄行动，说是无限期的报复行动。"

"英国的疯牛病又蔓延了……这世界是怎么的了，连牛都发疯了吗？"

傍下班时，吴警司从那间发廊里走出来，对陈大说老婆病了，他先走一会儿。吴警司走时又回过头来望望陈大说："陈大，你信教吗？"

陈大惶惑地摇摇头，不知他怎么问这个。

吴天脸色沉郁恍惚地说："我表妹劝我信点儿什么，她说世纪末日是世界的劫日，信教的人都会得救的。"陈大就想起刘婆婆来。早上刘婆婆不是也跟他说过"主的日子快临近了"的话……吴天说："也许我会跟我表妹信点儿什么的，这也并不是什么坏事，你说呢陈大？"

"哦、哦……"陈大嘴里很糊涂地应着。

陈大目送着吴警司的身影蔫蔫地走过街口，心里喟然：警察这么做还有什么意思。当然吴警司是做过刑警的。陈大的老婆希望陈大能做刑警。可陈大从开始就做了巡警。陈大连枪都没有摸过。

陈大是在下班后走进肉市场的。陈大在又解了一次溲后，才觉得这

179

次拉肚子比较严重了。陈大觉得该找炳生说一说。陈大额头上渗着一层黄黄的虚汗站到了炳生的肉摊面前。炳生正忙着。南瓜一样的脸正淌着热气腾腾的汗珠。炳生是陈大教过的第一批学生。炳生小学一毕业就跑到市场上来卖肉来了。炳生的柜台上放着被猪肉沾得油腻腻的计算器。炳生一按就能算出卖的每斤每两的钱数了。

"炳生，你昨天卖的肉坏啦。"陈大瞅着炳生说。

"不会的。"炳生看也不看他说。炳生正忙着提秤杆称肉。

"真的炳生，你昨天卖的肉肯定坏了。"他等那人走开，又说。

"怎么会坏呢?"炳生拍了拍案台上的肉说:"昨天卖的肉和今天一样新鲜，你瞧瞧。"

他瞧见落在肉皮上的两个绿豆蝇被炳生拍走了，就觉得一阵恶心。

"真的，我今天都屙了五次肚子了，你怎么说没坏。"他不觉有些生气。

"你一定是吃饭店吃的吧，你现在肚里有油水了。"炳生嬉笑着金鱼眼瞅着他说。

炳生的这句玩笑开得很不是时候。炳生的话叫他气愤起来，口气冷冷地说道:"炳生，你怎么这么说呢，你想让我把那块肉拿来不成。"

炳生也冷下脸来:"你拿来吧。"

他知道他就是把剩下的那不到二斤腰条肉拿来，炳生又会说他放在家放坏的，况且这么热的天。因此他走时很失望很冷淡地又说了一句:

"炳生我管不了你是吗?"

炳生没说话。在他走开后，炳生才向旁边的人嘀咕说:"又不是第一次吃我的肉，谁不清楚谁啊。"

他听到了，身子抖了一下。

走在路上，他还在气愤地想着，炳生怎么会这样? 炳生怎么会这样? 如果不是这么热的天，他是一定要把那块肉拿来的，可是这么热的天就叫人很难相信肉是坏在他手里了还是坏在炳生手里了。鬼怪的天! ……那个胖青年显然喊了他好几声，才使他停下匆匆的脚步。胖青年鼻孔里流着鼻血，很红很浓。将他的白衬衫染成了红衬衫，刺人眼目。他几乎是被他拉着挤进一圈人堆里，人们给他让出一条"血路"。一个青年女子跪在中间的地上，哀求地说:"大哥，饶了我们吧，我们买了你的西瓜还不成吗。"她话刚落,手里举着一个西瓜的花子,啪地将西瓜摔在地上。西瓜一下子变得粉身碎骨摊在地上,红红的汁液淌了一地。花子说:"你把它舔吃了。"女子惊恐不动。花子又说:"你不是要尝尝吗,那么就像狗一样舔啊……"花子学了两声狗叫。女子眼里涌出了泪:"你侮辱人。"花子怪笑了一声说:"你说我侮辱你,那么就让你看看我是怎么侮辱你的。"花子一把抓住了女子前襟衬衫,一扯,扣子蹦蹦跳跳飞溅掉了。女子惊叫了一声,双手紧紧护住露出的乳罩。"你放开她。"陈大推开挡在前面的人,抓住了花子的手腕。

"走开,这没你的事。"花子说。

"你撕了她的衣服,你在耍流氓。"

"你不要多管闲事,你最好走开。"一直蹲在西瓜堆前的大力看也不看他说。

"他的鼻子流血了,你们得跟我到巡警队走一趟。"

"要是我们不去呢。"大力阴阴地转过头来,手里的刀在两个西瓜上刺出两个漂亮的花口来……大力把玩得很专心,像要把内心中什么东西刺出来。

陈大的手僵在了花子的手腕上。他不知道这时候要不要强行把他俩带走,他一个人来做显然是件挺费劲的事情。他希望那个胖青年帮他一把,可看到那对青年男女已躲到人堆外面去了,正惊恐未定地回避着他探寻过去的目光。这时候他看见了炳生,炳生正抻脖朝人圈里望着,一股无名的火气蹿了上来:"走,去巡警队。"

花子猛地搡开了他的手,并暗暗向他的腹部勾了一拳,随后喊起来:"警察打人啦!"

"打这个不识相的家伙……"

人群轰地散开了。远远地站在一边看。

刚才还挤得发暗的空地,一下子亮堂起来。他成了黑猩猩,孤零零地被扔在地中央,供人观赏着。毒辣辣的日头在头上摇晃得他睁不开眼睛……这一瞬间,他又想起了刘婆婆。刘婆婆她们做见证时说这时候要求助上帝。他心里默默祈祷:快让这两个恶魔停下手来吧……哦,上帝!

陈大被花子和大力搡过来搡过去。大盖帽掉了,在地上很滑稽地滚了一圈，滚到大力的脚下，大力狠狠抬起一只脚踢飞了。陈大顿时觉得自己的脑袋也被踢飞了。愤怒的陈大弯头向大力撞去。陈大这一撞就撞得眼冒金星起来。大力手上的刀像扎西瓜一样，扎进他的肚皮里。陈大就觉得自己像西瓜一样和头顶上热热的太阳一起瘫倒在街口上了。西瓜汁满地……

陈大的肠子在地上很气愤地一节一节蠕动着。流着血的日头涂在上面，红红的，长长地伸展……

这个夏天的傍晚真热。

狗　命

　　坐到桌前，拿起笔的时候，窗外飘满了像棉花絮一样密密麻麻的雪花。一会儿又停了，变成了几泓清水，静止在窗玻璃上。阳光普照大地。阴阴阳阳，雨雨雪雪。北方的清明节大多是这样的日子。这是一个阴阳交错的日子。无数白色的幽灵在这样的日子里，四处徘徊、流浪，敲打我们每一根脆弱的神经。无论这样的死魂灵是高贵的还是低贱的，是道德的还是不道德的，是富有的还是贫穷的，都要做如是诉说，都要做如是哭泣……

　　我想写扁头是多年的事了，几乎成了一块心病。扁头是乳名，他大号叫李长森。在我家乡那一带，有许多人家借孩子先天或后天形成的某些特征给孩子起乳名叫。叫来叫去就把孩子的某些特征给纠正了。扁头正是这个样子的。扁头小时候睡扁了头，大了以后头虽不扁，乳名却保留了下来。我想留在我记忆里的也永远是他的乳名，而李长森的大号和他本人一样永远地死去了。扁头已死去十几年了。十几年，足可以叫一个卑琐的少年长大成人、成家立业、生儿育女。而我对这样一个熟悉得不能再熟悉的儿时伙伴却没有办法把他写出来。我痛恨我手中的这支笔非要将我多年已习惯平静的、健康的、满足的心脏划破一道伤口，让我去体验扁头的死，一个卑小人物的死。人啊，痛苦的灵魂！

　　我无法想象扁头死时的情景，我不相信当时人们（包括在场的董二）的说法，扁头是一声不吭离开人世的。我想，十九岁的扁头在捂住刀口（尽管是很致命的左胸）的一刹那，总该是要说出点儿什么，哪怕是一声无力的呻吟（留恋或遗憾），不会是一声不吭告别这个世界的。俄国大作家契诃夫说过：大狗叫，小狗也总要叫的。小狗是不该因

183

为大狗的叫而不叫的。扁头属狗。

我每次回家,总要过李家去看看。我家的院门很早不冲北面开了,改为南院门。我家在早几年前打了一眼机压井,不必再考虑到李家去挑水绕远不方便了。我家先前开北门时正对着李家南开的院门。李家的宅院也有了一些变化,原来的两间正屋分别给了憨二和憨三住,憨二和憨三都娶了女人,并且都有了自己的孩子。麻子和憨娘们儿又在原来的菜园子里盖了一间偏厦子矮屋住。院子里又养了一条半大的小狗,用绳索终日拴在一根木桩上。我以为老黑死了后,李家会世世代代永远不再养狗了,看来我想错了。平静的日子又早已恢复到了这个本来就平静的寻常百姓人家院落里来了。

每次回去,憨二和憨三总要把我重新介绍一遍给自己的女人:"这是前院的洪子。"洪子是我的小名。看两个女人有些发愣,我又重新介绍一遍自己:"小时候,我们一块儿玩大的。"两个女人就有了应酬的热情。应该说,憨二憨三娶的这两个女人都挺不错,有眉有脸的,算得上是漂亮会持家的。两个屋子分别被她们弄得干干净净有条理,没有了李家早先特有的脏被褥、脏锅水混合的腥腻腻气味。两个女人生的都是女儿,这一点也和憨娘们儿不同。憨娘们儿一气生了五个儿子。扁头是老大,憨四送人了。面对这两个女人,我无法再提憨三将屎屙在裤兜子里,憨二把尿当汽水喝的事。憨二出落成很俊气的大小伙子了,梳着中分头,一米八〇的个头,穿着林业局贮木场里发的经济警察服,人就变得矜持起来,坐在自家做的沙发里,半天也不多说一句话。倒是他的女人挺善于拉家常,不显冷落地同我说着话。他女人是山外农村过来的,是邻居董二家的一个远房亲戚,比憨二大一岁。嫁到李家还没有当地户口,也是凭这一点才嫁给憨二的。我想。早就听母亲说过,憨二娶了个很能干的媳妇,家里家外什么活儿都做。母亲说这话时还附带一句:"真是啥人啥命,想不到'不识数'的憨二竟摊上了这份福分……"母亲的脸透着某种羡慕,就像当年羡慕李家的新房一样。农村女人大多都很能吃苦,这一点我毫不奇怪。但从这女人的眼睛上我看出有几分像徐小凤来,我就生出一些嫉妒。……到憨三屋里落座,憨三向我打听起城里干装潢活的价格。憨三从麻子那里学了一手木工活儿,工余闲下来就给人家干些木工活儿,做做家具,挣些外快。憨三娶的是当地镇子上人家的姑娘，日子并不紧巴。憨三这样做无非是想把已经可以的日子弄得更好一点。

无论是在憨二家还是在憨三家，他们都没有提到扁头。似乎扁头压根儿就没在这个家庭里存在过，如同一生下来就送人的憨四一样。不是有意识的回避，对于这么样一个人家是没有什么隐私、隐痛可以回避的，是无意识的淡忘。时光对于李家来讲，就像老屋外面的泥墙，每年抹一遍，年复一年把旧的模样都抹去了。憨二的女儿已经十岁了，十岁的女儿不会记得有一个乳名叫扁头的大大的。在憨二和憨三家的影集里，我都没有看到扁头与他们的小时候合影的照片。

每回送我出来，憨二的媳妇总要说一句：下回回来再到家里来坐吧，长林（憨二）常念叨你。这显然是一句做作的亲热话，我不忍心回头再望一眼那既熟悉又陌生的院落。我想童年正在离我们远去，或者说童年早已在我们身上死去了。如同埋在南山坡下的扁头一样。坟头已长满了无人理睬的荒草，萋萋复萋萋。

"狗日的扁头。"

"你说谁？"

"说你呢……嘻嘻。"憨二嘻嘻笑。

"你憨哪！"扁头站在阳光明亮的街当中逗狗，白了憨二一眼。

"狗日的扁头。"憨三穿着开裆的裤子，趿拉着一只鞋子走出门来。

"你说谁呢？"扁头有些恼怒。

"爹说你呢，爹叫你回呢……"

"你憨哪！"扁头扫去了一脸上的恼怒，不甚情愿地唤了一声狗："黑，回。"蔫了吧唧的黑狗老实听话地抖了抖身上的脏土，一步一扫尾地跟着扁头走进院子里。院子里一座新木刻楞房屋矗立在明媚的午后阳光里。

"狗日的扁头，嘻嘻。"

"狗日的扁头，嘻嘻。"

街上，憨二和憨三还站在那里发笑。

臭松树木杆儿新夹起樟子的菜园子里，立着一个三十岁左右的女人，胖胖的脸，胖胖的身子，手里挥着一块脏方巾在扇风，驱赶着夏日

185

里喜欢凑热闹的蚊蝇，嘴里发出："臭臭……嘻嘻……"脸就在流淌着痴笑了。

街坊们打开的窗子里见了，道："一家憨人呢。"

在我家的房后，有一块两亩大的菜园，黑土的地里种着土豆。六七月份，土豆秧都开花了，白花、粉花连成一片，旺旺实实地长着。一天早晨，绿油油的土豆地中央突然立起了一座木刻楞房架，房架木都是清一色的落叶松木。接下来，每天早晨里都能听到一阵砰砰啪啪的木楔声，将宁静的早晨扬打得一片缤纷灿烂。街上大人小孩上班上学的时候，木楔声也停止了，从木刻楞房里拱出一个身上落满锯末儿、刨花、木屑的人，推上货架上夹着木工工具兜的自行车上班去了。这个人就是麻子了。整个造屋工程，几乎都是麻子一个人干下来的，而且没耽搁一天上班。麻子的举动无形中成了这条街上的男人理应效仿的榜样了。常听到还很陌生的街邻妇人私下议论，那是个很能干的男人，多么的勤快呀。在小镇的清晨里，别的男人还搂着娘们儿困觉躺在被窝子里的时候，"砰砰啪啪……"声已敲打这懒洋洋的甜蜜了。女人一把推开男人的胳膊："睡，睡，就知道困觉，你看人家，麻子就是心灵手巧能吃苦哩。"推醒的男人眼一斜睨："麻子好，你咋不嫁给麻子。"女人就缄口了。吃土豆都愿吃有麻脸的土豆，可真要谁嫁个麻脸的男人就没哪个女人愿意干了。女人宁肯天天给睡懒觉晒懒蛋的男人下地做早饭去。

所以，麻子只能娶憨娘们儿。

造屋的最后工程，是给房顶苫草。街上左右邻舍的男人讪讪地走过去给麻子帮忙。一伙男人有说有笑的，将一捆捆从山上割来的散草在房顶轧得整整齐齐。没完全晒干的青草散发着一股浓浓的草香味。这天是礼拜天，在家休息的父亲没有过去帮忙。父亲是镇供销社里一个小会计。我不知道后来麻子不情愿我家去他家打水是不是缘于此故。当然麻子后来也很少与街坊上别的男人们来往的，包括为他家出了力的人家。麻子不叫麻子，叫"坑"人。这是街坊们后来对麻子的评价。当然这是后话。父亲那天没去，主要考虑自己没做过那样的体力活儿，去了也会碍手碍脚的，反倒会被人家误认为是去白"蹭"饭吃。有点儿文化的父亲认为君子不食嗟来之食。结果那天，父亲在自家烧热的火炕上整整躺睡了一天。母亲以为父亲不去帮新来的邻居家干活儿，会帮她去菜

186

地里起土豆的。结果那天父亲也没去自家土豆地里干活儿。母亲叹息地摇摇头。

土豆花谢了。一场秋霜过后，土豆秧也打蔫了。后园子里土豆地中央漂漂亮亮矗立起来一座两间大房子来。门板、窗框新刷的蓝漆在秋天的阳光照耀下，瓦蓝明亮。透过明亮的窗子可以看见麻子新打的炕琴家具摆放在炕上，并且绘了荷花、鱼、鸟的图案。这一切都被在后窗糊窗纸的母亲瞧在眼里。母亲停下手，羡慕并分明有些嫉妒地说："一家憨人就出了这么个能人。"母亲从出嫁到跟着父亲从山东来东北，也没住过一回新房子。时下我家住的这两间旧草房，是父亲刚来镇子上时花五百块钱从一个农户手里买来的。如果没有邻居家的新屋，母亲也许会觉得自己住的房子是多么的受用。每到秋天，糊窗纸，往裂着缝隙的门板上钉防寒毛毡，似乎成了一家人迎接冬天到来的一个必不可少的内容了。母亲乐此不疲地张罗着去做这一应事情。而现在母亲显然被麻子造的新屋惊呆了，痴痴地立在房后阴影里忘了手里的活计。秋风将尚未干透的窗纸条吹得瑟瑟发抖……

麻子不但造了新屋，而且在新屋里打了一眼机压水井。街坊邻居们就不去镇东那口十五六米深的辘轳井去打水了。那口井每到冬天井口方圆十几米外结着厚厚的白冰。挑水的人走上去都小心翼翼的。常有担水的人连人带桶跌倒在水上，扭伤了腰。大人是从不让小孩去担水的，担心掉进去把命送掉。

街坊邻居们就是这样和李家开始来往的。每天都来李家挑水。那口机压井在外间的屋地里。两间新房的格局是这样的，里间的一大间，一铺火炕占去了半间，靠西墙摆着炕琴、立柜、靠边站式饭桌。外间的一大间隔成了两间，外间做厨房，里间是一个小屋，有一铺小炕。麻子一人睡在小屋里。憨娘们儿领着孩子们睡在大屋里。压水井管头在厨房靠门边处。邻人来打水都涎着脸主动和麻子打招呼："吃啦。""嗯。"麻子点一下头，埋下脸做别的去了。和憨娘们儿用不着打招呼，只管压你的水便是了。有第一次来打水的，同憨娘们儿打招呼："吃啦。""吃啥呀……嘻嘻。"憨娘们儿嘻嘻瞅着你，瞅得你脸发怔。屋子里通常烧得好热，憨娘们儿只穿了一件短袖布衫，有肥肥的肉露在外边，圆圆的脸上渗出一层细密的热汗。

你来我往，打水的人多了，水桶就在院子里排起了队。大冷的天，门呼扇呼扇地敞着，就有热气滚滚地往外涌，一会儿就涌光了，屋内冷了下来。麻子冷着脸从小屋出来，"吃啦。"热脸相迎。麻子不答，走到门边"啪"地将门关上了。排着的水桶被隔断了。打水人讪讪地拎起桶去了。有挣脸的汉子不再去李家挑水，渐渐地又去了镇东头外面的大井去担水。剩下的都是妇、老、幼不能去大井担水的人，厚着脸皮厮守着李家的这口井。当然也都是赶在麻子上班时过去挑的。水在地底下，你也不知道谁多挑了一担水，谁少挑了一担水。偷着挑水的人这样想。当然，这样久了也是瞒不过精怪的麻子的。麻子是从室内的温度和湿度上来判断有没有人来打水的。冬天外屋门开的少，室内温度自然高，何况李家的温度一向被憨娘们儿烧得挺高。再一个看地上的湿度，压水的人多了，溅出的水落在地上自然会多，个人顾个人打完水就走人，没有人会注意地上湿不湿的。麻子就采取了最后一招，摘掉井把，把井把藏起来。这一招果然厉害，来挑水的人望着光秃秃的井头束手无策了，丢下一句："该死的麻子。"带着一脸的扫兴走回去了。从这个时候起，最后剩下寥寥的几个顽固分子开始同李家展开了正面接触。这其中就包括我家一个。我不知道该为父亲不肯到大井上去打水而感到羞愧，还是由于这顽固使我熟悉了扁头而感到庆幸。

"井把呢?"我对这个比我大两岁，而身子却比我矮出半截的小人儿并没有放在眼里，首先向他询问。

"坏啦。"他倚在里屋门框上，瞪着一双小眼睛眨也不眨地望着我说。他的眼仁儿里暗闪着一种晶亮的黑光。

这样的回答叫我看出他的心计来。我后悔没有去问憨二或是憨娘们儿。这样的回答叫我再无法问下去别的什么来啦，只能提着空桶乖乖地走了。我甚至听到了背后一声轻蔑的嘿笑。这样成熟的类似从麻子嘴里发出的嘿笑叫我听了有一种森然的感觉。真的，那会儿我就反反复复琢磨母亲说过的话，他是不是个小人精。母亲是根据上一辈人的说法，个矮的人都心奸，身子让心眼坠住了。纵观众多的有名的人物也的确应着了这么个朴素的真理，尽管那时我还没有想过扁头以后能不能成气候。不过我想有名人物绝不可能产生在一群傻子堆里，憨人里面显大个。扁头只能是这么一个"大个"罢了。

我想李家让我难对付的是两个人，一个是麻子，一个是扁头。扁头每天上午都去街上遛狗，这就给了我可乘之机。我从后窗上看见扁头和狗一前一后摇晃着走出门了，心里窃喜过后，我就挑着水桶过去了。憨二和憨三也出去玩去了，屋里只有憨娘们儿一个人在家。

"李婶，井把呢？"

"臭臭，嘻嘻……"憨娘们儿在包饺子，先是冲我傻笑，见我直盯着她做活，就腾出手来走进里屋去不知从什么地方把井把找出来了。

如是几日，我每次走进李家都发现憨娘们儿一个人在包饺子。这种吃食对我也很有诱惑力。不过我还有个发现，就是憨娘们儿包饺子的神色和我打水时的神色是一样的，都是那种不太仗义偷儿的神色。我就心里明白了什么。憨人不憨嘴。这样一来就隐隐替憨娘们儿生出一些担心来。白面每人每月定量二斤总是有数的，水是没数的。五口人（李家那会儿还没有憨四憨五）的定量总是抗不住一个人这么吃的。憨娘们儿迟早要比我先暴露的。

果然猜中了。这日进屋憨娘们儿没有再包饺子，停下手来坐在灶炕前的地上在抹眼泪，腮上青肿起了一块。我没有惊动憨娘们儿，我轻车熟路自己进屋去炕琴底下摸井把。一摸摸了空，井把不在了，我心里一沉。看来憨娘们儿是两罪并罚了。我知道再找下去也是徒劳的，就垂头走了出门来。走过大门口，一声冷笑从门洞里发出来，这是我第二次听到他森然的笑声了。

回到家，我重重地把扁担摔在了院子里的地上。父亲从屋里走出来，没计较什么从地上捡起扁担。从这日起父亲去大井挑水了。

老黑是不知不觉自己走进我家院子的。老黑身上的毛一点儿也不光滑，脏兮兮的，黑毛中夹着不少杂色毛。眼神呆呆的黯淡无光。从没听到老黑叫过。我想我一棒子打下去它也不会叫一声的。我拎着木棒子已等在了屋门后，只等它再走近点儿，一棒子砸过去。不知什么时候，母亲走过来，悄声走到我身边拿走了我手里的棒子。母亲又像个老手一样，从仓房里找出两块冻肉骨头，这本来是母亲用来炖酸菜的，母亲却毫不吝啬地给了老黑。老黑蹲下前腿啃起来。母亲瞅着老黑的吃相眯眯

189

笑。我吃骨头时母亲从来没有这样笑过。

扁头顺着雪地上老黑新踩出的脚印来到了我家院子里。扁头领走狗时，看了母亲一眼，母亲的脸上仍挂着笑。我觉得母亲的笑在冬天的阳光里浮着一道残冷的虚光。我身子不由得抖了一下。

不用说李家的大门从此为我敞开了，不过还仅限于扁头。压出的水哗哗啦啦地响亮成一支愉快的歌。

除了我家还有一家人家过了扁头这一关，那就是李家的左邻居董二家。董二和扁头同岁，两人非常要好这是肯定的了。常去打水的是董二的新嫂子常英。这是个很漂亮的女人，白白的面皮，深深的眼窝，美中不足的是高鼻梁上有几点雀斑。这女人是从山外来的。憨二后来娶的媳妇就是她的一个姨表妹。每回去李家挑水，桶装满了水的时候，憨二都很卖力气地帮她提到院子里去的（当然憨二对我也是一样的），我想这女人从那会儿起记着憨二是憨实能干的。

扁头则是袖手旁观的。有时井把也懒得自己往外拿。在院子外面玩看见她进屋了，待了半天，才对憨二说："去，给她拿出来。"憨二就吸着鼻涕颠儿颠儿进屋。一会儿，她颤悠着扁担，扭着屁股挑水走出来。扁担压得她苗条的身子呼扇呼扇的……

"鸡蛋沉哪，鸭蛋沉哪……"

一起在院外樟子边上遛狗玩的，有一个叫井山的高中生。井山见她走出来，就停止了逗狗。望着她扭着屁股走过来，忽一声高、忽一声低地喊给憨三听。憨三就接上了：

"嘿呀，丫（鸭）蛋沉啊……"

常英红着脸，挺起屁股低头走过去……

董二要在场，就会恼怒地指着井山的鼻子尖说："你妈的蛋才沉呢。"

井山听了，并不恼，嘻嘻笑着说："那你两个试过了？"

董二听了，想了好一会儿才反应过来，觉得又吃亏了，想找碴儿再骂他几句。井山早不理会他到一边逗狗去了。董二想撒气就没地方撒出来。

井山的狗是一条狼狗，两个耳朵支棱着，通身毛水洗过一样的光

190

亮，棕黄色的毛色找不出一根杂色毛来，是一条公狗。

玩完了，井山拍打拍打身上的雪，丢下狗，目不斜视地一摇一晃往回走。在街上走出了好远，眼看着走没了人影，倏忽一声尖利的口哨声响起，一条黄狗箭似的射了过去。就惹得扁头好一阵惊羡，目光久久地追得生痛。

爱屋及乌，扁头和井山成了真正的狗友。井山比扁头大四岁。井山在镇中学读高中。

麻子对扁头的遛狗是很娇惯的。街坊上别的和扁头一样大的少年，都开始帮着家里做些事情了。比如冬天拖着爬犁进山去拉烧柴，比如夏天去山上开荒地种土豆，这一切营生麻子都不要扁头去做。不知是不是他担心扁头体格弱，还是真的不需要他帮忙做。每天下班回来，麻子都驮一两个抱不过来粗的木头头儿回家，从夏驮到冬，李家的院子里就堆起了山一样的柴垛，足以叫憨娘们儿一冬天把屋子烧得通通热的了。菜园子里的土豆地也是麻子一个人来种的，打下的土豆足够一家人吃到来年春天的。麻子闲下来时也不和街坊上别的男人们来往，比如干一些赌牌九、搓麻将、谈论女人等快活的事。麻子闲下来也多半能在家里制造出一些叮叮当当的响动来，那多半是他把过时的家具又换做成新时兴的家具的了。麻子很爱好做木工活，从做活儿里得到一些创造的乐趣。街上嫉妒的女人常说："麻子摊上了这么个女人有什么乐趣，不知道香不知道臭的，简直就是一块木头。"我那会儿还不能完全听懂女人们这话的意思，不过我知道麻子也有和憨娘们儿在一起的时候，我对街坊上那些骚性十足的娘们儿说的话很不以为然，为她们觉得脸红。

不用说我每天过去打水都是回避麻子的，一般都赶在上午麻子上班的时候过去挑水的。那天上午，我和往常一样走进李家家门，李家静静的，外屋里没有看见憨娘们儿的身影。我以为她在大屋里炕上睡觉呢，自从她不再偷包饺子后（白面叫麻子锁在了箱柜里），她就显得无事情可做，整天慵懒懒的不是困觉，就是到菜园子里去傻站。压了一会儿水，忽听小屋里传来憨娘们儿嘻嘻的笑声，顿觉得奇怪，憨娘们儿是从不到小屋去的。正诧异中，关着的小屋门开了，走出来的是衣着不整的麻子。我怔怔地立在井头边竟忘了压水。"打水呢。"麻子说，并帮我把压满的一桶水拎了出去。麻子弯下来腰时，我看见他潮湿的脸上，每个麻坑里都溢着晶亮的红光。我大为感动，很快压满了另一桶水走了出来。是什么让麻子这么宽容呢，世界上还有什么事情可以让麻子做出超常的举动吗？那么这样的事情一定是很美好的了。我不断在心里发自庆幸地想。

后来我想到，那个上午憨娘们儿是和麻子一起睡在小屋里了。麻子那天下夜班休息在家。

耳边就时常回响起"嘻嘻"的笑声了。

井山和他的狗是很看不起扁头和老黑的。这从扁头和老黑跟在井山和他的狗后边屁颠屁颠从街上跑过的身影可以看出来。井山之所以和扁头在一起，是因为井山和他的狗需要扁头和他的老黑做陪衬人（狗）。高中生的井山读到一篇外国小说叫《陪衬人》，懂得陪衬的重要。这道理说起来也就是同没有高山就显不出洼地来一样简单，如果没有麻子造的新屋，怎么会显出我家老屋的破败呢。

小镇上的狗友比狗通常是在腊月里进行的。比出个高低大家好都安下心来过年。家境不富裕的人家过年狗也会跟着吃到骨头的。这个季节最寒冷，也会考察出狗的耐寒能力。一条上好的猎犬，通常是它的耐寒能力强，特别是在这个经常受到西伯利亚寒流袭击的偏僻山区小镇子上。天蒙蒙亮时，就有几个猎人模样的人影先等在南山脚下了。不过这样的交易多半是不会成功的，谁也不会把自己得了名次的狗卖给那帮家伙的。就是跑得最差的狗，主人也不会卖给猎人去送死的。

一群狗和它们的主人等在没膝深的雪地里，井山的狗在这群狗当中是比较出众的了，井山也显得最为得意。大家都在等大海和他的狗黑豹的到来。焦急的狗们比人还不耐烦地将白净净的雪面刨得一片狼藉。

扁头穿得不厚，身上的棉袄已穿过三四年了。他和老黑呆站在一边，瑟瑟发抖地跺着脚。

"啥货色，这么久了还不来……"有人开始骂骂咧咧。

"不等他算了，缺了他这个臭鸡蛋还不做槽子糕了。"有人开始提议。

"再等等。"井山说。

远远地沿着盘山公路边上，冒出两个黑点来。他来了。

大海走近了，问："都齐了？"

"齐了。"

大海脸上有一块横肉动了动，咬了一下嘴角说："开始吧。"

有一个人站在高坡处突然高声喊："开始——冲啊！"

一群人就跟着喊："冲啊——冲啊——"

领头的是黑豹，一条大块头的狼狗，腾身一跃，别的狗都跟着蹿了上去。

无数只狗蹄刨起的雪雾，迷住了人的眼……

很快，狗们消失在山梁背后。喊声还在山这边拼命地摇撼着，如同一片狗的狂吠，摇撼着静戚戚、黑沉沉的山林……

按照规定，狗们要翻过五座山岭才能跑回来。终点在第五座山岭的山坡上，有人事先去放好了几只死鸡。狗们必须把死鸡叼一只回来，才算跑完了全程。全程约六十华里，且都是山道。以前赛狗就有冻死和累死在半道上的，因此扁头有些担心自己的狗，不时忧虑地望着南山坡。其实，狗要跑回来，最快的还得两个钟头。

大海显得比较悠闲，和几个哥们儿躲到一边竖起衣领子抽烟去了。

看他焦急不安的样子，井山走过来，说："今天的天气不算太冷，比去年强多了。"

看着他也冻得发青的脸，扁头知道他也在给自己强打着精神。老黑是这群狗里年岁最大的一条母狗。扁头不指望它能跑过别的狗，只希望它别出什么问题。老黑已怀过四窝崽了。

"喂，我的老同学，别显得太自信了，来，抽一支烟怎么样？"

大海扔过来一支烟，井山慌忙张手接住了，很不熟练地抽起来。

"怎么，他是你的同学？"扁头问。

"嗯，嗯，嗯……"井山喷出一口烟雾，点点头。看了那边一眼，又背过脸来。

"去年我的狗差点儿赢了他的狗，这家伙又提出来再加跑一座山头，结果黑豹跑赢了，算打了个平手。我那狗实在没劲了。"井山不服气且有些遗憾地说。

扁头希望今天不要再加赛了，这样的鬼天气在雪地里多站一会儿都是要命的事。

"这家伙还不是仗着他爸是副镇长，天天到镇杀猪厂里去弄猪下水给狗吃……黑豹又他妈的长肥啦。"井山悻悻地说，眼里流露出一丝不易察觉出来的得意神色。

西北风从山口刮过来，刀子似的，"嗖嗖"往几个缩脖等待的人袖口、衣领里钻。早晨渐渐透亮的天，又青灰脸，哭叽叽地飘起了清雪。

雪窝地里，响起了一片骂娘的跺脚声……

当一个黑点驾着雪雾，从南山坡顶滚下来的时候，几个人心里一热。

"是黑豹!"有人冲大海惊喜地叫。

大海斜睨着眼向这边漫不经心地瞅过来一眼。

井山的脸紧张地抖动着。

从南山坡顶上又滚下来几条狗影。先前滚下来的那条黑狗渐渐走近了，走得很缓慢、很吃力，像用完了体内的力气，垂着头，脸贴着雪面一直默默无声地走过来，走到扁头的脚前一头栽倒了——

是老黑?!

后面的狗——干喘着哈气走过来，死鸡乱扔了一雪地。

人和狗一样沉默下来，任雪在头顶无声地飘落……

停了好一阵子，大海牵着黑豹走过来，望望半躺在地上贪婪无力撕啃着冻鸡的老黑，说了一句："它太老了。"而后，牵着黑豹走下山去了。

"祝贺你。"井山和他的狗走过来。扁头脸红着，搓着手有些不好意思。"姜还是老的辣。"井山离开时，又望了一眼老黑，他的狗也重新打量了老黑一眼。

扁头一直等老黑把它带回的死鸡啃完，才带它下山去。老黑连一根鸡毛也没有剩下，啃得干干净净。而别的狗带回的死鸡还乱扔在雪地里。站在雪地里冻得有些麻木的扁头想，回去该给老黑弄些好吃的东西了。比如肉骨头、鸡杂碎什么的。过年麻子买回的肉总是很有限，扁头希望麻子买回的肉能带些骨头，只有骨头才能到老黑嘴里（而且还是麻子啃剩下的）。而精明的麻子知道骨头也占着肉的分量，他买回的肉找出一块骨头也实在挺难。扁头望了一眼悲悯的青灰色的天空，很困难地

194

为老黑打着谱。

零星的雪，最后落了扁头和老黑一脸，一身。

董二家人口多，吃剩下的骨头也就相对多些。董二就拿给扁头给老黑吃。常常董二抹着油腻腻的嘴巴从自家大门口出来，在街上遛狗的扁头老远见了就说："董二，你家又吃肉啦。"董二不得不将背在身后的一个白纸包拿到前面来，董二说："你长了狗鼻子啦，咋的我家吃肉你好像老早就知道了。"董二说着话将包着的骨头丢在老黑的嘴下，老黑就美美地享受了起来。

"小心点儿，别传染上病。"

井山看到了说。井山自那日比狗后，对老黑刮目相看了。以前井山和狗来找扁头和老黑来玩，是从不带吃的东西的。这回来找，不是带肉骨头，就是带猪肠子。而且井山带的猪骨头都是新剔的生猪骨头，还血淋淋的新鲜呢。不像董二是家里人好几张嘴抹过的，一丁点儿肉星都难找到了。看着老黑和自己的狗很香地分吃着，井山就很得意地瞅瞅董二。董二的脸被瞅得灰溜溜的……渐渐地董二就拿不出来肉骨头了，一是年已过去这么久了，家里的肉菜就断了顿，二是董二也不想再拿剩骨头出来让井山嘲弄了。董二实在看不惯井山那副嘴脸。董二心里想着总有一天他会好好嘲弄一下井山的。老天爷会给他这样的机会的。

井山这样做也是有自己的目的。目的是在春天里一点一点显露出来的。

天气暖和了，菜园子里长出了新绿的土豆秧，有蝴蝶在秧上翻飞，翩舞。阳光妩媚，万物复苏，是动物发情的好季节。老黑脱去了一层老毛后，显得年轻了些。井山的黄狗先是跟在老黑的屁股后面嗅……嗅着嗅着就骑在了老黑身上。以前井山见了这个样子总要愤怒地驱赶下来的。这回井山见了没赶，井山饶有兴趣地蹲在一边观望着……午后的阳光温暖得令人感动。

"黄狗欺侮老黑啦，打呀，打呀！"憨二、憨三见了，扔土块往黄狗身上打去。

"别打。"井山严厉地喝下。

"为啥？"

"它没欺侮老黑。"

"那它干啥呢?"憨二、憨三懵懂。

井山瞥见董二的嫂子常英挑着水桶走出自家院门来，就拉过憨三悄悄说:"你去问她。"

憨三就跑过去问了。常英看见了这边的勾当，妈呀一声捂着红布似的脸，摇晃着空桶转身退回院子里去了。

井山淫邪地"嘿嘿"笑了。

憨娘们儿站在菜园子里望见了，"臭臭……嘻……"不停地傻笑着。

扁头说:"你憨哪!"欲上前去拉开哼哼叽叽的狗。

"别动，快完了。"井山说。

果然，说话工夫两条狗分开了。井山的黄狗拖着疲惫的身子跟井山软塌塌走了。

热烈的日头在头上一摇一晃。

老黑怀了孕。井山不再带着他的狗来了。井山还带着好吃的东西来看老黑。井山带了酱猪肘、酱猪耳朵。这些东西对小镇一般人家来说夏天很难吃到了，不知他是怎么搞的。

"我把我的黄狗卖了。"井山说。

扁头很诧异，那么一条狗怎么说卖就卖了呢。井山这人做事，常常是不声不响就把事情做了。扁头觉得井山这人很不简单。

"我得和你说清楚，老黑下的这窝崽必须由我先挑出一个来，其余的由你处理好了。"井山望着老黑贪婪地吃着熟肘肉说。这也是山里人的规矩，一条好种配的崽必须由他的主人挑走一个。何况井山还不惜把他的狼狗卖掉了呢。

"我会把卖狗的钱都拿来给它买东西吃的。"井山走时又回过头来对扁头说。

扁头很感动，老黑怀孕很需要吃东西补身子的。而他是拿不出什么好东西可以给老黑吃的。

井山毫不厌倦地天天过来送吃食，就一点一点将老黑的肚子喂大了。不知道为什么井山从不把钱交给扁头去买，不知是不是担心买回的好东西不能完全落到老黑的肚子里。每次给老黑喂肉时，井山都能看见站立在一边的憨娘们儿嘴里流出的口水。"真是个馋娘们儿。"井山心里这样想道。

老黑肚子大起来以来，就懒得出屋了，终日趴在屋里地板上。井山见了说："该带它出去到山边遛遛了，要想生出一条好狗崽是不能总关在屋子里不动的。"井山很有经验地对扁头说。扁头听了，就照着井山说的话去做了，时常带老黑到南山边去遛遛。

天气渐渐也热了，老黑遛了一圈儿回来，常常干喘着吐着舌头。扁头和井山都希望老黑能赶在夏天最热的季节到来前把崽生出来。

日子在燥热中，让人难挨地等待起来……

这天，井山走进李家屋里，没有看见老黑和扁头。看见憨娘们儿一个人在家，还有许多苍蝇在窗镜上爬着。井山不明白这么热的天她还关着窗户。屋里封闭的气味有些难闻。

"扁头呢？"热得冒汗的井山明知故问。井山担心自己带来的熟食不能耽搁久了。井山想等一会儿扁头和老黑回来，就在屋里木椅子上坐了下来。

"嘻嘻……嘻嘻……"憨娘们儿盯上了他手上拿着的一块纸包着的热肉。

"你想吃？"井山被盯得心烦，就这样说了一句没头没脑的话。

憨娘们儿走过来，并且伸出了手。他只好拿出一块熟肉给了憨娘们儿。憨娘们儿吧嗒吧嗒小嘴，小口小口地吃起来。憨娘们儿吃相很受看，吃得脸上一片灿烂。井山就有些坐不住了……

等憨娘们儿吃完，井山问："你还想要吗？"

井山又从兜里掏出一块白纸包着的热猪肝。本来这块猪肝他是想最后留给老黑的，现在看来他有些等不及了。

憨娘们儿又灿烂地笑着走过来，他缩回了手，说："不过，你要答应我一件事。"

见憨娘们儿点头，他就引着憨娘们儿向小屋里走去……

这个阳光灿烂的下午，李家的门窗始终都关闭着。

井山走出李家院门来时，碰上了出外遛狗回来的扁头。扁头看见他站下了。扁头也顶着一头热汗，眼睛盯着脸上往下淌汗的他。

"熟肉呢？"扁头问。

"忘带了……这么热的天，我怕你不在，肉坏了……"

扁头有些冷淡。

"它还好吗？"

"挺好的。"扁头答。

"那就好……"

井山瞅了一眼向他伸着红红的舌头的老黑，匆匆忙忙地走了……

回到屋里，扁头看见憨娘们儿油腻腻的嘴唇，知道熟肉被她抢吃了。可井山为什么要撒谎呢？

老黑在盛夏里的一天傍晚生产了。老黑只产了一只狗崽。"操，狗日的，还不如人呢。"接生时麻子也在场，麻子这样骂了一句。邻居们对李家的狗只产了一只狗崽，也觉得挺奇怪，纷纷议论了好些日子，说这条狗真不如憨娘们儿能生呢。因为在这年秋天的时候，憨娘们儿怀上了双胞胎，在第二年夏天又给李家生出两个儿子来，这就是憨四和憨五。不过憨四的命运同老黑的崽一样，一生下来就被镇外一家没有小孩的人家抱走了。

黑崽断奶后，就被井山别无选择地抱走了。

董二本来也是想抱走一个狗崽的，董二等了一个空落落的希望。董二就很沮丧。

"我早看出来，这个家伙是无利不起早的。"董二悻悻地说。

"我答应过他。"

扁头听了没太在意董二的醋意。不管怎么说井山为老黑花去了不少的钱，抱走黑崽也是应该的。何况为了黑崽他把大黄狗也卖掉了呢。

董二后来的话让他引起了注意。董二后来说："你知道吗，这个家伙是很不叫玩意儿的。我打听出来他小时候日弄了他自己的亲妹妹。"

扁头有点儿心虚，吃惊地望着他。

"他是用一块糖块把他妹妹勾引到仓房里去干的。他妈发现他们的时候，还有糖块含在她的嘴里。他就是这么个狗杂种的东西。"

董二终于这么嘲弄地说完了他要说的话。董二只是觉得没有当着井山的面说出这些话很有些可惜。

"操他母亲的！"半晌，扁头有些恶心地说了这么一句，往地上吐

198

了口唾沫，离开了董二，走了。

从此，扁头与井山断了往来。井山在这个秋天高中毕业了，被分配到了山上青年点当知识青年，干些诸如清林、伐木的活计。我不知道井山后来是怎么招工调回山下林业局贮木场的。据说井山是用一条很出色的狗买通了林场场长。场长得了那条狗后，把一个林业局招工转正的指标给了井山。我记得井山上山上去的时候，把黑崽也带上去了，那么这条出众的狗就一定是黑崽了。是黑崽改变了井山的命运。井山调到贮木场时，扁头已接了麻子的班在贮木场上班一年多了。这样一来，他们又在一起了，而且都在护场队干活儿（那时还没有成立经济警察队），看门护院。他们真挺有狗缘的。不知是不是命运在和每个人开着玩笑。我想，如果扁头后来参加工作不是和井山、董二他们又分在了一起，也许不会那么早死去的。看来人是很难逃脱一种注定的命运的。

扁头和董二都是初中毕业下到青年点干了半年后接的班。那一年林业局有个内部文件，允许提前退休，让子女接最后的一次班了。麻子还不到退休年龄，麻子想自己有手艺还怕会找不到活干，就提前退休了。董二的爹是病退的，董二的爹原来在贮木场里装大火车，被火车轧了一条腿。一条腿就换给了董二一个班接。看到邻居家的孩子初中毕业后都纷纷找到份儿活干，父亲也劝说母亲动员我到青年点里干活儿去。我说："你退休吧，把班让给我我就干。"父亲就不言语了。父亲不想放弃自己这份儿既体面又省力气的工作。我也瞧不上这个小会计的职业。这样我就顺利地上了高中乃至上了大学。那年给我深刻印象的是，街坊上所有人家都在为自己孩子就业打着谱，好像一夜之间再也没有工作可留给子女做了。孩子们就像一群养活到年底的猪，等着任人宰杀、出售。我为我的同龄人感到悲哀。

街头，巷尾，早晨，傍晚，到处都充满了这样的吵嚷声……美丽的秋阳在这个灾难性的秋天里显得有些惶惶不可终日，每日狼狈不堪地从东山顶爬起来，又慌慌张张避之不及地逃到西山背后去。天气凉了，日子又恢复了原有的平静。

山里人总归是山里人，狡黠是一时的，憨厚却是永远的。

扁头和董二在贮木场护场队里干了一年以后，井山从山上调下来了，来到了贮木场护场队上班。

"黑崽它好吗?"

扁头与井山见面的第一句话就这样问道。几年不见井山又长高了，长成了一个很壮实的汉子，而扁头似乎个子还那么矮，在他面前显得抬不起头来。

"我送人了，送给了山上一个好猎户人家。黑崽会成为一个出色的猎犬的，比跟我强多了。"

井山笑笑说，轻松地打了个呼哨走过去。

"他在撒谎! 他一定也把黑崽给出卖了。这个自私自利的家伙什么都干得出来的。"董二悄悄贴过来对着扁头耳边说。长大了的董二眼睛盯人总是定定的。

"那是他的事。"

扁头往地上吐了一口唾沫说。没有再与董二谈论下去。

护场队有十多个人，白班夜班轮着倒，主要防止场内工人往外偷拿木头和场外镇上人进场来偷木头。三个人一个班。董二、井山和扁头一个班。主要是考虑家住得近，上下夜班有个事通知一下方便些。上夜班时，扁头把老黑领到场里了。

"我看它一个崽也生不出来了。"井山瞅了半天老黑瘦瘦的臀部说。

"我也不想再让它生了。"扁头冷冷地说。

井山讨了个没趣儿，溜达到门卫房外吸烟去了。过了一会儿，老黑也跟着走了出去，蹲在了场院大门口上。

"我看你以后别再领老黑来上夜班了。"董二缩着身子，靠在炉子旁边说。

"为什么?"扁头问。

"小心他把老黑也偷领走卖了。"

"他敢!"扁头被董二说出的话吓了一跳。他靠着窗户向外打量着老黑的身影。

有上夜班的工人三三两两走过来，猛到近前发现地上的老黑："井山，是你的狗吗?"

"是我的狗，怎么样……小心点儿。"井山扔掉手上的烟头，烟头划了一道漂亮的弧线，在缄默的黑暗中熄灭了。

200

"咬人的狗不叫，这家伙一定很厉害。"工人躲躲闪闪避着说，小心地绕着走过去。

"哈哈——"井山发出一阵得意的大笑。

这晚，没见着一个下夜班的工人往外捎带木头的。

值白班的时候，也常见井山一个人守在大门口晃悠，不肯到场里楞场别处巡查。井山对工人很不客气。有两个带木头头儿的工人被他揪到场长那里去了。工人们私下说："场里养了一条好狗。"董二也惺惺不满意地跟扁头说："这家伙这么积极干啥呀。"

"怕是假积极吧。"扁头嘴角露出一道不易察觉的嘲弄笑容。

贮木场中午十一点半下班。过了十二点钟的光景，陆陆续续下班的工人就差不多都走光了。井山懒洋洋地走到一边去推带滑轮的门扇，关大门。一名检尺女工远远地走过来，小心用力地推着自行车。井山停止了关门，等她走近了，井山眯缝着眼嬉笑悄声说："又带鸭蛋了。"女工人也笑着骂他一句："去你的蛋。"井山顺手摸了一下女工人的臀部，见她回头，又拍了拍后座货架上包着木头头儿的麻袋，淫邪地说："小心，屁股别太沉了。"

"这个家伙，老毛病又犯了。"在窗里望见的董二说。

"是狗总是改不了吃屎的。"扁头也阴沉沉地说了一句，"这个家伙早晚得栽在这上面，早晚。"扁头咬着牙。

董二不知道扁头为啥这般咬牙。董二从扁头眼里看到一种深藏的神色，好像希望这样的事早点儿发生。董二有些不寒而栗地心虚地躲开了目光。以后，董二也常在场门口转悠了……

如果没有这样一个夜晚，扁头的命运也许会是另外一个样子了。后来我和街坊上许多人都做过这样善良的设想。可这样的夜晚注定是早晚得来到的。就像当初扁头进场时因身体矮小单薄干不了抬木头的重活儿，注定只能到护场队里来干一样自然。护场队的悠闲自在难免让一些出苦力的工人嫉妒，工人们巴不得护场队能摊上点儿事，这样不平的心理也好得到些安慰，让人觉得老天爷还算公平些。后来的事按照人们所期望的样子发生了，让人看到了轻闲的背后暗藏着杀机，以至后来场里招收经济警察时，没有几个人愿意干了。山里的汉子宁愿多出些力气，也不愿去碰命运中拦路的石头。

贮木场的食堂在场部门前，下了夜班的工人就去那里用餐。食堂里接连几日丢了几只本该落进人肚里的白条鸡和猪手之类的荤物。出了一夜臭苦力的工人当得知分享他们美味珍馐的竟是一条类似强盗的狗时，大骂食堂厨子们没用，是一群饭桶。扬言再这样下去，他们就罢工不上夜班了。正是冬季木材生产的大忙季节，食堂杨管理员怕闹到场部去把事情弄大了，就找到护场队来，要他们夜巡时给看着点儿。这本来也该算是他们的职责，可护场队的人说，上边的头儿交代他们看住的是木头，而不是什么白条鸡黑条鸡。说这话时有人还往杨管理员保养得白白胖胖的脸蛋上挖苦地看了几眼。看得杨管理员脸不由得红了，尴尬地退出了护场队的屋里。走出来时，一个人影不露声色地跟了过来：

"逮住了，算谁的？"

"当然算你的，为民除害嘛。活的你领走，死的我给你做酸辣狗肉汤。保管你吃完了还想着再怎么样算计着下一条狗的狗命。"

朦胧雾罩的阳光下，杨管理员也很有兴趣地盯着那人说。看着他点了一下头，杨管理员觉得这事有了出头的希望。走出去了挺远，杨管理员又回过头来做出一个很灿烂的微笑。那会儿，井山已像条狗似的呆守在大门口上了，心里在琢磨起怎么逮到到口的猎物。寒冷稀薄的阳光，将他的身影虚幻成了一条模糊的影子，长长地拖在硬雪的地上。

井山的确是早就想弄一条狗了。工作轻闲的井山除了挑逗女人外，还想出弄一条好狗去赢大海。参加工作后，井山见过大海两回。头一回是在街上。傍晚，井山和一个新认识的女人逛马路。大海牵着黑豹走过来，大海停下步子来瞅瞅他，又瞅瞅那个女人，说："怎么不玩狗了，玩起娘们儿啦。"

井山听了，冷冷地说了一句："我对狗已没有兴趣，请你走开。"

"别发怒嘛，小伙子，发情的公狗发怒时会坏了他的好事情的。"

大海微笑了一下，拍拍井山的肩头，走过去了。

果然就叫大海说中了。新认识的女人跟了井山不到一个月就离开了他。新认识的女人知道井山从前的一切，包括他和他妹妹的事。新认识女人说了一句让井山一辈子都别指望和哪个女人成亲的话："你连狗都不如，你是个下流可恶的畜生。"井山听了，身子一下子瘫软了。

那晚，井山一个人坐在小镇酒馆里喝了一夜的酒，烂醉如泥。早晨，从那个酒馆跌跌撞撞出来，半路上被大海看见了。大海轻蔑地扫了他一眼。

"我瞅着你怎么越来越像一条可怜兮兮的丧家之犬呢。"

血液冲上了井山的头顶。井山拼力晃了晃头，迷迷瞪瞪清新的阳光里，大海和他的狗已走远了。井山从那个早晨起发誓，他一定要赢黑豹的。

值夜班时，井山不再守着场大门口不动了。井山像条狗似的常去食堂附近房前屋后转悠。井山本能地觉到，这是一条很不一般的狗，能在七八个人的眼皮底下神不知鬼不觉拿走案板上的东西，足以说明这一点了。为此井山做了几副活套下在了食堂屋里屋外进出口的地方。井山之所以没下迷魂药是想一点也不损伤它的脑子把它弄到手的。……几日没见狗的行踪，杨管理员已是很满意的了。每晚工人夜餐时，杨管理员还特意为井山留了一份熘肥肠，杨管理员知道他爱吃这个。看着他一块不剩地将肥肠吃光，杨管理员觉得像看一条喂得很管用的狗。只是这条狗还并不满足目前的样子，眼神里还时不时地流露出某种失望的样子，有些黯淡、伤神……

"这个家伙又开始无利不起早了。"看着每晚去食堂那边精心下狗套的井山身影，董二又说了一句从前说过的老话，"他是想得到这条狗。"

"我看他是在打杨女人的主意。"扁头不以为然阴沉沉地说。

扁头固执己见地这样看，就叫扁头放松了对某些事情可能发生的警惕。灾难往往是在人们毫不察觉的时候到来的。

那条黑狗是在下半夜时分溜到场里来的。扁头和衣打了个盹儿醒了，起来出去撒尿。"狗呢，老黑呢？"正睡着的井山和董二也醒了。趴在炉子边上的老黑的确不见了，每晚老黑都趴在这里打盹的。井山想起了什么，匆匆忙忙下地，推开房门，往食堂那边寻去了。到了近前，看见老黑果然在那里。夜幕中，食堂后门的门洞柱上，井山下的套子不见了，雪地里散滴着几滴血点儿。显然是那条狗挣脱了套子逃走了……

"它不会跑远，它还带着套子，我们快去追……"

井山对身后跟过来的扁头、董二说。扁头在这时犯了个错误，扁头没有及时唤住已跟井山往前冲去的老黑。扁头和董二一愣怔的工夫，老黑和井山已追出去好远了。扁头和董二只好跟了去，或者说跟了老黑去，扁头担心自己的狗会遭到不测。

他们是在家属区一条胡同里追上的。那条狗很狡猾，并没有照直跑，而是拐了好几条胡同跑的，累得几人气喘吁吁，根本就没办法追上了，是老黑嗅着气味跟踪不舍地追到这里来的。几人赶到时，那狗已愤怒地和老黑撕咬在了一起。老黑只是死死低头咬着它的一条后腿不让它跑掉，它的另一条后腿被钢丝套勒伤了。这样一来老黑就很吃亏，那狗在头上任意撕咬着老黑的头，已露出了血口……

"打死它！"远远地落在两人后面的扁头焦急万分本能地喊。

冲在前面的井山和董二都从一家人家的柴火垛里抽出一根柞木棒。追到跟前的井山是想打开老黑，拽住狗套的，一棒子打下去却打在了压在老黑头上的黑狗身上。董二跟上来不管三七二十一的一顿乱打……黑狗发出了一阵致命的长啸，在宁静微明的清晨里格外森然、可怖……

几乎和扁头到达的同时，从胡同口那边疯跑过来一个人来。那人扑倒在死狗身上，摇了摇，黑狗软软地一动也不动。那人痛苦惊愕地回过头来，看见缩在扁头身旁像做了什么错事的老黑一眼，对扁头说了一句："是你要了黑豹的命。"不等愣愣的扁头回话，一柄雪亮的刀子已捅在了扁头胸口上。倒下去的扁头，口里用力张了张，从里面喷出一股腥热的血来。血淌了一地……

"你杀死了他。"井山对那人说。

"不好啦，杀人啦！——不好啦，杀人啦！"董二丢下棒子疯疯张张向胡同口跑去。

那人冷漠嘲弄地看了一眼董二疯癫跑去的身影，转过身，背起地上的黑豹，一声不吭地走了。

扁头躺在地上一声不吭地死去了。

这是一个十分宁静的早晨，街上的人家还都没有起来。风颤颤抖抖走过胡同口，将雪地上的人血、狗血冻得僵硬了起来，糊糊涂涂地抹成一片。

街上只有一个人影和一条狗影，在可怜巴巴地垂着头，想不起来做什么……或者要做的事情只能是这样守着这么个宁静、死去了的早晨。

扁头是这么轻而易举死掉的。按照街坊们的说法扁头是横死的，是不能放在家里停尸隔夜的。因此扁头很快就下葬了。扁头的尸体在铺满白雪的菜园子里停放到下午，等着家里人把棺木打好。棺木是邻居们来帮着打的。这是邻居们第二次为李家帮忙，头一次造屋，这一次是造棺。邻居男人们脸上都阴着，女人们则走到屋子里去安慰憨娘们儿和麻子，照看着孩子们。

棺木在菜园子里打成了。井山和场子里几个年轻人（没有董二，董二没来）将扁头冻硬的尸体抬进了棺材里。正要钉棺木盖时，憨娘们儿挣脱屋里人，光着脚跑了出来。钉棺木的人都愣住了，不知道她会做出什么事来，怔怔地停下手来望着她。憨娘们儿跑到棺木前，掀开还没有上铁钉的棺木盖，往里面傻傻地瞅着，瞅着。……风吹冷了干活儿人的身子，吹冷了憨娘们儿一张湿脸，有人过来拉憨娘们儿一把。憨娘们儿说话间脱掉了自己身上的棉袄，将棉袄盖进里面躺着的人身上。棉袄几乎将扁头的大半个身子都盖住了。"……不会冷了，不会冷了……"憨娘们儿痴痴地光着上身望着灰色的天说。井山和几个男人背过脸去……

屋里，心软的女人已抱头和孩子们哭在了一起……

傍晚，邻居的男人们抬着棺木默默向南山墓地走去了。李家的人只有憨二和憨三跟了去。憨三在前边挑着安魂幡，憨二一路撒着黄纸钱……

下葬完了的时候，男人们都各自回自己的家里吃晚饭去了。女人们也离开了李家。李家沉默下来。

天完全黑透了的时候，麻子走出家门来。麻子一直走到南山墓地上去。坟头前早已蹲着一个黑影了，在那里一动不动地垂着头。麻子走过去，一脚踢开了黑影，黑影自怨自怜地无声躲到一边去，依旧垂着头向这边望着，目光中流露出痛苦、忏悔的神色……

麻子那晚在坟头前默默站了很久。

从此，老黑被赶出了李家的家门。

从此，老黑成了一条无家可归的野狗。

麻子的官司是半年以后开始打的。半年以后受理这起杀人案件的镇地方法院做出了裁决。这是一起很棘手的案子，也是小镇地方法院有史以来头一次受理这么错综复杂的杀人案。因此法院做了长时间的调查，最后法院以过失杀人罪判处大海有期徒刑六年。法院的理由是大海为保护个人财产而失手杀人的（据说有人愿出四千块钱买下黑豹，大海没干）。黑豹是被人用棍棒故意打死的。黑豹的死使大海家等于白白损失了四千块钱（大海家已找到先前要买狗的那人出了证明）。在给大海定下罪名之前有两个先决条件需要说明过失杀人罪名成不成立的。一个是黑豹是不是先损害了公家财产（偷吃贮木场食堂的白条鸡、猪肉），井山他们三个人是不是属于正当行使护卫职责，也就是正当防卫。二是扁头是不是参与到打死黑豹的整个过程当中，也就是证明扁头是不是属于无辜被杀害的。关于这两点，法院专门派人做了方方面面的调查。法院调查来人找到了食堂杨管理员。杨管理员说，事发当晚食堂里并没有丢掉一块骨头。而且说他让护场队的人照看食堂的物品，只是在他们夜巡范围内照看，而没有让他们到居民区里去找一条没有获得任何赃物证据的狗。这样一讲实际上就等于把井山他们三个人给出卖了出去，而且还有了擅离工作职守之嫌。"谁知道他们是不是想偷人家这条值钱的狗呢。"还有工人这样幸灾乐祸地说。"这个歹毒的娘们儿。"井山听到这些议论后咬牙切齿地骂了杨管理员一句。

在调查井山他们三人打死黑豹的过程中，当事人中只剩下了井山和董二。这一调查等于是在调查谁是打死黑豹的凶手。黑豹成了无辜的受害者（尽管井山认定食堂以前丢失的食物都是黑豹干的）。法院调查人员在问起井山时，井山说："李长森干了。"井山说自己开始并没有想打死那条狗（井山没有说出不想打死它的理由），是听到李长森喊要打死它，他才和他们一起打了。调查人员随后又去找了董二，董二先是支支吾吾说自己记不得当时的情景了，自己吓坏了。后来也说了扁头和他们一起干了。法院调查人员就结束了调查，将调查的结果呈报上了法院审判庭。法院的判决结果才公布了出来。

简单地看，这件事情的最后结果对麻子来讲，是一条狗命换一条人命。麻子是怎么也想不通的。麻子先前还期待着一命抵一命的。这样的结果着实让麻子觉得震惊，六年……偷只猪还判六年呢？人还不抵一只猪？麻子打算重新向法院控告，而控告的依据是（只能是）扁头是被平白无故杀害的……麻子为这件事情开始奔波努力忙碌起来。

麻子先找到了井山，井山为扁头的后事出了力，麻子相信他会帮助他的。

"扁头到底动没动手打死那条该死的狗？"

"动手了……而且还是他先喊着要打死它的。"井山说。

"我不相信扁头为啥要打死那条狗。"麻子有些失望地望着他这样说。

"不相信你可以去问董二。"井山说。

井山不说，他也会去找董二的。他离开了井山，当晚又去了董二家。董二一家人正围着饭桌在吃晚饭，见他进屋来，夹在饭桌边上的董二眼神闪闪烁烁起来。

"董二，你告诉我扁头动没动手打狗?"

董二嘴里含着饭半天也咽不下去，干瞪着眼张着嘴望着他。

"井山说是扁头喊着要打死那条狗的，是这个样子吗？"

这回董二张着嘴点点头。

失望像董二家屋里暗淡下来的光线，彻底涌上了他的麻脸，使他脸上每个麻坑都变得黑暗、丑陋难看起来。他脚步有些跟跄地往外走：

"他为啥要这么做呢……他为啥要这么做呢……"

麻子走出了董家大门外，董二像影子似的贴了过来。

"扁头是为了老黑才这么做的。"

麻子回头看了神叨叨的董二一眼，身子打了个激灵……

不管怎样，在开春的时候，麻子还是去了地方法院两趟。麻子要求重新审理判决这个案子，不判那人死刑，也得判那人无期或十年以上徒刑（麻子这么想实际上已经做出让步了）。法院当然不会听麻子的。法院只是把原判的理由又耐心负责地向麻子陈述了一遍。而这样的理由实际上已在麻子心里反复思想过无数遍了，麻子甚至不用看卷宗也比那个审判员说得还流利。这流利的结果是让麻子每夜躺在炕上常常睁眼到天亮的……麻子实在不愿去想去说这些混账理由了，更不想去听。

为了告状，麻子停下来了木工活儿和别的什么手艺活计。有人来上门找他干木工活儿，他先问人家认不认识法院的人。问得人家有些发

207

蒙，倒退着离开了李家。

一晃，就过去了三年。麻子想在这六年之内诉讼成功（常去法院，麻子已学会了法律术语），否则那人六年刑满放出来就更不好告了。

麻子是在一天傍晚得到了新的证据。那天傍晚董二过来挑水（董二的嫂子自坐月子后，水就由董二挑了），董二压满水桶后，对像狗一样盯在他后背上看的麻子说：

"扁头确实没有动手打那条狗。"

麻子一下子跳起扑过来抓住他的手腕："你说的当真!?"麻子竟开始怀疑起自己了。

董二老老实实地点点头。

这一晚，麻子同样睁眼到天亮，兴奋得一夜没睡着觉。早晨起来，麻子就红着眼睛去了贮木场，他想找井山再证实一下。这样这个证据会更有利些。

"井山呢?"他瞪着眼睛问护场队的人。

"你找他干吗？……也是告他奸污了你的娘们儿……"有人嘻嘻地冲他嘲笑说。

看他发怔不走，有人过来告诉他，井山犯了奸污妇女罪，被公安局抓走了，并且被判了十年徒刑押到北安劳改农场去了。

他当然不能去北安找井山，而且谁会相信一个强奸犯的话呢。他直接去了法院，把新的线索证据告诉了那名审判员。"我们会尽快去找证人核实的。"审判员有些同情地看着他说。

在法院调查人员找到董二之前，董二去了北京。董二是去护理他父亲的。他父亲的断腿部受到了感染要截去一段做假肢。他父亲的腿属于工伤致残，享受工伤医疗劳保待遇。是场里派董二去北京护理他父亲的。不知道要什么时候回来。法院的来人对董家人说，尽快要董二回来一下。董二的哥哥就去了北京，打算替换董二回来。在董二的哥哥走后的日子里，麻子几乎天天都去董家问。过了些日子，董二哥哥又回来了，董二却没有回来。

"董二呢?"

"求你别再逼他好不好？……董二他疯啦!"

麻子一惊。

"……二弟他背着我们，偷着爬上了火车顶上去，一直在火车厢顶盖上站到天津的，幸亏被车站的警察发现了，才捡了他一条命。问他时已人事不省了。"董二的哥哥沉重着阴暗的脸说。

"也不知留在北京能不能治了他的病。"董二的嫂子有些担忧地说。

麻子垂着头绝望地走出了董二的家。

第二日，麻子也没再到法院去。麻子觉得他不需要再去法院说什么了，三年的努力都结束了……麻子在家里炕上躺了三天三夜。

街坊邻居还能时常在街上看到老黑的踪影。老黑成了一条无家可归可怜兮兮的老狗。蹄爪上、鼻脸上出现了老年人才有的斑点，拖着老迈的身躯一步一晃地从街上走过。更多的时候，人们是在夜里看到老黑蹲坐在李家大门口外，有夜里晚归的邻人走到近前时吓了一跳。当然在早晨醒来时，老黑会自动悄无声息地离开那里的。无论是憨二还是憨三远远地见到老黑的身影，都会悄悄地从地上找到一块尖利的石头，捡到手里凶狠地向老黑抛去……幸运的是老黑还能躲开这样尖利的石头，老黑在他们找石头的工夫，已远远地留恋不舍地逃走了。

"这条老狗真能活，还不死。"

"我看它是一个灾星托生在李家的。"

"真的，怎么会从来没见它叫过呢，是狗总要叫的呀……"

街坊们纷纷议论起老黑来。街坊们由老黑又联想起三年前扁头的死来，扁头的确是为老黑去死的，或者说是替老黑去死的。这一点邻居们已从先前董二那里得到了证实。如果那晚没有老黑跟着，他们也不会追上黑豹的。如果追上黑豹，不是老黑在场，大海的刀子说不定会捅到他们三个人哪一个人身上呢。大海当时一定认准了是扁头帮着老黑打死黑豹的。狗仗人势嘛。可怜的人啊，扁头平时待狗那么好，可老黑却临阵退缩了，哪有这么一条狗不为主人去死啊，真是个忘恩负义的东西，丧良心的牲畜！该杀的，哪怕它吼一声，咬一口，那人的刀子也不会轻易刺进扁头的心口窝里呀，可怜的人啊，就这么不声不响地死了，为了这么一个不懂人语的牲畜真是不值啊……唉，老天有眼快叫那个牲畜死吧。老狗死了，李家就会好起来的。

街坊们把抱怨、诅咒、痛恨、愤懑统统都发泄在了老黑身上。这样邻居们也从心理上解脱了先前对这件事情的看法。先前邻居们在背地里议论这件事时，还愤愤不平地指责镇长家和一些人的做法。

"啧啧，什么狗值四千块钱呢？"

"再值钱的狗，也不能为了它捅人哪。"

"听说镇长家早就买通了一些人呢。"

"董家老二要是照实说了，怕是工作也保不住了，因为打死那条狗主要是他干的。他都打得发疯了。再说他们打狗是出了场院，有人说他们那晚出来就是为了偷一只狗回去杀了吃肉……"

"扁头是替他俩去死的，扁头死得冤枉啊。"

"麻子要是有钱，一准能赢……"

麻子没钱。三年下来，李家境况已捉襟见肘。

麻子又开始给人家做木工活儿和别的手艺活计了。每件活收取着不多的工钱。为了生活，麻子又找了贮木场场长几趟。麻子说既然那件事出了后（麻子不再强调扁头为公而死的了），井山和董二可以留在场里上班，那么扁头的职务也不能丢，要求让憨二来场里接班。有知情人见着了说，麻子有两次都哀求着给场长跪下了……后来场长见麻子不再为扁头不白之死的事闹下去，就答应了麻子的要求。不管怎么说场里对扁头的死总要尽点儿义务的。通常是要发一笔抚恤金的，而先前李家为了打赢这场官司曾经拒绝过接受这笔不甚体面的抚恤金。

这样憨二就到贮木场里当了经济警察。护场队已改为经济警察队了。每人还配发了正规的橄榄绿色警服、大盖帽、警棍。憨二领了一套大号的棉警服穿在了身上。当天，趁队部屋里没人时，憨二将自己脱下来的生满虱子在身上穿了好几年的旧棉袄团巴团巴塞进炉子里烧了。憨二又去场部理发室理了理头发，刮了刮唇上的嫩胡须。这样憨二就从里到外焕然一新了。憨二也像不认识自己似的对着理发室的镜子照了半天，而后打了一声悠长的口哨，满足地走了出来。

"好好干吧，别像你哥整得不明不白的。"

经警队长在屋外打量着第一天来上班的憨二，拍了拍他的肩头。

憨二冲队长讨好地点点好。

憨二走过去时，队长瞧着憨二的背影，觉得这人一定很听话。

下了班，戴着大盖帽、穿着崭新警服的憨二走在街上，手里还晃晃荡荡提着那根警棍。有邻人见了打招呼:"憨二上班了。"憨二就冲老街坊点点头。又有人说:"憨二威风了。"憨二就抖了抖手里的警棍。等憨二威风凛凛地走过去挺远,那人往地上吐了一口痰,说了一句:"狗!"憨二没有听到,憨二晃没了身影。

憨二想这根警棍打在老黑头上,一定会要了老黑的狗命的。可憨二有许多日子没见着老黑了,不知它是不是知道了憨二要拿这东西要它的命,而躲了起来了。几天来上班、下班,憨二都有意挑胡同拐角走,别的狗见了,都停止了吠叫。憨二就想这东西真是名副其实的打狗棍,狗对它有一种天生的恐惧。憨二想拿老黑的脑袋做一回真正的实验。而老黑却迟迟不肯露面。

看来,它是不知死到哪里去了。憨二有些失望地想。

老黑的确死了。老黑不是被别人(更不是憨二)打死的,老黑是自己饿死自己的。老黑是在一个飘满雪花的傍晚,拖着瘦骨嶙峋的身子,一步一喘息地来到扁头坟前的。之后,老黑就支着两条腿默默地坐在地上不动了。老黑的头垂望着坟头……听着雪错落有声地静悄悄地下……老黑在这种洁白的声音里渐渐幸福地睡了过去,渐渐地冻成了一座雕像。

老黑是一声不吭静悄悄死去的。

一夜的白雪,埋葬了老黑。

第二年开春清明节时,憨二来上坟,老黑的骨架还原形不动地支立在地上。憨二从这副陌生的骨架上辨认出是老黑时,就把老黑的骨架往四处荒野凶狠狠地抛了去……

李家从老黑死去后的这个春天开始,日子似乎平静了下来。憨三也长大了,也找到了活儿做。先是跟麻子一起在家里给人家做木工活儿,后来来家里交活儿做的人家少了,又自己出去四处揽活儿做。没有人家找上门来做木工活儿时,麻子就去山上割柳条子回来编土筐、货篓。编完了由憨娘们儿拿到农副市场上去卖。憨娘们儿开始做时还不会数钱。不知为什么麻子现在很不愿意做这些抛头露面的事情了,宁肯让人家骗去憨娘们儿的钱,也不愿意自己去蹲市场,只管守在家里编。好在贪小

211

利的人并不多，山里人都懂得这手艺活儿做得也不容易，给钱时尽量体现一些手工价值。憨娘们儿每天回来兜里也能揣个七块八块的。一个月下来也有二百多块钱的收入了。

这年秋天，憨二结婚了，娶的是邻居董家大儿媳妇的一个远房表妹。这姑娘虽说生得漂亮，却也肯吃苦能干的。没嫁到李家来时，就在镇子上跟一伙个人泥瓦包工队干活，给人家盖房子。挑土、抬石头，什么活都跟男人一样干。嫁给李家时要的彩礼并不多，只要了二千块钱。街坊邻居们都说，李家白捡了一个漂亮能干的媳妇。果然，过门没三天，憨二的媳妇就又和包工队出去干活去了。一年下来能有四五千块钱的收入。也就是说李家的彩礼钱还不抵人家的工钱一半呢。街坊们嫉妒归嫉妒，可要让这样一个姑娘嫁给谁家做儿媳妇，可没谁家肯干了。原因是这姑娘是从山外乡下来的，没有当地城镇户口，是"黑户"。派出所年年下来清查没户口的盲流人员，清查时，有的和当地人结婚了的，到时候只好回到乡下避一避。

"还不如一条狗呢。"街坊邻居们常常是这样形容从镇子上被撵回乡下的妇人的。按照派出所的户口文件规定，孩子出生户口要随母亲所在地的户口落，这样黑户妇女生出来的孩子也成了黑户。一心想逃出乡下人命运的妇人，是不想把孩子户口落到乡下的，这样只好一日一日拖着。到了秋天清理无户口人员时，派出所门前挤满了妇女和私生的孩子。大人哭，小孩叫的，煞是热闹。镇上人从那里走过，就觉出一种优越来，觉得他们才是镇子上的主人……

憨二媳妇每年秋天也是要这样被撵回山外乡下的，到了春天再偷偷跑回来。这种日子开始也叫李家觉出一种别扭来。但时间长了也就慢慢适应接受了下来。况且憨二的媳妇常玉还是个那么能干的漂亮媳妇，比起憨娘们儿来，李家就该知足了。麻子时常这样对比地想。

实际上，街坊们也是这样为李家着想的。

日子平淡中有了满足后，人就惬意起来。以前从不嗜酒抽烟，也从不与街坊男人来往的麻子，也学会了嗜酒抽烟，也与街坊们有了走动。每天晚饭后，麻子闲下来，就走到街上男人堆里，谈论谈论天气、秋菜的价格以及街坊邻居哪个四十岁了还烫发描眉的娘们儿。

"喂，麻子，憨三也快张罗说媳妇了吧。"

"明年，明年吧。"麻子喷出一口烟。

"我说，你家老二家可是个能干的俊媳妇呀，老三家也不会差了吧。"

"当然，当然，还用说嘛。"麻子脸上每个麻坑里都喷着充酒后的红光。

"老二家快生了吧。"

"嗯，快了，快了。"

"……麻子快做爷爷了，刚搬来时麻子还像小伙子一样干活儿呢，一晃就要抱孙子啦。"

"嘿嘿……"麻子不好意思地笑笑。夜色中，麻子的心情被一种虚荣心熨帖得舒舒服服的，脸就长久地红润着。

偶尔，人们会无意地说起来，要是老大扁头还在，也该成家了，没准孩子也挺大了。可惜没有尝过女人滋味，就……

麻子听到了，淡然地说，他没这个福气，不提他了，不提他了。话题又引着转向了别处。

街坊们也渐渐把李家先前发生的事淡忘了。就像大头菜在几年前还五分钱一斤，现在春天到市场上去买却要一块五角钱一斤。日子过得就是这么快，容不得人们总是想着先前的事，只能为眼前和今后的日子打打现实的谱。

憨二是在媳妇生了女儿的这个冬天被抓进局子里的。憨二在一天夜里和另一个经警帮着他们队长偷装了一汽车木头，被人告发了。三人都被林业公安局逮了去。

一车木头的罪名不算太大，但他们是执法犯法，就弄成了可判可不判的案子。照说呢，憨二只是从犯，不是主犯。主犯是队长，往轻了说也可以说成是被别人利用。与他一起的另一个队员在抓进去两个月后，先交了保释金，后又交了罚款人就被放了回来了。有人就鼓动麻子也去活动活动。

"活动啥，听天由命吧。"

麻子对劝说的来人讲。麻子讲时一脸泰然处之的平静。好像谈论别人的事。

这样就到了开春，憨二媳妇抱着孩子从乡下回来了。听说了这件事

213

后，焦急万分对麻子说：

"爹，咱们也花钱吧……"

麻子瞅瞅儿媳妇和怀里的孩子，说：

"咱家没那么多的钱，憨三今年也要成家了。"

"没钱去街坊们家借，借了我还，我干一年的活儿下来一定会还上的。"

媳妇常玉咬着牙说。

"……"

"要不判了刑后，他会丢掉职务的，连户口也会丢掉的，你不怕他也会成为黑户吗？"

常玉对那个默默要转身走开的明显苍老的背影说道。

麻子站下了，麻子站在暗影里，半天才吐口说出一句：

"要借你出去借吧，不过你不要忘记你刚才说过的话。"

常玉心里一抖。

老迈的身影缓缓移过去，抬腿走了。

……

常玉抱着孩子挨家挨户向街坊邻居们借钱。

"可怜的孩子。"街坊们把钱拿给常玉的同时，伸手摸了摸饿得啼哭不止的婴儿脸蛋一下。在常玉走后，有心软的女人默默站在自家窗前流泪了。

常玉凑足了五千块钱后，就把憨二保释领了回来。憨二回家的当天晚上，麻子还在院子里忙着不知给谁做的木工活计。

"你回来了。"麻子瞄瞄手上刨得有些不直的方木说。

"嗯，回来了。"憨二默默看了他一眼，就走进屋去了。

麻子在院子里做到挺晚才进屋。一家人已躺下睡去了。李家的院落里显得静悄悄的。冷清清的月亮走进院子里来，地上有没扫净的白木刨花，在轻轻滚动，滚动。

街坊们对李家这回摊上的事没有再做任何议论。借了钱的人家只是偶尔在心里想着李家明年什么时候会把钱还上。其实也仅是想想而已，因为他们相信那个漂亮能干的媳妇，会说到做到的。当她们偶尔伫立在自己家窗前，看到那个女人起早贪黑忙碌的身影时，又在心里默默想着这件事情，隐隐为她生出一分担忧、怜惜，希望明年秋天那女人被撵回乡下以前能挣足她要挣的钱……唉，可怜的娘们儿，可怜的孩子！街坊们只是这样轻轻叹息了一声。除了叹息之外，他们又能说些什么呢？正像他们对日子里许多本来要发生的事情无可抱怨一样，他们对李家这件事情也已无可抱怨的了。他们已找不出来什么抱怨、指责、安慰的理由和依据了……因为老黑已死去多年了。

我的街坊邻居们直到这时才猛然想起老黑来……

可是，那会儿，老黑的确死去许多年了。

套 户

一

冬天一到，套户进山了。

走前，宝柱媳妇顺英找到孙山说："表叔，让柱子去吧。"

孙山闷头坐在屋里吸烟，问久了才搭言：

"舍得？"

"舍得。"

宝柱和顺英新婚，还没有娃。孙山想了想，又说："你也去吧。"

"成。"

跑马套子每年都需跟个婆娘去做饭，顺英应承了，欢欢转身走了出去。

孙山望着一扭一扭消失在眼里浑圆丰满的臀，想：宝柱人模狗样的，咋能找上了顺英？

马爬犁一溜从脚下吱吱轧过，留下两道坚硬的雪辙印。远处，山挨着山还香香地睡着，朦朦胧胧盖着厚厚的老雪。

宝柱的马爬犁跟在二狗后面，二狗几次停下来，说松松家伙，就把马爬犁挡在路中间。二狗并不走远，站在路边的雪窝子里就撒，哗哗的尿线如一节马鞭，很响地抽打在雪面上。雪面上滋出几柱黄洞，连接起来，是一幅很粗俗的图画。二狗回过头来，有些得意。

顺英转过身去，脑袋缩在宝柱厚厚的黑棉袄里。

宝柱恶恶地瞪了二狗几眼，二狗这才提了裤子，甩了个清脆的鞭响，马队又冻蛇一样向前蠕动了。

216

山窝子里飘出几缕烟柱，轻飘飘混在厚重的山雾里。冷清，寂寞。

马蹄声惊起了几声狗吠。走近，一条黄狗亲热地蹿上来，围着孙山的马爬犁转。孙山张着手迎不是，躲不是。

"阿黄，阿黄。"辘轳井沿上，一个女人站在冰上唤狗。狗停止了张狂，望着主人。

女人担着水走过来，清冽的水在桶沿上结了一层薄冰。晶莹，透明。

"哟，来啦。"女人同孙山打招呼。

"嗯。"孙山眼光闪闪，笑笑。

马爬犁哗哗走过，卷起一股雪尘。女人和狗隐了去。

"她是谁？"顺英问。

"马寡妇。"二狗讨好地说。

马队到了木楞场，停了。汉子们纷纷跳下马爬犁，把积在身上的雪拍掉，把挂在眉毛、胡须上的霜抹去。

孙山领着木楞场老杨走过来。老杨说："先把帐篷支起来，再去几个人拉马草。"聚在一堆的汉子散去。

老杨转过头来，瞅见了顺英。

"新来的？"

"嗯，做饭的。"孙山答。

老杨就又多瞅了两眼。顺英脸蛋冻得像只熟透的苹果，红红的。

到了下午，棉帐篷搭起来了，马草也拉来了。在帐篷前堆起了一座高高的黄草垛，引来一群挓挲着羽毛的的麻雀，落在上面寻草籽吃。

傍晚，老杨又来了。老杨背来了半口袋白面。顺英将白面做成面叶，炝锅做了满满一水桶，热气腾腾拎进帐篷里。

汉子们"呼噜呼噜"喝起来，香得一片山响。老杨跟进来："咋样，好吃吗？'

汉子们从碗边挪开嘴巴，"嘿嘿"扯咧开嘴角，不知是冲老杨还是冲顺英感激地笑了。以前每次进山的头顿饭都是喝玉米面糊糊，这回却换成了细粮。

老杨"哦，哦"两声，很满足地背剪着手走了出去，外面的大山就黑了脸。

伙房里间搭起了一个木板铺。孙山吆宝柱和顺英一块儿睡在里面。临了，孙山冷冷地叮嘱宝柱："好好歇息，明天还要上山干活。"

宝柱顺从地点点头，进屋先去睡了。半夜，宝柱被尿憋醒。推开外间的门，轻飘飘闪过一个黑影。宝柱一惊，提起案板上的菜刀，悄手悄脚跟出去，恍惚感觉那人影像孙山。宝柱就站下了。撒完尿回来，宝柱睁眼到天亮，再也没睡着。

早晨开饭，吃的是昨晚的剩面叶汤。顺英对孙山说："好像少了些。"孙山说："稀哩咣当的玩意儿，锅底一热还会不少。"结果有的人喝两碗，有的人喝一碗。孙山只喝一碗。宝柱拿眼去瞅孙山，孙山的脸绷得紧紧的。

二

山坡上的白桦、柞树、红松老杆儿还在沉睡，汉子们的板斧"乒乒——"抡了上去，一声声"顺山倒！"……被砍醒的树们，便纷纷呻吟着倒在雪窝子里。片刻，横尸遍野。

宝柱头回见到这阵势，惊得满树后乱跑。半天都放不倒一根胳膊粗的树。孙山喝道："柱子，你个傻狍子，瞎跑啥呀，能砸死你吗？"宝柱满脸通红地站下了。

"去，你和二狗一伙儿干。"

宝柱望望低头砍树的二狗，讪讪走过去。

"晚上睡觉你咋不让我和你老婆一起睡呢？"二狗头没抬扔过来一句。

二狗在白桦树根部砍出了个茬口，将斧子扔给他："你来！"

他拾起二狗的板斧，"乒，乒……"砍了起来。砍了半天也没接上茬口。二狗等得不耐烦，或者说冻得受不了，抢过他手中的斧子说了句："看来干娘们儿你也不行。"

二狗三斧子下去，白桦"嘎吱——呀"吆喝着倒下身去，"扑通"砸起的雪扬起来，盖了宝柱一身一头。

二狗又砍倒了六七棵树，转了一圈儿回来，见他还站着不动，便说："走呀，牵马往下拽呀。"

他动了动脚，脚失去了知觉，仍停在原地雪窝子里没动。二狗察觉到了，惊道："快解开鞋子。"二狗看他的手冻肿得像两个蒸面馒头，就蹲下身子用斧刀割开他的鞋带，扒出他两只青紫的脚，用雪狠狠搓了起来。脚渐渐痛痒起来。二狗舒了一口气，停下手："总算没冻掉。"不知是痛的，还是痒的，他眼里汪了水："谢谢你，二狗。"

"怎么谢我？"二狗又恢复了嬉皮笑脸。

下山，滴血的太阳一点点从林子里抹去。马拉着载满圆木的爬犁扬蹄向山坡下奔去，趟腾起的雪浪向两边翻滚，黑魆魆的林子一闪一闪跳过。

回到伙房，顺英问："怎么样？"

"还行。"宝柱答。

顺英去瞅宝柱的手，红肿肿得像两个冻萝卜。顺英解开衣襟，捉住他的手往里放。门呼啦开了，二狗提着碗闪进来："还有汤吗？"顺英慌慌地去拿汤盆，敞着的怀里跳出白白的面馍，二狗直了眼儿。

宝柱当没看见，别过脸去。

夜里躺在板铺上，宝柱散了架似的，身子酥疼。顺英很温存，宝柱并不领情，背过身去。顺英轻轻叹息了一声。宝柱在家是独苗，身子骨一直很弱。

第二天上山前，孙山找到宝柱说："你别去了，在家归楞。"

宝柱一愣，心里骂道：二狗这个狗日的。归楞就是把从山上拉下来的原条木在楞场归成垛，工钱要照上山的少拿一半。留在木楞场归楞的都是几个年岁大的汉子。

宝柱无精打采地扛起搬钩往楞场上走去。

楞垛上一个岁数大的汉子见了低头走来的宝柱喊："喂，柱子，昨晚弄虚了身子吧，咋不让你上山了呢。"

其他几个汉子跟着哈哈笑。

宝柱不理他们，他们便没了趣，开始干活。

上午老杨又不知往工棚来送什么，从伙房里走出来，顺英在后面送："走好啊，杨场长。"宝柱也知道了老杨是场长。老杨走过他们几个身边，汉子都主动跟老杨招呼："忙啊，杨场长。"宝柱没打招呼，

219

老杨的眼睛倒是多看了两眼宝柱，嘴里"哦，哦"地应，背剪着手鸭子似的一摇一摆走了。

休息时，几个仔细的汉子走下楞垛，把雪地上散屙的冻马粪蛋拾起来，一冬天每人能拾一麻袋马粪，待到撒回去时再用马爬犁拉回去上地。宝柱不拾，宝柱看汉子们拾。

打远处走过来一个六七岁的男孩。男孩胳膊上挎着一个柳条编的土筐。刚才同宝柱说话的那个汉子喊：

"野种，过来。"

男孩惊惊悚悚站下了。

"过来，喊我一声爸，给你马粪。"

男孩不喊，呆呆地瞪眼瞅着他们。男孩在等马爬犁下山，那会儿汉子们光顾往下卸木头，屙在地上的马粪就没有人拾了。

三

二狗站在帐篷前的一块冰地上甩鞭梢儿，"啪！啪！"脆响。野种站在一边看。二狗那匹青灰母马拴在一根木桩上，支棱着耳朵一惊一乍地抽动，支棱支棱，翘起了尾巴，屙下一串粪蛋来。野种望望二狗，又望望地下，就走过去，把刚刚冻结的粪蛋拾进筐里。

二狗甩累了，问野种："想玩吗？"

野种老老实实点点头。

"叫一声爸。"

野种不叫，拿眼去看马屁股。

母马的尾巴又翘了起来，这回不是屙屎，是撒尿，很粗的一条线。

"大姑娘尿尿一条线，小媳妇尿尿一团线……"

二狗又改了主意，说："喊，给你鞭子玩。"

野种就跟着喊起来：

"大姑娘尿尿一条线，小媳妇尿尿一团线……"

顺英从伙房里走出来倒水，红了脸。二狗指着马尾巴下面问野种："那是什么？"

野种摇摇头说："不知道。"

220

二狗淫邪地瞅着顺英，说："去问你妈。"

谁想，马寡妇不知什么时候站在了二狗身后，一把揪住了二狗的耳朵，并不回避地说："你妈了个×，你就是从这里钻出来的。"

"哎哟，哎哟！"二狗扯咧着阔嘴讨饶，"马姐，马姐，饶了我吧……"

这时，孙山从帐篷里出来，黑着脸道：

"二狗，滚回去。"

二狗捂着生疼的耳朵，狗似的溜回帐篷里。

晚饭后，下起了雪，孙山踩着新下的雪"扑哧扑哧……"向马寡妇家走去。小山村的夜晚静悄悄、黑漆漆的。走近时，阿黄"扑"的一声蹿过来，跳进孙山的怀里。孙山拍拍阿黄的头，想一同进院。迎面又走来一个人影，阿黄跳下身，跟过去，黑影咳嗽了一声，孙山听出是老杨，站到一边笑着点头招呼："吃啦，杨场长。"

"哦……嗯。"老杨用鼻子应了一声，一摇一摆打雪地里走过去。

阿黄蔫头蔫脑溜回了院子。孙山走进屋里，用手掌拍掉身上的雪，从棉袄里摸出两个白面馍，放在箱盖上。

屋里点着煤油灯，马寡妇偎坐在炕上。昏黄的灯影明明灭灭，晃出一团困倦。

"他来过了。"马寡妇打了个哈欠。

孙山没动，眼睛静静地看着阴影里熟睡的野种，很清晰的鼾韵一出一进鼓动着鼻孔。

油灯瓶里油快要熬干了，灯捻儿发出哂哂的响声，爆出好看的火花。

孙山默默转过微驼的身背，瞅了马寡妇一眼，抬起脚步。

"山哥，你……别走。"

孙山停下脚步。

灯摇摇晃晃灭了去，屋里一团黑。女人给孙山解下衣服，孙山僵硬的身子磨上炕。炕上一片火热，孙山被烤灼得身子瘫软成一团，通体涌出一身虚汗。良久，孙山叹息了一声，将女人搂在怀里。女人捶着孙山的肩，小声委屈地抽泣起来……

221

四

宝柱站在木楞垛上，每天都看见野种出来拾粪，后面跟着阿黄。阿黄夹着尾巴。二狗说，野种并不是真正的野种，是马寡妇先前那个男人的种，听说马寡妇的男人也是跑马套子的。当初马寡妇男人领着马寡妇一同进的山，后来不知怎的和杨场长相好了，怀上了野种后，男人怀疑野种是杨场长的种，就把马寡妇给踢蹬了。"其实不是，你看一点儿也不像。"二狗肯定地打赌说。宝柱也端详过，确实不像老杨。"屄操的男人。"宝柱就心里恶恶地骂了一句。不知是骂马寡妇的男人，还是骂老杨。

逢到休息时，汉子们走下去拾马粪，宝柱也跟着走到雪地里去拾马粪。拾了一堆后，看见野种，就把野种喊过来，把马粪蛋装进他的筐里。别的汉子看见了，就酸溜溜地说："都想当野种的爹呀，有能耐自己生一个。"

顺英从伙房里出来倒泔水，也不怕顺英听见。

老杨还三天两头地往伙房送面粉来。老杨以前从没这么厚待过他们。汉子们这话是瞧着宝柱说的，说完就阴阴地笑。宝柱知道他们笑的是什么。宝柱也不去搭理他们，自己低头干自己的活。

干完活回到伙房。顺英迎上来，给宝柱端热水洗脸。宝柱并不急着洗脸，抬眼去瞅顺英的脸。顺英被瞅着不好意思，嗔怪一句："看你，好像不认识似的。"宝柱不好开口说什么，就去洗脸。扑噜扑噜的水声迟迟疑疑，时缓时急。

夜里亲热，宝柱累了一天的身子渐渐冷却。顺英并不怪他，说了句："一股松树油子味。"就搂着一身松树油子味香香地睡去。

干活时，宝柱多长了一只眼睛盯着伙房门。老杨背着半袋面进去。过了一会儿，又走出来。老杨背剪着手一摇一摆地在前面走，顺英在后面相送："走好啊，杨场长。"

老杨走过他们身边，汉子们又同老杨招呼。老杨又瞅宝柱两眼，老杨很友好地冲他笑笑。

进屋，宝柱看见顺英胸前的布衫襟上少了一个纽扣。宝柱问："扣子呢？"

顺英说："刚才抱柴火刮掉了。"

顺英并没有像宝柱希望的那样说，宝柱就不好说什么，宝柱就不好做什么。

老杨照旧三天两头送面来。老杨送了面并不急着走，看着顺英揉面、烧水、蒸馒头。馒头蒸出锅，老杨先掰了一块搁在嘴里，眼睛瞅着顺英说："你的白馒头真香。"

说着，瞅着，手摸上了顺英怀里。顺英刚好哧哧哈哈从锅里捡出一个馒头，整个地塞到老杨的手上，"香你就多吃点儿。"老杨烫得手一抖，缩了回去，馒头掉在了地上。顺英弯腰捡起来，吹去馒头皮上的尘土，若无其事端着一屉馒头走了出去，把老杨一个人丢在伙房里。

"老杨又来了？"躺在板铺上宝柱记起了白天的事，问。

"来啦。"顺英答。

"待了一会儿了？"

"嗯，待了一会儿。"顺英挺困乏，瞌睡上眼皮，很快发出均匀的鼻息。

宝柱窸窸窣窣翻身，左右困不着觉。

白天，在木楞场上见到老杨，老杨眼里失去了笑意，很冷地瞅着宝柱。宝柱背对着老杨，发狠地搬动着原木。远处，阿黄一颠儿一颠儿跑来，亲热地凑到老杨脚下，左嗅嗅，右嗅嗅。老杨不耐烦，蹬了阿黄一脚："该杀的东西。"阿黄一趔趄，滚在地上，沾了一身雪，猹猹叫了两声夹着尾巴跑开了。

有汉子附和："这家伙挺肥呀。"

白馒头断了顿。伙房里很少再见到老杨进出了，大家伙儿开始吃苞米面饼子。宝柱吃得很香，白天干活时眼睛再不用往伙房门口瞄了。

老杨不到伙房去，就常来楞场上转悠，看汉子们干活。"楞垛码高了。"老杨说。汉子就重新爬上去，站稳脚跟，把顶尖上的原木小心翼翼往下搬移，大气不敢出一口。这样做是很危险的，容易滑垛。去年就有一个汉子一声不哼地卷进了疯滚下的木垛里，压成了肉饼，尸骨也没检出一块。老杨站冷了，才走开。老杨的脸冻得铁青，冷冷的。

五

  阿黄的末日到了。傍中午阿黄跟着野种来到木楞场上。阿黄看见老杨，颠儿颠儿跑过来，围着老杨身前身后转。老杨转着转着，就从楞垛的木堆里抽出一根一米来长垫圆木用的柞木棒。野种看见了，喊了一声："阿黄！"阿黄没有听见，或者听见了并没有去理野种，依然跟随在老杨的腿后。老杨不声不响地举起木棒来。阿黄并不惊慌，仰起头来，眼光痴痴地望着头上，那样子好像不是在望木棒，而是在望着一块可食的美餐。"啪！"老杨的木棒稳稳准准砸下来，阿黄叽哝了一声，一头栽倒在雪地上，白花花的脑浆流淌了一地。

  "阿黄——"野种疯了一样嘶叫着扑上去。

  老杨擦了擦溅在手上的血迹，丢掉木棒，对站在边上的汉子说了一句：

  "拖回去吃肉吧。"

  说完，背剪着手走了。

  有两个汉子跃跃欲试上前拖狗，野种哭叫着不让。野种趴在阿黄身上，地上的热血冻成了冰块，粘住了野种的衣衫。

  "狗已经死了嘛，哭也没有用呀，还不快拖回去吃肉呀。"二狗说，过来拉野种起来。

  另外两个汉子就去拖地上的狗。

  "住手。"孙山挤过来，沉着脸说。

  两个汉子放下手，看着孙山。

  孙山背起耷拉着脑袋的阿黄，手牵着野种向马寡妇房后的山坡下走去。

  宝柱站在人圈外面，望着一大一小走去的背影，忽然觉得他们走路的步态有些相像。

  "这狗，太傻啦，等着死呀。"

  "听说这狗崽还是老杨送的呢，狗真他妈的忠实主人。"

  汉子们议论着，走散了。

  山坡根下，堆起了一个雪包。孙山低头垂立在雪包前，野种趴在雪

224

包上呜呜哭泣，从林地里蹿出来的风，在林梢儿头喧哗成一串串凄厉的哨音。

半夜，孙山走进马寡妇家里。野种已经睡着了，马寡妇还没睡，好像在等他，披衣坐在油灯下。门"吱呀"一声，马寡妇也没转头，说了句：

"你还知道来呀。"

孙山蔫蔫地站立在地当中，搓着粗糙的手掌，那手掌皲裂得像老红松树皮，眼睛六神无主地扫视了一下屋内挂霜的墙壁。最后目光落在炕头熟睡的野种脸上。

"要走了吗？"

"快……啦。"

"明年还来吗？"

"明年……不啦……老了，腿脚也跟不上啦。"孙山无力地摇摇头凄凉地说。

女人听了，心一下提到嗓子眼，脸失了色。

一时，屋里静得只能听到油灯的哔哔声。

"你不是个男人，你是个熊种王八蛋……"好久，女人从胸腔里爆发出一句，嘤嘤哭泣起来，肩头一耸一耸抽动。

哭声惊动了炕头上熟睡的野种。野种发出哽哽咽咽的梦呓："阿黄，阿黄，我要阿黄……"

女人停止了哭泣，睁着一双白肿的泪眼，望着孙山：

"你想让他当一辈子野种吗？"

"我……唉——"孙山重重地瘫倒在炕沿上，深深叹息了一声。灯影晃了晃，而后屋内又复于死寂。

"你滚，你滚吧，你连狗都不如，我们娘俩儿也不要见到你，你滚吧……"女人发疯地声嘶力竭喊起来，往外推孙山。

孙山踉踉跄跄、跌跌撞撞走出来。猛烈的山风灌进嘴里，他躬下腰大口大口地咳嗽起来……待到平息下来，稍稍喘稳了气，孙山挪开老迈麻木的腿，哆哆嗦嗦往前走去……雪地里留下几个歪歪斜斜的脚印。

孙山缓缓来到山坡下，在阿黄的坟前站下，嘴里喃喃自语："我连狗都不如吗？我连狗都不如吗？我是狗，我不是人……"雪坟冷冷无语地默对着孙山。孙山呜呜咽咽哀屈地哭泣起来，寒冷的风吹在泪花花的脸上，很快在脸上冻成了两条冰溜子。

这夜，孙山在狗坟前站立了很久。

六

年关将近，套户们不上山了，在等场里工钱发下来，好赶马爬犁撤回去过年。

阴历腊月二十三是小年。镇上零星爆出几声爆竹响……傍晚时，天阴了脸，飘起了清雪，小北风刀子似的嗖嗖往人肉里刮。

孙山"嘎吱、嘎吱"踩着冷雪走进工棚里。迎着寒气，汉子们围过来。目光霍霍地往他身上刮。

孙山拂去身上的雪花，搓搓冻僵的手。那脸，也是僵僵的，没有颜色。

"咋样，发吗？"

"不发。"

"为甚？"

"还叫我们再去山上拉两趟……"

沉默。

汉子们你望望我，我望望你，畏畏缩缩撤回了目光，蔫了。

宝柱磨磨身子往外走，孙山又在后面说道：

"明天，全都上山，每人工钱增加五元。"

宝柱站下了，转过头来。

昏暗中，孙山躲躲闪闪移开了目光。

伙房里，顺英坐在灯下给宝柱补棉袄。顺英一针一线地连着，神情安谧、专注。宝柱就站在灯影里痴痴地望。

天亮，顺英摸摸身边的被子，宝柱已经起来了。顺英就暗骂自己贪睡。每回早上都是顺英先起来叫醒宝柱的。顺英急急慌慌起来，穿好衣服下伙房去点火。

火生着了，水烧热了，顺英就舀出半盆热水来，放在木墩上留着给

226

宝柱洗脸。接着，顺英开始做早饭。地上脸盆里的水，慢慢地没了热气。"这个死宝柱，干什么去了？"顺英想起宝柱昨晚说过今天要上山的话，心想宝柱这会儿差不多该在工棚里。她只是有点儿不明白，孙山今天为啥要叫宝柱跟着一齐上山。顺英正这样想着时，外面忽然卷起了一阵嘈杂的人声，伙房门被二狗撞开了："顺英，快，宝柱出事啦，被楞垛砸着啦！……"

"啊?! ——"顺英大惊，身子轻飘飘随二狗飘了出去。

楞场上围了许多人，老杨也夹在人群中。宝柱倒卧在木垛下面的雪地里，腿上压着一根粗粗的红松圆木。众人小心翼翼抬去圆木。这工夫，老杨也叫人把镇上的山药医找到了。

山药医蹲下身子去，手一触到宝柱的腿，宝柱就痛得一激灵，且有黄豆粒大的汗珠争先恐后串串往下逃。

顺英扑过来："宝柱，你这是怎么啦?! ——"

宝柱睁开眼看看顺英，想说什么，却说不出来，嘴咬得紧紧的，腮部的肌肉一棱一棱地跳。

山药医给宝柱灌下了几粒自制的山药丸，宝柱面部的肌肉才慢慢松开，从嘴里吐出两颗带血的碎牙齿，冲顺英笑笑："没事。"

众人面面相觑，噤若寒蝉。

汉子们把宝柱抬走。山药医走到老杨跟前，痛惜地无可奈何摇摇头："恐怕那条腿得残废啦……"

老杨听了，没说什么，脸阴沉下去。

下午，顺英去山药医家拿药。老杨走进伙房来，宝柱昏昏晕晕躺在板铺上。老杨从兜里掏出一叠厚厚的票子，掖到宝柱的被里。宝柱感觉到了，睁开微闭的眼缝。宝柱瞅到了票子，又瞅了瞅老杨，摇摇头，老杨只好收起票子。

"你是条汉子。"老杨背对着宝柱，低头说了一句，走出去。

老杨把套户们一冬的工钱发下来，套户第二天就下山了。

宝柱被人抬上马爬犁，身子虚得像一张薄纸。孙山勾头走过来，看了看被子里的宝柱，愧疚地说："柱子，俺对不住你。"

宝柱摇摇头，试图笑一笑，可是没成功，就把目光扭向了别处。远处的山坡下，模模糊糊出现了阿黄那堆雪坟。那雪坟，在宝柱的眼睛里一点一点化开去……

"驾！——"孙山狠狠吆喝了一声，马队缓缓出发了。

孙山的马爬犁上多出了两个人，是马寡妇和野种。

最后的猎人

　　荷子是在冬日的一个黄昏来到苔青镇的。荷子走进七舅的家，屋里，一个四十岁上下的女人正俯身蹲在灶坑后面生火。女人做得过于专注，没有听见门响和出现在门里的荷子。荷子也瞅不清女人的面目，她的头几乎埋进灶坑门里去了。不知是因为柴湿还是因为天冷的缘故，女人不停地用嘴往里面吹着风，灶坑里却依然长时间地保持着一团沉默。

　　"七舅呢?"

　　荷子打破沉默。荷子想等她歇下气来，看上去她并没有要缓口气的意思。那声音听起来像冬夜里的北风刮在屋后的窗户纸上，急促而富有耐力。

　　风声戛然而止，从灶坑后面抬出一颗发鬓乱糟糟的头来。女人的两眼像刚刚哭过，又红又肿，挤眨着一抹混合着烟尘的灰泪……

　　"这个时候，你恐怕要到张长利家的酒馆里能找到他。"女人长长地缓吐了一口气，不紧不慢地说道。

　　荷子很专注地盯着黑影里那张脸看了一下，荷子看到女人瘦瘦的脸颊上蹭着两块黑黑的墨一样的木炭灰。荷子走出来。荷子走在外面坚硬得嘎吱、嘎吱作响的雪地里，脑子里还在想着女人脸颊上那两块均匀的黑炭灰。荷子在想，她差点儿认不出来这张脸来……荷子不禁又回头望了一眼那座熟悉的木刻楞草房。此刻，从那覆盖着厚厚老雪像一坨棉垛的屋顶上，摇摇晃晃困难地摇出一线歪歪斜斜的青色烟来。这个时候，散落在山坡上的小镇人家的屋顶差不多都摇出一线这样的炊烟来。看上去，几缕歪歪斜斜的烟线似乎要拔高、伸直或抱成团，却被山谷里随着黄昏而降临的阴霾寒雾不动声色地给吞没了。

沿着狭长山谷往南走去，是小镇通向山外的唯一一条山道。几棵憔悴的柳树蔫歪歪地长在道两旁。在镇南端的道口坡岗外，坐落着一间方方的尖顶木屋。红松木刻楞墙，屋顶是用白铁皮盖起来的，年代久了，呈现出斑斑驳驳的锈迹。临公路的一面窗子像睁着一只孤独、幽深狡黠的眼睛，俯视着小镇和小镇那条唯一通向山外的山道。冬日的黄昏，屋里点起了灯火，在朦朦胧胧的凝霜夜雾里，远远地就能看到它了。多么温暖呀！看到的人无论是谁都会这样情不自禁地想。尽管酒馆和城里那些劣等的小酒馆一样，有着一个很俗气的名字"迎宾酒家"，可那些长途跋涉来的山外人和从山上下来的小镇人，甚至瞧也懒得往门口上那块红色木板上瞧一眼，就一头扎进了酒馆里，把一副冷冰冰的身板喝得和屋内炉子一样通热，才摇摇晃晃走出来……

和城里那些殷勤拉客的小酒馆主人不一样的是，小镇酒馆主人从不主动招呼酒客。无论是来过酒馆的回头客还是初次来酒馆的酒客，他都一律表现得麻木，甚至有些冷漠。人们走进酒馆通常会看到这样两种情形：隔板挡着的酒柜后面，要么他矮坐在那里闭目打盹；要么地上摆着一只小白桦木方桌，桌上摆着一碗白酒和一碟盐煮豆，他一个人默默独自坐在那里自斟自饮。看也不看外面的酒客一眼。至多是在有的时候，酒柜外面的哪位酒客喝光了碗里的酒，他会在谁也想不到的情况下，突然喊一声伙计给斟满。外面的酒客听到了，就会受宠若惊地感动起来。心想，他毕竟是腿脚不方便的跛子呀。也就痛快地饮了去。

镇上的人差不多都知道一些酒馆和张长利的经历。酒馆最初并不是张长利开的。当初在镇上还没有几户人家时，酒馆是由一个破了家产、到山沟里来避难的地主开的。地主姓孙，是一位很和善的老头。老头的和善在于能使当时大批涌进山来淘金的金客、猎人、套户和皮货商们毫不吝啬地把狗头金、钞票扔在酒馆里。谁都知道那样的金银、钞票都是由身家性命换来的。因此，酒馆两三年内便红火起来。刚进山来时瘦骨嶙峋的老头变得又白又胖。镇上的老人都还记得，老人除了和善外，还有一个又年轻又漂亮的女儿。老头常常让自己漂亮的女儿去给酒客斟酒，逢到这时酒客们就要多喝上三五杯，哪怕是烂醉如泥。在众多的淘金客中有一个小伙子。小伙子二十来岁，模样有些腼腆。小伙子夹杂在金客里面常来光顾酒馆，却从不喝酒。每回来，小伙子只拣了个不被人注意的墙角落坐下，安安静静地看着同伙们喝。长了，连能说善劝的孙掌柜也不再劝他喝了，由他去了。小伙子来酒馆好像只为了欣赏同伙们的醉态。当然其中总要有一两个烂醉如泥猪一样躺倒在地上，最后由他负责背回去。孙掌柜很满意他这样干，常常用宽厚的手掌莫名其妙地拍拍他的肩头，弄得小伙子一阵不好意思脸红起来。……直到有一天小伙子和漂亮的酒馆主人女儿一起从酒馆里消失了，精明的孙掌柜才恍然明白过来，匆忙走进厨房后屋，从泥石板地下挖出一个陶瓷罐，里面的狗头金一块也不见了。孙掌柜顿时栽倒在地上。金客们也气急败坏地破口大骂："这个吃独食的家伙，不会得好死的。"照金客们的规矩，共同发现的金子，应当共同享用。

许多年过去以后，当年携带孙掌柜女儿、金块一起跑出去的小伙子张长利又回到了镇上。身边已没有了女人，且跛了一条腿。那时孙掌柜已在几年前疾愤交加地孤独死去。张长利就接管了小镇酒馆上的生意。生意虽不比先前红火，却也过得去。只是张长利对一切都变得无动于衷起来，自打雇了伙计，酒馆里的大事小情都由伙计一应照管。张长利闲下来，就一个人独坐在酒柜后面自斟自饮，情形如同一个终日离不开酒的酒徒。先前的张长利是从不喝酒的。有知道这一点的人提起先前的事来，张长利就会瞪着一双红红的呆眼，像不记得什么地望着那人，直瞅得那人心里一阵阵发毛。此后再很少有人提起先前的事来，先前的张长利似乎在小镇人的心中死去了。

荷子走到酒馆来。昏黄的灯光将里面两三个酒客的头影透视到窗户上。窗玻璃结着树状的冰凌花，窗台上积着一层夹杂着烟尘的雪埃。

"喂，二棉裤，刚才是你说张没鼻子进山了吗……"一个野山公鸡嗓儿这样问道。

"没错，是我说的，怎么快腿你这家伙还不相信吗？早上天麻麻亮，我就看见他一个人带着二黑出去了。"二棉裤说。

"怎么出去了这么久呢……你不是在做梦吧。"快腿忍不住又说了一句。

"你，你这个家伙，怎么这样说呢，要不相信的话我们来赌一瓶老白干怎么样，敢吗？"二棉裤脸红起来，结巴地说道。

"你这个家伙，要喝死我吗……"快腿的语气明显地软了下来，不再说什么了。

二棉裤是酒馆里的常客，常常与人打赌蹭酒喝。凭他的一点小聪明，还叫他赌中的时候居多。比如镇上谁家的母狗下了一窝狗崽，他能猜出几公几母。惹得镇上的人谁家生孩子也来找他猜。猜多了也有失算的时候。有一回于磕巴女人生孩子，请他猜是男是女。于磕巴四十岁才娶上女人，自然希望是儿子。他叫于磕巴先请了酒，酒过三巡，他迷糊中说得的是儿子。结果于磕巴女人生下的是丫头，于磕巴找到他把他好一顿胖揍，逼问他为什么糊弄他。情急之中他说是自己做梦梦到的。镇上的人知晓了，以后常拿这件事来取笑他。

屋里，正中的一张酒桌上，坐着一个穿黑皮夹克的汉子。汉子有四十多岁，方阔脸膛，短粗脖，皮肤黧黑。快腿立在汉子对面，一条细腿蹬翘在长条木凳上，另一条细腿独立在地上。汉子和快腿两人脸上都放着通红的光亮，看来他们喝得有些时候了。二棉裤坐在邻座的酒桌上；柜台里面张长利影子似的坐在那里闭目打盹。外间不见伙计的身影，大概在后间厨房里忙着收拾打烊了。

听见门响，外间的三个人一齐转过头来。快腿的眼睛像两束灯光射在她身上。二棉裤手里端着酒碗，忘记了喝，干张着嘴停在那里。

"七舅。"

"来啦。"黑脸汉子的目光黯淡地熄灭了，重新低下头去。

"嘀，七哥，好俊的外甥女，有没有婆家呢?"快腿摇摇晃晃走过来，目光肆无忌惮地在她身上打量。

"闭上你的猪嘴，人家可是城里的大学生。喂，大学生，过来这边坐。"二棉裤放下手里的酒碗，主人似的招呼让道。

赶了一天的路，荷子是有些累了，就走过去拣了一条干净的木凳坐下了。荷子看到酒馆的主人还坐在那里闭目打盹。伙计不知什么时候走出来，手里端着一碗白开水。

"喝口水吧。"

荷子感激地冲伙计一笑。小伙子有些不好意思地脸红了。

"三子，厨房里都收拾利索了吗?"跛子张长利闭目坐在那里问了一句。

232

"叔，收拾好啦。"

"收拾好了就早点儿歇着去吧。"

这无疑是下了逐客令，可是外屋里坐得好好的三个人并没有要走的意思，只有伙计讪讪地退到后屋里去了。

"我说，他好久没有进山了吧。"隔了一会儿，七舅转过脸来，对着二棉裤说。

二棉裤收回了一下神，说："可不是嘛，差不多有一个冬季没有进山了。"

"那他还算个屌毛猎人？趁早塞熊腔算啦……"快腿悻悻地说道。

七舅恶恶地横了他一眼，他方才闭上了嘴。

"也难怪他呀，山上连野鸡毛都很少见到一根了。"二棉裤有些无奈丧气地说。

从后屋里传来伙计很响的鼾声，快腿的头也一下一下没精神地伏在桌上点动着。二棉裤打了个哈欠，从嘴里流出一根晶亮的水线。

"他总不该空等这么久吧……"七舅自言自语地说了句。

荷子注意到一直瞌睡在那里的张长利脸上不易察觉地掠过一丝悸动。快腿止住了瞌睡，迷迷瞪瞪地睁眼望着灯影里的七舅。昏暗的屋子里一下子寂静得有些阴森、可怖。只有二棉裤，不知是酒喝多了，还是困得厉害，头一沉一沉地往下垂去。

"来啦，来啦，他回来啦。"二棉裤一阵兴奋地叫，睁开眼。

快腿和七舅的目光转向他。

"真的，我听到二黑的叫唤了。"二棉裤又说。

快腿伸着耳朵细听了一会儿，除了夜风尖厉地吹打着寒窗的声音外什么也没听到，便有些恼怒地说道：

"你这个家伙是属狗的怎么的，通狗性呀，我怎么听不到呢。"

二棉裤没有理他，端起桌上的碗，一口掴净碗底里残留的最后一滴酒。这工夫，门悄没声地裂开了一道缝，一条黑狗钻了进来，接着走进一个雪人来。雪人戴着一顶黄毛狗皮帽子，鼻子上戴着一只兔皮鼻套；肩上背着一杆双管猎枪，腰间缠着一只鼓鼓囊囊的黄帆布兜子。来人抖落掉身上的雪，走到一张桌子前坐下了。等他摘去脸上的鼻套，荷子吃了一惊。那人的鼻子已经没有了，露出的是一长条粉红色的窟窿。伙计

233

已起来了，从酒柜里端出两盘酱牛肉和一瓶白酒，放到桌子上。黑狗很灵敏地跳到长条凳上蹲坐下来……寂静的屋子里，便空空地响起了那人和那狗很响的吃食声。

"张叔，城里的皮毛又加价了，一张黑小子的皮能卖到两千元哪……"快腿凑过去，在张没鼻子身边坐下来伸出两根指头说。快腿的左手中指上晃动着一个金灿灿的戒指。

他没看快腿一眼，依旧在那里和那狗很香地吃着，不一会儿，两盘酱牛肉就吃得光光的，他又叫伙计拿出两盘来。

等他和狗吃完，七舅走过去。七舅从一个黑人造革皮兜里掏出几盒猎枪子弹，放在他面前。

"……子弹也涨价了，要八毛钱一颗呢。"

他没吱声，默默弯腰从地上的黄帆布兜子里掏出两只已变得僵硬的山兔来，放到桌上，七舅收了。七舅拿在手里掂量掂量，两只山兔的头上各有一个凝固的血窟窿。

"呃，可怜的兔子。"影子似的坐在那里的张长利，开口说了一句。

"城里人喜欢吃兔肉，兔肉可以使人美容，是吧，城里人。"快腿冲这边喊了一句。她不知所措惶惑地看看张长利，又看看张没鼻子。

七舅临出门时，又回过头来说了一句：

"喂，老哥，我们讲定的，要黑家伙的货呀。"

荷子来到苔青镇一个月后，收到了男朋友笙的来信。荷子注意看了看信的右下角日期，信是半个月前写来的。小镇的邮路不算畅通，信在路途耽搁了。笙在信中埋怨荷子离开哈城时没告诉他一声，否则的话他会和荷子一起来山里的。笙在信的结尾说，他给荷子准备了一件新年圣诞礼物，让她猜猜看，到时候再告诉她。荷子没有去猜笙给她买的什么礼物。荷子只是在想笙像狗一样，总能嗅到她的行踪。

这天夜里，荷子被一阵激烈的狗叫声惊醒了。侧耳细听，那只是一只狗在叫，那叫声像一只被围困中的老狼发出的绝望、无奈的哀嚎……听起来是那样阴森、骇人。荷子觉得一阵恐惧，想用被角蒙住头，可是无论如何也没有办法再睡下去。

"是谁家的狗在叫呢？"早晨起来，她眼红丝丝地问七舅母。七舅去山外了，没在家。

"是二黑在叫，他在惩罚二黑……"七舅母说，她看到七舅母眼里也有红红的血丝。

她愣住了。她想起刚来镇上那天在酒馆里看到的他和二黑一起亲昵地吃酱牛肉的情形。

一连几天半夜里她都能听到那惨烈的狗叫声……她奇怪镇子里并没有别的狗应和的，看来是习以为常了。来镇上这么多日来，她隐约听七舅母说起一些张没鼻子的情况。张没鼻子的曾祖父是个白俄罗斯人，早年流亡到这里后就开始了以打猎为生、以大山为家的猎人生涯。到了他父亲这一辈已是当地这一带山里很有名的猎户世家了。没有什么猎物可以在他父亲的枪口下逃生的。后来他父亲娶了一位当地的中国姑娘为妻，在镇上安了家。再出色的猎人也有失败的时候，结婚第三年，他父亲在一次上山狩猎中，被一头野猪割开了肚子，花花绿绿的肠子淌了一地。张没鼻子一直是他母亲拉扯带大的，随了他母亲的姓，长成了一个又高又壮的小伙子。那是多么英俊的混血儿小伙子呀，高挺挺的鼻子，白白的皮肤，黑黑的头发。七舅母羡慕地回忆说，脸颊露出了两块均匀的淡淡红晕。当时镇上一个漂亮的姑娘爱上了他。为了不重走他父亲的覆辙，姑娘要他答应不再去打猎。他答应了，并且立下了誓言，一辈子不再做个猎人了。可是就在成亲的前两天，他违背了自己的誓言，又进山打猎去了。并且回来后找人传话给姑娘，他还要做个猎人的。姑娘听到他违背了自己的誓言伤心极了，隔不久嫁给了一个追求她的皮货商。后来她才知道事情的真相，原来他为了结婚挣到一笔钱，答应了皮货商最后进一趟山。结果在这趟进山中，他与两头母子熊相遇了，在他用尽最后一粒子弹射杀了那头母熊后，被躲在树洞里的一头子熊扑过来，舔去了鼻子。他觉得无法和美丽的姑娘结合了，就决定收回自己的诺言，做一辈子猎人。"他是个出色的猎人，可绝不是一个聪明的猎人。"皮货商后来对成为妻子的姑娘说。姑娘看到皮货商说这话时一脸的满足。"他是这里最后一个猎人了，他没有儿子再来继承他的杀生营生了。"七舅母每回说到最后，总要叹息一声，脸上呈现出一种黯然无奈的神色，黄昏的日影移到这张脸上，移上了一层黄黄的神秘光晕。接着，她该下去生火去了；接着，荷子又听到了北风吹在窗户上的呼呼响声……

七舅从山外回来，脸色一连几日地阴着。快腿来，七舅问：“他怎么样？”快腿蔫了头，答了一句：“还要等。”“等多久？”“他说再等一个时辰。”七舅就泄了气。……过了半晌，七舅重新对快腿说：“你再下山去一趟，跟那个河南佬说说，再缓些日子行不。”快腿畏难地说：“就怕不好说话，我们已拿了人家的钱哪。”七舅也困难地叹了一口气：“唉，死马当成活马医吧。”快腿看看七舅，走了。

夜里，没再听到狗叫。早晨起来走到院子里，看见七舅母怔怔地立在柴棚前，像是要抱柴火，两手却空空地挓挲着。

“他要上山啦。”七舅母看见她走过来说。

“他不打狗了。”她说，昨夜里睡得挺好。

“他那是在惩罚他自己。每回上山他都这样的。知道吗，他妈妈死时他都没有掉一滴眼泪，二黑的妈妈老黑死时他却整整哭了一天。老黑救过他三次命。”

白天在街上，她看见张没鼻子和二黑从酒馆里走出来，一群在雪地里玩木尜儿的孩子追在后面喊：

“张没鼻子没鼻子，张没鼻子有狗鼻子……”

二黑似乎听懂了孩子们不怀好意的喊叫声，不时回过头去，冲孩子们狺狺空叫两声，做吓唬状……孩子们并不害怕，仍在后边追着。

张没鼻子走过路旁她跟前时，停下了，眼神怪怪地瞅她。

“喂，大学生，城里现在熊皮真的能卖两千块钱一张吗？”

她点点头。她虽然不知道各种兽皮的原始销售价格，可她知道现在城里人正流行穿各种皮毛大衣。快腿说的也许不会错。

她看到他眼里有什么东西倏然消逝了，喟叹了一声，趔趔趄趄走了……

她心里被什么东西牵动着，颤忽了一下。

晚上，荷子躺在火炕上，展开白天小镇邮递员交给她的一封来信看。这是荷子来苔青后收到的笙第四封来信了。笙在信中问荷子为什么不给他写回信？并说他天天想她，想得快要发疯了，夜里只能靠安眠药维持才能入眠……问荷子什么时候能回去……荷子放下信来，脑子里也想不出什么时候回去，她试图再在小镇上待些日子。隔壁东屋里传出了七舅很嘹亮的鼾声……荷子不再想什么了，吹了蜡烛，很快睡了去。

……张没鼻子终于进山了。张没鼻子带着二黑上了红松岭，红松岭很少有人来过。镇上的人传说红松岭常常闹鬼，采山的人、伐木的人常在这里麻达山①，就很少有人敢来了。因此红松岭的老林子又高又密，松树都有几百年的年轮。每到秋天松塔成熟的季节，地上铺了厚厚的一层风吹落的松塔，松子个大肉厚，成了野兽出没的天然饲养地。还是张没鼻子爹当猎人的时候，有一回在红松岭打到了一头野猪，足足从野猪身上刮下来两麻袋松树子。后来不知为什么，野猪在红松岭上绝了迹，很少有人再在红松岭上见到野猪的出没。尽管这样，镇上的人也都不到红松岭去捡松塔，任岭子里一年一年落满地的松塔再一年一年腐烂掉。有一年，打山外来了两个进山捡松塔的山东兄弟，两人在岭子坡上足足捡了三天三夜松塔，整整装了十麻袋松子，结果两人迷山了。兄弟俩在红松岭转了十天半个月也没有走出来。过了很久，有个进山伐木的镇上人，在下山途中遇到两个陌生的人打听下山的路。伐木人闻声抬起头来，顿时吓得魂飞胆丧，眼前的两张面孔鼻子、耳朵、眉毛全没了，只剩下白森森满是疤痂的面皮和一口红牙。伐木人拔腿就跑，回到家里半个月也没缓过魂来。全镇人都说红松岭出了怪物，只有他一个人心里清楚这是它干的。此刻，走在红松岭的他在想，这么多年过去了，它还会记得自己吗？……会的，一定会的！他在心里打了个寒战，不断重复地说。

张没鼻子蹚着没膝深的厚雪，在红松岭上整整转悠了三天三夜。三天来，它一直没有露面。静静的老林子里，连一只松鼠都没见溜过。他知道这都是因为它的缘故。这个畜生！它还要我等多久。张没鼻子骂了一句，往雪地里吐了一口干痰。三天来没吃一点儿东西的二黑也有些精疲力竭，它不时将头伏在雪窝子里，啃几口干雪。到了晚上，张没鼻子找到一棵两三个人也搂抱不过来的老红松树根底下，用刮断的干松枝丫拢起了一堆火。从雪窝子里扒拉出两三个松塔，放在火里去烤，烤煳后拿出来一粒一粒扒出嚼进嘴里。他试图让二黑也吃几粒松子，可二黑总远远地躲在一边，头仰着往远处巡视着。阴森森的夜风在林间荡来荡去，发出一串串凄厉的哀嚎。他似乎嗅到它那特有的骚味了，它就在附

① 东北方言，指在山中迷了路。

237

近。他有些兴奋地对自己说。希望明天能见到它。可等他在火堆旁醒来，早晨的林地里又恢复了特有的宁静。二黑疲倦地耷拉下耳朵，失望地看着他。他顿时感到一种绝望的恐惧涌遍全身，身子僵僵地麻木透凉。

"喂，你这个家伙，你出来吧，我知道你在等我。你毁了我的鼻子，我也能闻到你的骚味，你为什么不出来呢。我知道你是要和我算账的，我也要和你算账，你为什么要去祸害别人呢，你想报复就冲我来好了……我并不想和你作对，你知道吗，其实我并不想当猎人的，是你逼我当的，你毁了我的面容，使我无法再和她结婚，这一切都是你干的呀。不错，当初是我杀了你的妈妈，这也算是对我的报应！天哪，我们为什么要互相残杀呢，我们为什么不能成为朋友呢，真的，我真的不想再做一个猎人啦，你听到了吗……"

张没鼻子喊累了，就在老红松树根下坐下来，不再领着二黑四处瞎转悠了，他知道那样做也是徒劳的。他知道它就等在附近的哪棵树洞里，等着自己饥寒交迫地死去。

……

它在早晨宁静的雪地里出现了。从它那老迈、迟缓的步履中，可以看出它也老了。它身上黏结满了一层厚厚的松树油子和松树子、石子粒，远远望去像披着一层褐色的铠甲。它在离他和二黑十步远的一棵老松树旁站立下了，用混浊的目光望着他。他一把按住了欲蹿上去的二黑，抬起目光默默与它对视着。空气中飘着一股冷冷的淡淡白雾……

"你来了，你终于来了……"他嘴里喃喃地说，目光缓缓地低了下去，"你走吧，你为什么不离开这里，小镇上不会再有猎人出现了，真的，小镇上不会再有猎人了。"

黑熊仍然用黑黑的眼光一动不动地望着他。

"你滚吧，你为什么不滚开，我不想再见到你！……"他咆哮着喊起来，并下意识地端起了猎枪……

黑熊迎着他的枪口默默向火堆旁走来……"我叫你走开，听见没有！——"他开枪了，子弹"啪，啪"打在黑熊厚硬松子沙石铠甲上，撞出了一团团耀眼的火花，黑熊仍迈着不紧不慢的步子向火堆前走来。猎枪子弹打光了，他扔掉了空枪，跪在地上默默地闭上了眼睛，嘴里哀哀地祈祷着："来吧，你早该舔死我的，求求你别再折磨我了，天啦，我受够了。"……冥冥之中，他忽然听到一声地动山摇的声响。他惊异地睁开了眼睛，轰然倒在地上的黑熊变成了一堆白花花的票子……

荷子觉得自己做了一个漫长而好奇怪的梦。早上起来不见了七舅身影，七舅母一个人蹲在灶坑后面生火。她问："七舅呢？"

"一早被二棉裤找走了。"七舅母头也不抬地蹲在那里说。熹微的晨光透进来，辉映出她一个模模糊糊的背影。

荷子想起夜里做起的梦。吃过早饭，便往张长利家的酒馆走去了。

七舅果然在酒馆里，正和二棉裤在喝酒。二棉裤一边喝酒，一边眉飞色舞地对来酒馆里的镇上人讲："……知道吗，张没鼻子昨天夜里进山了，足足带了一黄帆布子猎枪子弹呢……"荷子听了，心里不知怎的猛地一沉。张长利坐在酒柜后面自饮着，时而瞥一眼外面的二棉裤。

天近晌午，酒馆里的人越聚越多，人们的脸上透着一股被二棉裤煽动起来的兴奋神色，悄悄议论着。二棉裤已喝得满面通红，放出油汪汪的汗光来。七舅默默地坐在二棉裤身旁，低头喝着碗里的酒。这样到天黑没见到张没鼻子的身影出现，酒馆里的人才有些扫兴地散去了……

第二天七舅又去了酒馆，张没鼻子还没有回来。晚上，快腿从山外回来了，一回到镇上就来了七舅家里。"怎么样？"七舅见面后迫不及待地问。"要操蛋。"快腿有些沮丧疲惫地说。"他咋说？"七舅仍不死心地问。"他说我们骗了他，要我们退定金，否则的话就去告我们。"快腿说这话时，偷瞅了一眼手上戴着的金戒指。七舅的脸一下子白了……

第三天、第四天……白天七舅就泡在酒馆里。人一下子苍老了许多。酒馆里的人明显地少了，只有七舅、快腿、二棉裤等几个人。他们不再喝酒，常常各自对着一碗酒一动不动地坐上一天。只有张长利依旧坐在柜台里面不紧不慢地呷酒，偶尔有滋有味瞭上外面几个呆坐的人一眼，脸上现出一种极超然的平静……

"我说，他不会出事吧。"快腿忍不住了，突然问了一句。

"怎么会呢，他可是镇上最出色的猎人啊……"二棉裤看了他一眼，惶惶地说。接着沉默下来，盛满酒的酒碗很寂寞地摆在桌上。

第七天下午，沉默的二棉裤突然惊喜地喊叫起来："来啦，来啦，他们回来啦……"

几个人一齐朝窗外望去，远远地看见二黑气喘吁吁跑来。他们睁大了眼睛，二黑跑到近前狺狺地冲着酒馆哀鸣了两声……就停下了。

"他完啦……"背后一直坐在那里呷酒的张长利阴沉沉地说了一句，几个人的心一下子收缩紧了……

"不，不会的！"七舅红了眼，端起桌上的酒碗"咕嘟、咕嘟"一气灌了下去，踉踉跄跄跑了出去，剩下的几个人也一齐跑了出去，快腿和二黑跑在最前面……

天黑前，他们赶到了红松岭。寒风猎猎的林间空地里，安静地躺着两具尸体，一具是人，一具是熊。白皑皑的雪面上，没有搏斗过的痕迹。黑熊躺在一堆焦木炭上，只剩下了一具骨骸。几步开外的老松树根下跪卧着张没鼻子，张没鼻子身子僵硬硬的，他是冻死的。身旁放着双管猎枪和黄帆布兜。快腿提起察看了一下，枪膛里和黄帆布兜里子弹都满满的，没有动过。

荷子是在春天的时候回到哈城的。那时七舅已被河南佬告了，坐了牢。荷子回来时还得知了七舅母就是当年爱上张没鼻子的那个姑娘。荷子就想七舅母原来还是挺漂亮的噢。这样一想就从心底里抹去了那张时常蹭着灶坑灰的脸。荷子一回到哈城，就被笙找到了。笙还带来了要送给荷子的礼物，是一件厚软的熊皮大衣。笙以为荷子见到会很惊奇。可荷子看上去很平静，甚至连看也没看一眼那件熊皮大衣，说：

"假的。"

"怎么会呢，"笙翻着皮毛给荷子看，"这是从一家专门经营皮货的秋林公司买的，要四千多块呢。"笙殷勤地说。

"用不着了。"荷子丝毫没有被笙的热情所打动，依然淡淡地说了一句。

笙怔怔地瞅着荷子，笙恍然明白过来，安慰荷子说：

"冬天虽已过去，可冬天还会再来的。"

"不会再来了，我们该结束了。"荷子痴痴地望着窗外说。窗外院子里的丁香花丛已悄然绽出了许多紫红色的花蕾。

"荷子，你要和我分手，你要离开我吗？……你要离开我，我会死

240

去的。"笙哀哀地说。

……笙哀哀地走进了窗外春天的丁香花丛中，笙看上去像个无家可归、可怜兮兮的狗。荷子坐在窗里默默流泪了……

在又一个冬天到来的时候，荷子某天在街头看见了笙。笙和一个比他年轻得许多的女孩走在一起。街上无中生有地飘满了雪，使那女孩把头缩在毛茸茸的熊皮大衣衣领里，那件大衣荷子很熟悉。荷子那会儿纠正了自己的想法，笙不是一条狗，笙是一个很聪明的猎人。

野罂粟祭

抗联五营三连一离开营地后就迷山了。

时值秋天，冷霜打过的老林子里白桦树叶、枫树叶、椴树叶、柞树叶……都发黄发红发白了，花里胡哨的一片，……跌跌撞撞的秋阳在树林梢里跟来跟去，倦了，就黑下脸来。丢下三个孤单单的身影，躲到不知哪个山头后面睡觉去了。

黑暗重新像水一样漫过每张憔悴、失望的面孔。

"我们麻达山了。"独眼的连长对吊着一只胳膊的排长说。

"我们走不出去了。"排长对被痢疾折腾得小脸蜡黄的班长说。

班长听了，蜡黄的脸更黄了。

连长排长说这话是有根据的。临出发时的那天晚上，营长指着北面夜空中的七颗星星说，一直向北走，穿过小兴安岭山脉，西克林那里靠近俄国人边界，日本人是轻易不会找到那里去的……大约走上半个月就到了。班长从衣兜里掏出最后一颗山葡萄粒，山葡萄粒在兜里揉搓得久了，失去了水分，变得又瘦又硬。这是临来时营里老炊事班长特意采来了两串葡萄，说他拉肚子不愿吃饭，吃这东西也能顶渴顶饿的。他没舍得一下子吃完。他是一粒一粒数着吃的，整整吃了三十天。也就是说，他们整整走了一个月还没有走到目的地。班长默默将手里的最后一颗葡萄捏碎了。

"不管怎样，我们必须赶在头场雪封山前走出去，否则我们就会冻死在山上的。"连长铁青着脸对全连人——排长和班长说。

地上拢起的松明火映着连长连鬓胡子的脸，多日没刮的胡子正疯长在这张脸上。

排长和班长听了有些无动于衷。排长和班长见惯了连长这副脸色。

三连是在今年夏天的一次战斗中开始损兵折将的。不过应该说是今年夏天的这个连雨天气帮了日本人的大忙。与村野秀夫团的一战，五营撤下来时，三连还有九十多号人，包括负伤六十多号人。回到营地休整后，雨季就提前到来了。连绵的雨天，住在山洞里的人伤口开始化脓感染，并有人开始染上了伤寒痢疾。三连的人一个一个死掉。早晨起来，他们从山洞里抬出一个一个死去的人。南山坡上，白卫生员指挥人挖一个一个很深的坑，将死去的人和衣物一起埋了。每到晚上，连长都铁青着脸说："无论如何，我们要活下去。"可痢疾并不因为连长的话而大发慈悲，第二天还是有人从山洞里被抬出去，并且疾病蔓延到了全营。几天工夫，南山坡就堆起了数十座新坟。

营长找到了三连连长。营长对连长说："日本人并不可怕，可怕的是疾病，我们没有药，只能眼睁睁看着好兄弟一个一个死去……"

营长把去西克林种植罂粟的任务交给了三连（据说白卫生员用从土匪手里缴获的大烟土，治好了几个人的痢疾），也考虑到三连丧失了战斗能力。三连从营地出走时，仅剩下五人了，还包括白卫生员在内。

在这样一个静寂寂的山林之夜，连长吃了一把烧煳的高粱米后，就躺下睡了。临睡前冲着火光里沉默的两张脸说了一句："我们一定能走到西克林的，一定。"剩下烤熟的煳烧米，两人没再动。班长在想，既然屙出来的是一泡脓水，何必再吃东西呢。班长就决定从明天起再也不吃任何东西了，看还屙个鸟。班长从做胡子起就不把自个的命当成回事了。排长在想，要是白卫生员还在，情况或许会好些，可白卫生员已经不在了。排长茫然地望了一眼黑沉沉压在身前身后密不透风的林子，觉得走出去只怕是连长的一个梦了。而此刻连长的鼾声与这么个孤独寂寞的山林之夜是多么的不和谐啊……

白卫生员是营长的未婚妻。白卫生员是应该待在营长身边的。可营长却派她跟了他们去。白卫生员要求留下来，营长说："你留下来有什么用呢，没有药你不是废物一个。"说得白卫生员眼泪汪汪的。其实营长是怕白卫生员落到日本人手里。这一点，排长是看清楚的。排长是和白卫生员一起从学校里来参加抗日联军的。排长也一直暗暗爱慕着白卫生员。排长想，要是他是营长，他也会这么做的。随后的日子里，他很想为白卫生员做点儿什么，无奈负伤的胳膊吊着，只能眼睁睁看着班长为白卫生员做这做那，心生醋意。开始几天，大家无论爬了多高的山，走了多密的林子，都不觉得累。好像每天都充满着希望。吃着白卫生员做熟的饭，有时嘴里还会哼出一支小调，愉快得叫人忘掉从前和以后的事情。先是那个朝鲜族战士害伤寒痢疾死了，接着白卫生员也染上了痢疾。小巧的一个人，几天下来就瘦成了一张白纸，看着叫人心疼。白卫生员吃饭都回避着他们几个。排长并不想回避，吃饭睡觉要和她待在一起，但都被白卫生员生气地拒绝了。"你不怕死吗，你用不着这么献殷勤。"白卫生员火气很大地当着众人的面叫嚷着。排长就沉默下来，只是远远地注视着白卫生员虚弱的身影在那边忙碌，心里默默祈祷着白卫生员快点儿好起来。

早晨起来没有看见白卫生员的身影，大家不约而同地走过去，只见白卫生员用树枝搭的窝棚凌乱地被扒开了，吃了一惊。夜里野狼来过了，野狼将白卫生员的身子撕扯得惨不忍睹，露着的血糊糊的骨头碴。排长背过脸去。连长扒开白卫生员死死攥着的手指头，掌心里躺着那颗干罂粟果。这是唯一的一颗做种子用的罂粟果。

三个人将白卫生员埋在一棵白桦树下，连长用刀在树上刻了这样几个字："抗联战士白英同志卒于一九四〇年九月。"排长和班长从四周山林地里采来一大抱野花，撒在新翻起的土丘上。没有经过霜打的野花还很鲜艳，映在湿湿的眼睛里，晃得人眼生疼。一个美丽的人就静静悄悄地离开了他们。

排长觉得这个早晨一下子黑暗了起来。

连长的话在三天以后偶然实现了。就像一个人拼力寻找一件东西，当他不抱什么希望时，这件东西却突然出现了。那天下午他们走出林子来时正是这种感觉，阳光突然在他们眼前明亮了起来，眼前是一片开阔的荒草地。肥硕的草没过腰部，草们麦浪一般汹涌澎湃地滚动。在荒野草浪深处，有一座马架子草泥屋，不知何人（中国人？俄国人？）留下的。可以肯定的是，在这里住过的人也是一家农户。因为草房前开垦着有十亩方圆的庄稼地。连长从已经荒芜的地里抓起一把黑油油的泥土说："这么好的地，闲着真是可惜了。"让他更高兴的是，他竟老鼠一

244

样从地里寻到了几处土豆秧和苞米棵。显然是落在地里的土豆和苞米粒自己长出来的。"我们会活下去的。"连长说。连长是一位农民的儿子，对土地有着丰富的经验。当晚在马架子屋住下后，连长拿出那颗罂粟，将罂粟壳捣碎了，拌水让班长喝了下去。捡出的种子留了起来。他又指挥排长围着马架子草屋顶苫了一层厚厚的干草。"不这样我们会过不去冬的。"连长对一脸疲惫怨色的排长解释说。

　　罂粟开花的时候，是第二年的五六月份间了。红的罂粟花、白的罂粟花，在马架子屋前热热闹闹地开放着，煞是动人。这么个毒物竟开出这么漂亮的花。排长站在泥屋前呆呆地想。排长的爹是个大烟鬼。出身地主家庭的排长亲眼看着爹将祖上的家产田地一点一点地变卖了出去，最后将自己抽得剩下了一把骨头，躺在炕上不能动了。排长永远也忘不了最后一次见到那个大烟鬼的情景。那天他从学校里回到家，看到前屯子孙地主的两个家丁正从自己家门里走出来，手里搬着东西，见到他其中一个家丁嘻嘻笑："小子，你走错门了吧。"他明白了什么，走进正屋，奄奄一息的爹见到他，双目贼贼地一亮，又熄灭了……"娘呢？"爹闭目不答。隔了一会儿，他听到西厢房里有动静，就走出去。在院子里正碰上孙地主一摇一摆地从西屋里走出来。孙地主见到他说："你爹已把他老婆卖给我了。"他听呆了，等他缓过神来，赶到西厢房时，娘已用剪刀割破了自己的喉咙，血缓缓地淌了一地……当晚他点着孙地主家的宅子逃了出来……

　　"喂，你过来瞧瞧，我又烧死了多少大个的家伙。"那边房头，班长蹲在地上冲呆呆的他喊，他默默走过去。

　　班长的手里拿着一个眼镜片。洋火用光了，他就用这个物件对着太阳取火做饭。现在他用来照蚂蚁。从草地上爬过的蚂蚁，一会儿就被他跟踪着烤着了，挓挲着细腿翻躺在地上，散着一股焦煳香味。班长就将蚁尸拾进嘴里嚼了起来。

　　"吃吗？"他给他递过来。

　　他摇摇头，离开那里。

　　除了屋前种的百十株罂粟外，连长还在地里种上了土豆和苞米。土豆秧也开花了，苞米棵长得没膝高了。连长躬身在苞米地里拔草，热起来的太阳晒得他脸黑黑的。连长干得头不抬眼不睁。

"他真是个好农民。"

"你说谁。"班长回过头来。

"连长。"

班长也跟着向那边瞅了一阵，又回头来接着干自己的事情。只有他一个人怔怔地显得无事情可做。太阳无聊地舔着他的头脸。

去年在五营，营长跟他们说，等开了春，营里会派人和他们联系的。可春天过去这么久了，还没见山外来半个人影与他们联系。他曾建议连长派个人下山探听探听消息。连长制止了："别，不到万不得已，我们不要轻易出山。这是营长交代的。我们还是等等看吧。"连长望着地里刚刚长出穗来的苞米说。日子又慢悠悠地等了起来。

这样和平的日子，连长每天要干的事情就是到田地里忙活去。连长不知从哪里找到了以前房主人丢弃的一把破锄头，用山石打磨锋利后，又安了个柞木把。连长很满意，连长虚了眼瞄瞄锄把说："我想这么勤快的庄户人家不会没有家什的。"就在地里一心一意做得更得心应手了。

"我看他是要在这里扎根干下去了。"班长冲他说了一句。

班长每天做完饭后，就蹲在屋外烧蚂蚁，塔头墩草甸子里好像有跑不完的蚂蚁钻出来供班长烧。蚂蚁烧成了堆，班长懒得吃了。看来什么东西都有腻胃口的时候。

"我看你也该干点儿什么才对。"连长对他发呆的身影说。

"我能做什么呢?"

连长瞅瞅屋前罂粟地。红红白白的罂粟花，像使足了精神气，蔫了。连长对排长说："你割大烟果吧，是时候了。"

排长想说"我觉着恶心"，但没有说。排长想自己不干这个又能干什么呢。

连长将一柄刺刀打磨得锋利后，交给了排长。排长就小心翼翼割起来。排长划开第一刀烟果口子时，想起了父亲，一刀将烟果连果带颈削了下来。仿佛割下了父亲的头，不再恶心了。果汁从割口里挤进碗里，晒干晾成粉，很费时的。排长就一天一天慢慢做起来。

连长从地里抬起头来，瞅了一眼两个低头忙碌的身影，不觉松下一口气来。连长很满足。夏天正不知不觉从这样的日子里溜走。想到这一

246

点时，连长脸上又不易察觉地阴了一下。

排长第一次蹲在房后草棵子里抽烟，被班长看见了。班长报告了连长。正在地里锄草的连长，丢下锄头，飞也似的跑到屋后，"啪！"的一掌打掉排长卷成的烟。接着排长的脸上起了五道指印。排长就跪在地上了："你打死我吧，我受不了，这样的日子不如死了好受。"连长就住下手来……望着四周围密不透风的山，叹息了一口气。

一晃，他们来到西克林大半年多了。来时带的粮食、食盐吃到春天就没了。好在山野菜下来，他们就煮山野菜吃。但盐却没东西代替。山风吹得他们皮肤日益粗糙干裂起来。

这日连长跟排长和班长说，得派个人下山去打听打听消息了，顺便弄些盐回来。排长和班长就紧张地望着连长。

连长瞅着排长说："你下去吧。"班长眼里的火花就熄灭了。

第二日排长下山，找出以前穿过的学生装换上。连长送他翻过一座山头，路上又叮嘱了一遍昨天晚上叮嘱过的话："你下去后，先去汤原县城里打听打听，千万别暴露了身份。"排长点点头，说："连长你回吧。"连长就站下了。他瞅着连长的身影又翻回了那座山背后去，才动身走。等他又起过一座大山时，看见了班长，班长蹲在一棵桦树后，见他走来说："你下去打听不到自己人，就去找我以前的一个兄弟，他姓冯，外号叫冯大个子。他在汤原县城里开着一家羊肉馆，挺恨日本人的，他会关照你的。"排长说："知道了，你回去吧。"班长并没动，瞅着他走过去的背影说："要是一个月内你不回来，我和连长就挪窝了。"排长回头看了眼，觉得班长这个人挺有心计。排长甩开大步，走没了身影。

初霜过后，山上的树叶渐渐变黄了。班长懒得再蹲在地上烧山蚂蚁了。秋天的太阳很冷，半天也烧不死一个。班长抄着袖蹲在房山头下晒太阳，斜睨着眼时而瞄瞄连长忙碌的身影。连长在往屋里收苞米，连长脸上流着喜滋滋的汗珠。苞米棒很大，颗粒饱满得咧开了嘴。连长成了个地地道道的农民。

"喂，我说连长，我们该挪挪窝了吧。"

"为什么？"

"排长下山去怕有一个多月了吧……"

连长停下手，点点头。

"我说他不会出事吧，他带了那么多的烟粉……"

连长的目光移向地里，地里的土豆还没有起，连长是想等第二场霜过后再起土豆。土豆秧还很绿。

"不会有事的。"连长说。停了的手又重新掰起苞米棒来。

"他爹可是个大烟鬼啊，有其父必有其子。"

连长想说"可他爹并不是土匪"，但没有说。这也是连长之所以没派班长下山去的原因。

班长对连长忙碌的身影不再搭言了。连长太看重地里的活了。连长不像个连长了，就像一只忙碌得不知死活的蚂蚁。可怜可叹的蚂蚁！班长重重地叹了一口气。

第二场霜过后，排长回来了。排长的脸也像霜打过的，冷森森地憋了好久才说，五营被打散了，全营兄弟差不多都被打光了。营长也下落不明，听县城百姓传说，被村野秀夫活捉了去，也有的说营长跳崖了，没摔死突围了出去。不管传说是真是假，对于三个绝望的人来讲，没有亲眼看见营长的尸首，就希望营长活着。营长活着也是他们三个人生存的一线希望。尽管这样的想法连他们自己也知道是在欺骗自己，但还要这样想下去。

排长从山下冯大个子那里用烟粉换回了盐、洋火、煤油等一些生活用品，足够应付一个冬天的。

背着连长，在草屋外，班长问排长："冯大个子他好吗？"

他说："冯大个子的羊肉馆挺兴隆的，中国人、日本人都去吃。"

"这个冯大个子，当初我拉他一起参加抗联，他说他吃不了这个苦。现在发财啦。"

排长瞅瞅班长。问他：

"冯大个子以前有这口瘾吗？"

班长料想他指的是什么，摇摇头。

"没有就好。"他丢下班长，走了。

班长独自站在那里想，自己要是跟冯大个子一起干，是不是现在也吃香的喝辣的呢？

转年山上化了雪，开了春，排长又下山去了一趟。回来时，远远地看见罂粟花在大地里红红火火开成一片。排长就想，今年的烟粉会用不完的。排长从心里开始喜欢上这种红艳艳、白妖妖的花了。排长从花丛中默默移了过来，看见班长又蹲在房前地上烧蚂蚁了。排长站着看了一会儿，班长对着地上的影子说："冯大个子的羊肉馆更兴隆了吧。"他就吓了一跳，待平下气来，说：

"不比以前啦。"

"怎么会呢，他可会调一手好涮羊肉汁子啊。"

他沉默了一下说：

"……现在来他馆子里吃饭的都是一些日本兵和伪警署人员，吃喝完了赊上账，抹抹嘴巴就走人了。买卖人和寻常百姓人家都不到他的馆子里来吃了。"

班长听了，回过头来瞅他一眼，说：

"日本人强奸了他妹妹，他会这么伺候日本人的吗？……"

"谁知道呢，这年头……为了钱和别的什么，什么都可以干的，人心难测啊。"排长的眼神躲闪着什么说。

挺足的阳光晒得他浑身发热了，他走进屋去。从窗里朝外望去，他又看见了大地里的罂粟花，红红的、白白的，似乎露着狰狞。

夏天快要过去时，忙碌了一夏天的排长将收好的干烟粉装在一只大口袋里，又下山去了。

"这个家伙，真挺能干的。"班长望着走下山坡去被口袋压弯了腰的排长说了一句。连长那会儿还在苞米地里锄草，苞米今年多种出三四亩，连长常常从天亮干到天黑，歇都不肯多歇一下。"这两个家伙是干疯了。"班长那时想。

排长下山去了两个多月。再回到山上时，口袋里除了盐、洋火、煤油外，还装了手榴弹和子弹。这一下，连连长也似乎明白了什么。阴沉着脸吃完饭，没吭一句话就下地干活去了。……排长走进地垄里，对太阳下那张黝黑的脸说：

"日本人在红山一带被打得大败。不是说日本人拼刺刀挺有功夫吗。可咱们的人挑他们的人像挑稻草人似的，一个人挑他们三个人。"

黝黑的脸听了，并没有露出喜色。手里的锄把凶凶地在手心里蹿动，"嚓嚓……"一排草齐刷刷斩倒在地垄上。

排长就很欣赏地看，看了半晌，排长说："我们是军人。"

锄头顿住了。连长回过头来：

"你还知道是军人，是军人就该面对面去战场上见高低。就该有一种军人的公平精神。"

排长直直地盯着连长，排长说：

"你知道我们营那回战斗兄弟们都是怎么死的吗？是日本人使用了细菌弹……兄弟们死得好惨哪，被围了三个月，活活被伤寒菌、痢疾菌、出血热菌吃死的。他们就武士了吗，他们就仗义了吗……"

泪从排长的眼睛里流了出来。

连长的头默默低了下来。

日本人领人搜山找到西克林盘地时，已是第二年夏天的事了。驻扎在汤原县的日、伪军里染上毒瘾的人越来越多。村野秀夫就下令调查。一查就查到了冯大个子开的羊肉馆。原来冯大个子往肉汤里放了白粉。日本宪兵队把羊肉馆砸了，把冯大个子抓了去。审问冯大个子时，问白粉是从哪里来的。冯大个子先是不说，后来架不住日本的老虎凳子、火钳子，就招了。日本人带着冯大个子在山里转悠了一个来月，才找到西克林盘地。枪声、手榴弹……在西克林林地里整整响了一天一夜，最后日本人丢下六十三具尸体，中国人丢下四具尸体（其中有一具是冯大个子的），才停息。

村野秀夫听说中国军人只有三个人时不肯相信，亲自带人上山去察看。村野秀夫看到马架子房前屋后的确只有三具中国军人尸体，而林子里、大地里明明白白躺着六十三具日本军人的尸体。村野秀夫挎着军刀，眯着血红的细眼在马架子屋前久久停住了。后来村野秀夫回过头来，就看见了大地上的罂粟花。虽经过枪林弹雨的肆虐，没有折断颈的罂粟花，仍红红白白着脸挺在地里，冲村野秀夫在笑。"——呀！——八嘎牙鲁！"村野秀夫挥着刀向花地里冲去，疯了一样乱杀乱砍起来。罂粟花纷纷笑着落在地里。村野秀夫砍累了，就叫人抬走日本人尸首，将四名中国人尸首抬到罂粟地里，放一把火连同马架子屋一同点着烧了。

250

回到县城，村野秀夫发布一道告示，再有人携带烟土进城，按私通共产党、抗联罪论处。并将县城里所有烟馆统统关闭了。

　　是年春天，雪化过，西克林火烧过的黑熏熏的地里，又长出了野生的罂粟来，一株一株……很快连成了一片。夏日里，开花了。好像一夜之间张开的花瓣，且是清一色的红色。远远望去，又像燃着了火。

忧郁的白桦林

　　小兴安岭的岭上，天黑得早。冬日里的日头刚刚在披着老雪的林梢头挂一会儿，就哆哆嗦嗦跌落下山谷去了……挂着厚霜的窗户玻璃一下子变得黑暗起来。黑漆漆、冷冰冰的屋子里，只有烟头在暗中忽明忽暗，间或夹杂着一阵病弱的咳嗽和微微的叹息声。

　　两个南方知青，身高马大的李久林和瘦精精外号叫"聪明人"的吴明，早已披上了棉被，在炕里蜷缩成一团。他们懒得下去生火，宁愿挨冻，他们被劣质的烟卷呛得咳嗽起来。

　　山风一直在窗上面"呼呼"地刮着，像一头凶猛的野兽想要冲进屋里来。小兴安岭冬夜的山风啊！……从窗户缝里挤进来的寒风，简直像刀子一样冰凉、刮人。

　　我摸黑走下炕去，将炕火用桦树皮点了起来。松木桦子噼噼啪啪响着，明亮的火舌舔噬着屋中的黑暗，我坐在灶坑前，找出一本书来读，是莱蒙托夫的一本诗集，这本"禁书"是我从一个返城的北京知青那里用半瓶酒换来的。他好心地告诉我，不要叫别人看到。可是现在我还担心什么呢？两排空荡荡的木刻楞房子里，除了耗子，只有我们仨喘气的人了。曾几何时，那些叫喊着要扎根一辈子、轰轰烈烈大干一番事业的"革命青年"们，一个一个比兔子溜得还快，溜回城里享福去了。留下我们三个倒霉蛋，好像被人遗忘了似的，食堂里早已不开伙了，我们白天饥一顿、饱一顿，实在饿得不行，就到场里老工人家里找点儿吃的。每天的劳动就是想办法找些木头，免得被冻死。

　　炕上又传来了一阵老实人李久林的咳嗽声，他感冒了。这些日子他的情绪坏透了。前不久他刚接到一封电报，告诉他母亲病重了，叫他回去一趟，他拿着电报去找指导员申请探亲假时，指导员瞧也没瞧他手上的电报，怪笑着高声说道："你想趁机溜回去吗，别做梦了，这种把戏我见得多了，你不觉得这很愚蠢吗？嗯？"李久林涨红了脸，怔怔地站在人群里说不出一句话来。随后几天，我们常常听到他一个人在干活时默默唉声叹气……

我们连的指导员姓黄，是从部队转业下来的，三十岁左右，猴脸尖腮，嘴唇上留着一撮小胡子，是个空话连篇很令我们讨厌的家伙。自从青年点里大部分知青返城后，他也很少在青年点里待着了。晚上通常是溜回到林场家中搂着老婆睡觉去了。

黄指导员对我们的特殊"关照"，就是常常提醒我们别忘了"自己的家庭出身"，这一点我们很自卑，这也是我们几个至今留在这里的原因。李久林家庭出身是地主，吴明的家庭出身是富农，我呢，出身于"旧军官家庭"……他大概是想让我们永远待在这偏远的深山沟里"接受再教育"脱胎换骨哩。

灶坑里的火渐渐将熄了，我又压了一块桦木柈子，火重新烧旺了起来。临睡前，我又把家里最近那封来信读了一遍，母亲在信中告诉我：家里正在托人找门路给我办"返城"的关系……可是我知道这希望是多么渺茫啊！父亲他至今还关在"牛棚"里。

躺在炕上，我翻来覆去好长时间才睡着。脑子里在断断续续想着父亲的一些事情……他曾经做过国民党军队里的一名团长，后来又做了共产党军队里的副师长，关进"牛棚"前，他已是我们那个城市的副市长了，可仿佛是一夜之间就被革命造反派打倒了，革命到底是为什么呀？……我做了一场噩梦，惊出了一身冷汗，此后再也没睡着。

白天，场部更夫于连生的大女儿玉珍过来看望李久林了。这是一个善良羞怯的姑娘。想必她已从她妹妹（场里的赤脚医生）嘴里听说了李久林的病情。李久林的病情夜里加重了，从早上到中午他还没有吃任何东西。高烧使他的脸部暗红起来，胡子也有几天没刮了，蓬松着。他躺在炕上，微闭着眼皮，不知是睡着了，还是胡思乱想着什么……

玉珍姑娘带来了一碗鸡蛋羹，用一条蓝棉围裙裹了一层又一层。我想这一定是背着她父亲做的。她看了我们一眼，吴明不自然地转过脸去。随后她脱鞋坐到炕上来，将李久林的头轻轻放到自己的腿上来。这时我看到李久林睁开眼睛，惊喜地望着她。她用一把银勺一勺一勺喂起他来……我和吴明走出屋去。

我们朝青年点旁边那片白桦树林子里走去。

"他们是多么好的一对呀！"我感动地说。而在一个月前，我还不这么认为。

"也许，也许是吧……"聪明人吴明眼睛里躲着什么回应道。脸色不自然地晦暗下来。

白桦林地里静悄悄的，阳光将树影投到雪地上。不时有雪尘被微风从光滑的树身上吹落下来。吴明裹紧了身上的黄棉袄。已是初春季节了，可是在这里还看不到一点儿春天的迹象。

"这个时候，在我们家那里该是春暖花开了……"吴明沉思着什么说。他和李久林都是杭州人，在他们那里冬天几乎是见不到雪的。

我们在白桦树林外遇见了来给李久林打针的场部赤脚医生玉兰，玉珍的妹妹，我们问：

"怎么样？"

"他烧成了肺炎。"

我们听了突然紧张起来："情况会很糟吗？"

"还好，他身体抵抗力强些，场部诊所还备有青霉素，打几天会好的。"她说这话时，眼睛斜睨着吴明，对他脸上流露出的惊慌神色，颇有不屑，口气里隐含着讥讽。

我们听了，这才稍稍安定下心来。回到屋里，玉兰给李久林打针。玉珍叮嘱我们晚上将火炕烧得热热的，再给他加一条棉被，并告诉不要给他吸烟。我们一一点头答应了。姐妹俩才放心地离去。

"真是一个善良的姑娘。"等李久林睡下后，我对吴明说。心里有点儿为他惋惜，我知道他和那姑娘也有过一段感情经历。

吴明脸红了一下，他装作找什么东西，避开了我的目光，走到一边自己箱子前翻了起来。

我与更夫家的两个女儿正是通过吴明认识的。那时他经常带我们到更夫家去吃饭。一般我们到当地老乡家"搭伙"，通常是要交伙食费

254

的，少则五角八角，多则一块两块。因此场里职工很欢迎我们去，有时还把自家酿的都柿酒拿给我们喝。可是在更夫家里吃饭，我们却很少吃到过炒菜。老于头在场里是出了名的吝啬鬼，由于营养不良，他和妻子都得过肺结核病，夫妻俩面黄肌瘦的，显得十分苍老。最可怜的要数他们的四个孩子了，两个大的是女儿，长得都很瘦，但却一个赛一个漂亮。两个小的是儿子，都八九岁了，却干瘦得像四五岁的孩子。最小的男孩还时常喊头疼。两个男孩常到青年点来玩，见到知青吃肉罐头就流口水，赖在旁边不走。有一次，我发现那两个孩子刮扔掉的罐头盒里的肉屑吃，这才明白为什么我们的空罐头盒子从来不用自己去扔掉。他家喂了几只下蛋的鸡，可鸡蛋却舍不得下锅，每回鸡下了蛋，老于头都站在鸡窝前等上半天，他哆嗦着手把蛋捡出来，用舌头舔着铅笔头在蛋壳上写上蝌蚪似的数字，小心放进罐子里，封好。"老于头，难道你想把这些鸡蛋带进棺材里去吗？"我曾经气恼地当面质问过他。

我刚来时，不明白吴明为什么带我们去他家吃饭。后来我才发觉他在偷偷爱着更夫的大女儿。在饭桌上，常常能发现他们相遇的目光，可每回总是那姑娘先羞怯地移去了惊慌的目光，像一只惊慌的小鹿。

"他们在偷偷恋爱……"

老实人李久林向我证实了这一点。他在说这话时阴郁的脸上现出一副很复杂的表情。他好像在担忧着什么，抑或是嫉妒……难道他也看中了那个害羞的姑娘不成？……

我那会儿都不以为然，我心里在想，更夫的二女儿比大女儿更漂亮些，并且性格也照大女儿活泼开朗些。更加了不起的是，有一回我在她的屋子里发现了许多书，除了医学方面的书籍外，我还发现了几本翻旧了的文学书。这在这个山沟女孩中间可是不多见的呢。

不料的是，两个同乡好朋友为这件事情吵了嘴。那是我在白桦树林子里偷偷听到的……去年初夏的那个晚上，我到林子里去散步，一阵争吵声让我止住了脚步——

"小伙子，别干傻事……"这是李久林的声音。

"我爱她，我真的越来越喜欢她了……"这是聪明人吴明的声音。

"可是你不想回城了吗，你不想回到南方去了吗？你以前不是说过南方人总得要回南方去生活的话吗？"

"我不管，我爱她……"吴明喃喃声又传来。他大概被爱情冲昏了头脑。因为按照当时的惯例，如果哪个知青与当地姑娘结了婚，那么他就没有条件再调回城里去了。

　　"可是这件事情你要想清楚。"

　　"我不要你来管，这是我自己的事情。"

　　"我这是为你好，你要负责任，我不想让那个善良的姑娘受到伤害！"李久林说完，怒气冲冲走出了林子。我没有想到这个老实人发起火来竟是这么吓人。

　　白桦林地里剩下吴明一个人的身影，他呆立在那儿。过了一会儿他抱头蹲下身去，嘤嘤抽泣起来，嘴里喃喃说着什么，肩胛微微耸动着……

　　这件事情以后，两个人很少说话了。当然这年夏天以后，人人都开始偷偷忙起找关系返城的事来，包括吴明。他很少再去更夫家了。只有李久林还经常去更夫家里吃饭，当然更多的时候是去帮他家干活，劈柴，或者挑水什么的。

　　到了秋天，宿舍里就剩下我们仨人的时候，有一天晚饭后我在户外的那片白桦树林子里发现了李久林和那个姑娘待在一起的身影。我略略感到有些惊讶……秋天的白桦树林，斑驳透明的黄树叶楚楚动人，草地上霜打过的树叶轻轻滚动着，似在低吟，沙沙轻响。当时正在和我一起散步的吴明，也看到了这一幕，他像害怕什么似的，突然掉转头走开了。第二天，他一个人在宿舍里喝了个酩酊大醉……

　　过了几天，就在那片白桦树林子里，我堵住了李久林："你不想回去了吗？""也许再也轮不着我啦。"他低沉着嗓音说，他的声音里有一种深深的伤感。"为什么？"我有些不解。"我父亲头几年就病故了，家里只有母亲一个人，没有人会帮我这个忙了。""那你以后的生活有什么打算呢。"他看了我一眼，慢慢说道："她是个好姑娘，我打算和她在这里成家，以后再把母亲接来，她会做个孝顺的媳妇的。""可是你母亲会习惯这里的生活吗？"我不禁担心地问。他听了我的话怔怔地看着我，过了好久才轻轻叹出一声："唉，生活……"止住了话语。树上掉下来两片桦树叶，轻轻落在他的肩上，他在那里静静一个人坐了好久。

256

玉兰姑娘每天都过来给李久林打针，来时她姐姐也一块儿跟来。从她的蓝头巾包裹里总能抖落出一点好吃的东西来：两三个煮熟的鸡蛋，或两三张油煎土豆饼。为了给他们提供方便，她们来时，我们就躲了出去。吴明去场部看看有没有他的来信，有没有好消息。我则夹起一本书，走到白桦林子里去读。外面的阳光渐渐暖和了，白桦林地里朝阳坡的雪有的融化了，露出了捂了一冬的黄草。白白静静的林梢头，还能听到一两声的鸟叫声……

"你在读谁的书？……"玉兰姑娘背着医药箱从房子里走出来，她已给李久林打完针了。

"莱蒙托夫的诗集。"我抬起头来回答她。

随后，我们站在那里交谈起几句俄罗斯文学。我问她喜欢谁的作品，她脱口而出："契诃夫。"

"为什么？"

"因为他做过医生。"

我听明白了。"你很喜欢你的工作？"

"是的。"

"可是当医生总得要上过大学。"我知道她只是个高中生，医学方面的知识都是自学的。

"我会想办法上的。"她自信地说。

我知道"工农兵"大学生得要由场里推荐的，可是谁会推荐一个更夫的女儿呢。我没有把这话说出口。她离开时我问到李久林的病情，她说再打两天针就好了。

吴明从场里回来带回来一个不好的消息，他说距我们林场四十多里地的一个林场发生了山火，场里正在组织人去那里打火。我听了心情沉重下来。往年打火知青都是少不了的，可今年我们连知青点就剩下我们三人了，况且在这种情况下，我们谁还有心情进山哪。

傍晚，黄指导员过来动员了。他叫我们准备准备，明天跟着场里打火队伍进山。我说我的胃痛病这两天犯了，吴明说他关节炎也发作了。而李久林，显而易见，他刚刚打过针……"你总不能让他们三个病号进山吧。"赤脚医生玉兰顶了他一句，她已给我们开好了诊断书。

257

"我会把他们的情况报告给上级的，不过……"黄指导员转动了一下小眼珠，看了看玉兰，没有把下面的话说出来。他一般很乐意听从这位赤脚医生的话，有事没事常好到诊所去转转。

可是隔了一天，他又来催了。并说他已把我们的情况一级一级报告给上面了，上面又一级一级传下话来，"不去，游街！"他狡黠的目光中闪着幸灾乐祸的神色，看出了我们的愠怒才没有说出口"你们"，而是瞅着老实人说："你也不想想，你是什么出身。"李久林低下了头。

我们知道躲不过去了，简单收拾了一下行包下午就出发了。走出林场路口来，看见雪地里站着两个姑娘的身影。我和吴明识趣地站到了一边去。玉珍走上前来，给李久林脖子围上了那条蓝棉围巾，又给他怀里揣上一包好吃的东西。玉兰走到路边来，塞给我一包治胃疼的药。又对把所有的棉衣都穿在身上的吴明讥讽说道："用不着像个冻死鬼托生的，只要夜里别让腿着凉就行了。"吴明听了脸红了，移身先走了。

走出好远，还看见那姐妹俩的身影在那儿一动不动伫立着，乍暖还寒的风吹动着她们的头发。

山林中一间伐木工住过的破木刻楞房是现场指挥部办公的地方。小屋中间的棚上吊着一盏马灯，墙上还挂着一张林区地形图。黑暗中分不清有几个人。我们刚一说出口从哪儿赶来的，马上就有人说了："是三个病号？"显然总部已将我们的情况通知了他们。

昏暗中，一个身材矮小披着军大衣的人走过来（刚才进门时听见有人喊他团长，想必是这里的指挥了）问我："你是什么成分？"我茫然一愣，心里不明白他为什么问这个，有点儿不情愿地回答："旧军官家庭出身……"

"哦，这么说你父亲是个反动军官了……"

"可是他为革命也做出过贡献。"我冷冷地辩白了一句。

那些叽叽喳喳的人都抬头看了我一眼，小个子团长没有再理会我，转过身去问了吴明和李久林的家庭出身。李久林的蚊子声低得对方肯定没听见，可是报过了"旧军官"和"富农"，剩下的这一个肯定是"地主"了，从他的眼神里我看出，这个情况他们是早掌握了。是黄指导员报告上来的吗？这个虚伪的胆小鬼请求留在场里负责后勤保障工作了，真该让他到火场上来……我这会儿心里恨恨地想。

小个子团长向一个人耳边吩咐了几句什么，那人把我们带到外屋去。"你，"他指着我，"去烧水。"又指着吴明说，"你去挑水。"然后向李久林命令说，"你马上进山去打火。"

"可是我跟不上队伍啊，上哪儿去找啊。"李久林小声嘟囔。"上哪儿找？山里哪儿有火就去哪儿找，不去明天就拉你回场里游街！"

李久林走出了门，我俩跟了出去。吴明摸黑找了一截棍子塞到他手里，他病刚好，身子还很虚弱。我回屋摸出带来的半瓶白酒给了他。我们谁都没说话，李久林默默朝山林深处走去了，向着火光方向，很快被黑暗吞没了。

返身回到屋里，我把炉火点着了，吴明不知从哪儿拎来两桶水。我俩坐在炉火前，谁也不说话，只是用棍子拨弄火，添点儿柴。想家、返城的事都暂时忘了。不论是我，还是他，都在惦记着进山的老实人……他可是大病初愈啊。

天亮时，不断有人从山上下来到指挥部报告火场情况。我拦住了一个人，向他打听李久林的情况，我担心他夜里会不会走迷了路。那人也是个知青，是个排长。"噢，你说的那个南方人，他摸到了火场，分在了我们那儿，不过他好像害着什么病，嘴里不断咳嗽着……"我说："他刚患过肺炎，还没太好利索……""噢，是这样，我会照顾一下他的。"排长好心地说。"谢谢您。"看得出他是个善良的人，临别时我摸出兜里的半包烟送给了他。

山上的火势断断续续向四周的山野扩散了。留在山上的打火队员不再跟着火头跑了。他们在原地打起防火隔离带来，防止火头向原始红松林地里蔓延。我们这个打火指挥部负责林场东面山上的原始红松林带，另有两个现场指挥部带着人马从西面和北面顺着火头方向包抄过去了。总指挥部下达了死命令，谁负责的方向出了问题，拿谁是问。我看得出来小个子团长也变得火烧屁股起来，他不断召集各路人马到指挥部来开会，分析火情，确定打火线路。夜里的会常常要开到天明，一天下来，我们要烧四五桶开水。

一晃，我们来到山上有半个多月了。也就是说我们有半个月没有同李久林见面了。不过，我们还能从那个下来开会的排长嘴里听说到他的一些消息，"他是个老实人，他总是抢着干和别人一样多的活计。"从排

259

长嘴里，我们听到他的情绪和身体都比刚上去时好多了，稍稍放下心来，后来他们的防火线打到距离指挥部有二十里的地方，那个排长很少再下来了。

又过了一星期，情况突然有了变化，连续刮了两天西南风，有两股火头突然掉转了方向，向东面的山林蹿来。形势立刻严峻起来。小个子团长顿时紧张起来。他严厉地命令我们指挥部所有的人晚上一律不准合眼，穿好衣服随时准备扑到"前面"去，当然火头随时也可能回头烧到我们这里来。随后几天，不断有烧伤和冻伤的伤员被从火线上抬了下来，现场指挥部卫生所一下子忙碌了起来，我和吴明又重新担心起来。既为李久林，也为我们自己。

"他会不会有什么事情呢？"吴明朝着浓烟密集的火光方向眺望着喃喃地说。他脸上时常流露出一丝恐慌，每次有人被抬到指挥部卫生所来，他都跟过去看看……

这天傍晚时分，我在指挥部附近的树林里意外地遇到了玉兰。她是作为医护人员带一些人来临时卫生所往山下运送伤员的。她看到我也惊讶地怔怔站住了，她把一布兜东西交给我，让我转交给李久林，说是她姐姐托她捎来的，有煮鸡蛋、油煎土豆饼，一瓶白酒……"他在哪里？""他在前线，不过情况还好。"我看出她担心，又向她保证说："我会亲自把东西交到他手上的。"她又从兜里掏出两包前门烟塞给我："这是我给你们的。"我以为她是给我和吴明两个人的，就说："他就在屋子里，你不过去看看他吗。"哪知她听了后冷冷地说道："我可没工夫去看望那个自私自利的聪明人。"临走，她好像想起了什么说："我在场部看到有你一封信，就给你捎上来了。"她把信掏出来交给我。老天，她差点儿忘了这封对我来说顶顶重要的信！随后，她和那群抬担架的人影影绰绰朝黑暗下来的林子里走去了。

走回到屋子里，我迫不及待地撕开了那封家信来读。母亲在信中告诉我，父亲从"牛棚"出来了，并恢复了工作。父亲正在同一个在兵团工作的他的部下联系……父亲在信中提到的这个战友的名字，据我所知他可是我平常根本无法谋面的一位兵团首长。我被这意外的惊喜激动得呆住了，泪水不知不觉涌上了眼眶。

"有什么坏消息吗？"吴明吃惊地问我。

"我父亲解放了。"

"看来你要走运了。"他不无嫉妒地说。

"谁知道这场大火还要烧到什么时候呢……"一想到眼前的山火，我的心情又灰暗了下来。我把一盒玉兰带来的前门纸烟拿出来，分给他吸，他稍稍眼睛一亮，露出询问的神色。

"玉兰带来的，她到山上来了。"

他贪婪地吸了两大口，等烟头变暗了，这才说道："她不愿见到我，是吗？"

"她带人来山上抬担架，匆匆赶着回去。"我撒了谎，没有说出她不愿见到他的话。

他没有听我的解释，神色黯淡下来，吸完了两支烟后，站起身来，嘴里喃喃道："……她们姐妹是应该恨我。"他忧伤地走出屋子去。

第二天我用半包前门锡纸烟同一个往前线拉东西的大解放汽车司机说好，我搭他的车去前线一趟。他同意了。当然现在前线的人最缺少的是两样东西，一个是烟，一个是酒。解放汽车跑了近一个小时，才到了前线。坐在车里就看见浓浓的烟雾将白桦树林、红松林遮得很阴暗，空中看不到日头。走下车来温度骤然升高，周围山坡上已看不到一点儿雪了。白桦躺成一条路。我顺着一条宽约二十米的防火隔离带朝前走去。在割过的树丛、草地上，歪歪斜斜躺着一些疲倦不堪的汉子，他们的脸上被烟火、尘土熏得黑黑的（大概有几天没洗脸了），棉袄、棉大衣都刮破了口子，露出了棉花。有人看着我走过来就怪声怪气地尖叫发泄（他们显然把我当成指挥部里管事的人了）：

"为什么还不烧过来呢，统统烧光才好呢！"

"憋死老子啦，待在这个鬼地方真想死老婆那玩意儿了……"

在一堆垂头打瞌睡的汉子中间，我看见了李久林。他睁开了惊喜的眼，多日不见，他的连鬓胡子生得老长，快要把那张脏脸遮盖住了。

"是你吗，小兄弟？"他不相信地对我说。

我点点头，快步走过去，一把抱住了他。他也紧紧抱住了我。那个我认识的排长也朝我们这边走过来。我松开了手，拿烟分给大家。随后把那布兜东西递给李久林。"这是玉珍托她妹妹带上来给你的。"他接过去，急急忙忙找出里面的信展开来读……他激动的表情让围着的人都看呆了。

"写了些什么？"那个排长问。

"她说等我回去后，就同我结婚。"

"祝贺你，伙计！"

他把兜子里的东西一一掏给大家吃，又把那瓶白酒启开了，往一只只伸过来的缸子里倒去。真没想到这么短的日子，他和这些人处得这么融洽。我为他高兴。

我接过来他递给我的杯子。"祝贺你，老兄。"我真诚地说。他幸福地笑了笑。

喝完了酒，他送我走到汽车那边去。他喝红的脸上有点儿难为情地说："我等她说出这个日子来等了好长时间了，你知道她是个害羞的姑娘。"

我出来想把我家里来信的消息告诉他，说不久我就可能调回城里去。可是我不想这会儿扫他的兴，就没有说出口。

回到驻地，吴明过来向我打听李久林的情况。我把见到他时的情景告诉了他。"你是说他们回去后就结婚吗？""是这样的。"他沉思了一会儿走开了，不知他心里在想着什么。

也许是被老实人李久林的婚事冲昏了头脑，使我们忘记了眼前可能发生的一些危险的事情。……大火扑灭前的那天傍晚，当李久林和另外八个年轻人的尸体被运到指挥部来的时候，我们简直惊呆了。我不相信这是真的。两天前我还见到这个老实人又说又笑地把我送上车呢。他那张憨厚的脸上透着一种幸福。可是此刻他怎么会躺在这里？那张僵硬的脸面无表情地对着我们，这个即将要做新郎官的人……吴明抱着他的头失声痛哭起来，他的肩胛一耸一耸剧烈抽动着像个孩子。许多人拉他都拉不开。直到几具尸体被集体抬进小树林中那顶临时停尸帐篷里……

深夜，我朝那片树林子里走去。那顶帐篷旁边又燃起了一堆篝火，是吴明独自垂头坐在火堆前，嘴里喃喃诉说着什么。地上摆着半瓶子酒和两根燃着的纸烟。我知道他在为他守灵。

"可怜的老实人，"我在他身边蹲坐了下来。林地空气中透着一股寒意。"不知道那个姑娘知道了消息会怎么样。"

262

听了我的哀叹，他打了个冷战，随后眼泪又从他眼睛里流了出来，他压抑着抽泣起来：

"……这都怪我，他这都是为了我啊……我对不起她们……"

听了他这语无伦次的话，我微微一愣。他哭泣了好久，突然抬起头来问我："你知道我和那姑娘是怎么相爱的吗？……"

我摇摇头，因为在我来到青年点之前，他们就已经偷偷好上了。这一点我倒可以肯定。

"……你知道我为什么开始想到去那个吝啬的更夫家吃饭吗？因为他是个贫农，而且还有着一个那么漂亮温顺的女儿，这一点对我最初的想法非常重要。你知道我的家庭出身是富农，来青年点后一直受歧视，这些年干什么都动不动就揪成分。这倒霉的出身简直压得我喘不过气来。我就想找个当地的贫农姑娘结婚，为以后的孩子着想，我想我也应该这么办。……你问我当初为什么没有想到今后返城呢？可是当初有谁会去这么想呢，那时候人人都在想着怎么扎根边疆一辈子。就这样我和更夫的女儿偷偷相爱了，就在我们要向她家里公布这件事情时，返城的消息来了，我一时犹豫了，倒不是因为那姑娘，而是在想我能忍受这里长年寒冷的日子吗？如果不同那姑娘结婚，我还有机会回去……可是这时候我又怎么能够舍弃那个姑娘呢……"

说到这里，他的脸红了一下，小声得像怕被人听到似的说："……我同她发生了那种关系，你知道一个小山村的姑娘与一个男人发生了那种关系，今后还怎么让她再嫁人呢，况且她还是那么害羞胆小的姑娘。我当时矛盾、痛苦极了……就在这时久林来找我了，他看出了我的痛苦与犹豫……而我当初为什么偏偏没有听从他的劝告呢？"他停住了口，抬起头来慌张地往帐篷那边看了一眼，又接着喃喃说道："当他看出我的返城念头后，就警告我再也不要去碰那姑娘。这时候他已知道了我和那姑娘有了那种关系。……玉珍姑娘看出我的动摇后，伤心极了，整日关在她的房间里不吃不喝，久林就天天去她那里开导她，劝慰她，后来他们就渐渐相爱了……我知道这个老实人都是为我好，他是想让我返城，他知道自己不能返城后，就决定和那个姑娘相爱结婚了，可是老天爷为什么不能成全这一对好心的人呢？——啊，你说。"他又痛苦地哭泣起来，泪流满面，他在真诚地做着忏悔。

263

我无法回答他，听着聪明人嘤嘤的哭泣声，我默默地离开了火堆前……

次日早打火指挥部撤离时，我对那个小个子团长说，请求把李久林烈士的遗体运回到我们青年点那片白桦树林子里安葬。我特意把"烈士"二字咬得挺重。他瞅了瞅我，同意了我的请求。当然在这之前他已接到兵团打来的一个电话，通知他转告我们连让我回去办理返城手续。他告诉我这件事时口气里已没有了刚来见到他时的傲慢无礼。倒有些讨好地请我坐他的吉普车一同回去。我拒绝了他的好意。我和吴明一块儿坐拉运李久林尸体的解放卡车回来了。

我们在那片白桦树林子里安葬了李久林。可怜的那个姑娘哭得死去活来，被她妹妹扶回家去了。静静的白桦林墓碑前剩下了我、吴明，还有黄指导员。我们在那里垂头待了很久……

晚上回到宿舍，黄指导员也跟了过来。他偷偷察看了我们两个人的脸色，似乎有话要说……可是我们谁也没有理他。

"唉，可怜的那个母亲，不知道她的情况怎么样了。"过了一会儿，我深深叹息了一声。

黄指导员听了我的话，脸色突然紧张地白了起来，他犹豫地把手伸向衣兜里，掏出一封电报来。我预感到了什么，一把夺了过去，果然是李久林的电报：母病故，速归！落款日期是一个月前，我们刚要到山上去的时候。

"你?!"我揪住了他的衣领子，愤怒地瞪大了眼睛。他脸色煞白，哆嗦着嘴唇："……这、这都怪我……可当时情况特殊呀。""你混蛋!"我一拳将他打倒在地上，悲愤交加地跑出屋子去，跑到那片白桦林子里去了……

第二天我就坐火车回到城里去了。

几年过去后，一个偶然的机会我又回过一次当初下乡时的青年点。时间是清明节前后，白桦林刚刚发出嫩绿的细叶芽来，我朝那片白桦子里走去。快要走近林中那座坟墓时，我看到有两个熟悉的背影刚刚离开。他们低垂着头，互相搀扶着，从白白绿绿的林丛中走去了。坟墓上的青草被人刚刚拔过，墓碑前摆放着两把采来的达子香花……

264

我在坟前躬下了身，泪水模糊了我的眼眶，嘴里呢喃道："老实人，你安息吧，我们会时常来看你的。"从静静的白桦林中移过来的阳光、小鸟倾听着我的呢喃……

　　听到脚步声，我慢慢转过头来，我的未婚妻正朝这儿走来，她是一个医学院毕业的大学生……

氤氲的雨

一 库尔滨河

库尔滨河是条江汉子，像条顽皮的鱼儿从黑龙江上游游离出来，又一头不知扎到什么地方去了。河两岸生长着茂密的白桦树林、柞树林。在北岸还有一片阔阔的庄稼地，已经成熟的庄稼在等待着人们去收割。那里是克林农场的黑麦地。偶尔能看到成群结队的麦雀啾啾叽叽叫着从麦地上空盘旋着飞过……

每年秋天在库尔滨河里还能捕捞到从黑龙江里散游过来的大马哈鱼。只是近来这样的好运气越来越少了。原因是连绵的雨天已使河水暴涨起来。打鱼人不敢轻易下河去下挂网了，只有在河岸上静静地观望着，等待着河水落下去。

"老天，它还要涨到什么时候呀！"河岸上一个三十八九岁瘦瘦的男人说。他穿着一件半旧的灰黄色雨衣，雨衣帽几乎将头脸都遮盖住了。

"你着急了吗……我可是在这里等了十多天了。"

说话的是一个四十二三岁的男人，他只披了一件芦苇编的蓑衣，蹲在地上，光着头脸，任零星的雨点打在他微胖的脸上、湿漉漉的头发上。他手里握着一柄王八骨头木做成的鱼竿。身边放着一罐头瓶蚯蚓和一个柳条编的鱼篓，鱼篓里面有几条半死不活的柳根鱼。

"瞧瞧，这么几条可怜的小鱼。"瘦男人皱皱眉头。

垂钓的人听了，手里的鱼竿不自觉地抖动了一下。

仿佛被人揭了短，脸发烧地红了。

浑浊的河水在暗淡的天色里翻滚着，匆匆做着鬼脸。间或，有几片

266

桦树叶、柞树叶从水面上画着水纹漂流而过……

"你不会是跑到这里来说风凉话的吧……这些日子你都跑到哪里去了。"

"哦，哦，小学校开学了，农场让学生帮着去收麦，可是学生能干什么呢？最多是捡捡麦穗罢了，那么一大片麦子收不回来，就是收回来也没办法晾晒，光捡麦穗有什么用呢？"瘦男人说着又把一副忧愁的面孔仰向灰暗的天空上去，从远处传来几声闷闷的雷声。他接着喃喃说道："老天爷好像存心跟我们过不去，从来没有见过这样的雨天，自从上个月（农历八月）下开了头，好像天都下漏了似的。真叫人没办法。"

……吃过午饭的时候，瘦男人也拎着一副鱼竿走出家门来，细如牛毛的雨丝轻轻扫在他的脸上。

张守义还在河边上，看见小学校长走过来，与他打了一声招呼。小学校长说："亲家，吃啦。"

张守义怔了怔，对小学校长这样称呼他心里有些反感。

那还是两个月前的事情，小学校长领着他的儿子到张守义家里来上门提亲，当时张守义并没有点头答应这件事。只是张守义的老婆在收下校长儿子带来的一副银耳环和一个金戒指后，满心应承了下来。过后，张守义的老婆对张守义说："拖拉机手可不是人人都能干的差事。"张守义这会儿心里气恨地想道：这个只知道往钱眼里钻的娘们儿。拖拉机手要比别的农工开多一倍的工钱。可张守义知道那个家伙一有了钱就会往酒馆里跑的。

小学校长察觉到了张守义脸上的不快，与张守义拉开了一段距离蹲坐下来，把鱼竿线放进水里。岸边上的两个人沉默下来，河水在脚下无声地涌动着。

小学校坐落在不远处河边上的一片白桦树林子里，从那里走过一个人影来。走近了，小学校长看出是城里来的葛教员，就招呼了一声："葛教员，散步呢。"葛教员"嗯、嗯"抬起头来，见是校长，愣怔地走了一会神儿，上前打了声招呼，而后掉头走开了。

"他是城里新分配来的老师……"小学校长对那个踽踽离去的背影瞅了一会儿，回过头来对张守义说。

"你跟我说过一次了。"

267

"噢，是吗？我以为你记不得了。"小学校长有些心不在焉地从水里拔出鱼线来，看了看鱼钩上的鱼饵被偷吃了，懊悔地叫了一声："噢，该死的东西！"他重新换好了鱼饵后，又把鱼线向水里甩去，河面上画出一道细细的水纹线来。

小学校长斜睨了一眼张守义，又接着刚才的话题说道："……我以为你光想着钓鱼，对自己的女儿会叫人勾跑也不会去管了。"

张守义听了小学校长含沙射影的话，冷冷地说道："我知道自己该怎么做，我用不着别人来教训我。"

张守义收起了鱼竿，生气地离开了岸边。

小学校长半天也没钓上一条鱼来，咕哝了一句："这该死的鬼天气。"也收起鱼竿回家去了。

二　张守义

张守义走在回家去的路上，路过场部门前一家小酒馆时，看见浑身上下被泥水弄脏得像泥猴一样的农场场长从里面扯着耳朵拎出一个青年人来："你这个混蛋，都什么时候了，你还坐在这里灌猫尿……

"别，别，你想扯掉我的耳朵吗……"青年人龇牙咧嘴用手捂着耳朵告饶地说。

雨幕里，一群孩子围在小酒馆门前嘻嘻笑着，指指点点扯着人一跛一拐走下石阶来的农场场长。

"走开，走开！小兔崽子们。"大胡子场长黑红的脸膛暴怒地说，手稍稍松了一下。农场场长是行伍出身，当兵时曾当到过营长，不小心被子弹走火擦伤了一条腿后，转业到地方也很不走运，先分配当了一段监狱长，后又调到这个离城最远谁也不愿意来的农场当场长。

这个青年人就是小学校长的儿子刘佳娃，场里的拖拉机手。此刻，他一张瘦脸喝得像猴腚，脚步趔趔趄趄地走过来，头在肩上不由自主地摇晃着。

走过他身边时，拖拉机手脚步停了一下，嘴里打了一个酒嗝说："猎人，猎人大叔，我可有些日子没吃到过你打的狍子肉啦……"

台阶上有人从小酒馆里走出来，取笑道："你这个家伙，少了别人吃的，还会少了你吃的不成……哈哈。"

张守义听了，脸红了，默着脚步走开了。

场长显然被这个雨季弄昏了头，走过去时还听他嘴里不停地唠叨说："麦子，麦子，这倒霉的天气什么时候才能把麦子从地里收回来呢？……"而对别的事情场长似乎不太关心了，比如张守义很久没有捕到像样的鱼这件事。

张守义是场里的猎人，一般冬天狩猎，夏天捕鱼。捕猎到的野物、鱼就交给场部食堂，场里给他发固定的工资。可是最近他差不多有一个多月没有往食堂送过一次鱼了。想想心里就有些窝气，掂掂手狠狠将手里的鱼篓向路边下的一个水坑里抛去，几条半死不活的小鱼扬撒到泥泞的地上，一只脏兮兮的白鹅从水坑里浮上来，伸头将小鱼一条一条拾进嘴里，并冲张守义狼狈走去的背影"哦、哦"叫了两声，似乎有些感谢。可对走去的那人听来却充满了嘲笑的意味……

张守义回到家里，老婆还守在前屋的食杂店里，后屋里冷锅冷灶，只有几只鸡堆缩在灶炕边。显然鸡们也饿了，看见有人进屋，挓挲着翅膀聚到鸡食槽边。可来人却脚步停也没停留一下，匆匆转身走了出去。

"老太婆，你不想过了吗……你想饿死我吗？"

张守义湿着头脸走进前屋食杂铺里，冷着眼盯着自己的女人。

"你没看见我正在忙着吗。"老婆在往一个用过的小学生笔记本背面记着什么。

"你女儿呢，她跑到哪里去了？……"

"彩霞说下午要给学生补课，拿了一块凉饼子就去学校去了。"女人头也不抬地说。看来今天的账目，让她费了些脑筋。

"小心点儿，别让城里人把她的魂给勾跑了……"张守义想起了小学校长的话，停了下沉思的目光说。

"看你在胡说些什么呀……"女人终于停下手来，有点儿吃惊地抬起头来。

见村子里有人进来买东西，女人嗔笑着打断了他的话，拿东西给人家，并小心地察看了一下那人的脸色。等那人走开后，女人就放下窗板来，过后屋给他做饭去了。

张守义怔怔地站在黑暗下来的店铺里，想到现在村子里差不多人人都知道了他女儿和小学校长儿子定亲的事，只有两个人不太在意这件事，一个是他，一个是他的女儿张彩霞。

三　葛林

远处，傍晚的山风将农场在麦地里工作的拖拉机轰鸣声隐隐传送过来，震颤得窗上的窗缝纸一阵哆哆嗦嗦发抖。阴霾的窗外，且有雨在不紧不慢地下着，下着。窗玻璃上的雨珠哆哆嗦嗦流过，水迹模糊成一片花里胡哨的道道。看上去像一张老太婆凄苦的脸，在这样一个阴雨连绵的秋天傍晚，做着十分痛苦的表情。

空荡荡的工棚里，葛林一个人蜷曲着身子躺在早已发凉的火炕上。那个负责烧炕的场部老勤杂工不知跑到哪里喝酒去了（当然多半是蹭谁的酒喝，这些日子来葛林已注意到了这一点），要不他即使在白天也会把通铺火炕烧得叫葛林烫屁股的。

"鬼东西，鬼天气。"葛林嘴里咕哝了一句。翻过身来时，葛林又将自己的一件黑棉大衣盖在了身上。这件大衣是葛林带到克林农场山上来准备过冬用的。

代课教师葛林是两个月前来山上报到的。葛林又度过了一个无聊的下午，葛林想不起来该做什么事情好，况且这样的雨天也没有什么好干的。小学校下午不上课，葛林也懒得去翻校长不知从哪里弄来的那本残破不全的图画教科书。从小学到中学，葛林最讨厌做的事情就是上图画课。这些日子来躺得有些昏昏沉沉的葛林偶尔在想，校长为什么总是叫他做他不喜欢的事情呢？……比如最近又叫他接了四年级的班主任。

肚子咕噜噜鸣叫的时候，葛林懒懒地极不情愿地从炕上爬起来。拖沓着脚步，头发蓬乱地走出屋子来。断断续续的雨暂时停了下来，天空像被泡得过久的白馍，湿漉漉地透着一种苍白。饭堂门前，那个女管理员在劈桦子，板斧挥下，被雨水淋湿的柞木桦子发出很沉闷的响声。这是一个四十岁左右腰身很粗壮的女人，刚刚被雨水和汗水弄湿的衣服，突出着丰圆的臀部和一对牛奶子般的乳房。走过去去食堂吃饭的男人，都要投过去一两眼暧昧的目光。葛林认识她，她是小学校长的老婆。葛林在想她年轻时一定是一个十分漂亮的女人。农场的人管她叫二毛子，

270

据说她母亲是一个俄罗斯女人，早年带着她从逊克县那边过来的。

　　她停下斧子来，对低头走过来的葛林友好地打了一声招呼，又接着干自己的活了。

　　晚饭又是吃的红高粱米。好像火没有烧透，蒸得很硬。干了一天农活的人们胃口极好地吃完了。只有葛林一个人慢吞吞吃了很久才吃完。

　　吃过晚饭后，葛林带着画夹向库尔滨河边走去了。他要画一张素描画，明天课堂上用。在那里他碰上了送学生回来的张彩霞。两个人说话的工夫，天上又掉起雨点来。张彩霞就给他打开自己带着的雨伞。等到他画完，两个人的衣服差不多都被雨淋湿了。

　　"怎么样？"他问张彩霞。

　　"挺好的。"张彩霞说。

　　"要是晴天就好了。"他郁郁不乐有些遗憾地望了一眼天空后说。

　　……

　　送张彩霞回来已经很晚了。和葛林住在一个屋的那两个拖拉机手还没有回来，他们要到夜里一两点钟才能回来。老勤杂工回来了，他已将火炕点着，炕火映着他一张猩红的脸。看见他走进屋来，摇摇晃晃，犹犹豫豫地站起身来，将背在身后的半瓶子白酒举到他的脸前来，"喝一口？"他厌恶地摇摇头。老勤杂工巴不得，又重新蹲在了灶坑门前，一口咂巴一下嘴喝起来。黑暗和孤独笼罩了他。他和老勤杂工都没有去点蜡烛。他在老勤杂工的咂巴声中沉睡过去了。

四　张守义

　　早晨，一团白色的雾气笼罩在房前的菜园子里。张守义起来后，去菜园子地里摘了一书兜豆角。随后他想到，一连气下了这么多天的雨，山上的牲口也会出来找东西吃的。回到屋里后，张守义就开始翻箱倒柜找出猎枪和子弹袋来，又找出了一双高腰雨靴。他打算今天进山一趟。

　　他老婆见了说："你该趁今天不下雨翻山进城里去一趟，铺子里烟酒糖茶食盐火柴都剩得不多了。"

　　张守义像没听见似的，依然低头在做自己的事情。

　　吃早饭时，村子里过来人敲铺子窗板买食盐和火柴。老婆说出的价格不仅吓了村人一跳，也吓了他一跳。老婆把昨天还卖一块五一袋的食盐和一块钱一包的火柴，一下子卖到了五块钱一袋和三块五一包，涨了两倍还多。老婆解释说："我们剩下的食盐也不多了，物以稀为贵嘛，照这样下去我们自己也会没盐吃的。你们要是不买就算啦，盐也不是卖不出的东西，放多久也不会放坏的。"

来买盐和火柴的人还是硬着头皮买了，只是多了些议论，说这盐价和火柴价比库尔滨河里的水涨得还快。

克林通向县城里的那条公路上个月就被雨水冲毁不能通车了。场里的公家商店早就关门不营业了。农场和村里人家日用品就开始紧张起来。张守义听着村里人的议论，就改主意了。他打算今天翻山进城一趟，翻山的路只有他认得。要不然他不知道这个娘们儿还会做出什么事情来，他不想让村子里的人戳他的脊梁骨。

张守义走出家门来，遇到街上的人就避过头去，那样子像拿了人家不该拿的东西一样。

路过场部门前，张守义看见小学校长正和场长站在那里说着什么事情。他本想也避过头去，可是场长叫住了他，场长转过脸来说："场里养的猪都杀光了，你是不是这几天进山去一趟，弄点儿野味犒劳工人们，他们可真是挺辛苦的呀……"

张守义嘴里含糊地"嗯、嗯"着，说："这两天我正打算进山去一趟……"

场长两眼布满红红的血丝，看来是一宿没合眼。小学校长站在那里又接着向场长诉苦，说照这样下去可不行，河水一定会冲了学校校舍的，叫场里派人把学校房后的堤坝加固一下。

场长两手一摊，说："我上哪里给你派人去，麦地里的黑麦还烂地里收不回来呢。"

看来今年秋天的麦子问题弄得场长很闹心。

"这晦气的鬼天气。"后来张守义走过去想到，这一切都是这个雨天造成的。包括老婆把盐和火柴弄涨价了的事。想到先要管好自家门前的"雪"，张守义就加快了脚步，想尽快把盐和火柴等几样生活必需品弄回来，好堵住人们的嘴。

第二天傍晚天黑前，张守义把食盐、火柴等几样货物翻山越岭用担子挑着弄回家来了。可是老婆并没有把价格落下来。张守义一张脸黑了起来。

"你这个臭娘们儿，你昏了头吗，你想让我这张老脸在全村人面前丢尽吗？"

女人并没有去理会张守义脸上的怒色，满脸喜气地把食盐一袋一袋放到货架上去，说："并不是什么时候都能有这样的机会的。"

张守义怒道："你想让我动手揍你吗，你说这话不觉得害臊吗？"

女人平静地说："别忘了，你的命可是我捡回来的。"

张守义听了像被霜打了一样蔫了，将握紧的拳头重重地砸在了自己的腿上，哀叹了一口长气。

张守义想起年轻时的事情来。张守义年轻时，有一回进山去打熊，被一头母熊咬伤了，昏倒在一片老桦树林地里。当时村子里一个年轻妇女进桦树林地里采蘑菇，发现了张守义，给他包扎好伤口背回家来，喂汤喂水守了三天三夜，张守义才醒过来。……伤好后，村子里一个不常走动的老太太上门来给张守义提亲。论辈分这个老太太还是张守义的一个远房姑妈。老太太说，无论哪个到了成家年龄的男人都会娶这样一个女人做妻子的，她是那么知道照料人，又是那么的能干，况且她对张家有救命之恩。这样张守义就答应下来，很快就办了婚事。

张守义现在怎么也想不通的是，当初那个救他的女人怎么会变得这么自私自利、不通情理了？难道当初救他也是算计着和他成亲吗？年轻小伙子的张守义那会儿正和一个混血儿姑娘谈恋爱，而她当时不过是个刚刚死去新婚丈夫不久的寡妇。张守义不敢这么想下去了，张守义有一阵后怕……

当晚，张守义拎着一瓶白酒，带着鱼网去了河边了。半夜的时候，从河边回来的张守义敲开了场部食堂的后窗。那个女管理员正在值班。打开门后，看到水淋淋的张守义脸冻得青紫，倒吸了一口凉气："我的天哪，你不要命了吗？"张守义什么也没说，把提着的一网兜六七条马哈鱼交给了二毛子女人。二毛子女人留他在管理员的后屋里住了下来。

那一夜，小学校长还在小学里巡夜。

五　葛林

白天，学校组织小学生们在往堤坝上抬土修坝。葛林见了有种蚂蚁搬家的感觉。这样做是不是杯水车薪呢？下午，小学生们都放学回家去了，堤岸上静了下来。葛林又待在那里画画了。没有雨的天空照常阴着，不远处寂静的白桦林地里偶尔飞出一两只山雀来；林地里积了一层被风吹落的黄树叶，晶晶莹莹闪动着水珠……

张彩霞阴沉着脸走过来，脸上有种楚楚哀怜的忧伤神情。

"村子里的人都在说你家发财了。"葛林画笔没停，说了一句。

"我有一个贪心的母亲，……我决定搬出来住了，今天就搬到学校里来住。"张彩霞下了决心似的说。

张彩霞端详着他的画，停了一会儿说："你的画好多了。你喜欢上画画了吗？"她显得吃惊地说。

葛林的眼睛离开了画板，他眯起眼睛打量着库尔滨河、白桦林地、铅色的天空说："也许这里是个画画的好地方，为什么不呢。"

不知过了多久，葛林的视线里出现了校长的身影，校长拎着鱼竿朝这边走过来。张彩霞见了脸红了一下，走时悄声说："我晚上就搬过来。你帮我去家里搬行李好吗？"

葛林点点头。

校长望着张彩霞离去的身影，说："你好像对画画发生了兴趣。"

"人人都会有变化的，也许我会成为一个好的绘画老师的。"葛林冷冷地说道。

"哦、哦，那是最好不过的事情了。"校长尴尬地解嘲说，走下堤岸去。

傍晚的时候，葛林去张彩霞家帮她搬行李。穿过几条泥泞的胡同，葛林跌了一跤，裤子上溅满了污泥点。氤氲的雨在头上弥漫、飘荡……

不远处传来了一阵吵嚷声——

"你这个贼，你偷吃了我家多少东西了，半个钱也不见你还，你像个狗似的没有记性吗？你给我放下，你这个无赖。"

"我会还你的，一个子也少不了你的，行行好，你先给我记上账……"

"不行，除非你找到保人，否则这瓶酒你别想拿去。"

"这个倒霉的雨天，你叫我到哪里去找保人啊。"

葛林走到近前时，看见这家食杂店的女主人正拉着场部勤杂工老孙头的衣襟不让他走。老勤杂工看见了他，眼神一亮，同时女主人也看见了葛林，下意识地松开了揪着的老孙头的衣襟。这正是张彩霞家。

"喂，你给我做担保吧。让她记上账，我会还上她的酒钱的。"

葛林正莫知两可地站在那里点点头时，老勤杂工已"嗖"地飞快溜了出去。

"这个家伙……"店主人叹息地摇摇头。随后呼天抢地叫了起来："喂，你来得正好，好心的人哪，快去劝劝我的女儿，她要跟我断绝母女关系，这是为什么呀？我可是只有这么一个女儿啊，丢下我孤老婆子可怎么办呀！天哪，这是为什么呀？……"

葛林默默地听着，温和地说："这你该问问你自己，你想留住你的女儿吗？那么你就把日用品的价格降下来吧。"

"这是你出的主意吗？你们城里人都是骗子……"女人一怔，紧盯着他叫了起来。

葛林不想再听她说什么了，默默地转身向后院里走去……后屋里，张守义已为女儿打好了行李和一只装衣服的木箱子。

……

葛林很晚才回到工棚宿舍里，看见老勤杂工和小学校长的儿子刘佳娃正坐在地中央一张方木桌上喝酒。勤杂工老孙头看见葛林进来不自然地眨巴了一下小眼睛，偷偷躲避着什么避开了目光……

"喂，城里人，你勾引别人的女人算什么本事。"刘佳娃摇摇晃晃站起身来，酒气浓重地离开桌边说。

葛林没有理会走过来的刘佳娃，用眼角轻蔑地瞥了一下老勤杂工，老孙头装作无事地用手拾起桌上一粒花生米，嚼进嘴巴里，做着香甜的样子翘起了油腻腻的嘴巴。"小人。"葛林心里说了一句，向自己床边走去。

"喂，城里小子，你是不是今晚要搬过去和那个婊子在一起睡呀。"刘佳娃瞪着红眼睛发泄着说，并伸出一只手扯住了葛林的衣领。

"放开你的手，闭上你的臭嘴巴。"

"瞧瞧他在说些什么呀，今天老子要教训教训你这个不懂规矩的小子。"刘佳娃说完摇晃着一只拳头击过来，葛林挡过了，脚下一扫，刘佳娃一个嘴啃泥直挺挺倒在地上。

葛林走到炕上铺开自己的铺被。刘佳娃摇摇晃晃爬起身来，吐了一口嘴上的泥，在他身后恶狠狠地说了一句："我要和你决斗！"

"好吧。"葛林躺下了，合上了被子。

六 决斗

老勤杂工不知怎么把这件秘密告诉了张守义。第二天下午，当葛林和刘佳娃走进那片白桦林地里时，猎人张守义出现了。"小子们，我不是来阻止你们的，我只是来让你们的决斗公平些。既然是因为我的女儿引起的，那我就该负起这个责任，我不想让你们谁无辜地去送死。由我去替他坐牢好了……"张守义冷冷地铁青着脸说道，他手里拿着两支枪，一支是他的双管猎枪，一支是场里发给他的半自动步枪，雨云遮住了白桦林地的上空，潮湿的林地里站立着三个阴沉的身影。他们谁也没再多说什么，冷淡的目光不约而同地移到了白桦林梢头上，树林梢头静得连一只山雀的影也看不见。良久，张守义走到两人中间从兜里掏出一枚二分钱硬币说："谁先挑？"葛林说："让他挑吧。"

"字！"刘佳娃慌忙喊道，仿佛一个人突然被朋友弄醒了。

"国徽！"葛林说。

硬币飞了上去，又无声地落在草丛里，三个人冲了过去。

"你走运了，"葛林对刘佳娃说，"你先挑枪，可是你记住，你的枪要打不死我，我的枪不会打不中你的。我敢向你担保。"

刘佳娃扔掉了手里的匕首，抢先过来拿走了张守义手里的那支半自动步枪。葛林接过了双管猎枪，随后两人向两边一百米开外的白桦林树中走过去，听到张守义喊："站住！"两人同时回过头来，端起了枪。静静等待着……

葛林在端起枪的同时曾经犹豫过，我是不是在做蠢事呢？可是看到张守义轻视的眼神他就打消了这片刻犹豫的念头。还有什么东西叫自己

276

放不下呢？从来到克林那天起就没有什么东西再叫他放不下了。葛林在来克林之前，在城里高中读书时曾处过一个女朋友，可是后来这个女朋友在考上大学后，就与他分手了。葛林第一年高考落榜后，本来打算第二年再考。可是那个在商业部门里工作的父亲决定要他到这个偏远的农场里来代课。生活从那时候起对葛林来说就失去了希望。他的性格也变得忧郁古怪起来。难道生活就该是这个样子的吗？他渴望有什么东西能打动他那颗冷漠麻木的心。他默默地望着走过来的张守义心里在想……

刘佳娃从准星里瞄着葛林，心里想着只要自己扣动扳机就会叫这个城里人完蛋的。他清楚地知道张守义曾用这支快枪打过一头机敏的豹子。那是何等凶猛的豹子呀！而眼前这个城里人不过是一个面孔苍白的书生。恼羞成怒会叫人忘乎所以的，此刻的刘佳娃正是这个样子，他恨这个城里人，也恨张守义……他甚至后悔起来两个多月前被父亲带着去张守义家提亲这件事来。两个月来这件事除了给村里人留下嘲笑奚落的话柄外，他还得到了什么呢？他什么也没得到，甚至连张彩霞一个温情的眼波也没得到。这是何等的耻辱啊！可是他又不能把送去的耳环和金戒指要回来，那样又会被村里人瞧不起。那份聘礼花去他一大笔钱，有那一大笔钱他宁可天天到酒馆里去喝酒，也不愿这样白白被人家耻笑。多少日子来，他一想起这件事来就叫他生气。他火烧火燎的心里渴望有什么东西发泄出去，特别是当他看到张彩霞和这个城里小子待在一起的时候。他的心里就像被谁捅了一刀在滴血。混账的东西，老天爷也会叫自己这么去做的……

张守义朝刘佳娃这边走过来。作为猎人他崇尚的是勇敢和正直，鄙夷的是怯懦和卑琐。从刚才挑枪的一瞬间，他看到了他眼里惊慌闪过的一丝胆怯的目光。他内心微微震颤了一下。早先村子里曾有人隐隐谣传这小子是他和达娃的儿子。不过达娃可从来没有承认过这一点。从刚才的一刹那他彻底打消了心头这个久存的疑虑，这怎么会是自己的儿子呢？他有点儿为达娃感到悲哀。从他身上也看不到一点儿达娃的影子。

两个青年人向他划定的中间地带慢慢举枪走过来。静静的林地里似乎能听到两人粗重的喘息声。"预备，开始！——"半自动步枪先响了，子弹擦着葛林的耳边飞过；葛林在距离刘佳娃六十米远的地方停下了。"我的天呀！……"刘佳娃扔掉了手里的空枪，一下子蹲到了地上。"站起来！小子，站起来！"张守义喊道。可是那团身影仍伏在地上不动。

葛林默默放下枪来……

"我女儿是绝不会嫁给一个自动扔下枪来的孬种的。"张守义收起了枪，走出林地时说了一句。

秋雨冷冷地抽打着白桦林地。

七　山洪

小学校一夜之间变成了一片废墟。库尔滨河在夜里泛滥了，冲毁了堤坝，冲毁了校舍。张彩霞那天夜里待在葛林那里了，使得小学校校长哭天抢地告诉场长这件事时，不无庆幸地一遍又一遍说：多亏没出一条人命，多亏没出一条人命。而场长现在想的不是一条人命的问题了，也不是弄得焦头烂额的麦子问题了。场长当机立断叫人通知场里所有的人都从麦地里撤回来，赶快组织村民往山上撤，这样的河水势必要引起山洪暴发。场长不等听完小学校长的啰唆，就将他一个人丢在那里，火烧屁股地走了。

克林的住户人家都开始行动起来了，拔锅搬灶地往山上撤了。一时间鸡飞狗叫人声沸沸扬扬起来……

也有人家没有动的，多是些上了年纪的老人。他们说他们活了这么一大把年纪了，什么样的山洪都见过，可是不相信山洪真的在秋天能暴发。再说这么冷的天叫他们往哪里去呀……就不肯动。更有甚者，把为自己准备的棺材盖也打开了，说再叫他们搬，他们就躺到棺材里去，他们可不想做个无家可归的漂泊死鬼。

到了傍晚，山洪真的从西山沟坡暴发了下来，场长赶紧打发十余名小伙子冲进村庄来，把几户老人背到南山上去。匆匆忙忙的小伙子们进村后，才发现除了老人外，还有一户人家没动，那就是张守义家。张守义在前一天进山打猎去了，他的女儿正在山上安顿疏散的小学生们。而此刻他的女人正一个人守在铺子里不紧不慢地数钱呢。

"老太婆，快，快点儿到山上去，别舍命不舍财了，快跑吧，山洪来了。"有人好心好意地告诉她。

278

"你想让我丢下这么多东西跟你们跑吗？别做梦了。"那女人依旧坐在那里数着钱。

　　小伙子们跑过去了。等小伙子们背着老人从林子里跑出来，洪水已漫到了张守义的家门前了。张守义的老婆这才着了慌，急忙喊道："天哪，我的乡亲们，等等我，别丢下我一个人。"

　　有人想起了她以前的吝啬，没有谁再去理她了，匆匆跑了过去。

　　"求求您，救救我，别丢下我，我会给您一大笔钱的。"

　　"钱这会儿还有什么用呢，老太婆守着你的钱自己过吧。"有人边跑边讥讽地回了一句。

　　女人绝望了，洪水挡住了店铺的门，她怎么也推不开，走不出去了。"老天爷，你可让我怎么办呢?! ……"她一下子瘫坐在了地上抽泣起来，尿也从裤脚管里流淌出来。

　　勤杂工老孙头是最后一个人从场部跑出来的，拐过村子里张家店铺时，他想顺手从张家店铺里拿一瓶白酒出来，他想这个时候张家一定会没人待在铺子里。推了推门没推动，他就捅开了窗子，从外面伸进手来。

　　"你给我放下。"

　　老孙头手一缩，看清了地上那团身影，"嘿嘿"不好意思地笑了，"你还没走?"

　　"你想抢东西吗？你这个贼。"张家女人颇为警惕地盯着他说。

　　"不抢，不抢，我只是想帮你拿点儿东西，以后会记着给你钱的。要不这么多东西也会打水漂的，多可惜呀。"老孙头嗫嗫嘴，叹息了一口气，挺失望地摇摇头，"好吧，你守着吧，我走了。"

　　"站住! 张家女人喊了一声，老勤杂工停了下身，站在那里回过头来。

　　张家女人缓和了一下口气，说："你帮我出去，我会给你一笔钱的。"

　　老勤杂工听了本想走开，可是想到以前欠她的钱，就转过身来从窗上跳了进来，扶着张家女人上窗台跳了出去，随后他也跳了出去。

　　水已经齐腰深了，两人搀扶着走到村口时，已没办法再往出走了。老孙头指着一棵老柞树说："快扶你上树。"

"那你呢？"

"我后上，我爬得快。"

老孙头用肩头顶着女人的脚爬上了树，望着女人像狗熊一样缓慢爬动的身子，真恨不得她再生出两条腿来，可是再生出两条腿来有什么用呢，女人的另一只胳膊还紧紧搂着钱盒子呢。这只不过是老孙头最后的一个幻想罢了，因为那会儿水已漫到了老勤杂工瘦瘦的脖子上了……

八　山洪过后

两天两夜后，洪水从克林落了下去。人们从山上回到村里，看到村口老柞树杈上吊着死去的张家女人，她手里攥着一把被水泡得和她脸孔一样发白的钞票，那样子好像随时都会把钱扬撒下来。在库尔滨河下游的一片淤泥里，人们找到了老勤杂工的尸体。村子里和场里除了死去的张家女人和老勤杂工外，还有三个人失踪了。一个是张守义，一个是小学校刘校长，还有一个是刘佳娃。和刘佳娃同时失踪的还有他那台东方红牌拖拉机。

人们向二毛子女人打听起刘家父子的下落，二毛子女人说她也不知道他们父子的去向，山洪来的那天，二毛子女人在食堂里照看公家的粮食，没有回家来。尽管这样，食堂里还是被人偷走了一面袋蒸好的馒头，二毛子女人也被人家打伤了。"该杀的，老天爷不会放过这样的强盗。"二毛子女人说时往胸前画了个十字，眼里流露着一种很阴郁的光泽。问到谁打伤了她时，二毛子女人说记不得了。她很痛苦地捂着头上扎着的白绷带，说："真的记不得了。"

到了晚上场里和村子里的人就不再关心这件事了。大家眼下要干的事情就是尽快把被洪水冲毁的房屋修理好。总得要有个睡觉过夜的地方啊。当然更多的房屋是不能住人了。场长带人搭起了帐篷，几户人家合挤在一个帐篷里，大人吵，小孩叫、哭。娇气的女人就抱怨说，她们身上爬满了虱子啦，再这样下去非被虱子吃了不可。就呻吟道："天哪，痒死啦……"场长听到了，就凶狠狠打断："快闭上你们的臭嘴，要不然我会统统把你们给扔到外面去。"随后又风凉地说道："树上松快呀，

280

你们怎么不学学张家女人去树上吊着去？我看是大腿根痒痒了吧。"娇气的娘们儿就吐了一下舌头，说："缺德鬼，怪不得老婆死得那么早。"

人们总算安顿了下来，度过了一个难耐、烦躁而又总算安静的夜晚。

天亮醒来，场长要干的第一件事就是派人去城里找防疫站的人来。场长想到洪水过后瘟疫又要蔓延了，而且眼下又这么多人群居在一起，房子一会儿半会儿又盖不上。接着又派人进山去寻找张守义和刘家父子两人。场长忙得顾不上去管麦地里的事情了，况且麦地里的麦子已被洪水冲得一塌糊涂，收不回来几粒粮食了。"麦子，麦子，狗日的麦子。"场长发泄着喘了一口长气。

到了下午，张守义从山里回来了。他身后跟着一瘸一拐的小学校长。两个人都阴沉着脸。人们把他俩围了起来……

问到刘佳娃时，小学校长一顿足仰天号啕了起来："老天爷，都是我害了我的儿子啊——"

人们就向张守义打听起事情的真相来：

……原来山洪暴发的那天，刘校长看到场里和村里的人都往南山上撤，想到山上也会不保险，就串通儿子开走了场里那台拖拉机从北山林子里往山外跑，可跑出林子时拖拉机陷进了一片沼泽地里，在拖拉机将沉下去的一刹那刘佳娃推出了刘校长，他和拖拉机一起沉没了下去……刘校长磕伤了腿，一点一点爬出沼泽地来，遇到了在附近林子里遛狍子套转悠了两天的张守义。两人将刘佳娃从食堂里偷出来的一面袋馒头分吃了，走了两天才走出山来。

"唉，可怜的人哪，让他安息吧……"

人们叹息着走散了去。

小学校长被停职审查了。在场长室里，场长气愤地摔下了他那顶从不肯轻易摘下的绿军呢帽子，吼道："你是个逃兵！要是老子有枪非毙了你不可。"之后，小学校长灰溜溜地从场长室里走了出来。

回到家中，二毛子女人正在收拾东西，她将自己的衣物装在蓝包裹皮里。刘校长见了可怜巴巴上前一把拉住她的胳膊说："达娃，别离开我好吗？求求你啦。"这个有着俄罗斯血统的女人温和地拿开了刘校长的手，说了一句："你是一只不合适的靴子。"就走出了家门。

刘校长像条被打断脊梁骨的狗一样瘫倒在了炕上。

九　葛林

小学校长的职务由葛林代替了。葛林组织老师和学生在白桦林地里搭起了临时帐篷做教室。学校就算重新开始上课了。葛林还兼着他的美术老师，葛林真的喜欢上画画了。葛林一天早上把画板支在那片白桦林地里，葛林想把他所管理的这所被洪水冲击后的临时学校作为一种风景画画进他的画板里。题目他已经想好了，就叫氤氲的雨。白桦，落叶，帐篷。可等葛林调好颜料，葛林才发觉自己犯了个错误。帐篷上、落叶上、白桦树皮上，都落了一层白白的晨霜，哪里还有什么雨啊。葛林就傻站在那里发呆了。直到寒气冷得叫葛林下不去手，葛林才离开了那片林地。葛林匆匆地走了。

作为小学校长，葛林想到了一个刻不容缓的问题，那就是这样两顶帐篷显然是无法过冬的。葛林想尽快找到场长让他派人来给学校盖一幢像样一点的木刻楞教室，里面再砌一座烧木桦子的炉子。

葛林找了四五个地方才找到场长。场长正领着县城里来的卫生防疫站的人在挨家挨户检查，发放药品，消毒。场长不无忧虑地对葛林说，已发生了几起牲畜死亡事件了，好在还没有出现人员疫情。葛林望着忧虑的场长说了句："小学校的房子……"场长说："我会考虑的。"场长刚说到这里，就被一个防疫站的人叫到一边去了。那人好像在说药品不多了。场长一挥手当机立断地说："去城里买呀，还愣着什么。"场长跟那个人走时，想起了仍站在一旁的葛林。场长回过头来跟葛林说了一句话："好好干吧小伙子，什么时候喝上你的喜酒呢?"

葛林站在那里脸红了。

场长和那个人走过去了。

葛林默默呆站了一会儿，后来一个人郁郁寡欢地走了回来，走过学校旁边的那片静静的白桦林地，走到学校后面的库尔滨河边上，坐了下来。

深秋的风冷冷地吹动着垂坐在那里的葛林的头发，掀开了他的衣角。

库尔滨河的河水在平静地、缓缓地流淌着。葛林想要不了多久，河面就会结冰封冻的。葛林在想着雨季已经结束了，可是人们还在为雨季忙碌着，这是为什么呢？……

远远地，一个人影朝他这里走过来。那个人正是张彩霞。

羊在秋天里死去

　　村子里的小学民办教员刘知在春天的时候去找村长，村长在村外的一片野地里放羊。正是青黄不接的日子，嫩嫩的小草刚刚拱出地皮来，就被村长家的羊一点一点啃吃了。

　　刘知站在那里对村长说："拖欠俺的工资什么时候发呢？"

　　村长说："你问我，我问谁去哩？"村长胖胖的脸展露着一种温和的平静。

　　春天的阳光普照着两个人的身影，一高一矮，一胖一瘦。

　　那只母山羊停止了咀嚼，抬起头来，像个哲人似的听着村长和刘知的对话。

　　刘知不知往下该说些什么。刘知把一种窘迫的目光移到母山羊身上。它的粉红色的奶子和滚圆的肚皮都叫他想起自己的女人来，渐渐地就有了一种说不清楚的嫉妒。刘知女人的肚皮也在一天一天渐大。

　　刘知走的时候说："俺媳妇快生了。"

　　村长说："哦，喜事哩……"随后就对那个有点儿发呆的身影说："拔麦子的时候吧，拔麦子的时候等村民们交齐了钱，把你们的工资先发了。"

　　刘知就走回去了。村长总算有了一种说法。走在回去的路上，刘知还在想着村长那张保养得极好的胖脸，村长都是喝羊奶喝的。村长说话都带着一股膻气。

　　刘知的媳妇听了刘知说的村长的话后，并没有露出多少喜色来，而是扳着指头数了数日子，拔麦子要在六月，而肚里的娃不知道能不能等到六月份就要出来争食吃。

刘知找亲戚家借钱，把村长的话又学说了一遍。亲戚这才松着脸把不多的钱借给了他。刘知说，等麦子一下来就过来还。

刘知安下心来教书了，不再想着拖欠工资的事情了。麦子不熟想也白想。刘知每天放了学路过别人家的麦地，总要站下来望一望田里的麦苗。刘知想到课堂上教学生的一个成语：拔苗助长。可刘知总不能拔苗助长啊。

刘知的一个学生旷课了，刘知去家访。在村外的野地里，他找到了那个叫刘石的学生，他正在放羊。"你咋不去上课啦?"刘知问道。学生先是低头不语，后来说："俺爹殁了，等麦子下来有了钱给俺交学费，再叫俺上学。"刘知把目光落到了他放的羊身上，他认出了村长家的那只老山羊，老山羊正像个哲人一样一动不动地把目光望向他。刘知不知他的学生给村长家放羊，村长会不会给他家钱。刘知没问，刘知无奈地背过身走了。温热的日头在碧绿的野草地上流淌，流淌……

刘知媳妇的预产期拖过了月份，过了六月才生。且是个儿子。刘知且惊且喜地去找村长。村长家里正忙着盖房子。刘知把村长从人群里叫出来，刘知犹豫了一下说："村长……俺的工资钱。"村长先是没太弄明白他说的事，怔怔地望着他。刘知也觉得不该这种时候把村长叫出来，可一想到儿子就又红着脸嗫嚅着说了一遍。村长听明白了说："今年天旱，麦子收成不大好，我还没叫大伙把各种费用交上来哩。"村长的目光落到了那边正在帮他盖房子的村民身上。刘知有些失望，刘知走时无奈地说："俺媳妇生了，生了个儿子。""咦，喜事哩。"后来村长又对转过身去的他说："等秋天吧，秋粮下来征费款一定得交了。"

刘知觉得那是一个十分遥远的日子了。

村长家上梁的鞭炮声"噼噼啪啪"响了起来，震得刘石耳根有点儿发木。

刘知回到家里，把村长的话学说了一遍。疲惫不堪的媳妇说了一句："你痴。"就对着襁褓里的婴孩默默流泪了。

刘知一时无语，呆立在地上了。

刘知又去二舅家借钱。二舅妈说，她家刚给村长家盖房子随了礼，手头也不宽裕了。刘知就不好再借了，蔫着步子走出来，听见窗里的二舅妈跟二舅说："还是知书达理的人呢，这么点儿人情世故都不懂。"

刘知听到了，脚步趔趄了一下。

……

刘知在村外的野地里遇见了他的学生刘石，刘石还在给村长家放羊。刘知就想起以前刘石说过的话，就问："刘石你怎么还不去学校上学哩？"刘石脸红了，低下头来嗫嚅地说："俺爹把给俺交学费的钱拿给村长家随礼了，俺爹说秋后打了粮宽裕了再给俺交学费。"刘知无语了，把目光散淡地撒到野地上去。

野地里的荒草长得很高了。村长家的羊已变成了五只。除了那只老母山羊外，还有四只雪白的小羊，"咩咩"地叫着。老山羊眼睛里流露出一种慈爱的母性目光来。多么幸福的羊啊！刘知在心里说，他那时又想起自己的女人来。当老山羊把慈爱的目光转向他时，他心里微微抖动了一下……

刘知是在第二天放学路过这里时，对刘石说他要每天来这里给他补课的。刘石听了很惶恐地摇着头说他没有钱。刘知说他不收钱。刘石迷惑地望着他的老师，目光里流露出小羊一样的暖意。盛夏的阳光烤得人有点儿发烫，老山羊领着小羊伏在没人的草棵子里看不见身影了。

刘知每天放学后都来到野草地上给刘石补课，把当天在学校里课堂上讲过的课再重复地给刘石讲一遍。讲完后刘石就坐到一边写作业去了，他替他照看着羊。刘石做完作业他就带回家去批改去了……

刘石的父亲找到学校来了，刘石的父亲给刘知跪下了，"好人哪，你叫我怎么报答你好哩？"刘知赶紧将刘石的父亲扶起来，看着他感激地离去的身影，刘知心里像被什么东西刺了一下……

村里人也知道了这件事情，纷纷议论起来。原来没有给他媳妇下奶的街坊邻居老太太们也给他媳妇送来了鸡蛋……

村长在村口遇见刘知时，说："你很会做事情哩。"刘知瞅了瞅村长，怔了怔。村长背着手，踱着方步从他身边走过去了。

后来刘知就听村子里传出，村长说了秋天收上来的杂费先可村干部工资发的消息。刘知就想他和民办教师的工资不知要被拖多久了……

刘知的儿子百天时，刘知把儿子抱到街上去，村上的人见了，议论说："想不到那么个面黄肌瘦的婆娘竟养出这么白胖的儿子来。"刘知听了，就把儿子抱回去了。

秋天的日子很快来到了。刘石每天放羊时得给村长家打越冬用的羊草。望着刘石在草棵子里挥镰割草的身影，刘知坐在草棵子里在想着自己的心事，目光有些发痴。旁边那只老山羊把头向他怀里伸来，他吓了一跳，继而避开了它那熟悉的目光……刘知在给刘石讲课时，也常常走神……天还是那么蓝，云还是那么白，可这一切在刘知的眼里似乎都有了变化。

刘知有一天正在上课时，从窗子里看见村长走进校园里来了。村长轻易不到学校来。村长一个人来的。村长走到刘知的教室门口，冲刘知招招手，刘知就出去了。村长说："我找你有点儿事。"刘知恍惚地说："俺正在上课哩。"村长说："那你上着，我在外面等。"村长掏出了一袋烟，就蹲在校园里的泥地上了。刘知返回教室时忘了刚才讲到哪了，就又把那篇课文重新讲了一遍。讲不到一半时，下课的钟声响了。刘知走出来，问村长："你找俺有啥事？"村长看着像小鸟一样四散着离开校园的学生，就说："也没啥大事，只是想问你一件事。"刘知说："你说吧。"村长说："你说怪不怪，最近我发现我家那头奶羊挤不出奶来了，我想是被人家偷着挤喝了。"刘知说："不会吧？"村长说："是啊，我想也不会，谁会干这种没出息的事哩？可春天那会儿我家那头奶羊每天能挤出两大碗奶，现在连一小碗也挤不出来了，这不是被偷挤喝了还会是咋的？"刘知避开了村长的目光，把目光不经意地撒向已变得荡荡起来的校园，嘴里喃喃道："谁会这样做呢？"村长说："我也正是想问问你，你知道我家的羊是小石头给放着，你常去给他补课，看没看见过他挤喝过呢？孩子嘛，总免不了偷嘴的，是吧？"刘知微微一震，随后说道："我没看见过。"

村长听了他的话，看了他一眼，说："我相信你知书达理人讲的话，不过这件事我会弄清楚的。"

刘知怔怔地站在校园里目送着村长离去的身影……刘知这天中午放学后没有再过野地里去给刘石补课。

两天后，刘知在村外碰见了村长，村长正放羊回来。显然村长家已辞掉了刘石。村长对走过来的刘知说："我家奶羊又能挤出两大碗奶水来了。我就奇怪，秋天的水草多么肥呀，咋会没有奶水呢？你说这是不是一件怪事？"刘知"嗯嗯"了两声，抬头注视着他和他的羊。秋天的阳光温暖地映在他那张红润的胖脸上。

"这真是一件怪事，可羊又不会说话呀。"

羊又像哲人一样把目光伸过来，刘知走开了。他觉得后背上有一双目光一直在跟着他，跟到了家里。

刘石不再给村长家放羊了，可刘石并没有到学校来上学。他在村子里遇到了刘石，刘石的脸上有被他爹打过的青紫痕迹。他没有再问刘石为什么不去学校。而是站在那里静静地听着刘石的诉说："……现在村子里人人都在传说是我偷挤喝了村长家的羊奶，可是我没喝……"秋天的阳光明亮地在刘石脸上跳动，刘石委屈的面孔叫他想起村长胖胖的红润脸孔来。

"……谁能做证呢？羊又不会说话呀。"

后来刘石恨恨地咬着牙根说："该死的母羊，我真恨不得宰了它！"刘知听了吓了一跳，默着步子走开了。

村子里从那个时候起到处传说着村长家的羊被人偷喝了羊奶这件事。像一种秋天的瘟疫。

秋天要结束时，村长家的羊死在了村子里那口水井里。同时打捞上来的还有刘知的尸体。一些人围在井沿上议论，有人看见头天晚上刘知过井沿上来挑水时，村长家的那头母山羊一直跟在后面跟到井沿上来了。羊是自己从村长家走出来的。人们就猜测，羊是到井沿上来喝水，结果不小心掉到井里去了。刘知是为了救羊而跳下井去的，"可是刘教员并不会浮水呀！"说的人不无痛异地摇摇头。

村长听了村民的说法，什么也没说，沉思地站在那里了。

夏天的困惑

一

王忠一在村外田里锄草，看见本家二叔远远地走来。王忠一停下锄头，立在那儿等二叔走近。一群蚊蝇像块乌云罩住了二叔的头顶。乌云下的王顺孝细皮嫩肉。王忠一很想走过拢去为他驱赶开乌云，可两脚动了动，还是长在了田里。王顺孝是村里的小学教员，这一点让王忠一羡慕的同时，也生出一分嫉妒来。王顺孝就顶着那团乌云，走下田埂儿来。七月的日头毒毒地流淌着毒火。

"我从村上来，在村委会看信，见有你一封信，就给你捎来了。"二叔说。二叔流着汗站在了他对面。

他从二叔手上接过一个挺厚的白信封。看到信封上铅印着"当代文学家"几个字时，他的心"别别"跳了两跳。

他哆嗦着手撕开信封，里面夹着一封编辑的来信。他急忙展开了来看：

王忠一同志：

《农夫》读过了。我们感到情节挺真实，但故事不太完整，如主人公农夫最后的结局怎么样了？没能交代清楚，显得前后不一致。

但整个立意来说是好的。如果照此努力下去，定会取得成功。将稿子退给您，希望多联系。

祝好！

小说组

289

字是很清秀、潇洒的。他又低头看了两遍，方才把信笺递给早已伸过脖子来的二叔看。

"不错，不错，真不错……"二叔咂咂嘴，抬起头来瞅他。

他没说话，这工夫他又把稿子拿出来翻看了一遍，里面有错别字的地方已改过来了。他看了一遍后，接过信来，把稿子和信叠在了一起，装进信封里。

"县上文化馆的老陈，也常往外寄稿，可收回的都是铅印的退稿笺。"二叔说。二叔常往县上跑，送他写的诗歌。

他的眼睛移到田里，没膝高的苞米青棵子已开始拔节抽穗了，绿葱葱的一片。他就瞅出一种希望来。

"晚上我们开个会吧。"二叔临走说了一句。他目送着二叔的身影走出绿色的田野去。

晚上，吃过饭，他到二叔家去。临出门，女人问他："干啥去？"他说："到二叔家坐坐。"女人看他神叨叨的样子，说："又闹革命呀，我看纯粹是吃饱了撑的。"女人玉梅常把他们这种聚会看成是地下工作者接头。王忠一和二叔都是乡文化站的"稻草香"文学社社员。王顺孝初中毕业后受到一位语文老师的启发，在家坚持搞业余创作。那年月还是大帮哄的年月，王顺孝身子弱，一年下来也出不了几回工。搞到二十七八岁还没成家，家里人开始为他的婚事着急，王顺孝自己却不急不躁，依然作他的诗，诗稿写了整整一麻袋。后来县文化馆的老陈下来体验生活，看到他这种情况很感动，从一麻袋诗稿里挑出几首带走了，发在县文化馆办的《沃土》报上。乡里知道了村里出了个"诗人"，就把他吸收为民办教师，教村里的小学。村里人说他啥人啥命，小学教了没两年，小学校长把自己的女儿许配给了他，那校长的女儿要脸盘有脸盘，要腰身有腰身，在四村邻里也是数得着的。王忠一常拿王顺孝的女人与自己的女人比，这一比就比出一分嫉妒来，下黑做那事也不温和了，早上起来女人说疼，王忠一阴暗的心理才得到一种平衡。

王忠一走进二叔的家，本村和前屯子的四个"稻草香"文学社员就都到齐了。前屯子两个，一个是吴立夏，一个是许春艳。是两个才毕业不久的高中生。这屋子里集中了两个村子里的最高文化精英，说来，还只有王忠一文化低些。王忠一结婚早，初中没念满，六年级就退学了。他们四人做一个活动小组。活动就在二叔家集中。二叔家没有小孩，挺清静。这会儿，王顺孝的女人垂着头坐在炕里纳鞋底，王顺孝凑在煤油灯前念他新写的两首诗给两个高中生听，情绪挺激动。二叔一激动脸就涨得通红，像火烤的乳猪。听见门响，二叔不念了，拿眼睛看他："哦，忠一来啦，把你的那个小说给我们念听听。"吴立夏和许春艳就把目光热烈地围过来。王忠一从腋下拿出信封，把稿子和信笺从信封里抽出来。两个高中生争着抢着夺信笺看。王忠一提醒一句："别扯撕了。"两个人方才安静下来。接着王忠一坐下来读稿。稿子有一万字，王忠一读到后面时，纳鞋底的女人停下来，瞅王忠一几眼，王忠一不觉得提高了声音。念完，女人已收拾起针线，打了个哈欠，目光直盯着煤油灯上。王忠一明白过来。王顺孝还叫他再念一遍。他说："不念了，稿子写得还不够理想，改天听听大家的意见吧。"王忠一这样说，就把今天的活动宣告结束了。几个人站起来，王顺孝送他们走到外面去，天就真的黑了。

王顺孝扯了王忠一衣角一下："你等一下。"王忠一站下了，走在前面的许春艳似乎有话要对王忠一说，也在旁边的黑影里停下了。二叔对她挥挥手："你们先走吧。"王忠一以为二叔要和他说家事，等他们离开，王顺孝说："你把稿子照编辑的意思再修改一遍，我给你拿县里文化馆去，兴许他们能发呢。"王忠一想想苞米地里的草晚两天铲还赶趟，就说："行。"王顺孝说："那你就抓紧时间弄吧。"王忠一站在那里目送着二叔走回房间里，屋里的灯早让女人吹灭了，漆黑成一片。

王忠一回到家里，女崽已叫女人哄睡了。女人玉梅点着灯在等他。他放下稿子，吹熄了灯，一把将女人摁在了炕上。

二

日头爬到了房顶，王忠一才懒懒地从被窝里拱起来。女人早起来了。正在院子里喂猪。女崽跟着女人喊："猪猡、猪猡，吃、吃……"炕桌上有一碗稀粥，还有一个苞米面和白面两掺的杠馍。王忠一胡乱几口扒吃了。女人进来收拾碗筷，端炕桌时，王忠一说："别端了。"王忠一把稿子拿出来，又找出一本二叔给他弄的小学生用过的田字方格本，一齐摊在了炕桌上。女人见状，说："不下地了。"王忠一低头在想农夫的命运结局，没有理会女人的问话。女人便又提高了声调说了句："你等着房笆掉馅饼啊。"王忠一一笔划去刚想出的一句话，冲着女人急歪吼："别烦我！"女人走出去，提着柳条筐，带着女崽到村外扯猪菜去了。

王忠一一连在家关了几日修改稿子，就忘了地里的草。女人回来说："人家的地都铲第三遍了。"王忠一放下手里的笔，去地里看了。地里的草果然长得快和苞米棵一样高了，不铲说不过去了，就回家取锄头来铲。铲到天黑也没铲掉几根垄，身子却累散了架。地欺生哩。

王顺孝从小学校放学回来，走过王忠一家的苞米地，看见王忠一弓着身子在田里铲地，老远招呼说："忠一，那个稿子改得怎么样了？"王忠一直起腰来，擦着汗说："改得差不多了，就是抄还没倒出工夫抄。"二叔瞅瞅地里茁壮成长起来的草，又瞅瞅王忠一说："要不，你把稿子拿来我给你抄。"

晚上王忠一拿着修改过的稿子去二叔家。二叔家刚吃过饭，女人在外屋刷碗。他走进里屋去。"二叔，麻烦你啦。"二叔接过稿子翻了翻，屋里黑得有些模糊。王顺孝到墙角摸出火柴来，点了煤油灯。女人猫一样走进屋里来。女人说："大侄子，你写小说赚了钱要分一半给你二叔呀。"王顺孝急白红了脸，"看你说的，看你说的……"王忠一也瞅着女人红了脸，他知道县文化馆的小报是没有稿费的，这样就得让二叔家白白熬灯油了。

过了五六天，他觉得二叔差不多能把稿子抄完了，就又去了二叔家。远远地望见二叔家窗上透着灯光，走近推门，门却挂着闩，他刚要隔着窗帘招呼一声二叔，窗里传出一阵女人的呻吟声。他明白里面在弄那事，就自觉走到院外去等。只是有些不明白那女人做事情就舍得点灯熬油的？约莫有一袋烟的工夫，门开了，从里面走出一个男人的黑影，"二叔……""嗯、嗯……"出来的人支吾，他瞅清不是二叔就住了嘴。那人他认识，是大队许书记。"是忠一吗？"跟在后面的女人送许书记走后，回过身站在了门口。"二叔呢？""你二叔在小学校里……你来一会儿啦？""刚来。"他瞅了一眼脸色滋润的女人很想再把她摁到炕上去。"你二叔这几天晚上天天在小学校里给你抄稿子。"女人在他走时有些讨好地对他说了句。

二叔躬曲着水蛇腰埋在一摞小学生作业本后面，一笔一画地为他抄着稿子。蜡烛的光影将二叔的身影夸张到墙上。学校每月发给老师两根蜡烛，批改作业用。二叔这是在借学校的"光"为他抄稿。他像噎着似的咳嗽了一声。王顺孝停下笔来，对他说："再有两个晚上就抄完了，正好学校过两天要去县里取教科书，我顺便把你的稿子带到文化馆去。"他望着清瘦的二叔，一时站在那里不知说什么好。

从小学校往村子里走，他问："二叔结婚有六七年了吧？"二叔说："有咧。"他说："咋就没要个小孩呢？"二叔说："谁知道，这操蛋的事，瞅她腔盘挺大的呀。"王忠一又问："检查过没有？"二叔说："没有。"王忠一就说领她到城里检查检查。王顺孝停了一下，叹口气，想想说："倒不出来工夫呀。"走到路口临分手时王忠一又说了一句："抓紧时间要个孩崽啊。"王顺孝听了没再说什么，转身沉默地走进黑夜里去了。

这个夜晚走在路上，王忠一不再羡慕二叔了，甚至有点儿同情二叔。走回家他没再找女人的麻烦，一头躺在炕上挺困惑地睡了去。

铲完了第三遍苞米地，就挂锄了。二叔从县上回来说："我已把稿子交给了老陈，老陈看了挺惊奇，问起你的创作情况，还问到这篇稿子你给没给别的什么刊物投过，我说没有。"王忠一听王顺孝这样讲，就说："你咋不说给《当代文学家》投过呢。"王顺孝说："这你不懂，你要说给别的刊物退过的稿子，他们也不愿用了，好像捡别人剩下来的东西，不是自己发现培养的作者。"王忠一想一个县文化馆办的小报还这样挑拣，就不再说什么了，心里总归还是挺感动的。

那天二叔走后，王忠一想从现在挂锄到秋收，还有一段闲日子，不如借着这股心劲再写两篇小说出来。晌午，女人玉梅赶集回来，卖了一篮子鸡蛋，正一角钱一角钱蘸着唾沫数票子。王忠一要出五角钱，女人问："干啥用？"王忠一说："买瓶墨水去。"女人极不情愿地挑出五角揉得模模糊糊的角票扔给他："两只鸡蛋哩。"他低着头走出屋子来，院子里那只芦花鸡正昂首挺胸站在路当央吃食。王忠一走过来躲也不躲。王忠一只好从它身旁绕过去。王忠一走过去想，自己还不如那只芦花鸡呢，一年也下不出两个蛋钱。

王忠一在供销社买一瓶鸵鸟牌蓝墨水出来，听见有人喊他："王忠一！"王忠一听见了回头，喊他的人是许春艳。许春艳穿着一件绿细格宽衬衫，脚上穿着一双白旅游鞋，在一群灰布、黑布单色的人群里就挺显眼。"大作家，买钢笔水啊。"许春艳见他瞅着了自己，就换了一种口气，笑讪讪地说。"嗯、嗯……"王忠一脸红了，想把手上的墨水瓶放进衣兜里，又怕墨水洒了染了衣服，怔怔地挓挲着手。"我听王老师说，你的那个小说要在《沃土》上发啦。"王忠一刚才还沉浸在一种幻觉中，这会儿听她提到二叔，就从幻觉中走回到现实中来，他想起那晚许春艳的爹和二叔的女人弄那事，脸上有了淡淡的冷色，"什么小说，我不知道，我还有事。"就匆匆忙忙地走开了，将许春艳一个人丢在那里。

王顺孝又召集了两次稻草香文学小组开会，王忠一推说有事没有去。白天王忠一就待在家里写他的小说，第一篇小说完成后，王忠一想挺长时间没有给《当代文学家》寄稿了，就把这一稿给《当代文学家》编辑部寄去了。接着他又写作计划中的第二篇小说。农闲时吃两顿饭，吃完晚饭，天就黑了，不能写了，他就走出去到村委会去转转，看看有没有他的来信。一个多月过去后，他收到了《当代文学家》的退稿。这回没有编辑回信，里面只有一页四指宽的铅印退稿笺。

王忠一同志：

　　来稿收悉。经研究不拟刊用。由于本刊人力有限，不提具体意见，请谅，谢谢您对本刊的大力支持。

　　此致

敬礼

　　　　　　　　　　　　　　　《当代文学家》编辑部

王忠一没有把这封退稿和退稿笺拿给二叔看。王顺孝来时，王忠一问他上回给县文化馆的稿子怎么样了。二叔嗫嚅地说："我又去了两趟县里，老陈说那稿子太长了，他们小报容量有限，问你能不能再写个短些的小说给他们。"王忠一听了心里头说一句：操！完球啦。嘴上回应二叔："以后再说吧。"王忠一也不知道以后还能不能写稿给他们。现在邮票、墨水什么的都涨价，在他们小报发了也得不着一分钱稿费。

王忠一安心地把农闲里的第二篇小说写完了。写完后，王忠一想了想，还是给《当代文学家》寄去了，人只能是越处越熟。王忠一按照常规的思维逻辑是这样想的。稿子寄出去了三个多月，一直到上了老秋，地里的苞米都收回来了，他才收到退稿。稿子里仅夹了一张铅印的启事：

　　一、由于邮资涨价，本刊限于财力、人力，来稿一律不退。
　　二、来稿超过两个月的，可自行处理。
　　……

王忠一望一眼窗外光秃秃的苞米地，感觉夏天那会儿涌动起来的一线希望一点儿也没有了。

这样，在冬天到来的时候，王忠一走进了二狗子们的伙里……

"嗬，作家来了。"

"狗屁。"他脸不再红了。

"玩多大的？"

"两毛。"

他冲女人要钱，女人很大方，出手给了他三块钱。"是爷们儿就得干点儿爷们儿的事。"

三块钱他玩了三天三宿。他先是赢了六块钱，后又连本带利输给了二狗子。他觉得无聊。

死睡了三天三夜，补回了觉。夜里就精神起来，同女人弄那事。夜里弄到天亮，就接着睡去。一弄两弄，将女人弄鼓了肚子。看着女人笨鸭子似的在眼前晃来晃去，他又蔫了情绪。

冬日无聊的情绪像生了病似的长在身上。他常常夜里醒来好长时间睡不着觉。在一个天蒙蒙亮的早晨里，他起来了，他向小学校走去。小学校放假了，风冷冷清清地扫荡着空寂寂的校园。只有二叔一个人的屋门开着锁，二叔经常早起到这里来写诗。他叫二叔打开了一个空着的教

295

室，又管二叔要了几本小学生用过的田字方格本。他坐下来。破着玻璃的窗口漏着风，吹得手生痛。痛一阵就忘记痛了。他一连几个早上都把自己关在教室里，成了一个用功的学生。

他向女人要钱。女人以为他又开始赌牌，就给了他六块钱。他说不够。女人就又给了他六块。他数了数，看一眼女人渐渐粗隆起来的腰身，觉得不能再要了。

王忠一去二叔家。王顺孝正和女人吵架："我日你先人，你叫我怎么做人……"王忠一觉得二叔很少骂人，就站在门外听。女人说："你日呀，你日呀，只怕你没有的日呢……"二叔牛似的呼哧、呼哧急喘一阵，就没了声。

王忠一走进门去，二叔脸色有些慌张。王忠一说："二叔，我要进城。"王忠一晃晃手里的黄书兜，里面有刚写完的一个稿子。"你去吧。""你找几首诗，我一起带给编辑看看。"二叔听了就慌慌去找了，忘了刚才吵架。

王忠一瞅了一眼女人，女人肚子平平的。为这一点，王忠一不知该为王家感到庆幸，还是感到悲哀。

王顺孝找出几首诗歌用信封装好交给了他，他就走了出来。

三

王忠一坐了一上午长途汽车来到城里，下了车向人打听《当代文学家》编辑部在哪里，问的人都摇头说不知道。王忠一就在街上漫无目的地走了起来。立春之后，天气暖和起来。城里人还都穿着皮大衣、皮夹克。王忠一走着走着就敞开了棉袄怀。有几个中学生模样的小女子从他身旁走过，怕冷似的冲他指指点点，他也装作不在意。偶尔也遇见一些和他一样装束的人，王忠一知道他们也是从乡下来的。这两年城里搞活了，来城里找事情做的人挺多，有的干着干着就落了脚，把老婆、孩子也一齐接进城里来过了。路过街中心一处大院，看到院门口挂着一块牌子：×××日报社。他想日报社的人兴许会知道《当代文学家》编辑部在哪里，就走进门口的门卫室。"大爷，问一声《当代文学家》编辑部怎么走。"正在低头看报纸的老头放下手里的报纸，从老花镜里向他打量了一眼，"你从乡下来的?"他老老实实点点头。"他们的人上午还从这里拉印完的刊物刚走。"他一听知道打听对了，忙问："他们单位在哪里?"老头又瞧了他一眼，慢悠悠地说："顺这条正街往东走，走过两个胡同口往右拐，是一个农贸菜市场，和东安菜市场在一起。"他说了声"谢谢您大爷"走了出去。

走过了第二个胡同口，就见稀稀拉拉下班的城里人手里提着鲜绿的青菜走过来。他没想到这个季节还能吃到这么新鲜的蔬菜，想：城里人真会享受。走近了，传来一阵熙熙攘攘的喧闹的小贩吆喝声。这是一座拱圆形大棚盖的菜市场，足足有六亩田大。他站在宽敞的出口处，不知该不该进去，正左右为难时，看见一个戴灰色大盖帽的人从旁侧一排低矮的平砖房里走出来。砖房门口挂着一大堆牌子：工商所、税务所、卫生检疫所……在这堆眼花缭乱的牌子上，他看到了《当代文学家》编辑部的牌子，是一块草书体方牌匾。他长长地透了一口气，走了进去……

"喂，站住。"……他仿佛置身于高家庄的地道里，左拐右拐，摸摸撞撞走了很长一段走廊，将门口挂的牌子依次走过，越往里走越潮湿黑暗，冷森森地透着一股阴风，他身子骤起了阵鸡皮疙瘩，停下脚步来，惊悚悚地去寻发出声音的所在。半天才在拐角处寻到那个子弹孔似的小窗洞眼，听声音是个老太太。他贴着墙边靠过去。"干什么的?"显然他的一举一动都在老太太的监视之下，而他却瞅不清老太太的面孔。"我，我是来送稿子的。"他忙说。"把稿子放在这里吧，我转交给他们。"他想了想说："我想见一下他们的人。"里面冷冷地说了一句："他们都下班了。""那我等他们。"他小声地冲弹孔里面讨好地笑笑。老太太没再搭理他。老太太打了个盹醒来，见他还老老实实守在走廊里，就说："里边有个值班编辑，你进去吧。"老太太脸上透着一种司空见惯不可言喻的神色。他顺着低矮、阴暗的走廊继续往里走，走到最里边有一间敞着的门洞，他注意看了一下门上的牌子是诗歌组，亮着一盏黄灯泡的屋里，坐着一个二十多岁的女编辑。女编辑正在专注地看稿，桌上放着一只玻璃瓶水杯，手里拿着一块吃了一半的面包。静静的屋里微响着翻动报纸啃噬面包的声音，这声音听上去他十分熟悉，对着那个背影轻声唤道："老……"他差点儿喊出"老鼠"来，赶紧住了口。女编辑听到声音转过身来，望着他。"啊，老师，我来送稿……"他紧张地从书兜里掏出二叔那个诗歌信封，递给女编辑。"哦，放在这儿吧。"女编辑客气地接过稿来，放在案头的一堆来稿里。王忠一怔怔地立在桌前，看桌上被女编辑用红笔涂改过的诗歌稿。王忠一说："我想问一下，小说组的老师下午能来吗？""不好说，我们一般不坐班。"王忠一听了有些失望，看看女编辑又低下头去看稿，就退了出来。

王忠一从屋里走出来，一下子觉得阳光亮堂了许多。门口不远处有个烤地瓜的，他磨蹭着走过去，"师傅，烤一下馒头行吗。"烤地瓜的小青年看了他一眼，答应了。他从书兜里掏出两个带着的杠馍，蹲在地上烤起来。边烤边吃两个杠馍。下午返回的长途汽车是四点二十分的，他想就等下午单位的人上班再说。闻着一股焦布味，小青年吸了吸鼻子，说，别犯迷糊了，烤着啦。他从困盹中惊醒，赶紧提起黄书兜察看。小青年指了指他的裤角，棉裤角被一星火炭烧了个黑洞，幸亏没落到黄书兜上，他提到嗓子眼的心松下来，站起身来。

打红砖房里急急忙忙走出来刚才见过的那个女诗歌编辑，身边还跟着一个戴黑框的四十多岁的女人。女诗歌编辑看见他，认出他来："你还没走呀？"他点点头。"正好，你来帮下忙，田老师的爱人病了要送医院。"他一听送病人，二话没说跟随了去。年纪大的女人对女诗歌编辑说："小吴，那你就不用去了。你还要值班。"女诗歌编辑停下，望了望说："也好，等下午总编来，我跟他说一声，需要派车的话，再叫他给联系车。"他们就急火火地走了。

田老师的家离菜市场不远，拐过两栋住宅楼就到了。她家住五楼，她爱人是个偏瘫病人，需要人背下楼来往医院送。王忠一将她爱人背下楼来，田老师要截出租车往医院送。王忠一说不用了，直接背医院去吧。田老师说要两站地呢。王忠一说没事，这工夫街上出租车很少，站在外面挺冷的，田老师就同意了，在前边引路。王忠一由于刚吃过了两个杠馍，身上长了力气，背着病人比田老师步行得还快。田老师只好小跑跟着。到了医院，医生告诉往四楼背，王忠一又没歇气背上了四楼，背进了病房，这才歇下一口气来。王忠一以为看完病还需要背回去，就坐在走廊外面的长椅上等。一等等了挺长一会儿工夫，才见田老师出来，他走上前去问："怎么样啦？"田老师看到他，感激地说："多亏了

298

你给背来，现在好多了，血压降下来了，医生叫住院稳定几天。"王忠一一听住院知道没自己的事了，就要同田老师告别了。田老师往外送他时问："你是吴编辑的什么人？"他说："我是来送稿的……"他这才想起那只装稿子的黄书兜刚才忙乎忘在田老师家里了，就说，"我的书兜还在你家里。"田老师止住了脚步，说："你等一下。"田老师转身回病房里安置了一下，过了一会儿又走回来了。

"你在我们的刊物上发过诗歌？"路上，田老师问他。"没……我是写小说的。"他说。"小说？……你叫什么名字？"田老师打量了他一下。"王忠一。""呃？你是王忠一，真巧，我知道你，我看过你写的《农夫》。"王忠一一想也真巧，惊喜地问："你看过我的稿子，是你给我写的回信？"田老师微笑着点点头。又说："后来你把那个稿子改了，给了另外一家刊物发了。"王忠一茫然地摇摇头，"没有啊……"田老师听了也觉得奇怪，自言自语地说："我好像在哪本刊物翻见过……好像就是最近的。"田老师又问这稿子给过别人没有。他说给过县上文化馆，县文化馆先说想用，后没信了。田老师听了沉吟一下道："那就是被人剽窃啦。"王忠一瞅瞅田老师，有点儿不太相信。田老师也不再说啥了，一会儿就到了田老师家。

王忠一从书兜里掏出带来的小说稿，交给田老师就要走。田老师要留他吃晚饭，他怕赶不上回去的车。田老师问他几点的车。他说四点二十分的车。田老师瞅瞅手表说："现在都五点零五分了，没有回去的车了。不如这样好了，吃了饭就在我家里住下吧，晚上我要过医院去陪护老曲（他才知道田老师的爱人姓曲），就权当给我们看家。"他一想也只好这样了。他只带了十二块钱的来回路费钱，来时花了六块钱，出去再住旅店就不够了。田老师见他留了下来，挺高兴。

田老师一边在厨房做饭，一边同他搭话唠嗑，问他家承包了几亩地，粮食好不好卖。他说："虽说国家三令五申禁止向农民打'白条子'，可下边收购粮食还是拖欠打'白条子'，一年干下来也见不到现钱。"田老师说："现在农民进城市里做事的挺多，想没想过也出来找点儿事情做呢？"他当时听了没在意，以前也没想过这个问题，以为田老师也是随便问问，随便说说。看田老师一边忙着切菜，一边忙着团煤球，很麻烦，就蹲下来帮田老师团。边团边说："家里也没个人帮手？"

299

田老师叹息了一口气说："有一个女儿在广东工作，前一阵来信叫我们到广东去住。我们老两口一直在北方生活惯了，故土难离啊。"王忠一想想，哪家都有本难读的书啊。

饭做好了，田老师陪王忠一一起吃了。吃完，又用保温饭桶给老曲装了饭菜，临出门，田老师说想看电视就打开电视看，就走了。

田老师家的彩电是遥控装置的。找到遥控器却不会按，按了几下不见图影，王忠一怕弄坏了，就放下了。待在黑起来的屋里有些闷，就走到阳台上去。阳台上堆着一堆黑煤。他站在阳台上向远处张望，城市楼群都挨挨挤挤映着白亮的灯光……城市人开着灯什么也不做就不怕浪费电？（当然，多数人家是围在电视机前看电视）呆望了一会儿，觉得待着也是待着，就蹲下身去团煤团，一团团到下半夜，将阳台上的煤团完了，才走进屋去，在沙发上躺睡了一会儿。天就大亮了。

田老师上午回来，一脸的喜气。王忠一以为老曲的病又有新的好转。田老师说："你的这篇《冬日的情绪》我看完了，感觉挺好的，比那篇《农夫》要好。"田老师眼睛熬得红红的，看来是夜里在病房看完的。王忠一挺感动也挺激动。心想这趟总算没白来。田老师要他坐下午的长途车走，说她上午要过编辑部一趟。王忠一以为她要到编辑部往上送稿子。他已听田老师说他们刊物实行三审审稿制，责任编辑、编辑室主任、主编。他想起昨天交给吴编辑的二叔的诗歌稿子，也想听听吴编辑的意见。田老师说吴编辑昨天值班了，今天会在家休息。他就没有同田老师一同去编辑部。

田老师从编辑部回来，手上拿回来一本某地市级刊物《××文学》。翻到一页给他看，他看到他的小说《农夫》铅印在里面，作者名字是"尘凡"。"我以为是你用的笔名，"田老师说，"你可以给这家刊物写信，控告他的剽窃行为。"王忠一说："等我回去再问问我二叔。"王忠一有了一种自己的儿子认别人当了爸爸的感觉，他也觉着委屈和愤怒。"你的这篇《冬日的情绪》过几天我会力荐给主编看的，我估计问题不会大。"田老师说。他心里有了底。

田老师执意要送他去汽车站，他执意不肯，说曲老师在医院里需要照顾。田老师就不争了，说："以后有机会进城来，再到家来玩。"王忠一就答应了。坐上下午四点的车回乡下去了。

四

王忠一回到家里，二叔见到他问："稿子都送去了。"他说送去了，并说二叔的诗歌稿叫他给了诗歌编辑。他的小说稿田老师已看过了，觉得挺满意。"那就好，那就好。"二叔一脸的高兴。他问二叔："县文化馆老陈这个人怎么样？""挺好的呀。"二叔不解地瞅他。他就说了自己的那篇《农夫》小说被剽窃的事。二叔听了，说："不会……的吧。"他把带回来的那本《××文学》拿给二叔看。二叔拿过仔细看了，除了个别地方删改外，基本上都是原稿的原貌。二叔沉吟了半晌，没说什么。

晚上，二叔和孙立夏、许春艳又来了。孙立夏一进门就讲："王忠一，你要请客呀。"他知道二叔向他们说了这件事，脸红着不好意思起来："还不一定发呢……"赶紧张罗几个人坐下。女人玉梅知道许春艳是大队书记的女儿，拉着许春艳的手套近乎地坐在了一起。坐下一会儿又想起什么，从柜子里拿出葵花子去外屋炒。屋里，孙立夏、许春艳向王忠一打听起编辑部的情况。孙立夏听到《当代文学家》编辑部和农贸菜市场在一起，就想起了农村的集市，说："那会有多吵闹啊。"许春艳白了他一眼："你懂什么，城里人喜欢的就是热闹。"王忠一没有去瞅许春艳，对孙立夏说："他们一般不坐班，在家里写稿、看稿。"孙立夏就啧啧嘴，说："城里人真够可以的，坐在家里还拿工资，写稿还挣稿费，不像我们一天累个臭死，写稿写不赢，白白糟蹋了墨水钱。"几个人唏嘘哀叹了一阵，刚来时的喜气气氛冲淡了许多，闷闷地嗑完玉梅炒的瓜子，就走了。

王忠一送出来，许春艳从兜里掏出一瓶塑料袋扎着的蓝墨水瓶给王忠一，王忠一站在那儿接也不是不接也不是。一直没有说话的二叔走过来说："接着吧，我们几个人就看你出头了。"王忠一这才接了。

回屋，女人已将女崽哄睡了，主动脱光了身子等在被窝里，王忠一就乘兴和女人滚在一起了。

隔了几日，王忠一往地里去送粪，二叔在道上碰见他问："你那事打算咋办？"王忠一知道他是指告小说剽窃一事，就说："我打算给他

301

们编辑部写封信。"二叔说:"写信那篇小说能算你发表的不,能给你稿费不?"王忠一摇摇头,说稿费得退回编辑部里。二叔说:"这么讲稿费他得不着,你也得不着?"他点点头。二叔叹息了一下说:"要不这样办行不行,我去跟老陈说说,叫他把一半稿费给你。"他没吱声。二叔走时又说:"这事你再想想,人怕坏名呢。听说他们正在闹职称哩。"

清明节过后,忙了起来,开始往大田里播种。二叔带着小学生过来帮他往苞米地撒种。每年春播二叔都带着学生来地里帮他,三秋不如一春忙,农民都讲究别误了农时。小学生一人一根垄,种子撒得很仔细。别的人家五六天的活,他家两天就做完了。他留二叔在家吃饭。二叔说:"自家人破费个啥。"就脚步一趔一趄地往回走。晒了两天,二叔皮肤晒得挺黑。"二叔。"他叫住二叔。二叔回过头来:"做啥?""那钱你用不着管老陈要了,信我不写了。"二叔眼睛晶晶莹莹眨一眨,又回身一趔一趄地走了。他想起二叔的这小学教员还可以说是老陈给的。

春忙过去后,一天,女人跟他讲,说大队的妇女主任找她谈过话了,说她这是第三胎了,不让生了,让赶快做掉,否则的话就罚款三千元。女人说着说着就气愤起来,也不知道哪个烂嘴婆讲的,说我们送人的那个女崽又要给人退回家抚养。王忠一一听也有了气,说:"还能是谁说的,还不是孩子她大姨自己说的。上回她大姨来咱家不是要给咱家送回来吗。当初大女崽也不是硬要送给她家的,还不是她看自己没孩子要过去领养的,现在看有了自己的孩子又不要领养啦。"女人玉梅听了这话就蔫了下来,说:"也不能都怪大姐,大姐家也不宽裕的,看你写小说以为你挣大钱了,才要还回咱的孩子。"王忠一说:"喊,还都拿小说当宝哩。"就住了口耷拉下了头。一时无话可说的女人停了会儿又说:"总得想个办法呀,过两天他们就来人。"王忠一瞧瞧女人显怀的肚子,颓丧地说:"我有啥办法好想。"女人想了想说:"要不你找许春艳说说,让她跟她爸说说看。"王忠一说:"我的话就那么好听。"女人说:"你们总归是一个组织的。"王忠一听了,又可气又好笑,乱糟糟的心里一时也理不出个头绪。自从知道了许书记和二叔女人的事他就没给过许春艳好脸色看,这回却要低下脸皮去求她?……"去吧,就当是为了儿子。"女人又劝慰了一句。王忠一又看了一眼女人的肚皮,真的全心全意希望女人这回怀的是儿子了。

王忠一去前屯找许春艳。王忠一不想见到许春艳的爹，就先去找了孙立夏。孙立夏把许春艳传到村子外边来。许春艳见是他，挺惊奇："你找我？"他站在地头边点点头。"这么有工夫？"他说："有个事想请你帮忙。"许春艳瞥他一眼道："我说嘛，你是无事不登三宝殿的。"他说了要说的事，目光转向别处。许春艳说："这事我不敢打保票，得跟我爹说说看。"他没再补充什么，目光一直静静地朝坦荡的苞米田里望着。撒下去的苞米种子拱出了地壳，农人都收工回村里去了，只有暖融融的夕阳恋恋不舍贴吻着田垄。村里飘出几柱淡黄的炊烟。"你最近又写了什么没有？"许春艳问他。"最近又写了一个小说，乱糟糟的事情挺多，我还没倒出空来改。"停了会儿，许春艳眼神怪怪地瞅瞅他，又笑笑，说："你这挺多产的啊。"王忠一听懂了她的话里面的意思，不觉脸红到了耳根，像夕阳印到了上面。

过了两天，许春艳告诉王忠一，说她爹答应肯帮这个忙，只不过说现在正在风口上，叫他家大女崽先在她大姨家避些日子，最好在孩子生出来再回来。他回来同女人算了算，孩子生出来要等四五个月的时间。王忠一就叫女人去孩子她大姨家走一趟，跟她大姨说说等些日子。去时，王忠一叫把家里那只芦花鸡带上。玉梅没忍心带，想想，带上了一只不能下蛋的老母鸡。玉梅一边往篮子里放，一边说："要你这只不能下蛋的老母鸡有什么用。"王忠一觉得是在说自己。也是，从城里回来差不多快有三个月，那个小说还没有消息。前些天给田老师写了封信去问，也没有接到回信。这一阵子见天听女人讲，连二狗也进城里找事情做了，还给家里捎来二百块钱。今年开春以来左右村屯里有不少年轻人进城打工，有的蹬上了人力车拉脚，有的摆小摊做点儿小买卖……他听了有点儿活心。想到上回进城同田老师闲唠嗑唠起的话题，种田下死力气做，一年到头得不到两个现钱，不如出外找点儿事情做……

过了两天，他向女人要了十二块钱，说要进城一趟，一是看看他那个小说有没有消息，二是看看城里有没有事情可寻做。女人听出了喜色，给了他路费盘缠钱。他就第二次进城了。

303

五

　　王忠一这回轻车熟路直接找到了编辑部。这天是周五编辑部学习日，刚开完会人都在。田老师一见到他挺惊喜，先把他介绍给两位主编："这就是作者王忠一。"两位主编都很热情地同他握了握手，并说："好年轻的小伙子呀。"随后田老师把他引到小说组编辑室，里面还坐着三四个编辑，田老师把他一一做了介绍。坐下后，田老师方才说："你来得正好，你的信我收到了，《冬日的情绪》发在这期头题上了。本来我想等刊物印出来一齐写信给你寄去，正好刊物昨天刚印出来。"田老师指着堆在屋地一堆没打捆的刊物说，并随手从桌上拿起一本翻开的《当代文学家》给他看。他看到散发着油墨香的刊物上，印着自己的大名，心就"别别"跳了两跳，抓过来去看。"正好你来了，也可以把稿费一齐带走吧。你等一下，我去一下财会那里。"田老师说完走出屋去。

　　王忠一坐在屋子里看完自己的小说，田老师还没有从财会室那里回来。王忠一看着屋里几个不认识的编辑都在忙着，就走出来，走到诗歌组屋子里去。吴编辑认出他来，"哦，你来了，你的小说写得不错。"王忠一想到二叔的诗歌稿，问："上回给您的诗歌稿子您看了没有？"吴编辑说："看过了……这个人是你什么人？"王忠一说："他是我二叔。"吴编辑说："他好像缺少写诗的天分……你把稿子带给他吧。"吴编辑从一堆稿子里找出那只信封交给他，他就走了出来。

　　田老师从财会室回来，手里拿了一张稿酬收据单和一叠钱交给他："这是一百八十块钱的稿费，你点点。"他数了数，只有一百五十块。这工夫田老师从地上打开一捆刊物，数出二十本刊物给他："这二十本刊物是包括在稿费在内的。"王忠一瞅了一眼刊底面的定价一元五角，想一想就对了。田老师说："你自己留两本，其余的我给你写个条你拿到书摊上去卖掉。"

　　王忠一拿着田老师写的条子，去城东区邮电局前面的书摊上找一个叫董彪的人，一排书摊前围了不少买书的人、看书的人。王忠一问一个卖书的妇女谁是董彪，妇女指着那边一个高个头男青年说："他就是。"

王忠一走过去，掏出纸条递过去，董彪看了一眼纸条，挺内行地问："有你写的？"他点点头。"多少本？""十八本。"他数出十八本给了董彪。董彪把二十七块钱的书钱点给了他。他转身挤出了人群走了几步，又站下来了，踮着脚往人群里董彪的书摊前望。他看见那十八本新杂志被董彪放在了一堆削价的旧杂志堆里，每本标价八毛。半天也没见一个人来买。一个夹着两本厚书的中学生挤进去，随手翻了翻新杂志，又放下了，从腋下拿出两本厚书，递给董彪。王忠一瞅清书名是《笑傲江湖》。"看几天啦？"董彪皱着眉头看了一眼被手印弄得有些脏兮兮的书皮问。"八天啦。"学生答。董彪又核对了一本租书登记册，一天五毛。"共四块钱。"中学生掏出四块钱给了董彪，又租了本什么书离开了。他走过来。董彪抬头看见他，"你还有事？"他掏出四块来："我想再买五本《当代文学家》。"董彪没有接钱，从底下拿出五本杂志扔过来："拿去吧。"他说："谢谢你啦大哥。"走出人群来。

王忠一来到百货大楼前，肚子就走饿了，正在犹豫进不进去时，肩膀被人拍了一巴掌。"嘿，王忠一，是你个狗日的。"王忠一觉得耳熟，回头，是二狗。二狗骑坐在一架三轮人力车上。他不觉得一愣："二狗，你怎么在这里？""嘻，我在这里拉脚呀。"二狗大喊大叫地说。"你是什么时候进城来的？"他说："上午来的……""走，走，到我那儿去。"二狗不由分说跳下车来，拉着他坐上了车。

二狗在城西平房区和人合租了一间偏厦子土坯房。中午那两个人没回来，二狗买了两瓶啤酒、一只烧鸡、几只咸鸭蛋。两个人吃喝了起来。二狗问他进城干什么来了，他想想说也想进城来看看找点儿活干。他问二狗蹬三轮车拉脚一天能挣多少钱，二狗说闹好了一天挣十来块不成问题。他就想到上午在书摊上看到的，这城里的钱真是好挣。

下午二狗要他到城里大街上转转。他说："不耽误你拉脚了，我还要去田老师家走一趟。"二狗说："那就晚上再回来，明天再上街转转。"他答应了二狗说看看吧，就走了。

他拎着两大塑料方便袋东西敲开了田老师家的门，田老师刚睡醒午觉。田老师说："瞅你是个老实人，怎么还这样。"他脸红了，老老实实地说："曲老师身体有病，买点儿麦乳精补补身子。"田老师见他说得诚心诚意就不再责备他了，问他上午书都卖出去了？他说都卖出去

305

了，还说董彪白给了他五本杂志。田老师听了就微笑了一下，说："这个董彪，原来也是下边的一个业余作者，这两年卖书发了。"他说他看到他的生意很好。田老师就叹息了一口气说："是啊，是啊，现在不是流行一句话是，写书的不如出书的，出书的不如卖书的嘛。"说着话，曲老师从里屋床上起来了，拄着拐杖走过来，说："那天住院多亏了你这小伙子。"王忠一就又不好意思起来。又问到王忠一家里的情况，王忠一说他快要是三个孩子的爸爸了。王忠一看到田老师和曲老师听这话都微微一愣。走时曲老师、田老师说什么也要把另外一袋水果、罐头让他带回去给孩子们吃。王忠一执意不肯。田老师以为他要回乡下去，穿上外衣往兜里揣了四十块钱，说要到车站去送他。在楼下，王忠一对田老师说："我想看看在城里找点儿活干。"田老师问他想干什么。王忠一说："你看我摆个书摊怎么样？"田老师听了这话，说："那你今天别走了，下午我去给你问问看，城东区文化市场管理所有一个熟人，也是认识的作者，他负责办照，看行不行。"王忠一同意了。不过说他得去他的一个老乡那里去住，跟他说好了。田老师见留不住，就说："那你明天上午过来听信吧。"他说行。

晚上他回到二狗那里，同屋住的两个人也回来了。他们也和二狗一样从附近乡下进城来拉脚的。一个叫张宝，一个叫张顺，是兄弟俩。二狗给他俩介绍："这是我们一个村的，是个作家。"二狗拿出他带着的杂志翻给他俩看。两人咂咂嘴。二狗又出去弄了几样熟食凉菜和两瓶白酒，把中午吃剩下的烧鸡又拿出来。四个人喝了起来。席间，小哥俩也跟着二狗一口一个"作家"叫他。他摇摇头："莫这样叫，莫这样叫，都是一样的。"晕晕乎乎的脑袋却在想，明天如果田老师问的书摊那事不成，他就和他们一样去蹬三轮车拉脚。两瓶白酒被他们四个人全部喝尽了，就晕晕沉沉醉睡了去。

第二天上午，他去了田老师那里。田老师说，挺好的，她问过小刘了，说可以给他先办个书摊营业执照。田老师又很周到地说："你是不是回家里一趟，把家里安置一下，过两天回来办了执照先干上。我再叫董彪卖一些旧书给你租，这样连办照带买书有二百块钱就差不多够了，挣了底子钱再把经营扩大一些。"

从田老师那里回来，他看看时间还早，就想坐上午十点钟的长途汽

306

车回乡下去。便去了百货大楼前找二狗告诉一声。二狗正在为一个顾客拉货，满头是汗地往车里搬箱子。他走过去招呼："二狗，我要回去了，你有没有事？"二狗正把木箱放上车，回过头来对他说："没事，你那事办得怎么样？"他说："办妥啦，过两天我就回来干。"二狗说："那好，我就不送你了，过两天回来再去我那儿找我。"他说："行。"

看着二狗蹬车走了，他走进了百货大楼里。他想总该买点儿糖果回去呀。在五颜六色的糖果柜台前，他看到每样糖果的标价都很贵，就有些为难地对一个女营业员说："能不能给我每样称一两。"她白他一眼，说没法称，就走到一边站去了。过来一个男营业员，对他说那边有混合糖卖。他走过，看到混合糖也要六块五角钱一斤，就对男营业员说："那给我称半斤吧。"

往出走，一个卖服装的柜台前挤满了人。里面正在削价处理一种女式衬衫，女衬衫原价是三十三元，现价十五元。他站下了，手在兜里捏攥了半天，最后还是默默地走开了。

六

王忠一从城里回来刚到家，二叔和孙立夏、许春艳他们就来了。女人说，二叔他这两天天天来呢。王忠一知道二叔等的是什么。他从书兜里掏出杂志来，趁人不注意时对女人使了个眼色，女人就领着女崽到屋外玩去了。他又从书兜里掏出糖来："吃糖，吃糖。"几个人一边盯着杂志看，一边往嘴里扒糖，"啧啧……"咂得一片山响。王忠一说："一人送你们一本吧。"许春艳听了这话，就把咬了一半的软糖从嘴边拿下，将书递给他："那你给我签几个字吧。"王忠一找出钢笔来，在杂志的扉页上写了几个字："赠文友许春艳惠存。"签上自己的名字。孙立夏和二叔见了也要他签名。他一一签了。几个人又问了一些城里的情况……唠到很晚才离去。将半斤糖果吃得一干二净。二叔最后走的，二叔走时，他从书兜里掏出诗歌稿来递给二叔，说："吴编辑让我还给你。"二叔说："人家刊物哪能都发咱家的作品呢。"二叔表示理解地笑一笑。他想照直对二叔说了，想了想又住了嘴。

王忠一回屋，看见女人拾起炕沿上许春艳搁下的那半块软糖给女崽吃了。躺下后，他跟女人说："我本来想给你买一件衬衫的，想想过两天办执照买书的钱还不够，就没给你买。"女人玉梅一把搂住他的身子说："你心里有我就行了，往后的日子就有奔头了。"他听了很感动，说是的，也一把搂紧了女人的身子。

接下来几天他开始打点进城做生意的准备。二百块钱也筹集好了。本来他稿费得的是一百八十块钱，由于给田老师买礼品和回来买糖、买车票花了五十块钱，还剩下一百三十块钱。女人把平时卖鸡蛋攒的钱划落凑了七十来块钱，这样就凑够了。他交代女人说，他先一个人进城去，等挣了钱再把她们娘三个接出去，田就租给别人来种，女人听得头点得像鸡叨米。他第一次感到在女人面前说话气粗了些。

二叔听他要进城经营书摊生意，把自己存的一些老书拿来了，有《红楼梦》《西游记》《水浒传》《烈火金钢》《红岩》等，他一一收下了。二叔说："你安心进城做事吧，家里有什么事，我会过来照应的。"他点点头，想着日后日子好起来，再来蒙二叔的情。

走时，他又去二狗家一趟，问二狗家有没有话要捎给二狗。二狗的娘找出一些二狗换穿的单衣，要他捎给二狗。

吃完中饭他就扛着行李、拎着包裹步行到二十里外的镇上坐车去了。

午后，他赶到镇上汽车站，老远看到站牌下等车的人群里，晃动着一个眼熟的身影。到了近前，那眼熟的身影朝他走过来，他方看出来是许春艳。"我来送送你。"她帮他从肩上放下行李，趁人不注意，从衣兜里掏出一张五十元钱的票子递给他："我知道你现在需要钱，钱不多你拿着。""不，不……"这是他没有想到的，一时有些措手不及。许春艳脸憋得通红，硬把钱塞到他的衣兜里，跑到一边去。这时候汽车来了，他只好先上车。车开动了，他才看见许春艳又站到了站牌下，冲他招了招手。他也意义不明地伸了下手。

车到城里已是晚上了，他下了车先去二狗那里。二狗还没回来。他在外面站着等了一会儿，二狗就回来了。"你就先在我们这里住下吧。"二狗打开了门，先帮他把行李搬进屋里。他问二狗这屋子是怎么住的，二狗说："这屋子每个月房租是一百二十块钱。我出五十块，他俩出七十块。"他说："那我就凑一份儿，等挣了钱再给你们房租钱。"二狗说："不用你掏房租钱了，你就白住吧。"他说："那哪行呢？"说话工夫，张宝和张顺兄弟俩回来了，二狗又跟他们哥俩说了，小哥俩听后也一迭声地说："不用你掏房钱了。"并动手在铺头边上加宽了两块木板。王忠一就不再争了，想着等挣了钱后，再出外找房子租，反正也得把孩子老婆接出来，就先住下吧。当晚他没有叫二狗弄吃的。他用兜里许春艳给的五十块钱到街上找了一家小饭馆，请了二狗和张宝哥俩一顿。

次日一早，他去了田老师家里。田老师领他去给东城区文化市场管理所的小刘打通了电话，就叫他过去办执照去。王忠一过去时，小刘跟他讲："本来办照要先收一年的管理费，田编辑说你家生活条件挺困难的，说先收你一个月的管理费吧。"一个月的管理费是四十元，办执照证费是二十元，总共花了六十元。王忠一拿上执照，说了声谢谢，就走出了文化市场管理所。

田老师前两天就同董彪打了招呼。王忠一来到邮局前面的书摊上，董彪见到他，就指着一纸壳箱子挑好的旧书对他说："你数数共一百本，打七折卖给你共一百三十块钱。"他蹲下数了数，就掏出钱来点给董彪。董彪接过钱来，眼睛看着他。董彪说："头几年咱哥们儿都一伙热地闹文学，现在又一伙热地闹买卖。这世道变得真他妈的没的说！"他听了，脸窘得通红了一阵。这时过来一个戴红袖标的男人，董彪说："喂，老白，你给我这个哥们儿安排个摊位。"老白瞅瞅他，"办照了吗？"他晃晃手里的执照。"跟我来吧。"老白说。邮局对面的百货大楼前过道旁又新建了一长溜书摊位。每个摊位的棚盖上都印着号。老白指着一个二十八号的空位说："你就在这里摆吧。"他一喜，觉得这是个好兆头。果然，刚在铁架子床板上摊开书不大一会儿，就过来两个租书的，一人租走了三本，留下三十块钱押金钱。到了下午又租出去了三份。他算了一下，今天的租金就有九块多，真算开业大吉。先头他还以为董彪卖给他的书都是不好往外出租的呢。

晚上收摊时，二狗蹬车来帮他往回拉书。二狗也算是顺路。蹬到一家小面馆时，二狗说："吃点儿饭吧。"就停下来。他问为什么不回去和他们哥俩一齐吃。二狗说："我们以前也是各吃各的。"他俩在面馆外面的方桌前坐了下来，二狗要了两碗面。他想今天算开张，应该庆贺一下，就招呼伙计要两个拼盘、两瓶啤酒来。二狗伸胳膊阻止了他：

"你刚开张，往后的日子还长着呢。"吃完，他争着付钱，二狗没有去同他争。两大碗刀削面花了三块钱。兜里还剩下今天挣的六块多钱呢。

一个月下来，王忠一摆书摊共挣了三百多块钱。除交了一个月的摊位钱，还剩下二百六十多块钱。他给家里寄去了五十块钱，原来想寄给许春艳的，到邮局不知为什么忽然改变了主意。他带着二百块钱跟董彪去了一趟省城，买进了一批新书。这样，连租书带卖书，一个月下来，纯挣到四百多块钱。他跟二狗说，想搬出去租房子住。二狗听了不高兴："怎么让你白住，你觉得心里不安吗？"他说："不是，早晚也得把她们娘几个接来住。"二狗说："慢慢找找看吧，现在单租间房子也挺不好找的。"他托二狗给留心打听打听，他白天守摊走不开。

一晃有两三个月没见着田老师了。他觉得应该到田老师家去看看。白天买好了东西，晚上收了摊，他就过去了。去时，还拿了一篇早就想给田老师看的小说稿。

田老师这回没有责怪他。田老师说："看来你的生意干得不错。"他点点头。他掏出带来的稿子，田老师翻了翻，放在了写字台上，说："我们刊物改成通俗文学期刊了，你最近看到了吗？"他摇摇头。田老师说："董彪进了些我们刊物，卖得还算挺快，你以后也可以进点儿。"他又点点头。他走时瞅了一眼桌上的稿子，不知该不该拿回去。田老师没说。送他往外走，田老师和他都闷闷的，不知该讲点儿什么。

二狗在城郊找到了一家要租房子的，讲好每月要一百五十元钱。二狗带他去看了。王忠一当着房主人的面问，能不能再便宜点儿。王忠一想到以目前的收入还是能够租起的，只不过想到这里离城中心太远了，来回搬运书很不方便。房主人说："不能再便宜了，你看这是两间正房哩。"王忠一看二狗给他使眼色，就说回去再同家里人商量一下，过两天给你个信。出来二狗说："你知道现在进城找活干的人有多少？"他说了自己的想法。二狗说："那你自个拿主意吧。"

过了两天，二狗说回乡下去一趟，一是看看爹娘，二是捎些钱回去。他也叫二狗带了二百块钱捎给女人……

这日晚，他收了摊，用二狗的三轮车把书拉回来。由于蹬得不熟练，累了一身臭汗，刚到屋坐下歇歇，就听门外有杂乱的人声响起。他出门一看，大女崽、二女崽一下子扑到他的腿上来。二狗身后跟着玉

310

梅。"你们怎么来啦?"他诧异地一愣。二狗说:"先别问,快去弄饭。"他只好先去弄饭菜,在饭店里买了饭菜回来,张宝兄弟俩回来了,他就留两人一齐吃。吃了饭,二狗叫起张宝兄弟俩,说:"我们去住旅店。"他掏钱给二狗。二狗说:"咱俩还分谁。"就拖着那小哥俩走了。女人和孩子吃饱了饭都一脸的兴奋和新奇。看他脸子不是脸子的发问,就有些委屈地说:"大姐听人说,你在外面做买卖发财了,就死活也要把大女崽给咱家送回来。大队知道了又下来人来查,村长一天往咱家跑两趟,叫我去打胎。还说这回不但要打胎还要罚款,说你出来找活干也没经过村委会同意。去年发下来的那点儿卖公粮款也叫村里给扣了,你想想我们娘几个过的是什么日子。你可倒好,在外面吃饭店尝香的喝辣的……"说着说着女人不由得抹开了眼泪。王忠一想,这都是没有"上供"的关系,早知道这样,村长那里、大姐那里打点一下好了。就叹息一口气,不耐烦地说:"好啦,好啦,别哭了,出来就出来吧。"女人这才止住抽噎,挺着大肚子起来收拾碗筷。关了灯睡下,女人要和他弄那事。他说:"不要儿子了?"女人别过身去:"谁不要了,俺还不是为了你,以为这么长时间你会憋不住。"赶了一天的路程,女人很快就香香地睡去了……

白天他跟二狗说,他去城郊那家租房子的人家看看,如果没租出去,他就租下吧。二狗要和他一齐去。他说:"不用了,你还是出车吧。"中午回来,路过商店买了一套炊具。二狗一见他拿着炊具,就说:"租下了?"他说:"租下了,下午就搬过去。"下午二狗帮着把行李、炊具拉过去。王忠一又从附近的议价粮店里买了米面、豆油。晚上在新屋,女人就蒸出了香喷喷的大米饭。二狗一气吃了四大碗,一边吃,一边说:"嫂子蒸的大米饭真好吃。"玉梅听了诚心诚意地说:"好吃就常过来吃吧。"二狗瞅了他一眼:"那你们不烦我。"王忠一没说话。累了一天,送走二狗,一家人消停下来。王忠一躺在床上长长透了一口气,想,总算有个窝了。

七

王忠一一家在城东郊区住下来以后,每晚收摊不好再要二狗将书往

311

家拉。一来是路太远蹬车需要两个多小时，二来二狗也不是顺路。开始几天，他租了辆机动三轮车往回送，每天租车金十五块钱。这样拉回了几次后，他觉得挺麻烦，而且书的磨损程度也挺大，老这样下去也不是个办法。一日，他路过邮局后面家属区，看见一条街道拐角路口处，有一间板房门上写着"此房出租"几个油漆字。他站下等了一会儿，板房主人来开门，他问："是你这房往外出租吗？"那人点点头，挪过身子让他进去瞅了瞅。这间板房比他家现在住的房子要小一间还多，只有七八平方米，住他一家人显然住不开，况且冬天也会挺冷，就有些失望地往外走。走到门口，他随意地问了那人一句："房租多少钱？""每月一百三十块钱。"那人看他不吱声，又说："这里是城中心，以前租给开发廊的也是这个价。"后一句提醒了他，他何不租作成一个书屋？这样就省得天天往家搬书了。每月租用书摊床位还要收一百元钱，再加上每天租车往家拉书，也差不多是这个价钱了。他重新端量了一下屋里，临街的大窗玻璃很敞亮。就对那人说："那我下午搬来怎样？""行。"那人很痛快地给了他房门钥匙。

下午，他找到书摊市场上管理员老白，退了摊床位，就叫二狗帮着把书搬过来了。二狗看了看屋子，说："你租得很上算。"他沾沾得意。二狗又说："你可以给书店起个名字，名字是招牌，生意做大了招牌不可不有。"他想了想便脱口说道："就叫'百草园书屋'吧。"二狗说："不行不行，'百草园'听起来像中药店的名字。"他嘴上正喝健力宝饮料，听了"扑哧"一口吐出来，哈哈大笑："二狗啊二狗，这是取自鲁迅的'从百草园到三味书屋'，很雅的名字啊。"二狗也不好意思地跟着"嘿嘿"尴尬笑起来："俺念的那两年书，早烂在狗肚子里了。"他听了又是一阵好笑得肚子生疼……

他找人制作了块牌匾，打了一套一面墙书架，又顺便打了木板床。他想夏天关门晚了可以睡在书屋里。书屋装饰一新，有认识他的老顾客进来："哇，做起老板来了呀。"他也感觉到了坐在这里的确不同于在外面摆书摊，很有点儿做大生意的派头。在外面书市上摆摊，一般到晚上五点天黑看不见就收摊了，而他的书屋晚上可以亮灯开到十点钟。一般来讲，租书、卖书的黄金时间都在晚上。城里人睡得晚，下了班，放了学吃过晚饭后，就来光顾他的书屋。因此，几个月下来，他书屋收入是外面摆摊收入的三四倍。他又增加了出租、出售录像带生意的经营。

百草园书屋开张以后，田老师来过一回。田老师来时背了一大黄书兜子《当代文学家》。王忠一在这以前每月都从邮局订购几十本《当代文学家》来卖。田老师说，他们上边一点儿也不给编辑部拨经费了，要他们自负盈亏。每期出的刊物要不卖出去，他们就没的工资发嘞。他收下了田老师带来的全部《当代文学家》杂志。田老师说："你书屋可以进点儿纯文学书刊。现在书摊上很难看到纯文学刊物啦。"王忠一就从书架下面拿出几种从邮局订购的期刊给田老师看，有《人民文学》《当代》《中国作家》《十月》《收获》等，说："我每本都五折的优惠价租给人看哩。"田老师问："看的人多吗？"他摇摇头。进来一群男女学生租武打书看。……等他们走出去后，田老师自言自语喟叹了一句："也不知以后有没有年轻人搞文学。"他送田老师出来，田老师望了他一眼说："你现在有钱了，生活条件好了，可以叫你女人帮着照看书屋，你腾出一部分时间来搞点儿创作。"

这件事他不是没有想过，只是考虑到女人马上要生产了，眼瞅着要有三个孩崽要女人照顾，脱不出身来帮他照看书屋。还有女人只上过小学二年级，有些书目还不认识，来了反倒更麻烦。田老师这日走后，他忽然想到，可不可以雇个人来帮他照看书屋呢。他把这意思同二狗讲了。二狗说，现在进城来做保姆的农村女孩子挺多，兴许会有人愿干这活的，他给留心一下。王忠一说，只是文化上最好要初中以上毕业的。二狗听了，脸又红了下，仿佛说到了自己。

八

二狗是一周后把许春艳领到百草园书屋找王忠一的。二狗说许春艳找到了他那儿，问他能不能帮她在城里找个事情做，"我就说你这里正缺个帮手。"王忠一奇怪自己当初怎么没有想到她？王忠一点点头："你留下吧，你来帮我是最好不过的了。"领他们出去到附近的饭店吃饭，吃饭时，王忠一跟许春艳说："我每月开给你二百块钱你看行不行？"许春艳听了脸红着放下正喝着的小白桦饮料，连说："我不要钱的……我只是帮你做事。"二狗在旁边听了说："你别客气，他现在是大款了。"王忠一说:"你要是不要钱,我就不用你。"二狗看着两人这样谦让,就说:"要不这样好了,我做中,按现在城里雇一个服务员的最高价,每月一百五十元吧。"两人听了,就不再争议了。那天二狗走后,回到百草园书屋,他拿出二百元钱来给许春艳:"这是你的第一个月的工资。"许春艳说:"怎么二百?不是讲好的一百五十元吗?""多出的五十算我还你刚进城时给我的五十块钱。""哪个要你还的啦?!"许春艳一急,脸又通红得透明起来。他只好抽出五十揣回自己的衣兜里。

许春艳来了以后先是和女人住在家里,他在书屋里睡。许春艳要晚上住在书屋里,他说他晚上可以在书屋写点儿东西,书屋里安静。许春艳就不争了,许春艳还想到他女人玉梅快要生产了,她照顾一下孕妇会比这个大男人照顾得心应手些。

有许春艳白天照看书屋,他就有时间腾出身子来到外地及时进些畅销书。不到外地进书,他就安心来写东西。过了一段时间,他写成了两个稿子,往外地两家较有名气的刊物寄去了。一天上午,邮递员走后许春艳拿着一只白信封给他:"看,有消息。"他一看是其中的一家杂志社寄来的,薄薄的一层,不像退稿,心也激动地跳了两下。他打开,果然是一封信函。

王忠一先生:

　　您好。大作收悉,正在审定中。我们杂志社近日出版了一套新书《绿叶情思》,如您书屋能订购一百册以上的话,我可在主编那里好说话,敦请大作发表。来信可直接与我联系。
　　致礼!

责任编辑×××

王忠一放下信,叹息了一口气,"看看,现在连杂志社都学会做买卖了。"许春艳漠然地看看他:"要不,就买一百本。"王忠一说:"没什么意思。"就懒懒地将信纸丢在了一堆垃圾纸里。

这事过了没多久,一天,《当代文学家》的吴编辑走进书屋。"早就听田老师说起你开一家书屋,果然不错,名字起得挺雅致的,不落俗套。"王忠一说:"田老师她好吗,我挺长时间没见着她了。"吴编辑说:"田老师已退休了,不在编辑部了。"吴编辑说着话,就从提包里掏出二十本诗集来,"这是我自费出的诗集,你看能不能帮给代卖一下。"王忠一叫许春艳把诗集数过收下了,一本诗集定价三元五角,王忠一又叫许春艳拿出七十块钱给她。吴编辑接了钱,说声:"谢谢啦,真不好意思。"走到门口又想起什么,转过身来说:"我记得你二叔是写诗的,看看能不能再拿两首来给我看看。"王忠一说:"写诗不是种庄稼,缺少天分,是不能庄稼不收年年种的。"吴编辑脸红了一下走了。许春艳说:"你对人家怎么不能客气一点儿呢?"王忠一说,也许她说的是对的,二叔确实缺少写诗的天分。许春艳听了后,说,王顺孝在家写诗都写得吐了血。王忠一心颤动了一下,说:"等下次你回家,你替我捎四百块钱给二叔,叫他买点儿东西补补身子。"许春艳说行。王忠一转了话题问她:"怎么光见你往乡下跑,也不见一回孙立夏到城里来看你。"许春艳听了脸红了一下娇嗔道:"哪个是回去看他,我和他并不是那种朋友关系,我是回去看我娘和我爹。"王忠一听到她提到她爹,脸不知为什么阴了一下。

九

许春艳半夜三更来敲百草园书屋的门。王忠一躺下睡了。王忠一以为是派出所来查夜的,只穿了条花裤头迷迷瞪瞪来开门。许春艳满头大汗站在了他面前,他一惊:"你?"许春艳急喘着说:"玉梅嫂子怕是要生了,痛得满床上打滚……"王忠一赶紧穿好了衣裤,锁上门和许春艳跑到了大街上。街上没个出租车影,王忠一一看表,已是下半夜两点了。"去找二狗吧。"许春艳说。王忠一也想只能找二狗的三轮车了,就和许春艳跑步去了。

二狗蹬车三个人来到家里,两个女崽守在疼得满床打滚的女人身边吓得直哭。王忠一叫许春艳留在家里照看孩子,他和二狗俩将女人抬上车,就往附近的医院蹬去了……

妇产科值班大夫很不情愿地被人从值班室叫醒起来,磨磨蹭蹭走出来。王忠一赶紧凑上去往他白大褂口袋里塞上五十元钱。值班大夫给女

315

人做了详细的检查，出来对王忠一说难产。王忠一就和二狗在产房外面等了起来。等到天亮，也没见里边有动静。王忠一就叫二狗回去了。过了一会儿，许春艳来了。许春艳说孩子已叫她哄睡了，并告诉房东老太太给看着点儿。许春艳给他带来了早饭，并带来了一保温桶炖得烂熟的鸡肉和汤。他想许春艳想得周到，怕是这一夜也没合眼。王忠一叫她回去睡一觉。她执意不肯，且要他回去睡一觉。王忠一说，这里有他就行了，白天书屋还要开门。许春艳这才走了。王忠一不想离开，是因为他是想第一个知道生儿子的人。因此，他把许春艳带的早饭胡乱地扒了两口后，又忐忑不安地站在了产房门口……

王忠一是下午五点多钟才从医院回来的，他脚步蔫蔫地走进百草园书屋，许春艳正一个人收拾完书刊，关上窗板。许春艳看见他忙问："生啦？"

他点点头："生了。"一屁股坐在了床上。

"生得还顺利。"

他又点点头。许春艳瞅瞅他疲倦的脸色，以为他是累的，又小心翼翼地问："生的是儿子？……"

"屁。"

许春艳听了一愣，而后半开玩笑地说："怎么，你这个大作家还这样封建呀……"

"算啦，别说啦！"他啪地打掉桌上的一本杂志，瞪着眼睛对许春艳发着邪火，"你觉得我很庸俗是不是，像个土地主是不是……"

许春艳第一次见他发这么大的火，便没有再搭话，拾起地上的杂志，对他说："你累一天了，歇着吧，我去医院看看……"就走了出去……

第二日上午许春艳从医院里回来，打开书屋门，一股酒气扑鼻而来，王忠一还在床上没脱衣地睡着。许春艳打开窗子放放混浊的酒气味，又去旁边的饭店里端了一碗浓茶水过来。这工夫，二狗也来了。二狗一把从床上拉起王忠一，"挺大的个男人别为这事想不开，庄稼不收年年种嘛。只要咱有钱想生儿子就生儿子，生几个别人也管不着。"许春艳用眼色斜了二狗一眼，王忠一没有吱声。许春艳看看书屋有王忠一在，过了一会儿，又过医院去了。

住院这几天都是许春艳在医院里照料的。出院后，许春艳对王忠一说，她想到书屋来住，叫他回去住。王忠一想想不好拿写东西再在书屋住下去了，因为他有好多日子懒得动笔写东西了。他就恹恹地只好从书屋搬回去住了。

他回到家里，不见了大女崽。女人面有愧色地说："大女崽叫大姐领去了，大姐前两天来看我，说大女崽给送回来她还真有点儿舍不得，她家还是要下了。这样咱们又可以再生一胎了……"他知道大姐图的是什么，她一定背着他给大姐拿钱了。他现在也懒得管了。他瞅瞅女人变得空虚的肚子，很难看出里面还有生出儿子的希望，就像他现在写的稿子很难看出再有被哪家刊物发表的希望一样……整天整夜听那个满脸皱纹的婴孩啼哭声，他觉得这日子开始有了一种莫名其妙的烦躁和厌倦……

十

自从许春艳来了以后，二狗就常到百草园书屋来。许春艳搬到百草园书屋住下后，二狗跑得更勤了。逢到王忠一去外地进书，二狗就不出车了，到书屋来陪上一天。有二狗在，那些赖皮小青年也不敢趁她不备往外偷书了。二狗这两年来进城出苦力拉脚，身上的肌肉块锻炼得很发达。望着铁塔般守门神似的二狗，她心里自是感激，有时也帮二狗洗洗衣服，缝缝补补什么的。

王忠一开始对二狗来店里还是很客气，逢到生意好关门晚了，他会留下请二狗一齐出去上饭店撮一顿。见到好酒好菜，二狗嘴说："甭客气，甭客气。"却就又真的不客气地吃喝起来。他见了心里面想鬼知道他是请二狗，还是请的许春艳。或者都不是。他只是觉得在饭店里吃饭，比在家里吃那婆娘做的饭菜痛快些，后来他见二狗常来，就不再招呼了，只是点点头："来了。"二狗在门口冲他伸伸脖、探探脑，讪讪一笑。屋里的人走光了，二狗见他还在忙着清理账目，就对许春艳说："我们去看电影。"许春艳同他打一声招呼："一哥，我去看电影了。"他抬起头来点点头。隔着窗子，他望上一眼他们走去的背影，心里不知为什么生出一丝莫名其妙的嫉妒……

317

二狗开初还只是邀她看头半夜场的电影，看完电影后，就把她送回来。有一天早上，他走进店里，见许春艳一脸倦色，他问了一句："你不舒服？"许春艳脸红了一下说："昨夜和二狗去看了一夜的电影。"他没有说什么，他知道现在城里开通宵电影厅、通宵录像厅的挺多。许春艳坐在那里哈欠连天，他就说："你回去休息一下。"许春艳连说不用。过了一会儿，果然给人算错了两笔账，他走过去拿下许春艳的笔，"我来吧，你回去睡一觉。"许春艳不好意思地让开了身，并不走。"一哥，那我来弄书。"许春艳就坐到床上去包书皮，边包书边絮絮叨叨把昨夜看的五个连场电影颠三倒四地讲给他听，讲着讲着就没了声，她睡在了那里。这会儿借书的人挺少，他关上窗板，反锁上门走了出去。

等他闲逛了一大圈回来时，书屋门已敞开了。许春艳又坐在那里收账了。许春艳看见他笑笑说："一哥，你该叫醒我。"他没说什么，这时书屋进来还书的人挺多，他着忙收书了。

……日子不知不觉又来到了盛夏，北方这座平原城市也干热得难挨。到了晚上，汗流浃背的人们拼命往树荫下钻……这天傍晚，王忠一去了火车站，他想坐半夜的火车去大连进一趟书。提前挤着买完火车票，看着嘈杂的售票大厅里一个个像水洗似的人脸，他忽然产生一个想法，何不借这趟进书在大连避暑玩几天。这样一想就觉得衣袋里的钱不太宽裕。看看时间还早，就想去书屋取点儿现金。他知道这两天卖书租书的收入金额和押金有七八百块钱现金，还没存进银行里，况且到书屋取比去家里要近大半个城的路程。他搭了"招手"就去了。

远远的他看到百草园书屋关了窗板，这会儿八点还不到。看来许春艳又和二狗去看电影去了。他掏出钥匙打开了门，里边开着灯。他正开抽屉时，许春艳从门外走进屋来，"一哥，你来啦。"他抬起头来，许春艳长长的披肩发湿漉漉地披散着，身上只穿了件短袖黄色无领衫，露出的脖颈白嫩细长，脸上红润润的水亮。许春艳见他怔怔地盯着自己，就说："我去冲了个澡，太热啦，用凉水冲一下，真舒服死了。"他喉结干干地蠕动了一下，"哦，这么晚了……你要注意……安全。"许春艳感激地莞尔一笑："我是同隔壁烫发店的小李姑娘一起去的。"许春艳擦身走过去时，他闻到她身上散发出来的一股飘香的发乳味……就一阵心旌摇动起来，停止了开抽屉。许春艳走到床前，背着身往褥子底下

318

塞东西，圆鼓鼓的臀部在他视线里飘摇晃动。他想起了二叔女人的臀部，手下意识地关灭了灯。春艳先是轻轻惊叫了声，等他将她抱上床时，就轻轻地变成陌生的呻吟了。他有四五个月没近女人身了，这一夜弄那事弄得很尽兴。天微亮时，他看见床单上有一块宁静的朦胧红色。他不免觉得有点儿好生诧异，"……二狗没要你。""要过，我没让……"他有些感动，俯下身去吻着她的唇。"大连今天我不去了……""要去的。"许春艳轻轻用手指梳理着他的头发说。"要去我们俩一齐去，在那里好好玩几天。"王忠一一时兴起，又说。"那样不好的，会给人家看出来的。"他知道她指的是二狗，就不再说什么了。

十一

一周后，他从大连回来了，给许春艳买回了件五百多块钱的进口法国连衣裙。许春艳只当着他的面穿过一回，而后一直压在箱子底里了。买回来的当天晚上，在书屋里他对许春艳说："你穿上试试。"许春艳有些难为情地接过来。许春艳说："你出去一下。"他就老老实实地走出屋外去。等他走进屋来，许春艳娇羞地立在他面前时，他快认不出她了……那晚他又和她弄了一回那事。弄完，许春艳没有留他在书屋里睡，许春艳叫他回家去睡了。他就拖着一身的疲惫回去了。

二狗晚上还常过书屋来找许春艳。来时，许春艳说："一哥，我们一块儿去玩吧。"王忠一就关了书屋门，三个人一起出去了。先是还看电影，看了几回，王忠一说，电影没什么鸟看头。二狗又提议去看录像，王忠一亦提不起精神头。许春艳就说："不如我们去跳舞。"王忠一和许春艳都学会了跳舞。二狗不会，二狗坐在舞厅角落里给两个人看东西。许春艳偶尔也过来教二狗跳，可二狗笨得像狗熊，总踩不到点子上，把许春艳脚踩得生痛，二狗惶惶不知所措，许春艳咧着嘴说："没关系，没关系。"二狗再不肯跳下去，蔫蔫地走回到边上的椅子上去，一个人坐在那里看他俩跳得尽兴。再后来二狗就不来找他们晚上出去了。没有二狗在身边，两人都不觉得少了什么，相反倒多了一些晚上进行的内容。常常弄得两人既兴奋又疲惫。

一次，弄完那事后，许春艳对王忠一说："一哥，你爱我吗？我不想老这么做个情人……"许春艳学会用城市时下流行的"情人"说法。王忠一听了，蔫奔了下来头，他知道许春艳要说什么。许春艳说："我会很好地照顾女崽的，我会给你生个儿子的……我们可以给玉梅姐一笔钱，让她很好找个人家的。你这样待她也不公平。"王忠一脸色沉闷地阴郁了起来，许春艳以为说重了他，就住了嘴。其实那会儿王忠一并没有想这些。王忠一心里想了些什么，连他自己也弄不太清楚。

秋天的时候，许春艳的爹来城里治病。许春艳爹得的是肾结核，需要住院做右肾切除手术。许春艳来向王忠一借钱。王忠一说："我刚与人投资合开了家美术装潢装修公司，手头挺紧。"许春艳也知道他投资开装潢公司的事，就去找二狗借了，做了手术，住了一个月的院。许春艳才回到百草园书屋来上班。王忠一见到她淡淡地问了一句："好了。"她疲倦地点点头。没人在时，她似有哀怨地对他说："我们不是那种关系，就是普通朋友你也该到医院去看看我爹。"王忠一听了一怔，脸沉了一下道："我这段时间挺忙，脱不开身。"许春艳幽幽地看了他一眼，没再说什么。

真正叫许春艳觉出王忠一对自己冷淡的还是方晴的到来。方晴是一所中学的美术老师，师范学院美术系毕业后，到中学教了一年课就辞职不干了，和王忠一合开了这家新世界装潢公司。方晴常来光顾百草园书屋，有时是来和王忠一谈业务上的事，有时是和王忠一出去吃饭。许春艳以一个女子特有的细心觉察出王忠一这段日子是在她那里住。许春艳的心里就有了一种说不出的嫉恨来，每次见她来，脸都冷冷冰冰地板着。方晴似乎视而不见，每次来都主动和她拉话，出去吃饭时也叫上她（尽管每次她都推说身体不舒服推辞了）。逢到王忠一不在书屋，她就一边找书翻书看，一边和她唠些她感兴趣的话题，诸如时下流行某某作家的作品呀，某某作家在玩文学呀，台湾学者谈"文学又死了吗"，等等，叫她不得不逆耳听下去。

十二

那天的事情应当说是偶然当中的一次必然。上午王忠一从新世界装潢公司回来，看见书屋门里门外站了不少公安局、市文管办的人。他走近前去，两个文管办的人正抱着两捆厚厚的没开封的杂志出来，其中一个看见他说："你的书店贩卖黄色书刊，罚款五千元，下午去文管办交钱来，否则查封书屋，不许再营业。"他木然地钉在那里。等他们走后，他走进书屋惊异地问："怎么搞的？"许春艳正慌慌立在屋里不知做什么好，见到他就结巴地说道："上午你走后董彪打电话来，说刚出了一期新的《当代文学家》增刊，问我们要不要。我知道你每期《当代文学家》都是必订的，就答应了，说过一会儿等你回来去取。他说不用过来取了，他叫人给送来。送来的人刚走，文管办、公安局的人就来了，说是黄色书刊没收罚款。"他知道这是叫董彪给宰了，二话没说去了邮局前面找董彪。董彪老远见了他嘻嘻笑："嗨，什么风把你给吹来了，多日子没见了，兄弟发大财了。""董彪你这事做得不太仗义吧，缺钱花吱一声，也不能让我拿钱往粪坑里填呀。""什么仗义不仗义的，敢情还不是你那漂亮妞答应的，冲着那么俊的妞，我哪有不献殷勤送上门的理呀。"王忠一自知吃了哑巴亏，就转身丢下一句："好，你黑——"走了。董彪冲他的背影呸了一口痰说："想在这码头上冲我耍横，你还嫩着哪。"

中午在饭店，他请了文管所的小刘，问他有没有办法补救。说他最近新开了几处买卖，资金周转不灵，一时拿不出那么多现金罚款。小刘叹了一口气说："难呀，你赶到了风口上，上面刚开了一次'扫黄打非'会议。其实这期增刊也没啥，不就是封底封面登了几幅裸体女人照吗，那也不过是艺术摄影和油画呀。听说《当代文学家》彻底停了。"小刘说得挺沉重。他知道小刘也爱好过文学，就也跟着很悲哀地发泄了几句，看能不能缓几天，让他有时间来筹到罚款。

下午，他脸色阴沉地回到书屋，一进门就气怨交加地说："我要你有什么用，这下让我到哪里去搞到那么多现金交罚款……"当时方晴也在书屋里，先是冲他直眨眼色，看到许春艳脸色变了，眼里涌出了泪，就忍不住冲王忠一喊起来："你冲她发什么邪火，这事也不能怪她呀。""不怪她怪谁，难道怪我呀。"许春艳一听这话"哇"地掩面委屈得哭出声来。"哭、哭，就知道哭……"王忠一又追加了一句。"太过分啦！"方晴扔掉手里的书，气冲冲地走出屋去。王忠一愣愣神在书屋站了一会儿，不知如何是好，他也懒得劝许春艳，就走出去关了窗，关了门，去找朋友借钱去了。

傍晚的时候，方晴又来了。方晴叫开门，见许春艳还红着眼抽泣，就默叹了一声，坐下来说："你犯不着为他感到太伤心了。他不值得你这样。你以为他真的爱你吗？你错了，他跟你好，一半是出于情欲，一半是出于报复欲……"许春艳抬起头来，吃惊地张大瞳孔望着她。方晴缓缓地说道："他跟我讲过，你爹睡过他二叔的女人。别看他现在进城来发达了，有钱了，改变了过去的生活，可他骨子里还改变不了那种农民式的狭隘自私的心理。所以我劝你不要依赖他，要依靠自己改变自己的生活方式。每个人都有每个人的生活方式，路要靠自己走……"方晴喃喃地说，既像说给她听，又像说给自己听。方晴这一晚在书屋待了挺晚才离开。

　　第二天上午，王忠一从朋友那里回到书屋，打开门后发现许春艳已经走了。床上放着那件连衣裙和那本有他签名的《当代文学家》杂志。这是他和许春艳相识以来给过她的两样礼物。他不知道许春艳是回乡下去了，还是去了二狗那里。他想找二狗问问。

　　不想，二狗下午来了。二狗手里拿着两本杂志和一大捆书，二狗把那捆书丢在地上，把杂志摔过来："看看吧，她都为你做了什么，她用她三个月的工资背着你买了那家杂志社的混账书。为的是发你那篇小说。"王忠一看到杂志上有自己的名字和自己的那篇小说，就模模糊糊想起一年前的那件事来。"想不到你竟玩弄了她的感情……"二狗又说。他知道二狗指的是什么。他说："二狗，你要学会用城市人的思维方式生活方式来看待这一切。"二狗说："我不懂什么狗屁城市人方式，我只知道你变了，你的良心叫狗吃了……"二狗气愤地发泄了一通。走时，二狗低沉地说："她怀孕了，她怀的是你的孩子。"他听了一愣，想拦住往外走的二狗……二狗看了他一眼，说："她上午去医院做掉了。"他泄气了，一下子呆在了那儿……

　　晚上，王忠一一个人坐在饭馆里喝闷酒。方晴到书屋找他他不在，就找到这家他们常来光顾的饭馆里来。王忠一喝得差不多要醉了，方晴就坐下来默默陪他。这时候，卖主食的柜台前发生了一阵吵嚷声，他们就循声把目光移过去。那里围聚了不少人。这家饭馆出售一种叫作"李连贵熏肉大饼"的饼，在这个城市里很有名气，惹得这个城市里的人天天都有从大老远跑来买的，并且甘愿排着长队。王忠一曾经以生意人口吻对方晴讲过："就不能多开几家吗？"方晴笑笑说："这你不懂，中国人讲究的是正宗，即使别的地方开几处，人们也都会跑到这里来买的。"王忠一听了，心里道，狗屁正宗，现在什么都是假的。……这会儿，喝得半醉的王忠一显然为那边坚持不懈的吵嚷声吵烦了，站起身来，趔趔趄趄走过去。

买饼的长队排到了一位老太太，老太太停在了那里。老太太少带了五角钱，大饼一张一斤，一斤两元五角钱，老太太跟服务员商量能不能买两块钱的。女服务员说不行，他们店的饼都是整斤整张卖的，不零卖。老太太说她家里有病人要吃这口饼，她特意跑大老远的路来寻买的，以此试图来说服女服务员。服务员并不为她的话所打动，面无表情地说"下一个"。这样排在后面的人就失了耐性，叫老太太让开。老太太却像没听见似的纹丝不动地立在那里，后边的人便把各种不成体统的话向老太太身上泼来，老太太并不还击，仿佛是一尊失去了任何防卫能力和攻击能力的木偶人，任人推着搡着默默呆守在那……

王忠一掏出一张十元的票子，"啪"地拍在了柜台，柜台里的女服务员和柜台外的老太太都吓了一跳。"够、够了吧！——"老太太惊慌的目光和王忠一目光触上时，王忠一身子像过了一下电，"田老师……"老太太什么也没说，提着空蓝布兜，贴着墙边像个偷儿似的匆匆忙忙从人群里退去了。

……王忠一摇摇晃晃走回到酒桌，坐下来。"那人你认识？"方晴问他。王忠一没说话，举起一瓶啤酒，对着嘴咕嘟咕嘟灌了下去……喝到最后，王忠一醉过去。王忠一身子一歪，像中了枪弹似的从座椅上歪倒下去。方晴去扶他，他从迷迷糊糊的嘴里吐出几个含糊不清的字："……她叫我照此努力下去，定会取得成功……你看我现在是不是很成功……"

方晴看到的是，王忠一很成功地在地上烂醉成一摊……

死 羊 眼

　　陈技术员说："你像羊。"女采油工方文就把偎在青草里的头，往他怀里拱了拱。痒痒的。那会儿，天空是那样的蓝。偶尔飘过来几朵白云，仅仅停了一下，又被风牵着扯着匆匆走开了。接下来还是水洗过一样的碧空。光堂堂的太阳，很温柔地拥进两个人的怀里，热烘烘的。六月的天哪。

　　陈技术员把嘴向怀里凑过去。红红的太阳光清晰地照见陈技术员唇上嫩嫩的胡须，陈技术员充血的嘴停在了半途中……草丛里又出现了那只羊。黄褐色的眼球一动不动宁静地望着他，嘴巴在无声地磨嚼着青嫩的草，绿绿的汁液流淌到了腮下的白须上。

　　陈技术员口干得冒火，艰难地咽了一口唾液。

　　陈技术员来四号井站上的次数多一些。陈技术员来时总要问一声："有问题吗？"

　　"没有。"方文答。

　　陈技术员就挺失望挺尴尬地站在那里，看方文一个人清蜡，取样，记录数据。陈技术员希望四号井站有点儿问题。那样的话，就是方文站在一边看，他一个人干了。可四号井站偏偏不给他这样的机会。好在，陈技术员自己能够调解自己的情绪。站着看了一会儿，就走过去说"你的字写得真漂亮，四号井干得真不错"这样一些与自己职责有关和无关的题外话。当然，他说这些话时，方文还在一声不吭地干着。从方文脸颊红红的表情上，陈技术员知道自己的话她是听进去了。这就够了，陈技术员知足地想。

方文做完了自己要干的一切。陈技术员就会说："出去坐坐吧，阳光挺好的。"

方文洗净了手，顺从地和陈技术员走出来了。冷丁从白色笼格子井房出来，眼前绿绿葱葱的草地，一下子宽阔明亮起来。一时，倒显得有些空寂寂的。

方文挨着陈技术员坐在柔软的草坡上。两只刚刚忙活完的手不知放哪里好。陈技术员就扯到自己的手里。方文红上了脸，略略低下头去……在两个人脉脉无语的世界里，陈技术员又要复习往日里的"功课"。方文羞怯低顺的眼睛无意间落到了草丛里，说："我们回去吧。"不觉一上午过去了，队里到了开饭时间，陈技术员站起身来的时候，目光极其委屈极其复杂地看了草丛里一眼。

老羊和羊崽目光痴痴地望着陈技术员跟在方文身后垂头丧气走去的背影，满脸迷惑。

日光懒懒的中午里。羊崽手牵老羊回家了。村中，几个泥房烟囱上，冒出了几柱蔫蔫的黄烟。

羊崽走进院子里。屋里依旧冷锅冷灶，当村长的爹还在炕上昏睡。有鼾声传进羊崽的耳朵里。羊崽把老羊拴在院子中央，从水缸里舀出半桶凉水来，放到阳光下的地上。

"羊崽，干什么去了，还不快烧饭。"

村长不知什么时候站到了羊崽身后。村长说这话时，眼光有意无意地睄了老羊一眼。

羊崽没理他，仍伏身给老羊饮水。羊崽当村人的面，从没喊过他一声爹。这叫村长很恼火。"你是我的儿子。"村长常常这样教训羊崽道。羊崽就用黄黄的眼光定定地看着他。看得村长一阵心里发毛。村长近来从羊崽的目光中感到了一丝胆怯。羊崽已长到十七岁，十七岁的羊崽已长成了一个浑身疙瘩肉的大小伙子。羊崽的眼球是黄褐色的，头发也成自然卷曲状。村上人都说这是羊崽喝多了母羊奶的缘故。羊崽是村长从草甸子上捡回来的弃婴。又有人说这是村长和张寡妇干完了那档子事后做的扣。羊崽捡回来时，小得像个耗子崽，就开始一直喝母羊的奶。喝到五岁上时，断了奶。村长把羊崽的奶妈——那只母羊宰了，招待了公社来村里检查工作的干部。羊崽断了奶后就病恹恹的。好在那只母羊留下的一只小母羊羔又长大了，开始下奶。羊崽又接着喝羊奶。喝到十岁上，县里下来人，村长又把那只羊杀了……在羊崽的记忆里，村长一直是残杀母羊的刽子手。现在这头老羊是那只母羊的第四代女儿。它已在春天时怀了崽。十七岁的羊崽感到如今有责任也有力量保护好这头老羊和它的崽们，并且与它们相依为命。

羊崽给老羊饮完了水，把它送回圈里，闩牢圈门。这才提着水桶进屋烧饭。炕上，村长一阵阵虚弱地咳嗽……

绿草坡下，老羊趴在白井房前的一块空地上。方文端着一盆清水从房里走出来，送到老羊嘴下，蹲下身来，先用手掬一捧水喂进它的嘴里。老羊便有滋有味自己喝起来。方文温软的手轻轻梳理着它身上的白毛。

羊崽站在一边傻傻地观望着。

陈技术员走了来。

"你看它多听话呀，要做母亲了呀。"方文侧过脸来，灿烂的阳光照在她脸上，照出一片新奇，一片温柔。

"它有……膻味儿。"陈技术员犹犹豫豫停了下说。

老羊饮完了水，羊崽领着它走开了。

陈技术员和方文在草坡上坐下来。一丛一丛的绿风从耳边、身下轻手轻脚走过去。陈技术员没有再去扯方文的手。方文的手空落落地垂在毛茸茸的草里。

"我闻不来那股味儿。"陈技术员脸微微红了下，不好意思地解释说。

方文纤细的手轻轻地一下一下拔着青草芽。陈技术员看到，一会儿那两只洁白的小手就被草染绿了，透着一股浓浓的清香味儿。

这天上午，陈技术员来到四号井站。方文脸急切切的，像早就等待他的到来。

"有问题吗？"陈技术员心一沉地问道。

"有、有……"方文把他领到油井泵前，地上黑乌乌的，原油把土浸得黑湿。

"油被盗啦。"方文指着出油量表说。

陈技术员听了，心稍稍松了一下。夜间男采油工漏岗，附近村上偷油的事也是常有发生。看方文脸急得煞白，就说不要紧的。

"那怎么办呢，怎么办呢……"方文六神无主，自言自语地说。

"会不会是他干的?"陈技术员看着方文的眼神说。

"不会的，不会的。"方文清澈的目光闪动着说。

陈技术员不再说什么，和方文走到草坡上坐下了。草坡下不见了老羊和羊崽。陈技术员想安慰安慰方文几句，正想着，羊崽急三火四地从远处的草棵子里朝他们这边蹽过来。

"你们看见我的羊了吗?"羊崽透着渴望。

"啊，老羊，老羊怎么啦?"方文焦急地站起身来问。

"有人给弄走了，一定的。"羊崽脸色很难看地说完向草原深处寻去了。

方文呆呆地站立在风里，风吹乱了她秀丽的头发。草浪里隐现着羊崽跌跌撞撞的身影。

"会是谁干的呢? 会是谁干的呢?"方文一下子瘫坐在草坡上，嘴里喃喃叹息道。

陈技术员不知道她指的是羊崽的羊丢失这件事还是指原油被盗这件事。整个上午，方文的脸都被焦虑占满了。

村子里的土路上，大人小娃塞满了街口。村长和另外几个人被带到一辆嗷嗷叫的车上。村长临上车前，苍老混沌的目光在人头上扫来扫去，最后停在了一棵弯曲光秃秃的榆树上:

"羊崽，老羊不是我弄的，真的不是，你是我的儿子，我的亲儿子……"

羊崽梗着脖扭过脸去，仇恨的目光渐渐淡化去，涌出一泡说不清楚的泪水。有那一瞬间，羊崽可怜起这个老头，甚至相信了老头说的话。羊崽后悔起来把这事告发了油田保卫处的人。

羊崽如一条疲惫不堪的狗，顶着毒毒的日头，一点一点拖着影子挪回家去。

院子里，羊圈没了老羊的身影，屋里炕上没了村长爹的身影，一下子都空空起来。

327

陈技术员又来到四号井站上。这回陈技术员没有再说，有问题吗？而是站在那里默默地注视着方文忙碌的背影。方文回过身来看见了他，也没有说没有问题。陈技术员就继续站在那里看。看着看着，陈技术员沉不住气了，就说："方文，我调回城里去了。"

"我知道啦。"方文说。陈技术员的爸爸是城里的高级工程师，队里早就传说陈技术员早晚会调到城里工作的。

"我调回去，也要把你调回去，或调到离城里近一些的采油队工作。"陈技术员充满信心地说。

方文听了，温顺地低下了黑黑的眼睫毛。

方文送陈技术员往汽车站上去。两人一前一后走在荒草毛毛道上。太阳挂在脚尖上，一晃一晃地闪动。

空寂的草莽深处，传来牧羊人一阵"咩咩咩——"的唤声。声音凄厉、荒凉。走近处，才发现露出的人影是羊崽。

"他还在找老羊。"方文把目光投过去。

陈技术员听了心里一动。

陈技术员顺着方文的视线，看到方文深黑的大眼睛里挂着一丝淡淡的忧伤，且有亮晶晶的东西在动。那一刻，陈技术员觉得方文太善良了。找这样的女人当老婆真是男人的福气。因此就压下了涌到嘴边要告诉方文的一件事情。或者觉得这件事情对他们来讲并不太重要。陈技术员不想破坏这种淡淡的意境。后来的事情发展证明陈技术员那一刻的想法注定错了。这是后话。

"回去就把我们的问题办了，调动也好按两地分居解决了。"车上，陈技术员当着许多人的面又这样说道。

方文淡淡伤感的脸上，出现一丝羞怯的笑容。这羞怯温顺的笑容在汽车开动的时候就留在陈技术员的脑里了。

队上传开方文和陈技术员没戏了，是在陈技术员调进城里大半年的时候。人们看见，每天方文还一个人踽踽独行在上井的毛毛道上，就说，光有漂亮的脸蛋有什么用呢。当然说这话的也不乏有一些吃不着葡萄的酸客。方文听了既不承认也不否认，仍然安心地在井站上做活……

日子和从前一样过得很快。

事实上并不像人们想象的那样。小陈回到城里就按照自己的想法给方文来信了，信上说同方文商量一下把结婚手续在近期办了，并说这也是家父的意思。办了就可以给她往回调工作了。方文也给小陈写了回信。信上说他们还年轻，还不到法定登记年龄。小陈信上讲找人走后门办理结婚手续，方文觉得那样太难为情了。小陈想象方文脸又红了。小陈就写信进行说服。方文这回回信没再提登记结婚的事，只向小陈介绍了他走后井站上的一些事，羊崽每天还在找他的老羊……言谈话语间，小陈看到一些焦虑，就想方文太善良了，同时心里隐隐涌出一种预感。后来方文的来信果然证实了这种预感。方文在信中告诉小陈，她和羊崽一道出去找老羊了，她认识别的井站上的采油工，问他们或许会好问些。结果跑遍了野外所有的采油井站，也没有找到老羊。它还怀着孩子啊……方文担心难过地说。小陈读了信后却在担心地想象：荒草甸子里，方文深一脚、浅一脚跟在羊崽身后四处奔走着。羊崽被欲望驱使失去了理智……会不会出什么事呢。小陈害怕起来，觉得该把积在心底上的一件事情，写信告诉方文了。

一天夜里，小陈被同寝室几个下了夜班的男青工推醒："陈技术员，陈技术员，醒醒，起来打打牙祭……"

野外采油队的伙食清寡，上夜岗的男采油工常趁着黑色，到附近村子里摸出一两只狗来、鸡来。半夜下了班拿到食堂加工了，端回宿舍有福同享。

小陈起来时，蒙眬见几个男青工捧着肉碗吃得正香。唤他的青工递给他一只肉碗，一双筷子。小陈虽不屑于这种偷鸡摸狗的猥琐，却经不住肉香的诱惑，三下两下扒进肚里。

"咋样，陈技术员，香吗？"

小陈领情地点点头。

旁边两个吃完的青工捂嘴窃窃地笑。

黑暗中，小陈略觉异样。

"没吃出膻味儿吧。"

小陈听明白了，胃里一阵搅动。

"挺肥的一只羊，谁知刮开肚，竟包着两个崽。"

"你们，混——"小陈一句话没说出，肚里的东西翻江倒海，"哇——"的一下全部喷射了出来……

按照以往的日程，小陈没有收到方文的回信。这也是预料当中的事。小陈没等到接到方文的回信，就又写了第二封信、第三封信……小陈在信中解释说，先前不敢告诉她，是怕她看不起自己，他真的不知道，是那帮家伙骗他的……写着写着小陈就流泪了，泪滴到信纸上，浸湿了一大片。小陈写到第六封信上时，就不再写了，也不再去收发室看信了。六六顺，看来事情完啦。凭什么呢，一个助理工程师（小陈已由技术员提到助理工程师），一个高级知识分子家庭……小陈很委屈地想。

过了两年，小陈逐渐把方文忘了。有人给小陈介绍对象。小陈就去见了，成了。新妻是市艺术馆的美术师，很有气质。结婚前，小陈告诉新妻，自己以前处过一个女朋友。算什么呀……新妻一笑了之，说小陈太诚实了。小陈那会儿想，以前多亏没和方文做出荒唐事，否则的话就对不起很有气质的新妻了。

女美术师像布置美展似的，把新房点缀得很有性格。朋友来家见了，说小陈高雅。小陈也觉得自己很艺术起来。

美术师下班路过肉市，拎回来一只羊头。那羊头还血淋淋地往下滴血水。

小陈见了，失色道："做什么？"

美术师嗔道："还是男人呢，这么胆小。"又说，"那老头还以为讨了便宜，才卖了五块钱，懂不懂，这是艺术品，无价之宝哩。"

小陈不好再说什么。

女美术师把羊头拿到单位上，剔去皮肉，又用福尔马林浸泡了两天，两根弯曲的羊角着上黑油色，重新拿回家中挂在雪白的墙壁上。有美术师的学生来家临摹，叹道："太美啦，太美啦。"小陈瞅不懂啥美，就瞅学生的脸，也不懂。都是十七八岁嫩嫩的女孩哪。

新婚男女，夜里免不了要做些和常人一样做的事情。做就做呗，女美术师偏偏要开灯做，说这样有情调。灯是那种朦朦胧胧的墙壁灯，屋中笼罩着一种淡淡的、红晕晕的醉人色彩。小陈的血就一汩一汩地往头上涌，一涌两涌，小陈晕晕乎乎起来……充血的眼睛忙乱中撞到了墙上。羊头静静地睁着两只红眼睛望着他……小陈像被羊角触着了似的，身子滑软了下去。

如是几日。美术师很委屈，说，你有病。小陈慌慌地默视了女美术师一眼，低下头去，情同一个罪人。

日子从此扎下了病根……两人之间的言语越来越少。美术师也再无心思往家中布置任何装饰品了。有好几次，小陈鼓起勇气想对美术师说，把那个羊头摘下来吧。可一接触到美术师那双美丽的眼睛，脸就红了，勇气消失得无影无踪。小陈恨自己变得如此胆小懦弱。

有一天，美术师告诉小陈，她要领学生到野外体验生活写生，说得大约一个月。小陈听了，不知为什么莫名其妙地松了一口气。

女美术师走后的第二天，小陈就把墙上的羊头摘下来了，放进床下一个装鞋用的空纸壳箱里。小陈想，美术师回来要问起，就再给她挂上。如果不问，就彻底放在床底下或随便丢到什么地方去。永远不再见到它，永远！小陈咬牙切齿。

清瘦的小陈开始胖了起来。同事见了窃窃笑，说，看来啥好事也得有个节度呀。同事说得含蓄，小陈也知道讲的是什么。夜里躺在床上，睡不着觉，小陈开始想那事，很想。就在心里默默数着日子。

一个月过去，女美术师没有回来。小陈耐不住了，上班路过艺术馆去问。

"怎么，憋不住啦？"

小陈闹了个大红脸。

"放心，跑不了，久别胜新婚嘛。"艺术馆里有男有女朝小陈挤眉弄眼。小陈逃也似的走掉了。还是搞艺术的呢。小陈心里说了一句。

又过了些日子，女美术师回来了，脸晒红了些，显得有些疲倦。小陈叫美术师坐在沙发上别动。女美术师就坐下不动了，甚至懒得往墙上看一眼。他一个人买菜，做饭，温洗澡水……这一切都做完了，小陈还觉得有力气没处使，就早早上了床。

两个人隔了些日子，先都有点儿陌生。这陌生的感觉刺激着小陈。小陈兴奋起来，眼里充足了血，伸出手去拨她的肩头。

"你以前在野外采油站上待过。"她转过脸来看着小陈说。

"嗯……"小陈呼吸断续急促地应道。

"是和她在一个井站上吗?"

"谁?"小陈热热地问。

"你先前的女朋友……"

"……嗯。"

停了一下,她像自言自语又像沉浸到某种印象当中去,说:"那儿真荒野啊,一个井站和另一个井站离得那么远,四周空旷旷的看不到一个人影。"

小陈的手停在她的身上,也跟着陷入一种印象当中去。

"你们真的没发生什么吗?"女美术师朦朦胧胧用一种诱惑的眼神望着小陈,幽幽地说。

小陈的眼神迷乱了:"没、没有……"热热的身子涌出一阵冷汗。

女美术师泄气了,眼里的火焰熄灭了:"看来,你那时就不行。"

小陈的身子又一次软下来。

……

美术师夜里不再对小陈有要求。小陈的身子又一天天清瘦下去。女美术师常常用一种很怜悯的眼光看小陈。终于,有一天早上女美术师向小陈提出一个要求。

"我们别再折磨自己了。"

小陈茫然地点点头。

小陈就顺从地跟着美术师去了街道办事处。

街道办事处里,一个四十多岁的女办事员打量了他俩许久,疑疑惑惑问:

"结婚?"

"离婚。"

"为啥?"

"他……那事不行……"女美术师就照直说了。

女办事员送过去一个鄙夷的眼神。收回的目光落在小陈身上,变了内容:同情、怜惜,却无可奈何。如果换成感情问题,女办事员是有决心帮他打这场持久战的。从他俩一进来，女办事员就瞅出这是一个像绵羊一样温顺的小伙子。善良总是容易引起人同情。便宜了那个小婊子，竟有脸开口说出那种事。女办事员对自己的女同胞毫不足惜、体无完肤地在心里骂着。最后却不敢违背法定条例不得不给那个小婊子开了"通行证"。

　　小陈昏昏沉沉徜徉在大街上。这会儿天空灰灰的，像有雨下不出，只好干憋着。太阳溜得有影无踪，只留个虚伪的影子隐现在这个城市的上空。缺少光照，缺少氧的空气，呲呲啦啦、若有若无地游移进苟延残喘的行人嘴里、鼻里、眼里。

　　回到家，房里干干净净的。女美术师搬走了小陈父母给买的彩电、录放机和她带来的一些装饰品。小陈疲惫地躺在床上。死了一样过了许久，小陈一个鲤鱼打挺跳起来，掀开床下。床下那个鞋箱还在，箱里那个羊头还在。不知是女美术师忘了，没看见，还是给他留下的纪念品。床下她的鞋都没了。小陈恐惧地盖上鞋箱，瘫仰在床上，死死地闭上了眼睛，头一蹦一蹦针扎似的疼。闭上眼睛的小陈看见光秃秃的墙壁上，长满了无数只眼睛。那温顺的眼睛啊！

土 豆 地

娘在院子里喂猪，二姨夫来了。二姨夫走过去站在猪圈门前看娘喂猪。二姨夫矮墩墩的身影移进猪槽里，猪就抬起头来望着来人。

一口壳郎仔黑猪，喂了快一年了，像总也长不大似的。猪食是我和哥上山采的榛树叶，煮熟后捣碎，撒上零星的玉米面。我每次看见娘去口袋里抓玉米面，手总是哆嗦着抖了又抖。正是抓秋膘的时候，平常娘是不撒玉米面的。玉米面是按粮本供应从粮店买回的，一角二分钱一斤。

黑猪显然是舔去了浮在上面的玉米星，抬起头来乞求地望着来人，见半天没有动静，就冲二姨夫吭吭叽叽哼起来。

"唉，不填乎人的货。"娘叹息了一声，说。

"等再多种点儿土豆吧。"二姨夫说，移去了身影。

林业局有规定，不许上山毁林开荒地。各家只有房前的一点儿菜园地。种的土豆还不够一家人过冬吃的。也有人家去山上岭北一带开荒种地的，岭北属于林业局和邻县共管的地带，也就都不管了。只是镇上距岭北一百多里地，去的人家很少了。听说二姨夫家跟人家去那里开过地种过土豆，二姨夫家的土豆能吃到春天时。我家也吃过二姨家送来的土豆，都长了白白的长芽子了，吃起来失了土豆味。

刚入冬，黑猪杀了。吹圆了带毛秤才一百斤九两。卸好了肉家里请人来吃杀猪饭，娘像见不得人似的，闭口不谈生毛猪的斤数。邻人没到场的，一家一碗酸菜炖的白肉片、鲜血肠肉菜，香喷喷的。娘打发我和哥挨家挨户送去。回来就见仓房里卸下黑猪肉少去了一半。娘的脸仍堆着温笑，送吃酒人走时，一人手里掖上一条刀条肉。客人客客气气地说："多啦，多啦。"娘就说："一头毛猪哩。"

二姨夫连着陪了两顿，最后一个走的。天也黑了。爹红着酒脸往外送，外屋，娘将准备好的一半猪后鞧肉提过来："拿家去吧。"二姨夫就站下了，肉在手里沉沉地掂了掂，说了句："这么一头小猪……"娘就如被当众揭了丑，一下子红了脸。二姨夫说什么也不肯拿。爹和娘与他撕扯，二姨夫被推拿了出门，嘴里还不住地说："一家人呢，一家人哩……"

回来，爹去仓房里伸头瞅了瞅所剩不多的肉块，进屋小声跟娘说："明年，咱不喂猪了。"

"喂！"娘一咬牙，像跟谁赌着气。

转年过了开春，五一节放假的前一天，二姨夫又来到我家，跟爹说："明天去岭北种地吧……"

"车找妥啦？"爹的眼睛像充了电。

"妥啦，坐俺单位的运材车上去。"

二姨夫出来时，又来到猪圈前站了站，圈里一只爹前两天买回来的小猪崽正像耗子似的在满圈拱土。

当晚一家人早早歇息了。天没亮，娘起来了，下地到外屋去做要带的饭。炒了半饭盒鸡蛋，鸡蛋也是刚从鸡屁股里抠出来没几天。擀了六张白面饼。爹起来后，叫起了哥和我。

爹背着半麻袋土豆栽子，我和哥扛着片镐，三个人向镇外路口走去。天还在蒙蒙眬眬睡着。

二姨夫已等在路口上了，见了我们，向我扫过来一眼说："洪子也来啦。"

爹说："他们学校里也放假了，待着也是待着，当玩了。"

后来我才明白二姨夫眼睛里不高兴的神色，原来运木头的大红头汽车驾驶室里只能坐下三人，加上我就超员了。

那个司机是二姨夫事先说好的，姓黄，见着二姨夫站在路边就停了下来。上车以后，二姨夫给黄司机介绍："这是我连襟，供销社的会计。"黄司机转头瞅了我们一眼。爹赶紧递过去一根烟。黄司机吸着了烟对二姨夫说："吴师傅，路上碰到路检我可不管。"二姨夫说："没事，没事的。"

深山老林的路。并没有路检。黄司机那样讲是嫌挤得慌。黄司机人长得胖，块头很大。后来我就坐在了哥的腿上。下了车，哥一下子蹲坐在地上说腿麻了，走不了啦。爹问："还走多远?"二姨夫说路边就是。大家抬头一看，见路边高草棵子里到处都是荒地，远处四周围着疏浅不一的白桦林、柞树林带。野风阔阔地吹着荒林荒草，发出一种辽远的呜呜咽咽声，森森然然的……

等哥腿不麻了，我们走上去。二姨夫已在一块荒地里刨上了。荒芜的地大概有两三年没种东西了。

"这是什么人开的地……"爹小心翼翼地问，迟迟不敢下镐。

"谁种就是谁的，这里路远，有的人开了荒地，种一年就扔了。"二姨夫说。

爹领我们选了一块大片一点儿的荒地刨起来。边刨垄边撒土豆栽子。一上午就种出一大片来。

"嗬，到底是人多力量大呀。"二姨夫走过来瞧了瞧说。

"一起吃点儿干粮吧。"爹拿出饭盒来。

"我带了。"二姨夫又走回他的地里去。

下午就将带来的半麻袋土豆栽子种完了。地垄已种出一亩多来。爹蹲在地头，望望新耕起的黑土垄说："再多带点儿土豆栽子就好了。"

爹兴奋的脸上稍稍有些遗憾。其实爹带的土豆栽子已经不少了，早上背时，爹还犹豫地跟娘说："能种完吗。"娘说："多带比少带的好。"娘也拿不准。

我们又过去帮二姨夫种，二姨家没孩子，二姨夫只带了一面口袋土豆栽子。

"怎么样，这地够肥的吧……全是这油黑的泥土。"二姨夫抓了一把地里的土对爹说。

"地是好地……"爹也啧啧嘴赞道，望着暗下来的广阔荒林带说，"就是路太远了……"

回去时，还是坐黄司机返回去的运材车，车上装了长长一垛红松原条木，跑起来显得有些吃力，上坡时嗡嗡叫个不停。"我这车后轴承该换了……"那人对二姨夫念叨。"好说，好说。"二姨夫说。二姨夫是

336

汽车队修理组的组长。

回到家，娘听说在那里是捡到别人剩地种的，是二荒地，就说："那用不用上粪肥呢。"爹说了一句："到时候看看再说吧，这么远的路，上去一回也不容易。"爹是想自己上去是没办法找到车的。上去只能靠二姨夫找车。平常我家与二姨家来往并不多，爹很少出头上二姨家去。

菜园子里的土豆秧铲第一遍的时候，有一天二姨夫来家。娘说："岭北山上的土豆地用不用铲呢？"二姨夫说："过两天我找个车上去铲一遍吧。"娘又说："那上不上粪呢。"二姨夫说："粪恐怕不好往上弄。"爹听了就讲，他们单位里新进了一些化肥，要不上点儿化肥吧。二姨夫瞅瞅爹有些模棱两可地说："上就上点儿吧……"就走了。

二姨夫走后，爹与娘商量："你看是两家合着买，还是分着买？"

娘说："分着买。"

"那给咱家买四十斤，给他家买三十斤，我看够了。"爹想了想说。

迟迟未见爹把买的化肥拿回家来。娘问起，爹就说："在单位放着呢，等上去时再过去拿吧。"

上去的那天早晨，爹早早起来了，领我和哥先去了他的单位。天还蒙蒙地黑着，爹走进供销社的大门，叫我和哥在门外等着。过了很久才见爹背着两只袋子出来，后面跟着父亲单位里一个人送。那人边走边说："王会计，什么钱不钱的，从库里地上扫起来的化肥粒子还要什么钱……"

爹说："该咋回事，就咋回事。"

到了路口，见着二姨夫，爹把手里的一只口袋拿给二姨夫："这是你的一份儿。"

二姨夫问："多少钱？"

爹脸一红，道："什么钱不钱的……"

正说着，原木运材红头车来了。二姨夫说一句："回头我再拿钱给你。几人就上了车。"

山上的土豆秧果然长得不错，绿油油的一片，草也长得挺旺。上午铲了草，下午就在垄台上上了化肥。化肥有点儿黑。过一会儿就被歹毒

337

的日头照化了，也辨不出黑白的来了。

"……就剩点儿库底子了，都被一些生产队买去了。"爹对埋头在地里上着化肥的二姨夫说。

二姨夫有点儿心不在焉地说句："其实不上化肥，这地也是长得旺的。"

爹也附和着说："那是，那是……"

太阳像着了火似的，在密不透风的绿林子梢头静静地滚动着。几个人将带来的水都喝光了，远处视线所及之处望不到一点儿人烟。无处可打水，只好干渴着，等天黑下来。

怪不得无人来这里种地，我心想，望着整拢齐了的地里秧苗，恨不得马上结出土豆来。可只有零星的秧苗开出几朵可怜的白花。秋天的日子似乎离得还很遥远哩……

自从那次二姨夫张罗上岭北铲过一回地后，再不张罗上去铲了。娘望着房前菜园里的土豆地里花开花落……会想起来说："也不知道山上的土豆长得怎么样了。"娘偶尔问起爹："他二姨夫把化肥钱给你了?"爹就吼："还会黄了你的。"

一直到上了老秋，菜园子的土豆都起完了，二姨夫才来家。二姨夫跟爹说："明天上去收土豆吧。"

爹听了说："怕是得起两天吧。"

二姨夫说："我跟黄师傅说好了，往山下拉土豆就放在原木车顶上。"

爹想想，同二姨夫商量："要不起完土豆请请黄司机的客。"

二姨夫瞅瞅爹，嘴里说："不用，听我安排吧。"二姨夫就匆匆走了。

上去那天，爹特意到商店托人买了两盒好烟。上车时我看见爹就把那两盒带锡纸的大前门揣进黄司机的兜里了。第一天我家那块地起了四麻袋土豆，二姨夫家那块地起了两麻袋。第二天又去，我家起了五麻袋，二姨夫起了三麻袋。两块地都没有起完。第三日还要去。早晨去时，二姨也跟去了。二姨夫说："今天死活也要起完，明天岭北一带就护林防火封车了，黄师傅的车不上去了。"

338

结果这一天我家地里起了三麻袋，二姨夫家地里起了两麻袋。不到中午就起完了。看来二姨夫的担心有些多余。

但等吃过了午饭，在路边迟迟没等来黄司机的车，大家才开始着急起来。早晨来时，黄司机的车坐不下，就叫我和哥还有二姨坐黄司机的车先上来，二姨夫又截了一个车同爹坐上来的。说好回去时拉土豆还用黄司机的车。

眼见着天就渐渐黑了下来，蚊子叮得二姨脸红一块肿一块了。二姨就把怨气朝二姨夫身上撒：

"你是怎么跟黄胖子说的，这么久还不来。"

二姨夫也有气："还跑了他的车不成………"

说归说，见天已晚，二姨夫就站到路边上，见车就拦。倒是有两个二姨夫认识的车停下来，但一听拉土豆，就都推说着什么将车开走了。再有车来连停也不停了……

"这帮不是人揍的。"二姨夫骂一句，就泄气了，说，"看来，土豆得扔在这里了。"

一听扔土豆，爹的脸也黑了，急忙安慰二姨夫道："再等等，再等等。"

"等啥？黄胖子这是给我脸色瞧呢。"

爹也心里明白嫌上供少了，就蔫语了。土豆丢在这儿，第二天就会被顺道的司机捡走的。爹两天来的喜色被一扫而光。三麻袋土豆怎么也值个三十斤化肥钱，爹有些心疼。

"再拦住车，我们就走人，别舍命不舍财了。"二姨夫这样说。

我听了也害怕起来，有夜风呼呼地吹着黑魆魆的林子，听人说岭北这一带常有黑熊出没。

二姨夫叫二姨在公路上拦车，我们几个男人下到路沟里拢火。好久，也听不到远处有汽车马达声传来。已饿了一顿饭的我们只好烤土豆吃。叫二姨也下来吃点儿，二姨说她不饿。她是担心怕有车错过去。二姨人长得不错，二姨就那样一直静静地站在公路上，我拿了两个烤熟的土豆走过去……

快半夜时才拦了一辆车，是一辆大客车。车上拉的是林业局文艺宣传队做巡回演出的人。二姨以前也曾在文艺队待过，队长同二姨很熟。

土豆搬上来，队长只说："我们还要到下边一个林场演出最后一场，可能回去得挺晚。"二姨说没关系。

车到林场演出时，我们都在车上睡着了。只有二姨一个人没睡，二姨一个人静静地立在门口上，听那边传来的琴声、鼓声、笛声，二姨听得很兴奋。……直到文艺队员都走上车来，东倒西歪在座位上疲惫地睡着了，二姨还在同那个拉二胡的队长兴奋地交谈着。二姨以前也是拉二胡的，惹得二姨夫目光刮刮地瞅过来好几眼……

下半夜凌晨两点才到家，娘也一夜没睡，娘在担着心，见到我们才松下一口气来，说："钱难挣，屎难吃。"

这一年，我家地窖里还剩下五麻袋土豆。娘每次做土豆菜下去拿土豆时，总要犯愁地说上一句："这么多土豆，什么时候才能吃完。"

爹听了一横眼："什么操性，没土豆时哭土豆，有了土豆又嫌多，你以为是大风刮来的呀……"

娘就不言声了。

白土豆芽子从窖里越捡越多，娘每回往外倒出一簸箕，爹见了，脸上的肌肉就哆嗦一下。

一天下班回家，爹跟娘说："把土豆卖了吧。"

"卖给谁?!"娘问。

爹说："下午通江生产队长到供销社来买农具，我问他们要不要土豆栽子。他们说要，八分钱一斤收购。"

娘听了一喜。

吃完饭，娘又想起来什么，跟爹说："告不告诉老吴家一声。"老吴家即是二姨夫家。

爹听了，有些为难地说："那个队长只说要一份就够了。"

娘说："那就算了。"又叮嘱爹，"那你就别张扬了……"娘还在为去年二姨夫家没给化肥钱的事耿耿于怀。

当晚从地窖里捡出四麻袋土豆来。留下一麻袋做种子。爹和哥把四麻袋土豆抬到院子里从邻居借来的一副板车上。对哥说："明天你和你弟弟推车送过去。"

娘听到了，有些不放心："你咋不去。"

爹心神不定地说："明天单位里有事，我脱不开身，再则我跟那队长说是一个亲戚的。"

"他俩能办妥……"睡前，娘仍有些不放心。

"没事的……"爹在炕上翻了几回身，就打起呼噜。

第二日吃过早饭，我和哥推着板车出家门，爹又追出来把我们喊住了。爹把一个戳交给我，跟哥说："领钱时就用这个手戳。"我以为是爹的私章，翻过来一看，却是娘的。从没见过娘用过私章，不知爹是从哪里翻到的。

通江生产队是镇外的一个生产队，离镇子有三十多里路，都是山路。我和哥推车走了一上午才走到。担心到了那里没人，急了一脑门子汗。四幢泥草房围着的一个四方院就是生产队队部了。离老远，就见一个人影从草房里迎出来。走近了，瞅清那人是一个四十多岁的黑脸女人。

"请问你们队长在吗?"哥走上去问。黑脸女人不答，反问："你们是王会计叫你们来的吗?"哥和我老老实实点点头。"跟我来吧。"那女人把我们引到朝南的房门口，冲里面喊了一声："于会计，送土豆的来了。"从屋里走出一个歪脖子男人来，歪脖男人看了看车上，又从屋里推出一杆车秤来："卸了吧。"我和哥先将土豆一袋一袋卸在秤座上，歪脖男人卸一袋秤一袋，最后对黑脸女人说："统共五百七十斤。"黑脸女人说："去了皮（麻袋）十斤，五百六十斤吧。"哥说："皮不会有十斤吧。""那就再给你们减一斤，算九斤吧。"黑脸女人嫌烦地说，转过头来问，"你们是王会计的什么亲戚?"我刚想说不是亲戚，是我爹，哥冲我使了个眼色，抢先回答："是我表姨夫。""噢。"黑脸女人对歪脖男人说："给他们开票付钱吧。"歪脖男人又走进屋去，过了一会儿出来，手里拿着一个票据本递给哥："有私章吗?"我赶紧将娘的手戳递了过去，哥盖上了。歪脖男人接过去，歪着脖仔细瞧了瞧，就从兜里掏出一叠脏兮兮的一元钱票来点，一时唾沫星子乱溅。点完又递给女人，女人又点了一遍。女人将钱交给哥。哥拿钱转身要走，歪脖男人喊住了哥，递过一张纸条："你再在这收条上签个字。"哥怔了怔，望了望歪脖男人（黑脸女人已进屋了），又望了望我，示意我过去签字。我没签过名，也不觉怔住了。"你签吧。"歪脖男人紧盯着哥说。后来还是哥签了。签完了字后，哥说："我们走吧。"

341

出了院外，哥又将已经揣起来的钱又拿出来点数了一遍，脸上漾着一种我没见过的神色。

"多少钱?"我跟着问。

"一共四十二块四角八分。"哥说。

"这么多。"我也很惊奇。

……

天已过了晌午，刚才还不觉得饿，这会儿却觉得肚子饿得咕咕叫了。早上喝的两碗稀粥早被几泡尿撒得干干净净，这会儿尿也撒不出来了。

走了一阵，哥说："到了镇子上，我们买两个甜酥饼吃吃。"

我觉得头上跟着的太阳明亮了许多。甜酥饼两角四分钱一个。

半路上遇到了爹，我和哥都感到很意外。爹是一直站在这里等着我们呢。爹的脸被风吹得很红。

"卖啦?"爹抄着袖问。

"卖啦。"哥说。

"卖了多少钱?"

"四十二块四角八分。"

哥从兜里把钱掏出来。

爹站在路边数起来。爹数了三遍。爹数得飞快，我看得有些眼花缭乱。而且并没有像于会计那样喷着唾沫星子。爹的手干干净净的。爹放下钱时脸上展出一线宽色来。

"打收条啦?"

"打啦。"

"用你娘的手戳啦?"

"用啦……"

爹想想说："你娘没工作，以后出啥事也不会有啥影响的……"哥和我就听明白了，怪不得爹没跟着去。哥又说："不过，还让我签了个名。"爹一听脸变了，收起了脸上的宽色："你签啦?"哥说："我编了个假名。"爹就放下心来，说："这不过是例行个手续。"

闷闷走了一阵，爹忽然说："饿了吧。"

我和哥同时回过脸来，点点头。

"到前边食品店给你们买两个甜酥饼吃。"爹说。我看见爹把手从左衣兜移进右衣兜里时，手指抿着正是那四角八分钱。爹并没有用眼去瞧一下。爹摸得极准！

　　我们三人脸上都舒展出一线宽色来……

　　空空的地板车，在咣咣当当地响。

图书在版编目（CIP）数据

正午的阳光明亮 / 王鸿达著. — 北京：中国文史
出版社，2019.3

（中国专业作家小说典藏文库·王鸿达卷）

ISBN 978 – 7 – 5205 – 0935 – 0

Ⅰ. ①正… Ⅱ. ①王… Ⅲ. ①中篇小说 – 小说集 – 中
国 – 当代②短篇小说 – 小说集 – 中国 – 当代 Ⅳ.
①I247.7

中国版本图书馆 CIP 数据核字（2018）第 276277 号

责任编辑：马合省　薛未未

出版发行：**中国文史出版社**

社　　址：北京市海淀区西八里庄 69 号院　邮编：100142

电　　话：010 – 81136606　81136602　81136603（发行部）

传　　真：010 – 81136655

印　　装：廊坊市海涛印刷有限公司

经　　销：全国新华书店

开　　本：720 × 1020　1/16

印　　张：22　　　字数：338 千字

版　　次：2019 年 3 月第 1 版

印　　次：2019 年 3 月第 1 次印刷

定　　价：68.00 元